I0635650

OWATONNA-KOLLEKTION

Weihnachtslichter, Valentine's Hearts (Deutsche
Ausgabe), Wüstenträume in Arizona

RJ SCOTT

V.L. LOCEY

Übersetzung

EVA MELZER

Love Lane Books

Owatonna-Kollektion

Alle Rechte vorbehalten

Owatonna-Kollektion

Drei herzerwärmende Geschichten über Liebe, Hoffnung und zwei Chancen

Unter der funkelnden Weihnachtsbeleuchtung von Minnesota begeben sich Ryker und Jacob auf eine neue Reise - voller Küsse im Schnee, vertrauter Freundschaften und einer Liebe, die stark genug ist, jede Entfernung zu überwinden. Was als Fest der Liebe beginnt, wächst an zu einem innigen Versprechen, als sie eine gemeinsame Zukunft planen. Aber sogar das glücklichste Leben kann auf die Probe gestellt werden, wenn Zweifel wachsen, Ängste erwachen und Vertrauen erschüttert ist.

Von der Magie schneebedeckter Feiertage hin zur Aufregung, ihre Hochzeit zu planen und einen sicheren Hafen für queere Jugendliche in der Wüste aufzubauen - Ryker und Jacob stehen Seite an Seite, während sie für ihre Liebe kämpfen. Gegen Bedrohungen von außen, innere Unsicherheiten und die Schatten der Vergangenheit.

Drei Erzählungen voller Emotionen, Eishockey und Hoffnung - mit einem garantierten Happy End.

Widmung

Für meine Familie, die mich mit all meinen Eigenheiten und Macken akzeptiert. Sogar die Plastikbanane in meinem Holster.

V.L. Locey

Für jeden Owatonna-Fan, der uns gefragt hat, was als nächstes mit Jacob und Ryker passiert ist …
Und immer für meine Familie.

RJ Scott

WEIHNACHTSLICHTER

Eine OWATONNA
Weihnachts-Kurzgeschichte

RJ SCOTT &
V.L. LOCEY

Love Lane Books

EINS

Ryker

Coach Carmichael schritt die gesamte Länge der Umkleide ab, sein Blick landete auf jedem von uns, bevor er direkt vor Alex anhielt. Das war es, was er vor jedem Spiel machte. Er fokussierte sich auf einen der Jungs und übermittelte Worte der Weisheit. Manchmal war es nur ein kurzes „erledige es" mit einem Anheben einer Braue; ein anderes Mal war es diese ganze Rede über Teamwork und wie gut der auserwählte Spieler sein könnte, wenn er nur X, Y oder Z tat. Meistens lockerte er die Stimmung.

Manchmal machte er sogar einen Scherz, obwohl niemand von uns lachte, für den Fall, dass er es ironisch meinte; schließlich wollte sich niemand von uns mit dem Coach schlecht stellen.

Vor dem letzten Spiel hatte ich im Scheinwerferlicht gestanden und wurde daran erinnert, dass Rauflust in den Ecken eine Bedingung war und keine Wahl. Ich hatte seinen Blick erwidert, sogar als Alex neben mir gekichert hatte und Jens seine Hände vors Gesicht geschlagen hatte in dem Versuch, nicht zu lachen. Ein Ballverlust gegen Boston und ich wäre für den Rest der Saison abgestempelt als der Typ, der in den Ecken schlampig war, aber was alle vergessen hatten zu erwähnen war, dass ich Brady Rowe verdammt nochmal ständig an den Hacken gehabt hatte und ich eingeschüchtert war. Jeder Anfänger hatte sein erstes Mal, wo er eingeschüchtert einbrach und das war mein Moment gewesen und ich wollte verdammt nochmal dazu stehen. Aber das war das letzte Spiel gewesen. Vor diesem Spiel war es Alex, der den Pep Talk bekommen würde. Ich wartete mit angehaltenem Atem und konnte das Kichern angesichts dieser Rache kaum zurückhalten.

Coach verschränkte seine Arme vor der Brust. „Die Railers *werden* Tennant Rowes Block gegen den JAR-Block rausschicken."

Ich warf Jens einen Blick zu, der das J war im Jens/Alex/Ryker-Block, oder JAR, wie wir bei Kritikern, Gegnern und Fans gleichermaßen bekannt waren, und er antwortete mit einem Blick, der Bände sprach. Gegen die Railers zu spielen, war etwas, das nur ein paar Mal im Jahr passierte. Schließlich war das Team aus Pennsylvania in der Eastern Conference und wir waren in der Western, aber da sie Dritte in der Gesamttabelle waren im Gegensatz zu unserem krakeligen dreiundzwanzigsten Platz, wussten wir alle, dass das heute ein arschlanger Kampf werden würde, um überhaupt mit Punkten herauszukommen.

Das ist Miesmacherei, kamen mir die Worte meines Dads in den Sinn. Er sagte mir immer, dass das Spiel im

Kopf eines Mannes gewonnen wurde, lange bevor er zu spielen begann, und ich hatte verdammt viel Respekt vor meinem Dad, der Trainer desselben verdammten Railers-Teams war, dem wir heute Abend gegenüberstehen würden.

„Ihr wisst, dass ihre besten Verteidiger gegen euch draußen sein werden, Ulfsson und Sato-West, also reißt euch verdammt nochmal zusammen und konzentriert euch auf die Aufgabe." Er wedelte mit der Hand, um mich und Jens mit einzubeziehen. „Um ‚Den Großartigen' zu zitieren, ‚lauft dahin, wo der Puck sein wird, nicht dahin, wo er war', in Ordnung? Haltet nach jedem freien Platz Ausschau und spielt das Spiel. Ich will Schüsse auf das Tor, denn heute Abend spielen wir das Spiel für die Statistik."

Mein Gehirn driftete sofort zu einem anderen passenden Zitat von Gretsky, ‚man trifft bei einhundert Prozent der Schüsse daneben, die man nicht versucht'.

Hurra, dass mir das in den Sinn kommt, wenn es eventuell darauf hinausläuft, dass wir zehn zu eins gegen eines der besten Teams verlieren werden, das jemals im Feld der NHL war.

„Coach", murmelte Alex und wir alle sagten dasselbe. Der Pep Talk war nicht nur für Alex. Er war tatsächlich für uns alle und das wussten wir.

„Wir *können* das schaffen", fügte Coach hinzu und drehte sich langsam einmal im Kreis. „Wir *können* gegen dieses Team gewinnen. Die Einzelteile passen. Wir müssen nur in die richtige Richtung gehen. Lasst uns den Startblock besprechen", wies er an und gab das Klemmbrett Colorado, der heute unser Ersatztorwart war, weil er sich von einem gezerrten Lendenmuskel erholte. Ob der vom Eishockey kam oder von einem seiner besonders energischen Sexmarathons, von denen er so viel redete, wussten wir nicht. Dennoch war er da, falls wir ihn brauchten, aber andererseits hofften wir wirklich, dass es nicht so weit kam, denn in letzter Zeit war er sogar noch unberechenbarer geworden, als zuvor schon. Colorado grinste wölfisch, dann klopfte er einen Trommelwirbel auf das Brett.

„Stürmer: Jens, Cherry, Madsen; Verteidiger: Novikov, Myers; und Lemon ist unser erster Torwart." An dem Punkt schlug er seine Faust gegen die von Andre LeMans, der einfach nur seufzte aufgrund der Tatsache, dass sein Spitzname irgendwie Lemon geworden war, so wie Alex Garcia zu Cherry geworden war. Ein Teil von mir wünschte sich, dass ich auch einen coolen Spitznamen bekommen würde, aber Mads war schon von meinem Dad besetzt und obwohl andere Spieler ihn benutzten, wollte ich irgendwie meinen eigenen. Eines Tages.

Jeder Name bekam kurzen Jubel und als wir dann im Tunnel in einer Reihe standen, während wir auf die Aufwärmrunden warteten, war ich aufgeputscht. Das hier würde gut werden. Ich musste nur vergessen, dass es die Railers waren und mich auf die Tatsache konzentrieren, dass ich den Sommer über so oft gegen Ten, meinen inoffiziellen/offiziellen Stiefvater, geübt hatte, dass ich angefangen hatte, ein paar der Dinge zu lernen, die er so gut konnte. Ihn heute Abend zu sehen würde natürlich keinen Spaß machen, so wie wir ihn in der Sommerhitze gehabt hatten. Das hier war ernsthafter Scheiß. Die Raptors brauchten die Punkte dringend und ich konnte nicht einmal zu meinem Dad auf der Bank der Railers schauen, falls er mich aufmunternd anlächelte oder im Trainermodus war und mich finster anstarrte, weil ich ein gegnerischer Spieler war. Unglücklicherweise hatte Ten das Memo, mich zu meiden, nicht bekommen, da er an der Mittellinie auf mich wartete, als ich vorbeifuhr.

„Ry." Er nickte und fuhr langsam weg, während er mir ein Lächeln zuwarf, das halb aus Liebe bestand und halb aus einem Wir-werden-euch-zermalmen. Ich lächelte zurück und erwiderte sein Nicken, dabei schickte ich einen Puck über das Eis, der an seinem Schläger landete. Er schlug ihn zurück und das war alles, was wir taten, um den jeweils anderen als Gegner anzuerkennen.

Dann ging es nach einer kurzen Pause los und die Railers hatten im ersten Drittel drei Tore Vorsprung, wobei Tens Block jedes einzelne verdammte Mal draußen war, wenn es der JAR-Block auch war. Es gab nicht den Hauch einer Chance, dass sie einen Fehler machten, sodass wir ihnen den Puck stehlen konnten.

Aber dann, früh im zweiten Drittel, machte Adler Lockhart einen Fehler. Er verlor den Puck und ich konnte das kollektive Luftholen im Stadion hören und wahrscheinlich auch von jeder einzelnen Person, die dieses Spiel am Fernseher verfolgte. Die Railers verloren nie etwas und erst erstarrte unser Block und dann wurde klar, was passiert war. Lockharts Schläger hatte sich nach einem heldenhaften Hechtsprung unseres besten Verteidigers und Kapitäns, Vlad, verkantet.

Vlad brachte den Puck zu Alex, und was Alex als

nächstes tat, war ein Meisterwerk. Er sauste das Feld entlang auf Stan Lyamin zu, tat so, als würde er geradewegs dazu ansetzen, zu schießen, und dann, in einem Manöver für die Highlight Reels, übergab er ihn an Jens, der ihn von seinem Schläger auf den meinen streifte. Auf keinen Fall konnte ich diesen Schuss an jemanden abgeben; wir hatten keine Zeit. Wir hatten die Railers überrumpelt und ich musste jetzt schießen. Sonst würde Stan diese winzige Lücke schließen, die er offengelassen hatte, weil er dachte, dass Alex einen direkten Schuss vom anderen Ende abfeuern würde. Alles verlangsamte sich, mein Instinkt schaltete sich ein und ich visualisierte, wo er hingehen würde. Ich konnte jeden Muskel in mir danach schreien hören, das hier zum richtigen Schuss für diesen Moment zu machen.

Als der Puck meinen Schläger verließ, war er kein bisschen unruhig. Er ging direkt auf die Lücke zwischen Stans Handschuh und seinen geliebten Rohren zu – eine Lücke, die sich schloss, sogar, während der Puck flog. Er verpasste die fliegende Gummiplatte um wenige Zentimeter, das Netz spannte sich, als es der Puck traf, und *irgendwie* hatten die Raptors gegen die Railers gepunktet und wir hatten ein Tor aufgeholt. Die Sirene lärmte in der Arena, die Fans der Raptors flippten aus und ich ging auf ein Knie, feierte so dramatisch, wie ich konnte. Dieses Tor, das erste, das ich gegen meinen Dad und Ten erzielt hatte, war eines, an das ich mit für immer erinnern würde.

Danach war es fast in Ordnung, dass wir mit vier Toren Rückstand verloren.

. . .

ALEX und ich trafen Dad und Ten nach dem Spiel. Da es nur noch drei Tage bis Weihnachten waren, war es schwer, einen geeigneten Ort zu finden, an dem wir uns treffen konnten, darum hatten wir sie zu uns eingeladen, wo es in einer Ecke einen winzigen Baum gab und Lichter um den Bogen, der in die Küche führte. Wir hatten keine offiziellen Spiele mehr vor Weihnachten, so wie der Spielplan für uns aussah, hatten wir fünf Tage frei. So viel hatten die Railers nicht, die kurz vor dem ersten Weihnachtsfeiertag Spiele in Dallas und Florida hatten.

Nach dem morgigen Training und der Analyse des vergangenen Spiels begann meine Weihnachtspause, obwohl gegen die Railers fünf zu eins zu verlieren kein großartiges Resultat war, das wir als Team besprechen konnten. Wie auch immer. *Nichts* würde mir meine Vorfreude darüber, ganze fünf Tage mit Jacob zu verbringen, vermiesen.

Ten spazierte in unsere Wohnung, sah dabei komplett knallhart aus, dann umarmte er mich so fest, dass ich nicht atmen konnte.

„Ich bin so stolz auf dich, Ry." Er ließ mich nicht los, bis Dad ihn ablöste.

„Schönes Tor, Junge", sagte Dad ruppig und umarmte mich nahezu genauso fest. „So verdammt sauber."

„Was ist mit meinem Täuschungsmanöver und dem Pass?", scherzte Alex, als wir uns trennten und er wurde in die Umarmungen miteinbezogen, zusammen mit Gratulationen von Ten. Alex verbrachte Zeit mit seiner Familie, und das bezog seinen Partner Sebastian mit ein, und ich wusste, dass er Bedenken hatte, obwohl die Dinge in letzter Zeit besser liefen. Zumindest war Sebastian eingeladen worden, Zeit mit Alex' Familie zu verbringen, das war also ein Sieg.

„Geschenke!", verkündete Ten und ich hörte Dad stöhnen. Ten hatte die Angewohnheit, in einen Laden zu gehen und *alles* zu kaufen. Kein Scherz. Von einem Wackelkopf aus einem Schnäppchenladen hin zu teuren Schlittschuhen, er wollte einfach jedem alles geben, spendete anonym einen riesigen Haufen Geld an ansässige Wohltätigkeitsorganisationen und half dabei, das Weihnachtsfest anderer Leute gut werden zu lassen.

Sogar Alex wurde in den Geschenketausch mit einbezogen und wir verbrachten eine gute Stunde damit, zu lachen und Bier zu trinken und vorzeitig Weihnachten zu feiern. Ein Teil von mir war traurig, dass ich Mom und Dad in der Spielpause nicht sehen würde, aber Dad war unten im Süden und er hatte Ten, und was Mom betraf, sie war mit ihrem Mann und meinen kleinen Schwestern in Mexiko im Urlaub. Alles hatte sich für die Beiden zum Guten gewandt, aber ich wusste, wenn ich allein gewesen wäre, wäre entweder Mom oder Dad für mich da gewesen.

Nur würde ich in diesem Jahr überhaupt nicht allein sein.

Ich würde zu Jacobs Farm fahren und in einer alten Hütte übernachten, die er und sein Dad den Herbst über renoviert hatten. Scott würde mit Hayne da sein und Benoit würde mit Ethan für mindestens drei Tage zu Besuch kommen. Wir sechs hatten diese Weihnachtsferien geplant, seit die hohen Tiere der NHL den Spielplan veröffentlicht hatten und es würde so toll sein, mit Scott und Ben auf den neuesten Stand zu kommen, und wenn es nur zum Quatschen sein würde und sich an ihr Leben zu erinnern, das sie hatten, bevor sich alles verändert hatte. Owatonna College schien so lange her zu sein und mit Freunden abzuhängen, war genau das, was ich brauchte. Nicht, dass es nur ein College-Treffen war. Schließlich hatten wir auch Henry eingeladen, aber er konnte die Therapieeinrichtung nur für ein paar Tage verlassen und würde diese Zeit an Weihnachten mit seiner Familie verbringen, obwohl er nicht allzu glücklich wirkte mit diesem speziellen Stand der Dinge. Er wurde missmutiger und verwirrter bei jedem Besuch, so sehr, dass sein Haupttherapeut vorgeschlagen hatte, dass wir ihn eine Weile nicht besuchen sollten.

Alex ging kurz nach zwei Uhr morgens ins Bett, Ten schob Erschöpfung vor und dann waren nur noch Dad und ich übrig, wir saßen schweigend vor dem Baum, genossen die Gesellschaft des anderen und nippten Kaffee, von dem ich wusste, dass er mich wahrscheinlich wachhalten würde.

„Ist es in Ordnung, wenn ich dich etwas frage, Dad?"

Er schaute von seinem Kaffee auf und lächelte mich an. „Immer", murmelte er. Wir hatten unsere schweren Zeiten gehabt, Dad und ich, aber es gab niemanden, den ich in meinem öffentlichen und privaten Leben mehr auf meiner Seite wissen wollte. Die Frage, die ich hatte, bezog sich sehr auf die Gedanken, die gerade durch meinen Kopf schwirrten. Jacob und ich. Die Zukunft.

„Wusstest du, dass Ten ja sagen würde, als du ihn gefragt hast, ob er dich heiraten will?"

Seine Augen weiteten sich ein wenig und dann nickte er. „Denk daran, Ten ging es damals sehr schlecht, mit seiner Verletzung und dem Restrisiko …" Er tippte gegen seinen Kopf und ich konnte nicht umhin, mich an das Grauen dieses Weihnachtsfestes zu erinnern. Während all dessen hatten Dad und Ten gegen die Auswirkungen der Verletzung gekämpft, um zusammenzubleiben und sich weiter zu lieben, und dann die Hochzeit, die so wundervoll gewesen war.

„Aber du wusstest, dass er ja sagen würde, stimmts?"

Er hielt kurz inne, aber so war mein Dad; der Konzentrierte, Gelassene, er ließ niemals Worte hören, die nicht wohlüberlegt und bedacht waren.

„Ten ist meine andere Hälfte und trotz allem, was war, wusste ich in meinem Herzen, dass er ja sagen würde. Warum?"

„Kein besonderer Grund, ich habe nur über allerlei Dinge nachgedacht, das ist alles."

„Beunruhigt dich etwas? Schikaniert dich jemand aus dem Team wegen mir und Ten?" Unvermittelt ging er dazu über, seinen Sohn leidenschaftlich zu verteidigen und ich liebte ihn dafür.

„Auf keinen Fall würde Coach Carmichael so etwas durchgehen lassen", versicherte ich ihm. „Es ist nur …" Ich konnte den Satz nicht beenden. Das ungeheure Ausmaß dessen, was ich für Jacob empfand, war so schwer in bloße Worte zu fassen.

„Was ist los, Ry? Geht es dir gut?" Er sah so besorgt aus und ich brauchte nicht lange, um zu bemerken, dass ich rüberkam wie ein seltsames Kind, das seinem Vater Sorgen bereitete.

Ich wollte ihm sagen, dass Jacob und ich für immer zusammen sein würden. Aber er würde vielleicht denken, dass ich dumm war und sagen, dass wir noch nicht wissen konnten, was wir wollten. Dad liebte mich, egal, was ich tat, aber was, wenn er sagte, dass ich zu jung war, um darüber nachzudenken, mich an eine Person zu binden?

Ich bin vierundzwanzig und Jacob ist mein für immer, verteidigte ich mich selbst in dem imaginären Szenario, in dem Dad vielleicht weniger von mir hielt oder meine Entscheidungen in Frage stellte. Natürlich konnte es sein, dass er mit allem einverstanden wäre, aber für den unwahrscheinlichen Fall, dass er es nicht war, behielt ich die Wahrheit, dass Jacob mein ein und alles war, vorerst für mich.

„Es geht mir gut, Dad, ich bin nur glücklich, dass es zwischen dir und Ten so gut läuft."

Dad zog mich in eine seitliche Umarmung.

„Liebe dich", sagte er.

„Ich liebe dich auch."

„Frohe Weihnachten, Junge."

ZWEI

Jacob

Du weißt, dass du ein Farmer bist, wenn …

Es gab viele Pointen für diesen alten Witz.

Um neun Uhr abends ins Bett zu gehen zu spät ist für einen typischen Abend.

Dein Hund im Transporter vorne sitzt.

Die freie Natur dein Badezimmer ist.

Du nichts Essbares genießen kannst, das du nicht selbst angebaut hast.

Weihnachten bedeutet, jedes Jahr dieselben zwei Geschenke zu bekommen: Ein neues Taschenmesser, um das zu ersetzen, das du auf dem Traktor liegengelassen hast, nachdem du die Schnüre von einem Heuballen abgeschnitten hast, und neue Latzhosen von Carhartt.

Du, sobald du aus dem Bett steigst, schaust, wie das Wetter wird, indem du die Vorhänge öffnest und nicht in die App schaust, weil dein Internet nur funktioniert, wenn du in der Scheune auf dem Speicher stehst, während du auf einem Bein balancierst.

Herzhaft gähnend tappte ich in meinem

Schlafzimmer zum Fenster, schickte ein stummes Gebet zum Himmel und riss die dunkelblauen Vorhänge auf.

„Verdammt." Ich seufzte, während ich auf dreißig Zentimeter Neuschnee schaute. Das würde alles um mindestens eine halbe Stunde zurückwerfen. Ich warf einen Blick auf die Uhr. Zehn Minuten nach vier. Es war an der Zeit, in den Tag zu starten, wenn ich auch nur die geringste Hoffnung haben wollte, Ryker mittags an unserem kleinen Flughafen zu treffen. Er hatte einen Kurzstreckenflug von St. Paul International nehmen müssen, um den letzten Teil seiner Reise zu bewältigen. Bei dem Gedanken daran, ihn wiederzusehen, hüpfte mein Magen hin und her wie ein Fisch an der Leine. Es war fast zwei Monate her, seit wir uns das letzte Mal in den Armen gelegen hatten. Ich hatte nie wirklich daran geglaubt, dass man buchstäblich Schmerzen davon haben konnte, eine Person zu vermissen, aber das hatte ich, in jeder Stunde jeden Tages schmachtete mein Herz nach Ryker.

„Gut, das reicht!" Ich schloss die Vorhänge, zog meine langen Unterhosen an, ein Paar alter Jeans, einen Pullover, ein Flanellhemd und dicke Kniestrümpfe. Ich schlich mich aus meinem Zimmer, wobei ich aufpasste, dass ich nicht auf die alten, knarzenden Bodendielen trat, die mich am Zimmer meiner Eltern vorbeiführten. Dad würde noch schlafen. Das kalte Wetter, das sich über Minnesota gelegt hatte, machte seiner kaputten Hüfte das Leben schwer. Er hätte sie erneuern lassen sollen, aber wir hatten keine Krankenversicherung. Das Geld dafür war von Zöllen verschlungen worden, die irgendein Idiot für andere Länder eingeführt hatte.

Farmern ging es richtig schlecht und unsere Familienfarm stand am Rande des Bankrotts. Ich hielt vor ihrer Tür an und hörte dem kräftigen Schnarchen meines Vaters zu. Er würde um sechs unten sein, sozusagen ausschlafen, aber bis er den Melkstand hinunterhumpelte, hatte ich den Traktor bereits aufgewärmt und die Milchkühe in die Stände gebracht. Oder würde ich, wenn ich aufhörte, im Flur herumzutrödeln.

Zehn Minuten später war ich draußen und schaufelte Schnee, räumte einen Pfad für Dad, sodass er seine kaputte Hüfte nicht überanstrengen musste. Es war ein Knochenjob, aber bald darauf war ich im Stall und hatte den alten Massey-Ferguson, den wir bei einer Auktion erstanden hatten – eine weitere lokale Farm, die verkauft worden war – zum Laufen gebracht. Dann ging ich zurück zum Haus, um Kaffee zu machen und die beiden Thermoskannen zu füllen, die mein Dad und ich in den Stall mitnahmen. Während der Kaffee durchlief, schlug ich Eier in Moms liebste gusseiserne Pfanne und kochte einen Berg an Rührei. Danach noch Toast und ein paar Würstchen von dem Schwein, das wir im letzten Sommer aufgezogen hatten. Wir hatten nie zu viele Schweine gehabt, aber das Ferkel war ein Winzling gewesen und darum hatten wir es umsonst bekommen. Es hatte sich herausgestellt, dass dieser Winzling zu über vierhundert Pfund herangewachsen war, als er beim Schlachter gewogen worden war.

„Schätzchen, du musst nicht auch noch kochen", sagte Mom, als sie in die Küche schlurfte, mit gekämmten Haaren und ihren Arbeitsklamotten für den

Winter. Sie hatte sich auch angewöhnt zu helfen, da Dad kaum noch gehen konnte. „Du machst hier genug."

Ich gab ihr einen flüchtigen Kuss auf die Wange, als sie sich neben mich schlängelte, um die Würstchen mit einer Gabel anzustechen. Saft trat aus den Fetteinschlüssen aus und verursachte einen brutzelnden Rauch, der die Küche füllte. Mein Magen knurrte. Mom tätschelte meinen Bauch, dann deckte sie den Tisch, während sie über Ryker und die alte Hütte redete, die wir renovierten. Renovieren war allerdings ein wenig viel gesagt. Es war eher so, dass Dad und ich den offenen Kamin geputzt, die Fenster mit Plastik bedeckt, die Waschbären, die dort lebten, hinausgejagt und die Löcher in den Wänden gestopft hatten, die die Stachelschweine hineingefressen hatten, wodurch die Waschbären hineinkonnten, um einzuziehen.

„Warum überlässt du es heute nicht mir, die Kälberboxen aufzustellen?" Ich warf einen Blick zurück zu ihr. Sie sah müde aus. Müde aufzuwachen, erschien mir falsch.

„Nein, es geht mir gut."

„Ich kann sie aufstellen, bevor ich losfahre, um Ryker abzuholen", erklärte ich ihr. Sie runzelte die Stirn, sie wusste, dass mit mir zu streiten dasselbe war, wie mit meinem Vater zu streiten. So oft wir auch aneinandergerieten, wir waren aus demselben sturen, stolzen Minnesota-Farmer-Holz geschnitzt. „Wir erwarten die ersten Kälber nicht vor Mitte Januar."

„Verdammt sei Curtis Young und seine dämlichen beschissenen Zäune", murmelte Mom in sich hinein. Ja, es war beschissen, dass der Stier unseres Nachbarn letztes Frühjahr durch ein Loch in dessen beschissen aufgezogenen Zaun gekommen war, durch unseren Elektrozaun gewalzt war und ungefähr jede unserer Kühe bestiegen hatte, die wir an dem Tag auf der Weide gehabt hatten. Wir zogen es vor, dass unsere Kälber ein bisschen später geboren wurden, ungefähr Mitte Februar bis in den März hinein, aber der gute alte Festus das Hereford-Rind hatte eindeutig andere Pläne für unsere Milchkühe. „Jacob, bitte lass mich helfen. Du nimmst zu viel auf dich mit der Arbeit und der Buchhaltung. Ich sehe das Licht spät nachts unter deiner Tür, wenn ich aufstehe, um auf die Toilette zu gehen. Es ist keine Schande, um Hilfe zu bitten."

Ich schaltete die Hitze unter den Würstchen aus und zerschnitt eine davon mit Hingabe. „Es *ist* eine Schande, seine Mutter seine Arbeit für sich machen zu lassen", murmelte ich, als die Kaffeekanne fauchte und zischte. „Ich habe das hier unter Kontrolle." Ich zwang ein Lächeln heraus, dann drehte ich mich zu ihr, um ihr zu zeigen, wie schön und wunderbar das Leben war. Sie wusste es besser, genau wie Dad, aber es war Weihnachten, verdammt nochmal, und mein fester Freund würde in weniger als acht Stunden hier sein. Wir hatten fünf Tage für uns allein in einer Hütte mit unseren Freunden vom College. Es würde großartig werden. Ich hatte Pläne. Pläne, die mich, Ryker und das dünne goldene Band einschlossen, das in meiner Sockenschublade versteckt war. Ein Band, das ich bei dem Juwelier Robinson über ein Jahr lang in Raten abbezahlt hatte. Diese Feiertage *mussten* perfekt werden, auch wenn Perfektion nur eine Illusion war, bis Ryker

mit meinem Verlobungsring am Finger zurück nach
Arizona flog. Ich war dieses Jahr nicht gewillt,
irgendetwas zu akzeptieren, das weniger war als ein
Traumweihnachten.

RYKERS FLIEGER LANDETE. Ich fühlte mich wie ein Kind
an Weihnachten, das Santa dabei beobachtet, wie er in
seinem Schlitten aus den Wolken kommt. Hier am
Flughafen Eden Crossing waren noch zwei andere
Leute. Ich kannte sie beide, war mit ihren Kindern zur
Schule gegangen, hatte mich mit einem geprügelt, als er
mich im Abschlussjahr eine Schwuchtel genannt und
mich in eine Toilettenkabine geschubst hatte. Ich hatte
das Arschloch fertiggemacht und war suspendiert
worden, weil ich mich geschlägert und theatralisch
aufgeführt hatte.

*Jep, ich war derjenige, dem homophobe Schimpfworte
entgegengeworfen wurden, während ich geschlagen wurde, aber ich
war der Theatralische.*

Wie auch immer. Ich hatte an dem Tag die Scheiße
aus Delbert Williams herausgeprügelt. Der dämliche,
hasserfüllte Vollidiot hätte sich nicht mit einem Typen
anlegen sollen, der doppelt so groß war wie er selbst. Ich
mochte schwul sein, aber ich war kein kleines,
empfindliches Persönchen wie Hayne, der künstlerische
feste Freund meines Kumpels Scott. Wenn du dich mit
dem Bullen anlegst, spürst du die Hörner, wie mein Dad
so gern sagte.

Der Flieger rollte zum Terminal. Ich wartete im
Inneren, ging hin und her, meine Finger juckte es

danach, diese verdammten Locken von Ryker zu berühren. Der Ausstieg schien ewig zu dauern, aber plötzlich war er da, joggte um die inzwischen geschlossene Sicherheitskontrolle herum, sein Lächeln wurde breiter, als seine hellbraunen Augen auf mir landeten. Er warf sich sein Handgepäck höher über die Schulter und brach in einen Sprint aus, den er erst stoppte, als er in meinen Armen und mein Mund auf seinem war. Scheiß auf die Leute, die die zwei schwulen Jungs, die sich küssten, anstarrten. Zur Hölle damit, was sie dachten. Mein Mann war endlich wieder in meinen Armen, und seine Lippen zu schmecken, war das Wichtigste auf der Welt.

„Mein Gott, ich habe dich vermisst", keuchte ich, als wir uns trennten, um Luft zu holen. Ryker schob seine Finger in meine kurzen Haare, dann zog er meine Lippen zurück auf seine. Seine Zunge glitt über meine, neckend und schmeckend, sie sorgte dafür, dass jeder Nerv in meinem Körper auf einmal zündete. Lust und Liebe überfluteten mich. Ich begann, ihn gegen einen Getränkeautomaten zu drängen, aber er kicherte gegen meine Lippen, dann zog er sich ein paar Zentimeter zurück, seine Lippen rosa und geschwollen vom Küssen.

„Langsam, mein Großer", flüsterte er, während seine Fingernägel sanft über meine Kopfhaut kratzten. „Sonst hetzen uns deine Nachbarn die Polizei auf den Hals."

Ich warf den ungefähr sechs Leuten, die uns anstarrten, einen finsteren Blick zu. Sie schauten alle zu Boden und hasteten davon, während sie miteinander tuschelten.

„Lass uns von hier verschwinden." Ich nahm seine

Hand und zog ihn von dem Getränkeautomaten weg. Mein 89er Ford Pickup stand draußen auf dem verschneiten Parkplatz. Der neue grell orangefarbene Lack, den ich ihm letztes Jahr in der Hoffnung, den Rost in Schach zu halten, verpasst hatte, sorgte dafür, dass er wie ein Leuchtfeuer zwischen all den Haufen frisch geräumten Schnees herausstach.

„Warum? Warum diese Farbe, Mann?" Ryker zog mich auf, wie er es immer tat, wenn er meinen Truck sah. Ich rempelte seine Hüfte mit meiner an, nahm seine Tasche, verstaute sie hinter dem Sitz und schaute dann zu, wie er hinterherkletterte. Seine Jeans spannte sich fest über seinem runden, straffen Hintern. Der Arsch eines Eisläufers, wie meiner, nur ein bisschen fester. Mein Schwanz presste gegen den Reißverschluss meiner Jeans. Ich war so glücklich darüber, dass ich den Jungs geistesgegenwärtig gesagt hatte, dass sie morgen herfliegen sollten. Heute gehörte nur uns. Mir und Ryker. Allein. In der Hütte, die die Luzernefelder überblickte. Ich hatte vor, meine Arbeit zu erledigen, wie von ihnen gewünscht mit meinen Eltern zu Abend zu essen und dann Ryker in meinem ramponierten Polaris mit Allradantrieb zur Hütte zu fahren und ihn bis zum nächsten Tag nicht aus dem großen Bett im Hauptschlafzimmer herauszulassen. Ich drückte mit meinem Handballen gegen den Steifen. Ryker erhaschte die Bewegung und gab mir ein sinnliches Augenzwinkern, das mir den Atem raubte.

Er spielte mit dem CD-Player herum, sobald die Maschine ansprang. Ich gab ihm einen Klaps auf die Hand und warf ihm scherzhaft einen finsteren Blick zu, den er mit einem Lächeln abtat. Oh Mann, sein Lachen. Es war so voll und warm, so ehrlich. Das Bedürfnis, ihn zu küssen, vervielfachte sich. Darum tat ich es.

„Ich liebe es, dich zu küssen", gurrte er, während er an meiner Unterlippe knabberte, bevor er sich zurücklehnte, um sich anzuschnallen. „Können wir ein bisschen was von meiner Musik hören?"

„Es gibt keinen Aux-Anschluss, Schatz", erinnerte ich ihn. Er schnaubte so empört, dass ich kichern musste. „Willkommen in Eden Crossing, Einwohnerzahl fünfhundertzwei. Oh, und vergiss nicht die zehntausend Kühe."

„Es ist rustikal, das weiß ich, aber sogar die Leute hier draußen müssen Autos mit Aux-Kabeln für ihr Telefon haben, oder Bluetooth, oder zumindest eine verdammte Antenne!"

„Die Leute in der Stadt vielleicht, aber wir armen Farmer können uns glücklich schätzen, dass wir uns Dosen mit Sprühlack leisten können, um unsere Fahrzeuge aufzumotzen."

„Entschuldige, ich war ein Arsch, ich wollte dich nur ein bisschen ärgern", sagte er. Ich schüttelte den Kopf, schüttelte damit die Beklemmung fort. „Ich liebe diesen alten Truck. Erinnerst du dich daran, als wir mit ihm zu diesem Teich gefahren und von der Heckklappe aus ins Wasser gesprungen sind? Mann, das war lustig. Danach haben wir auf der Ladefläche gevögelt, auf der Decke, die nach Stall gerochen hat. Und die Kühe sind hergekommen und eine hat deinen nackten Hintern abgeschleckt?" Er lachte so sehr bei der Erinnerung, dass ich mitlachen musste.

„Ich muss sagen, diese Kuh hat dein Können, was Rimming betrifft, in den Schatten gestellt", brachte ich hervor, als wir aus dem Parkplatz des Flughafens herausfuhren und auf eine neu geteerte, zweispurige Straße abbogen, die uns direkt nach Eden Crossing führen würde. Ryker schnaubte bei der Bemerkung. Er wusste es besser. Zarte Flocken schwebten von einer vorbeiziehenden Schneewolke herunter. Er redete die ganze Fahrt über, die ungefähr vierzig Minuten einfach dauerte, erzählte mir vom Team und seinen Freunden im Staat des Grand Canyon.

„Wie geht es deinem Dad?", fragte er, als Blake Shelton über ein Mädchen sang, das er geliebt und verloren hatte.

„Er schlägt sich irgendwie durch. Der orthopädische Chirurg drüben in Dalton, zu dem wir ihn geschleppt haben, hat gestern zurückgerufen. Er hat gesagt, dass die Röntgenbilder von seiner Hüfte anders sind als alles, was er je gesehen hat. Die linke ist wie die Hüfte eines Achtzigjährigen, die rechte wie die eines Zwanzigjährigen. Er hat Dad gefragt, ob er je hingefallen ist, und natürlich hat er nein gesagt, aber später am Abend hat mir Mom davon erzählt, wie er vom hinteren Teil eines Heuwagens gefallen ist, als sie miteinander ausgegangen sind. Ich glaube, da war er achtzehn oder so. Sie hat gesagt, dass er auf seiner Hüfte gelandet und ein paar Tage lang gehumpelt ist, es sich aber natürlich nie hat anmerken lassen."

„Verdammt, also denkst du, dass er sich operieren lässt?"

Ich schüttelte den Kopf. „Kein Geld. Wir mussten die Versicherung verfallen lassen, um die Hypothek zu bezahlen."

Er war einen Moment still, aber ich wusste, was als nächstes kommen würde. „Ich kann helfen, Jacob." Ich schüttelte den Kopf. Ryker atmete laut aus. „Ich verdiene inzwischen ziemlich gutes Geld. Ich kann helfen. Wenn es nicht reicht, bin ich sicher, dass Dad und Ten –"

„Wir brauchen keine Almosen", bellte ich, meine Finger schlossen sich um das Lenkrad. Ein Schneepflug fuhr an uns vorbei und blies feinen weißen Pulverschnee auf die Frontscheibe.

„Das ist kein Almosen; das ist helfen. Es ist nichts falsch daran, um Hilfe zu bitten, Jacob. Ich liebe dich. Lass mich helfen."

„Das ist nett und ich liebe dich dafür, aber die Bensons schmarotzen nicht von ihren Verwandten, geliebten Menschen oder der Regierung. Wir haben unseren Stolz." Ich nickte zu meinen eigenen Worten, nur um festzustellen, dass es gar nicht meine Worte waren. Es waren die Worte meines Großvaters und meines Vaters. Dennoch fühlten sie sich richtig an. Ich würde meinen Superstar von festem Freund nicht für die Hüft-OP meines Vaters zahlen lassen. Auf gar keinen Fall würde mein Dad auch nur einen Cent von Ryker, Jared oder Tennant annehmen, selbst wenn ich nachgeben würde. „Können wir über etwas anderes reden? Es ist Weihnachten. Du bist hier in Minnesota und wir haben fünf ganze Tage zusammen. Ich will, dass alles perfekt ist."

„Das wird es", antwortete er, während er sich herüberlehnte, um meinen Oberschenkel zu drücken. „Es ist schon perfekt, einfach, weil wir zusammen sind."

Ich schenkte ihm ein zittriges Lächeln. „Es wird sogar noch perfekter, sobald wir zu Hause sind. Mom mach Mac'n'Cheese und selbstgemachte Hühnerstreifen mit ihrer speziellen Ranchsoße."

„Ja!" rief Ryker, während er mit der Hand in die Luft schlug und auf den Boden meines Trucks aufstampfte. Ich betete, dass er den Boden nicht durchschlug. Das alte Mädchen war an manchen Stellen etwas schwach.

Als wir vor dem Farmhaus anhielten, war Ryker als erster aus dem Truck heraus. Meine Mutter machte viel Aufhebens um ihn, schob ihm seine langen, gelockten Haare aus dem Gesicht, während mein Dad seine Hand schüttelte und fragte, wie es mit dem Eishockey lief. Wir verbrachten den Nachmittag mit meinen Eltern, erledigten die anstehenden Arbeiten, stopften uns mit Moms Mac'n'Cheese und Hühnerstreifen voll und dann, ungefähr gegen sieben Uhr, kletterten wir auf meinen Allrad und fuhren davon. Die Luft war so kalt, dass mein Kopf schmerzte, aber Ryker war hinter mir, hielt sich verzweifelt fest, sein Atem warm in meinem Nacken. Wir hüpften und sprangen über schneebedeckte Felder, auf denen im nächsten Jahr Mais, Hafer und Luzerne wachsen würden. Wir fuhren spritzend durch den seichten Bach, der sich durch unser Land wand und nahmen einen Wildwechsel, der in ein dicht bewaldetes Gebiet führte. Die Scheinwerfer des Polaris erleuchteten den Wald. Eine Hirschkuh mit weißem Schwanz raste über den Pfad, als wir uns den Weg zur Hütte hin entlangschlängelten. Als wir ankamen, nahm ich das Gas weg und schaltete den Motor aus. Rauch kam aus dem Kamin. Ich lächelte über die Liebenswürdigkeit meines Vaters, hierherzukommen, um das für uns zu machen. Er hatte es, was die Akzeptanz gegenüber seinem schwulen Sohn betraf, der mit seinem reichen festen Freund rummachte, weit gebracht.

Ryker glitt von dem Quad herunter, seine Tasche auf den Rücken geschnallt, und raste zur Hütte. Ich war ihm direkt auf den Fersen, riss die Tür auf, drehte mich zu ihm, um mich an ihn zu klammern und küsste ihn dann gegen die nächste Wand.

„Bett … sofort", keuchte ich über seine feuchten Lippen.

„Ja, ja, Bett, sofort", stimmte er aus vollem Herzen zu, dann trat er die Eingangstür zu. Das einzige Licht kam vom Feuer aus dem Kamin. Ich hatte noch nie einen schöneren Anblick genossen als einen leidenschaftlichen Ryker Madsen, über dessen atemberaubendes Gesicht die Farben eines Feuers huschten.

„Ja, Bett, sofort." Ich nahm ihn bei der Hand und führte ihn zu dem einzigen Schlafzimmer mit einem Doppelbett, sauberer Bettwäsche und einer Flasche Gleitgel in der Schublade des Nachttisches.

DREI

Ryker

Jacob hatte seine Jeans aufgeknöpft und zog sie sich aus, bevor ich auch nur das Bett erreicht hatte, aber ich war nicht viel langsamer, ich rannte, um mit ihm Schritt zu halten, während er auf die Matratze kletterte und dann zur Seite griff, um sich die Sachen zu schnappen, die er dort abgeladen hatte.

Das Bedürfnis, ihn zu berühren, machte mich fast verrückt und als ich daheim war, hatte er so viele meiner Fantasien eingenommen, dass es berauschend war, ihn real und warm unter mir zu haben.

„Es ist zu lange her", knurrte Jacob und ich konnte nur nicken, während ich mein Gewicht auf ihm ablegte und seinen Nacken küsste. „So verdammt sexy, als du aus dem Flieger gekommen bist und alles, was ich wollte, war, dir deine Kleider vom Leib zu reißen und dich in dem verdammten Flughafen besinnungslos zu ficken."

Wir rangelten einen Moment, gewöhnten uns an das

Gewicht des anderen und dann war alles ein chaotischer Wahnsinn aus Bedürfnis und Begehren und Jacobs großer Körper, der meinen bedeckte, war alles, was ich jemals wollte. Ich küsste ihn, als würde ich ihn niemals wieder sehen, kostete seinen Geschmack und die Struktur jedes Körperteils, den ich berühren konnte, die Glattheit seiner Haut, die Borstigkeit seiner einen Tag alten Bartstoppeln, den Geruch seines Duschgels und den harten Druck seines Schwanzes gegen meinen Oberschenkel.

Jacob folgte einem nicht markierten Pfad von meinen Lippen zu meinen Wangenknochen und meine Kehle hinunter, er markierte jeden Zentimeter von mir mit kleinen Bissen und Küssen und ich wollte mich bewegen; ich wollte es wirklich. Ich hatte mir diesen Moment so oft vorgestellt, aber alles, was ich tun konnte, war, seinen Körper zu packen und die Fahrt zu genießen. Es gab keine Sorge um das Team oder Fokus auf das Spiel oder Pläne oder Training und das Spiel. Es gab nichts außer den Geruch und das Gewicht meines festen Freundes, die mich daran erinnerten, wie sehr ich ihn vermisst hatte. Ich wollte ihn auf diese Weise, ich wollte loslassen, ich musste, und das Team und das Spiel waren nichts, während ich auf dem Gefühl ritt, so absolut und vollkommen umsorgt und geliebt zu werden. Jacob glitt ein wenig tiefer und schenkte meinen Nippeln eine Menge Aufmerksamkeit, seine Finger auf dem einen, den anderen küssend und beißend, und ich hob fast vom Bett ab. Meine Nippel waren direkt mit meinem Schwanz verbunden und ich konnte Jacobs

Glucksen an meiner Haut spüren, weil er das verdammt nochmal genau wusste.

„Ich habe das hier vermisst", knurrte Jacob und ich drückte mich gegen ihn, wollte mehr – war verzweifelt nach mehr. „Ich will langsam machen, aber ich kann nicht …"

Endlich bewegte ich mich, packte ihn und zog ihn so fest zu mir her, wie ich konnte.

„Nicht langsam, nicht dieses Mal", bettelte ich und griff nach dem Gleitgel, versuchte verzweifelt, meine Finger damit zu befeuchten, damit ich sie in mich führen konnte, aber er war mir im Weg und er lächelte verdammt nochmal und alles, was ich wollte, war ihn tief in mir. Ich schubste ihn, spreizte meine Beine und begann, den Weg für ihn vorzubereiten. Seine Augen weiteten sich, als er für einen Moment zusah, und dann, mit einem weiteren geringfügig territorialen Knurren, quetschte er mehr Gleitgel heraus und dann ebneten wir beide den Weg. Wir hatten seit langem keine Notwendigkeit mehr für Kondome und das Bild von ihm in mir, während er mich in das Bett vögelte, war mehr als genug, dass ich verdammt nochmal jetzt sofort kommen wollte. Jacob schob und fand seinen Platz, während er meine Oberschenkel nach oben drückte. Dann küsste er mich, als er langsam in mich hineinglitt.

„Okay?", fragte er, mit Sorge in diesem einen Wort. Es hatte keine Bedeutung, so wie dieser Wahnsinn, miteinander zu ficken, uns traf. Wir würden immer aufeinander aufpassen. Ich wischte meine vom Gleitgel klebrigen Hände an dem nächstgelegenen T-Shirt ab, dann griff ich nach oben und schob meine Finger in seine kurzen Haare. Sie waren ein bisschen länger als er sie beim letzten Mal, als wir zusammen gewesen waren, gehabt hatte, aber sie würden nie so lang und widerspenstig wie meine sein. Ich mochte diesen Hauch Weichheit an meinem sturen, sexy Farmer.

„Immer", murmelte ich und schaukelte ein bisschen zurück, sein Schwanz komplett in mir, seine Augen weit und die Küsse sogar noch tiefer. Ich konnte nur von all dem kommen, nur dem sanften Schaukeln, aber Jacob brachte es höher, tiefer, und mein Schwanz war zwischen uns gefangen, darum ritt ich eine Ewigkeit am Rand eines Orgasmus dahin. Ich wollte, dass es niemals aufhörte. Ich wollte für immer in diesem Moment bleiben und Tränen drohten, zu fließen in diesem perfekten Sturm der Gefühle in mir. Ich liebte Jacob. Er war zu weit weg, er war mein ein und alles, aber ich vermisste ihn so schrecklich. Ich schloss meine Augen, als er sein Tempo erhöhte.

„Ich liebe dich", stöhnte er, als seine Bewegungen ins Stocken gerieten und ich wusste, dass er kurz davor war. Ich zog seinen Kopf in einer nicht sehr eleganten Bewegung nach unten. Er öffnete kurz seine Augen und ich war in den Tiefen seines blauen Blicks verloren.

„Ich liebe dich", sagte ich ihm zurück und ließ eine Hand zwischen uns gleiten, umfasste meinen Schwanz, der gegen seinen Bauch drückte und als er seine Erlösung hinausbrüllte, war ich ganz bei ihm, eine Überlagerung von Empfindungen, die ewig zu dauern schien.

Die Küsse waren verzweifelt, dann wurden sie träger

und wir lagen eine kurze Weile still beieinander. Ich schwöre, ich war noch nie so sehr mit mir selbst im Reinen, wie hier, während Jacob in mir weich wurde.

„Ich kann das nicht", murmelte er zwischen Küssen. „Ich kann nicht damit umgehen, dich nicht zu sehen und nicht nur, um miteinander zu schlafen, sondern um miteinander zu reden, während wir uns an den Händen halten."

„Es bringt mich um, von dir getrennt zu sein." Ich sagte ihm die absolute Wahrheit, wie ich mich dabei fühlte, von ihm getrennt zu sein. Nicht, weil ich wollte, dass er sein Leben auf dramatische Weise aufgeben und mir quer durch das verdammte Land folgen sollte, sondern weil er wissen *musste*, wie sehr ich ihn liebte. War ich selbstsüchtig? Hätte ich so etwas überhaupt sagen sollen? War diese rohe Ehrlichkeit zu viel, um sie ihm aufzubürden? Alles, was er tat, war zu seufzen, als er sich schließlich zurückzog und uns dann mit etwas, das aussah wie Tücher, die neben dem Bett lagen, säuberte. Das war mein Jacob, für alles gerüstet. Ich zog ihn nah zu mir und er rollte sich so hin, dass ich halb auf ihm lag, mein Kopf unter seinem Kinn, und er zerrte eine Decke nach oben, um uns zuzudecken. So hielten wir einander und ich wollte, dass dieser Moment ewig währte.

„Ryker? Bist du noch wach?", flüsterte Jacob in den sanft beleuchteten Raum hinein.

„Mh-hm."

„Es gibt da etwas, das ich dir sagen möchte."

„Mh-hm."

„Ich liebe dich so sehr."

Ich lächelte an seiner Haut, dann drückte ich einen sanften Kuss auf seine Kehle. „Ich liebe dich auch."

„Es war beschissen ohne dich, weißt du", murmelte Jacob.

„Ohne dich war es auch beschissen."

„Aber du hast das Team und du arbeitest daran, zu gewinnen und …"

Ich konnte nicht anders, als meine Stirn zu runzeln. „Und du hast deine Farm, dein Erbe. Du bist das Rückgrat dieses Landes, oder?"

Er blieb für einen Moment still. „Die Farm saugt alles in mir ein, die Arbeit, die Abläufe, meine Pläne für alles, diese Hütte aufzuräumen, damit wir einen Ort haben, wo wir bleiben können, aber das Leben fühlt sich so grau an, wenn du nicht hier bist, so als wäre jeder Tag einfach nur derselbe wie der letzte. Ich weiß nicht, was ich mache …"

Ich hob meinen Kopf und begegnete seinem ernsten Blick.

„Du bist dafür geboren, eine Farm zu bewirtschaften", meinte ich und obwohl ein kleiner, verräterischer Teil von mir nicht wollte, dass dem so war, war es die Wahrheit und Teil seiner Persönlichkeit, sein Innerstes, das ich genauso sehr liebte wie den Rest.

„Vielleicht ist es nicht das, was …" Er stieß ein Seufzen aus und beendete den Satz nicht und ich umarmte ihn fester, um meine Unterstützung zu zeigen. „Ich bin müde", fügte er hinzu.

„Dann schlaf, denn ich bin genau hier. Ich passe auf dich auf."

Er wand sich ein bisschen, um es bequem zu haben,

dann legte er die Decke eng um uns. „Ich habe dich viel zu sehr vermisst. Wenn ich die Dämmerung sehe oder eine Sternschnuppe oder wie sich die Blätter färben, denke ich an dich und liebe dich und vermisse dich so verdammt sehr."

„Und jedes Mal, wenn ich aufs Eis gehe oder Tim McGraw höre, vermisse ich dich auch."

„Unser Zehnjahresplan bringt mich durcheinander", gab er zu und mein Brustkorb verengte sich. Wollte er nicht mit mir zusammenbleiben? War er nicht glücklich, während er warten musste?

„Es wird nicht lange dauern. Ich spiele meine Jahre, bleibe gesund, bleibe am Ball, setze mich in zehn Jahren zur Ruhe und ziehe mit dir in diese Hütte, und dann wirst du mich nie wieder los."

Darauf sagte er nichts, aber das war unsere unausgesprochene Strategie. Ich würde das Spiel spielen, das ich so liebte, in dem ich gut war, und ich würde Geld verdienen, vielleicht den Stanley Cup in die Höhe halten. Ich würde diesen Teil meines Lebens vollenden, um finanziell abgesichert zu sein und dann würde ich zu Jacob nach Hause kommen, auf seine Farm, und wir würden ein ganz neues Leben aufbauen. Vielleicht sogar ein paar Kinder adoptieren oder etwas anderes machen, das unglaublich erwachsen und richtig für uns war.

Was wäre also, wenn der Gedanke, dass das alles war, was wir für die nächsten zehn Jahre hatten, ein Schmerz des Bedauerns war, der sich in meiner Brust zusammenballte? Wir hatten unsere Leidenschaften, er für seine Farm, ich für Hockey und wir mussten dafür sorgen, dass das hier funktionierte.

Wir lagen in Stille zusammen, aber aus irgendeinem Grund ging mir der Schlaf aus dem Weg, der normalerweise folgte, wenn ich Sex mit Jacob hatte, und da Jacobs Atmung noch nicht gleichmäßig geworden war, vermutete ich, dass auch er noch wach war.

„Dad geht es nicht gut", murmelte Jacob.

„Ja, du hast erwähnt, dass er Schmerzen hat." Ich ermutigte ihn, weiterzureden.

„Nicht nur das. Ich sehe, wie er so verdammt verbissen versucht, zu arbeiten, zu sparen und eine Lebensgrundlage zusammenzubekommen, aber seine Schmerzen … und meine Mom, sie sieht so müde aus … ist es das wert?"

Das war das erste Mal, dass ich Jacob jemals hatte andeuten hören, dass das Farmerleben seine Familie zermürbte. Obwohl er mehr über seine Eltern redete, konnte ich nicht umhin, einen Hauch Trauer in seiner Stimme zu hören. Ich wünschte, er würde mich seinem Dad irgendwie helfen lassen, aber ich liebte ihn, wie er war: Stur, stolz und mein.

„Alles, was dir wichtig ist, ist es letzten Endes wert", sagte ich und fühlte mich so erwachsen wie noch nie. Was ein irgendwie trauriges und beunruhigendes Gefühl war, da ich mir nicht sicher war, ob ich das, was ich sagte, tatsächlich glaubte. Was, wenn dieses *alles*, was wichtig war, bedeutete, dass du von dem Mann, den du liebst, so lange Zeit getrennt bist?

Dann gähnte er und ich kuschelte mich noch ein

paar Zentimeter näher an ihn und so eng umschlungen, wie wir nur sein konnten, schliefen wir.

DER NÄCHSTE TAG brach strahlend und kalt an und der Frost hinterließ Spuren auf trüben Fenstern und verwirbelte Muster auf dem Holz der Hütte. Das Feuer war längst ausgegangen und mein Atem war ein Nebel, als ich ausatmete, aber dass meine Extremitäten kalt waren, war egal, weil jeder Teil von mir, der Jacob berührte, kuschelig warm war.

„Wir sollten aufstehen", sagte er, als ich mich an ihm bewegte. „Oder zumindest muss ich aufstehen. Es gibt Arbeit, die ich erledigen muss."

Ich gab einen protestierenden Laut von mir und zog stattdessen die Decke hoch und über unsere Köpfe, bis wir in einem Kokon waren und ich nicht einmal sein Gesicht sehen konnte.

„Tatsächlich   sollten   wir   bis   zum   Frühling Winterschlaf halten", schlug ich vor.

Jacobs Kichern rumpelte in seinem Brustkorb. „Es ist ja nicht so, dass wir essen müssten oder auf Toilette gehen oder die Kühe füttern oder Hockey spielen. Also ja, wir sollten bis zum Frühling genau hierbleiben."

Ich schmollte ein bisschen, weil mein Plan, sich nie von diesem Fleck fortzubewegen, ein verdammt guter war, wenn auch komplett unmöglich. Da lachte er, weil er meinen Gesichtsausdruck kannte und mein Bedürfnis verstand, einfach mit ihm zusammen zu *sein*. Weil er *mich* kannte.

Wir kletterten aus dem Bett und zogen uns schnell

an, dankbar dafür, dass die Hütte anscheinend gut isoliert war, da vor den Fenstern ein winterlicher Blick geboten wurde, der so vollkommen wunderschön und weiß war, dass mich bei dem Anblick fror. Ich liebte Schnee, zur Hölle, ich liebte Weihnachten, hatte ich schon immer, aber ich hatte in einem Haus mit Zentralheizung gewohnt, nicht in einer Hütte im Wald.

Jacob brachte in einem glänzenden Herd aus Chrom und Eisen ein Feuer zum Laufen und zog verschiedene Dinge aus einem Küchenschrank, die zum Glück auch Kaffee beinhalteten, und kurz darauf saß ich neben der Hitze, eingerollt auf einem gemütlichen Sessel, nippte Kaffee und knabberte an einem aufgewärmten Bagel. Hier drinnen gab es keine Weihnachtsdeko, keinen Baum oder auch nur ein Licht. Nichts.

„Wir sollten einen Baum besorgen", verkündete ich und Jacob warf mir einen Seitenblick zu, während er sich eine dicke Jacke anzog.

„In Ordnung."

„Und Deko. Auf dem Weg hierher hast du gesagt, dass es einen kleinen Generator gibt, oder? Nun, wir müssen die Hütte verschönern, sie für die Jungs festlicher aussehen lassen, wenn sie ankommen und vielleicht sogar ein paar Lichter besorgen."

„Wir könnten gehen, wenn ich fertig bin", stimmte Jacob zu.

Ich drehte mich einmal um meine Achse. Neben der Tür zu dem kleinen Badezimmer und unserem Zimmer, gab es zwei weitere, von denen ich ausging, dass dort die Jungs schlafen würden, wenn sie ankamen. Ich hatte bereits Bilder von uns sechs vor Augen, um den Herd geschart, der Duft von Kiefern, der von einem rustikal geschmückten Baum kam, erfüllte die Luft und der sanfte Schein von Weihnachtsbeleuchtung machte alles hundert Mal romantischer.

„Und wir holen einen richtigen Baum?"

Er runzelte die Stirn. „Wie in zu einer Verkaufsfläche gehen und einen kaufen?"

„Habt ihr keine Bäume auf eurem Grund?"

Er neigte seinen Kopf zur Seite und das Stirnrunzeln war immer noch da. „Doch, ich vermute schon."

„Warum holen wir uns dann nicht einen Baum, wenn du zurückkommst und ich kann Baumschmuck besorgen." Plötzlich begeistert, sprang ich auf die Füße und begann, meine Jacke und Stiefel anzuziehen. „Kann ich mir deinen Truck leihen, um in die Stadt zu fahren?" Ich wusste, dass es in einem Radius von dreißig Kilometern ein paar kleine Städte gab und eine davon musste ein malerisches kleines Weihnachtsgeschäft haben, oder? Schließlich hatte ich all die Filme gesehen und diese Geschäfte waren überall.

„Hey", murmelte Jacob, als wir aus der Tür in das wunderschöne Winterwunderland seines Grundstücks traten und über den zugefrorenen See schauten, umgeben von mit Eis beschwerten Zweigen, die so tief gebogen waren, dass sie fast den Boden berührten. „Ich liebe dich, Ryker", sagte er und einen Moment lang küssten wir uns träge, bevor er sich losriss.

„Ich liebe dich", sagte ich zurück und dann, mit einem letzten Kuss, verließen wir die perfekte, rustikale Hütte und machten uns auf den Weg; er zu seiner

Arbeit und ich, um ihn eine lange Zeit zu beobachten, bis ich losziehen konnte auf die Mission, Zivilisation zu finden, einen Riesenhaufen Lichter und den geschmacklosesten Weihnachtsschmuck, den ich auftreiben konnte.

Falls ich mich auf dem Rücksitz seines Allrads auf dem Weg zum Farmhaus nicht zuerst zu Tode fror.

Jacob

Die morgendlichen Arbeiten gingen mir gut von der Hand. Dad war wach und machte das Kältehoch, das über der Gegend hing, für seinen Elan verantwortlich. Ich vermutete, es waren die Entzündungshemmer, die er zweimal am Tag nahm. Ohne sie wäre er nicht in der Lage, aus seinem Lehnstuhl aufzustehen. Trotzdem war es schön, ihn im Stall herumgehen zu sehen, auch wenn sein Humpeln deutlich erkennbar war. Nachdem die letzte Kuh in ihrem Ständer war, ließ ich Dad allein, um den Traktor anzuwerfen und ein paar Rundballen vom Heuschober zu holen. Seine Hüfte hinderte ihn daran, auf den Massey-Ferguson zu klettern. Im Vorraum streifte ich meinen Overall ab, zog meinen Arbeitskittel an und tätschelte die kleine, viereckige Beule in meiner Brusttasche. Rykers Ring. Ich hatte ihn gestern in meine Tasche geschoben, in der Hoffnung auf den ultimativen romantischen Moment, um einen Antrag zu machen. Ich hatte gedacht, vielleicht wenn wir an der Hütte angekommen waren, aber die Dinge hatten eine direkte

Route in Richtung Sex genommen und der Moment, ihn zu fragen, ob er mein sein wollte, war nicht gekommen. Wann es soweit sein würde, wusste ich nicht, aber ich würde den Ring für alle Fälle bei mir haben.

Ich joggte um die Liegefläche herum, die Kühe, die gemolken worden waren, starrten mich mit großen, fordernden braunen Augen an.

„Ja, ja, ich bin dabei", rief ich den Holstein-Rindern zu, die mich mit ihren finsteren Blicken zur Eile antrieben. Kühe waren so penetrant. Während ich eine alte Melodie von Randy Travis summte, hastete ich in den Geräteschuppen zwischen den Zwillingssilotürmen und rief unserem neuen alten Traktor eine Begrüßung zu.

„Morgen, Matilda", sagte ich zu dem Traktor, zog den Ölheizstab heraus und legte ihn beiseite, auf einen Arbeitstisch, der mit alten Traktorteilen übersät war. „Zeit, Heu zu schleppen, altes Mädchen."

Ich kletterte auf den Traktor und ließ den Motor an, dabei lächelte ich darüber, wie gut ich mich an diesem Morgen tatsächlich fühlte, als eine große Wolke weißen Rauchs herauswaberte. Die Wolke walzte aus der offenen Tür hinaus in den bitterkalten Dezembermorgen.

„Verdammt!", schnappte ich, während ich schnell den Motor ausschaltete, bevor ich auf den schmutzigen Boden sprang. Meine alten Arbeitsschuhe trafen die gefrorene Erde mit einem *Rumms*. „Das können wir hier so gar nicht gebrauchen, Matilda. Nicht heute." Wedelnd vertrieb ich die verbleibenden Rauchfähnchen, dann legte ich eine Hand auf die verbeulte Motorhaube, die den uralten Motor bedeckte. Während ich hoffte, dass es etwas Einfaches – und Billiges – war, begann ich damit, herumzubasteln, überprüfte, ob es ein Leck oder eine Blockade in der Ansaugleitung gab, dann zog ich den Kraftstofffilter herunter, um nachzusehen, ob er mit Dreck verstopft war. Als dabei nichts herauskam, überprüfte ich die Dichtungen, für den Fall, dass etwas auslief. Wir hatten einmal einen Traktor von Ford besessen, bei dem das ein Problem gewesen war. Die Dichtungen waren sauber und trocken, darum stocherte ich ein bisschen länger herum, überprüfte dies und das, bis ich zu dem Schluss kam, dass wir etwas Größeres als einen dreckigen Kraftstofffilter vor uns hatten.

„Du warst eine Stunde weg, Jacob. Die Kühe brauchen immer noch Heu", rief Dad, während er in den Schuppen schlurfte. „Gibt es ein Problem?"

„Ja." Ich wischte meine schmierigen Hände an meiner Jeans ab, dann begegnete ich seinem Blick. „Es kommt weißer Rauch aus ihr heraus. Ich glaube, es könnte ein kaputter Injektor oder ein ausgebrannter Zylinder sein, aber ich werde den Motor ausbauen müssen, um sicherzugehen."

„Scheiße." Er seufzte, wobei er eine Hand auf die rostige rote Motorhaube legte. „Das ist eine große Aufgabe."

„Jep."

„Na gut, lass mich etwas anderes anziehen und dann fahren wir in die Stadt."

„Nein, ich gehe, nachdem ich ein paar Ballen zum Futterplatz gerollt habe."

Dad gab mir ein Nicken, dann, ungeachtet meiner

wütenden Tirade darüber, dass er mir half, stellte er sich hinter einen der knapp Zwei-auf-zwei-Meter-Ballen und half mir, ihn zu rollen, mit den Händen, bergauf zu der Parzelle, wo die Kühe ungeduldig warteten. Die Sonne blinzelte jetzt gerade so über die Spitzen der kahlen Bäume.

„Himmel Herrgott, diese Hurensöhne sind schwer", schnaufte Dad. Ich wischte den Schweiß weg, der in meine Augen lief. Die einstelligen Temperaturen fühlten sich jetzt nicht mehr ganz so kalt an. „Wir brauchen mindestens vier mehr, mein Junge."

Ich warf einen Blick auf den Himmel, sah über mir eine Krähe vorbeifliegen und nickte dann mit dem Kopf.

Wir brauchten zwei Stunden, um das Vieh zu füttern. Ich musste meinem Vater zurück ins Haus helfen, weil er solche Schmerzen hatte. Mom machte viel Aufhebens um ihn und brachte ihn mit einer Wärmflasche auf seiner Hüfte zu seinem Lehnstuhl. Ich lieh mir ihre Schlüssel und machte einen schnellen Ausflug zu Kennedy's Farm & Tractor auf der anderen Seite von Eden Crossing, direkt beim Marston Creek. Jim Kennedy lächelte mich an, als ich eintrat. Ich erwiderte das Lächeln und dann begannen wir zu reden. Zehn Minuten später lächelte ich nicht mehr. Tatsächlich war ich den Tränen nahe.

„… Teile für so einen alten Traktor werden unmöglich aufzutreiben sein, Jacob. Wir können dir einen gebrauchten Motor bestellen, einen, der wiederaufbereitet wurde, zu einem fairen Preis." Jim sah auf von dem Katalog für gebrauchte Teile und

Motoren, den er aufgeschlagen hatte. Seine grauen Augen überflogen mein Gesicht.

„Was ist ein fairer Preis?" Ich wusste, dass er weit über den zweihundertdrei Kröten liegen würde, die noch auf dem Konto der Farm waren.

„Es gibt einen 8.3 T Diesel, der hier in Kentucky gelistet ist, für viertausendfünfhundert Dollar, minus der Kaution. Die Kaution wird mit weiteren tausend Dollar zu Buche schlagen. Dann sind da natürlich noch die Versandkosten. Ich würde sagen, sechstausendfünfhundert Dollar werden alles abdecken."

Ich schloss meine Augen, der Geruch von Diesel und Öl, der sich von der riesigen Garage auf der Rückseite in den Verkaufsraum schlich, brachte meine Augen zum Tränen. Ja, das war es. Der Gestank von Benzin machte das mit meinen Augen.

„Das können wir uns nicht leisten. Was ist mit Teilen?", fragte ich schwer schluckend, dann öffnete ich meine Augen, um Jims faltiges Gesicht zu studieren. Er warf mir einen Blick voller Mitgefühl zu. Unsere Familie hatte hier schon immer die Geräte für die Farm eingekauft. Die Bensons hatten das Land seit Generationen bestellt und die Kennedys hatten unsere Fahrzeuge am Laufen gehalten.

„Nun, wenn es ein kaputter Zylinder ist, kommst du auf ungefähr zweihundertfünfzig für den Zylinder selbst, plus die neuen Dichtungen, die du auswechseln musst. Wir haben einen Satz, in dem alles enthalten ist, was du brauchst." Er tippte etwas in einen schmierigen Taschenrechner. Ich ließ meinen Blick über die neuen

Heurechen und Dungstreuer schweifen. „Wir wären bei etwa fünfhundert plus ein paar Zerquetschte."

Den Blick auf den leuchtend grünen Heuwender fixiert, seufzte ich innerlich. Tatsächlich könnte es sein, dass ich innerlich geschrien habe.

„Sicher, in Ordnung, ich muss schnell zur Bank gehen. Kannst du dieses Set für mich zusammensuchen? Ich bin in zehn Minuten oder so zurück."

„Jep, kann ich machen." Jim schenkte mir ein freundliches Lächeln, das ich nur schwer erwidern konnte. Ich trat hinaus in die Kälte, ging zu dem Malibu meiner Mutter, ließ mich hinter das Lenkrad fallen und ließ die völlige Verzweiflung des Moments über mich hereinbrechen. Eine erstickte Art Keuchen entkam. Ich beeilte mich, die Tränen zu unterdrücken, denn mal ehrlich, welcher Mann saß auf einem Parkplatz, während er wegen eines verdammtes Reparatursets für einen Zylinder weinte? Männer übernahmen die Kontrolle und taten, was getan werden musste. Mit diesem Mantra im Kopf fuhr ich auf die Hauptstraße und nach Eden Crossing, wo ich dann den Ring zurück an Robinson's Jewelers verkaufte. Den, den ich mir vom Mund abgespart hatte und für den ich meine Lieblingsenduro verkauft hatte, um ihn zu erwerben. Sie waren verständnisvoll und sagten, dass sie ihn bis nach Neujahr zurückhalten würden, falls sich mein Glück noch wenden würde. Mit einer Tasche, die sich so leer anfühlte wie mein Herz, übergab ich Jim das ganze Geld in meinem Portemonnaie. Der Rest meines Tages lag vor mir ausgebreitet und er war nicht annähernd so, wie ich es mir ausgemalt hatte. Verdammtes Leben.

. . .

MITTAGS MACHTE ICH PAUSE, verschlang ein bisschen Essen, dann wusch ich mich, um Ryker bei der Hütte zu treffen. Wir mussten die Jungs um vier Uhr abholen. Es war der letzte Flug zum Flughafen bis nach Weihnachten, das in zwei Tagen war. Als ich in die Hütte ging, mein Gesicht eiskalt von der Spritztour hierher auf dem Allrad, betrat ich eine Welt der Weihnachtsfreude.

„Hey! Hi!" Ryker sprang zu mir, küsste mich auf die Lippen, dann tanzte er mit einer Girlande in der Hand wieder fort. „Also, ich habe herausgefunden, dass es vier dieser Dollar-Läden in beziehungsweise um Eden Crossing herum gibt."

Ich ließ meinen Blick einmal durch den Raum schweifen. Es war schwer, auch nur einen Quadratzentimeter zu finden, der nicht festlich war. Sogar das Plastik über den Fenstern war mit diesem weißen, flockigen Zeug besprüht worden. Es gab glitzernde Papierbälle und Zuckerstangen, die von der Decke baumelten, Girlanden, die über die Fensterkästen drapiert waren und über die Kaminumfassung. Kisten und Tüten voller Dekozeug standen auf dem Boden.

„Hast du alle vier Läden leergekauft?"

„Lustiger Mann. Ich liebe einen lustigen Mann", antwortete Ryker frech und mit einem Zwinkern. „Nein, du Trottel, aber ich hatte Spaß. Danke, dass ich mir deinen Truck leihen durfte. Er ist draußen hinter der Hütte. Ich bin beim Überqueren des Bachs fast steckengeblieben, aber ich habe ihn aus dem tiefen Teil herausmanövriert. Keine Sorge, ich bin nicht auf den Heufeldern gefahren und auf dem Weg geblieben, den der Allrad gebahnt hat. Oh! Schau dir das an." Er lief hinüber zu dem Berg an Taschen und hob eine hoch. „Lauter Sachen, um Schmuck für den Baum zu basteln, den wir holen müssen. Ich weiß, dass wir uns alle anstellen werden wie Idioten mit zwei linken Händen, naja, abgesehen von Hayne, der verdammt nochmal bei dem künstlerischen Zeug abliefern wird, aber es wird Spaß machen. Und ich habe *Cards Against Humanity*. Oh! Wir sollten mehr Snacks und ein bisschen Bier besorgen. Na gut, in Ordnung, vielleicht kein Bier, weil wir alle Sportler sind und Scott diese Gesund-und-nüchtern-Sache durchzieht. Hey! Holen wir Root Beer und Eiscreme. Wir machen daraus Cocktails und bemalen Bälle. Ja, Mann, das wird *episch*!"

Sein Enthusiasmus stand ihm gut. Ich wünschte, ich würde dazu passen. „Klar, das klingt super, Babe. Meine Mom hat ein paar alte Lichter, die sie uns für den Baum leihen würde. Ich habe die Kettensäge auf den Allrad geschnallt. Wenn wir diese Baum-Sache durchziehen wollen, fangen wir besser damit an. Wir müssen die Jungs abholen und ich muss immer noch an dem Traktor arbeiten, sodass wir vielleicht die abendlichen Aufgaben erledigen können."

„Oh, funktioniert der Traktor nicht?", fragte er, seine Wangen rosig vom Feuer, seine hellbraunen Augen leuchteten voller guten Mutes.

„Ja, aber jetzt passt es wieder. Ich war unterwegs, um die Teile zu kaufen und sollte ihn bis zum Einbruch der Nacht wieder am Laufen haben." Ich zwang ein

Lächeln heraus, das er erwiderte; nur war seines eine Million Watt heller als das meine. Mit einem Freudenschrei packte Ryker zusammen und zog mich zurück nach draußen. Die Sonne auf dem Schnee blendete mich und ich drehte mich von dem Weiß weg, schwang ein Bein über den Allrad, dann rutschte ich nach vorn, sodass er hinter mir hinaufgleiten konnte. Er schlang seine Arme um mich und schon waren wir unterwegs, der Wind ließ unsere Augen tränen, unsere Nasen laufen und unsere Wangen so rot wie den Mantel des Weihnachtsmanns werden.

Der Teich an der Farm war gefroren, als wir daran vorbeipreschten. Der perfekte Ort für ein Hockeymatch, wenn die Jungs angekommen waren. Wir fuhren durch Reihen aus nackten Eichen und Ulmen, der frische Schnee lag schwer auf den Zweigen. Ryker griff nach oben, während wir vorbeifuhren und schlug den Schnee herunter, wobei er eine Wolke aus schillernden Diamanten in der Luft um uns herum erschuf. Als wir die Kiefern erreichten, machte ich den Motor aus und wir saßen da, gebannt von der Schönheit um uns herum. Große immergrüne Bäume, die mit glitzerndem weißem Pulver überzogen waren, das Flattern der Flügel eines Kardinals, das Aufleuchten des Schwanzes eines Blauhähers und das Flüstern des Winds durch das Fichtenholz waren wahrhaft magisch.

„Es ist so wunderschön", flüsterte Ryker in mein Ohr. Ich drehte meinen Kopf, um ihn anzusehen und fand, dass die Umgebung im Vergleich verblasste.

„Ich liebe dich so sehr, das weißt du, stimmts?", fragte ich und er grinste, das Grinsen, das er mir immer schenkte, wenn ich gestand, wie sehr ich ihn anbetete. Das Grinsen eines Mannes, der wirklich geliebt wurde. „Ich wollte dieses Weihnachten zu etwas so Besonderem machen …"

„Hast du." Er presste seine kalten Lippen auf meine, dann kletterte er vom Rücksitz, raste zu den Kiefern, während er mir über seine Schulter zurief, ihm zu folgen. Meinen Kopf schüttelnd, als er zu brüllen begann, „Wo befindest du dich, oh perfektester aller Weihnachtsbäume?!", löste ich die dicken elastischen Bänder, die die Jonsered-Kettensäge meines Vaters an das Gestell an der Vorderseite des Polaris hielten und lief mit großen Schritten los, um mich der Jagd auf den perfektesten Weihnachtsbaum anzuschließen. Zumindest konnte ich ihm das geben.

Er fand den perfekten Baum ohne viel Getue. Es war eine gedrungene Blautanne mit einem Loch zwischen den Zweigen, wo ein Weißwedelhirsch den Bast von seinem Geweih gekratzt hatte, aber Ryker erklärte sie zu der Einen und so, mit einer Bewegung der Kettensäge, fällten wir unseren Baum. Mit einem Seil banden wir ihn fest zusammen, dann zogen wir ihn hinter uns her. Ryker sang den ganzen Weg nach Hause Weihnachtslieder und sein schräger Gesang half, die Traurigkeit in meinem Herzen zu lösen, aber nur ein kleines bisschen. Da wir wussten, dass die Zeit knapp war, richteten wir den Baum neben dem wackeligen Haupteingang der Hütte auf. Ryker sprang für die Fahrt zum Flughafen in meinen Truck. Darauf bedacht, dem Pfad des Polaris zu folgen, brachte er mich zurück zur

Farm. Mom traf uns draußen mit nichts als einem Pullover an.

„Dad nimmt ein heißes Bad, um seine Hüfte zu lockern. Dann wird er den Traktor reparieren."

Ich schaute an Ryker vorbei auf das Haus, so als könnte ich meinen Vater a la Clark Kent durch die Wände hindurch erspähen. „Sag ihm, er soll sich einfach ausruhen, in Ordnung? Ich komme zurück und repariere ihn. Dann erledige ich die Arbeit. Wir werden viel Hilfe haben." Sie biss sich auf die Unterlippe. Ich zog sie für eine kurze Umarmung an mich. „Sag ihm, er soll sich ausruhen. Ich kümmere mich darum. Ich kümmere mich darum, in Ordnung?"

„Ich versuche es, aber du weißt, wie er ist." Sie gluckste belegt, wobei sie meinem neugierigen festen Freund ein wackeliges Lächeln schenkte. „Sie gleichen sich wie ein Ei dem anderen, wenn es darum geht, stur zu sein."

„Oh, glauben sie mir, Mrs B, das ist mir *sehr* bewusst", antwortete Ryker frech. „Wir sind bald mit jeder Menge Hilfe zurück. Wirklich, sagen sie Mr B, er soll sich einfach entspannen. Wir sind alle bereit, Kuhkacka auszumisten!"

Sie kicherte, so wie ich. Ich vermutete irgendwie, dass Benoit, Scott, Hayne und Ethan tatsächlich kein Verlangen danach hatten, Euter abzuwaschen oder Kuhdung zu schaufeln. Sie waren Jungs aus der Stadt, wie Ryker. Ich liebte sie alle heiß und innig, aber sie konnten eine Melkmaschine nicht von einem Marmorkuchen unterscheiden.

Das verspricht, ein interessanter Abend im Melkstand zu werden.

FÜNF

Ryker

Ich hätte mir kein schlimmeres Szenario vorstellen können als fünf Männer in einem Kuhstall, die nicht einmal in der Nähe des Stalls oder der Tiere hätten sein sollen. Alles begann einigermaßen gut. Ich meine, wir alle hörten aufmerksam zu, was uns aufgetragen wurde, aber vielleicht habe ich nicht so gut zugehört, wie es mir möglich gewesen wäre, denn ich konnte nicht damit aufhören, auf Jacobs Lippen zu starren, während sie sie die Worte ‚Zitzen-Dippbecher' und ‚wichtig' formten. Ich war der Erste, der verkackte, indem ich über eine Schaufel stolperte und Scott bekam die Wucht meiner Dummheit ab und landete mit dem Gesicht voran in Kuhscheiße. Dazu kam Hayne, der komplett eskalierte und vor Lachen weinte, während Jacobs Mom Scott abführte, um zu duschen, und ich dachte, wir hätten unser Limit an Dummheit vielleicht erreicht.

Wie sehr konnte sich ein Mann irren?

Eine Kuh schlug nach Ethan aus, der zurücksprang und einen frisch gewaschenen Scott direkt zurück in die

Scheiße hineinbeförderte, und was beim ersten Mal irgendwie lustig war, ging jetzt über in halbherzige Schuldzuweisungen, die Gefahr liefen, zu mehr zu werden, da wir müde waren und froren. Freundschaft und Kameradschaft fanden ihr Ende anscheinend auf der Ebene von Kuhscheiße.

So hatte ich mir *nicht* vorgestellt, dass wir uns alle zusammenschlossen und Jacob halfen. Es lief eindeutig nicht so, wie ich es als Beginn für dieses weihnachtliche Zusammentreffen wollte.

Letztendlich seufzte Jacob, dankte uns allen so höflich, dass es den Kanadier Benoit beschämte und begleitete uns hinaus in den Schnee, wobei Scott zurück zum Haus trottete, Hayne ihm, hin- und hergerissen zwischen Gelächter und Mitgefühl, hinterher flitzte und der Rest von uns entschied, auf sie zu warten, bevor wir aufbrachen.

Es war kalt, eisig, aber wir mummelten uns ein und warteten und ich hoffte wirklich, wir würden alle sechs zur Hütte fahren.

„Ich habe ein paar letzte Arbeiten zu erledigen", verkündete Jacob, als wir uns fertig machten, um zu gehen. Ich wusste nicht, ob es sein Tonfall war oder das halbe Lächeln, das er mir schenkte, aber etwas stimmte nicht, oder besser, etwas war *anders* an meinem festen Freund. Vorher hatte er sich gefreut, den Baum mit mir zu besorgen, und wenn auch nicht glücklich, so war er zumindest nachsichtig damit, dass ich einen Baum brauchte. Er war nicht wütend gewesen, dass ich die Hütte in einen Ein-Dollar-Laden, der Aladins Höhle sein wollte, verwandelt hatte, und er hatte es genossen, frostige Küsse miteinander zu tauschen, aber an diesem Nachmittag war er ...

Falsch.

Der Jacob von heute gegenüber dem Jacob von gestern war wie der Mann, den ich kurz vor seinen Abschlussprüfungen gekannt hatte, der niemandem gegenüber zugeben wollte, dass er Angst davor hatte, zu versagen und der erst nachgab und seine Ängste teilte, als ich ihn nahezu katalon aufgefunden hatte, während er in der Bibliothek in ein Schulbuch starrte. Ich beschloss, später mit ihm zu reden, aber jetzt war nicht der richtige Zeitpunkt. Fürs Erste war es meine Aufgabe, sicherzustellen, dass Scott, Hayne, Benoit und Ethan es alle lebendig zur Hütte schafften. Es war zweifellos eine gemütliche Fahrt. Hayne saß auf Scotts Schoß, wo er sich in Todesangst festhielt, seine Kapuze fiel herunter und seine Locken sprangen, als wir über jedes Loch und jeden Klumpen unter dem Schnee fuhren. Ethan war neben der Tür eingeklemmt, wobei er nervös vor sich hin summte und Benoit saß hinten, der Einzige, der bei jeder Senke und jedem Abhang freudig rief, während er Taschen und eine Auswahl an Hockeyausrüstung festhielt. Er war einfach ein komplett verrückter Torwart. Immerhin schafften wir es in einem Stück zur Hütte, geschuldet der Kombination, dass ich dem, was ich vom Pfad im Scheinwerferlicht sehen konnte, folgte, und der Tatsache, dass der alte Truck anscheinend unzerstörbar war.

Hayne verloren wir sofort, der zwischen den Bäumen verschwand, Scott hinter ihm her stolpernd.

„Oh mein Gott", wiederholte Hayne immer wieder. „Ich brauche meine Farben ... das ist einfach ..."

Wir überließen die beiden sich selbst, der Rest von und ging in die kalte Hütte. Jacob hatte mir gezeigt, wie man den Ofen anheizte und das war für mich das Wichtigste. Dann zündete ich die kleinen Laternen an der Küchenzeile an und drehte mich schließlich, um Ethan anzusehen, der anscheinend vor Schock sprachlos war, und Benoit, der so breit grinste, dass ich dachte, es müsste wehtun. Zu ihren Füßen lag ein Durcheinander aus Taschen und Schlägern und Ben hatte bereits seinen riesigen, dicken Mantel ausgezogen, dann eines seiner Trikots herausgenommen und es über seinen Pullover gezogen. Ich *könnte* ihn wegen des Teams aufziehen, aber jemand, der für die Raptors spielte, hatte kein Recht, irgendjemanden für irgendetwas aufzuziehen. Nein, ich wusste, dass mir jeder der anderen erklären würde, selbstverständlich auf eine nette Art, wie beschissen die Raptors waren. Das musste mir wirklich nicht erklärt werden. Es war nur so, dass ich gegenüber meinem Team unglaublich beschützend war, weil wir langsam begannen, eine Beziehung zueinander aufzubauen. Nicht sehr, aber genug, dass jetzt, da Aarni weg war, *etwas* Zusammenhalt im Spiel aufkam. Schließlich war ich Teil der heißesten Linie in der Geschichte der Raptors. Nicht, dass das viel aussagte.

„Sag mir, dass es hier einen Teich gibt und dass er gefroren ist und dass wir morgen hingehen können.", verlangte Benoit und warf Ethan einen Seitenblick zu.

Sein Enthusiasmus war ansteckend. „Oh ja, es gibt

einen Teich, einen großen, mit einer dicken Eisschicht", erklärte ich und wir schlugen miteinander ein.

„Was ist" – Ethan winkte in Richtung der Decke, der herunterhängenden, billigen Dekoration, die sich in dem Wind verdrehte, der durch Risse hereinkam und der aufsteigenden Hitze vom Ofen – „... das?", endete er.

„Weihnachten!", rief Ben und eilte hinüber zum Baum, stocherte an ihm herum und drehte ihn leicht. „Perfekt", verkündete er und zog dann Ethan näher zu sich. „Schau dir diese Stelle hier an. Ich wette, irgendein Tier hat sich an dem Baum gekratzt und den wachsenden Teil abgerissen. Schau", verlangte er und zeigte auf die kahle Stelle, die ich liebte, und schließlich schien sich Ethan zu entspannen, was meiner Meinung nach dadurch unterstützt wurde, dass Benoit ihn gründlich küsste.

Wie aufs Stichwort kam ein bis auf die Knochen durchgefrorener Hayne herein, der sorgfältig eine Kiste auf den Tisch stellte und sie aufklappte, eine kleine Leinwand herausholte, eine von fünf, die ich zählte, und dann seine Farben ausbreitete. Das tat er alles, während wir zuschauten, wir alle wussten es besser, als seinen künstlerischen Fluss zu unterbrechen, auch wenn wir vorerst den Tisch verloren hatten. Ich wusste, dass der Geruch der Ölfarben und die Farbspritzer in seinen Haaren eine sensorische Erinnerung daran sein würden, wie wir in Owatonna alle zusammengewohnt hatten und ich sehnte mich nach dieser Verbindung mehr als ich mich nach Süßigkeiten sehnte.

Selbständig packten wir alles zusammen und in die beiden anderen Zimmer, von denen keines so groß war wie unseres, aber beide mit stabilen Betten und Matratzen, für die ich Jacob Geld überwiesen hatte. Er wollte mit mir darüber streiten, das konnte ich sogar über FaceTime sehen, aber als ich ihn darauf hinwies, dass es komplett meine Idee war, uns alle zusammenzubekommen, statt die gemütliche Zweisamkeit zu haben, die er ursprünglich vorgeschlagen hatte, hatte er klein beigegeben. Verdammter, sturer Mann.

Ich zeigte den anderen, wo sie alles fanden, was ganze zehn Sekunden dauerte, und dann ließen wir Hayne malend zurück und wir vier drängten uns in Ethans und Benoits Zimmer, lümmelten uns auf ihr Bett, während wir Cheetos herumreichten und heißen Kaffee tranken, Erinnerungen teilten und gemütlich quatschten. Aber obwohl ich es liebte, sie alle zu sehen, horchte ich trotzdem darauf, ob Jacob kam.

Alle waren widerwillig ins Bett gegangen, bevor er aufgetaucht war und ich schwankte zwischen Besorgnis und Ärger, dass er so lange wegbleiben musste, um zu arbeiten, und dann, in der Sekunde, als ich ihn sah, spürte ich so eine Liebe, dass ich ein wenig stolperte, genau neben Haynes eisigem Meisterwerk, das er zum Trocknen aufgestellt hatte.

„Du meine Güte, bist du in Ordnung?", fragte mich Jacob besorgt.

„Ich?" Ich klopfte mit dem Daumen auf meine Brust und kam an seine Seite, umfasste sein kaltes

Gesicht, hielt inne, um seine Kapuze nach hinten zu streifen und seine Beanie abzunehmen, dann glättete ich seine Haare, die komisch nach oben wegstanden. „Du bist so kalt." Ich zog ihm die Handschuhe aus und hielt seine eisigen Hände in meinen, dann zog ich ihn zum Ofen. „Warum warst du so lange weg?"

„Verlängerung", spaßte er. „Du weißt ja, wie das ist."

Ich half ihm aus seiner Jacke, die feucht vom Schnee war und hängte sie nah genug an den Ofen, dass ich hoffte, sie würde bis zum Morgen trocken sein. Dann setzte ich ihn auf den Stuhl und zog den Kessel für den Ofen heraus, um Wasser zu kochen und die beste heiße Schokolade zu machen, die ich ohne Milch, Schlagsahne oder Marshmallows zusammenbrachte. Wir redeten nicht, während ich das tat; ich ließ ihm seinen Frieden, während er seltsam distanziert und fasziniert von den Flammen im Ofen wirkte.

Mein Instinkt sagte mir, dass etwas nicht stimmte, aber vielleicht war jetzt kein guter Zeitpunkt, um zu fragen, ob alles in Ordnung war. Was, wenn eine Kuh gestorben war? Was, wenn eine riesige Menge Milch sauer geworden war? Nicht, dass das wahrscheinlich gewesen wäre. Schließlich war es da draußen so kalt wie in einem verdammten Kühlschrank. Aber was, wenn er sich einfach überarbeitet hatte, bis zu dem Punkt, an dem er sich nicht mehr bewegen konnte? Ich schob einen Stuhl nahe zu ihm und gab ihm seine Schokolade.

„Trink das", verlangte ich. „Das wird dich aufwärmen."

„Sind alle gut angekommen?", fragte er nach ein

paar Momenten, in denen er an dem heißen Getränk genippt hatte und ich fragte mich, ob er vielleicht von innen heraus auftaute.

„Hayne hat gemalt, Scott war dafür zuständig, ihm Farben zu reichen, Benoit hat im Baum herumgestochert und ich glaube wirklich, dass Ethan in einen Schockzustand gefallen ist, in dem er irgendetwas über die Bahamas gemurmelt hat. Nicht, dass ich wirklich zugehört hätte. Dann sind wir herumgesessen und haben über Hockey geredet, über all die Spiele am College, die wir gespielt haben, als es um den schieren, ehrlichen Spaß daran ging und nicht nur Arbeit war. Das war schön."

Er schaute mich über den Rand seiner Tasse hinweg an. „Macht es dir bei den Raptors also keinen Spaß? Ich dachte, darum ging es dabei, die Karriere zu haben, von der du geträumt hast?" Ich konnte seinen Ton nicht zuordnen und blinzelte ihn an. War das eine Art Kritik, oder …? „Tut mir leid", entschuldigte er sich sofort. „Was ich sagen wollte, war, dass ich hoffe, du hast Spaß an deiner Arbeit bei den Raptors. Ich habe es nur falsch formuliert."

Sehr falsch. Noch ein weiterer Hinweis darauf, dass hier etwas nicht ganz stimmte.

Ich hielt seine freie Hand und drückte sie, um ihm Rückhalt zu geben.

„Ich liebe, was ich tue", versicherte ich ihm. „Ich habe es immer gewollt und ja, es ist manchmal nicht einfach, aber ich würde das, was ich mache, für nichts auf der Welt eintauschen."

Da. War das genug Versicherung, um seine Ängste

zu beruhigen, dass ich nicht glücklich sei? Ich hoffte es, denn ich vermutete, dass er sich Sorgen um mich machte. Das tat er oft.

Daraufhin lächelte er und schüttelte meine Hand ab, brachte seine Tasse zu dem winzigen Spülbecken und goss ein bisschen Wasser zum Einweichen hinein.

„Ich bin wirklich froh, dass es für dich gut läuft", sagte er mit dem Rücken zu mir. Ich ging hinüber, um mich hinter ihn zu stellen und ließ meine Arme um seine Mitte gleiten.

„Ich liebe dich so sehr", murmelte ich, während ich die Stelle zwischen seinen Schulterblättern küsste und den Duft meines Mannes einatmete, der so hart arbeitete. Er drehte sich in meiner Umarmung um und schaute auf mich herunter, umfasste mein Gesicht mit seinen großen Händen und küsste mich so tief, dass es mir den Atem raubte.

„Ich liebe dich mehr", verkündete er, dann zwinkerte er mir zu, und einfach so, war der gelassene, glückliche Jacob zurück und ich verschränkte meine Finger hinter seinem Nacken und hielt mich fest.

„Willst du ins Bett gehen?" Ich senkte meine Stimme und wackelte mit meinen Augenbrauen.

Mit einem zufriedenen Seufzen zog er mich an sich. „Ja. Immer."

ALS ICH AUFWACHTE, war Jacob weg, aber ich hatte gewusst, dass es so sein würde. Für so einen großen Kerl hatte er diese Art, sich leise zu bewegen und er weigerte sich immer, mich aufzuwecken, wenn wir zusammen waren. Ich war enttäuscht, weil ich irgendwie aufgeweckt werden wollte, nur, damit ich seine Wärme umarmen konnte, ganz verschlafen und kuschelig im Bett, aber stattdessen wachte ich auf neben seiner kalten Seite und dem Geplauder meiner Freunde von draußen im Hauptteil dieser winzigen Hütte. Als ich mich ihnen anschloss, sah ich, dass Ethan für das Frühstück zuständig war, das hauptsächlich aus Bagels, Eimern mit Frischkäse, Speckstücken, die als solche nicht wirklich erkennbar waren, Schokolade, Marmelade, Kaffee und einem Haufen Süßkram, der von Gott weiß woher kam, bestand. Hayne hatte die Hälfte des Tischs geräumt, aber wir legten keinen Wert auf Etikette und ich aß letztendlich mein Körpergewicht in Bagels, während ich im Schneidersitz auf einem Kissen neben dem Ofen saß. Das musste ich Ethan lassen. Er war ein rechthaberischer Penner, aber er wusste wirklich, wie er dieses Notlösung-in-einer-Hütte-im-Schnee-Ding zum Laufen brachte.

Wie sich herausstellte, war Ethan auch für den Schneemann verantwortlich, der, Benoit zufolge, etwas war, das wir tun *mussten*. Indem wir als Team zusammenarbeiteten, endete es mit einer annähernd wie ein Yeti geformten Gestalt neben der Hütte, wobei wir ein bisschen von der Weihnachtsdeko benutzten, um ihn hübsch aussehen zu lassen. Ethans Worte, nicht meine.

„Jep, das ist ein wunderschöner Schneemann", ärgerte Ben Ethan, was irgendwie darauf hinauslief, dass wir eine Schneeballschlacht veranstalteten, wobei Hayne auf das Spiel verzichtete und hineinging, um zu

malen und Scott und ich gegen Ben und Ethan
kämpften.

„Das ist kein fairer Kampf", verkündete ich, als Ben
einem Schneeball auswich, den wir in seine Richtung
katapultiert hatten. Er war viel zu schnell und geschickt
darin, uns auszuweichen, aber es schien, als wären Scott
und ich hinterhältiger als der jeweils andere, als wir
einen Waffenstillstand ausriefen und dann Ben in ein
Loch schubsten und ihn von oben bewarfen.

Müde, glücklich und lachend gingen wir wieder
hinein, kochten Wasser, machten Kaffee, gerade
rechtzeitig, als Jacob wieder auftauchte. Diesen Morgen
machte er einen glücklicheren Eindruck, schlug mit
jedem ein und umarmte alle, hörte unseren dämlichen
Schneeball-Geschichten zu und machte sogar unserem
komplett seltsamen Schneemann ein Kompliment.
Außerdem hatte er einen Rucksack voller Dekokram mit
dabei, der die Lichter enthielt, die er erwähnt hatte,
große, farbige Lampen an einer dicken Schnur, und eine
Sammlung glitzernder Dinge, von denen seine Mom
gesagt hatte, dass sie in die Hütte passen würden.

Ich kramte in der Tasche, fand einen Schatz nach
dem anderen, legte die Lichter aus, um zu prüfen, ob sie
funktionierten und dann fand ich etwas, das mein Herz
überfließen ließ. Zusammengebaut aus zwei Holzstiften
und bemaltem Karton, mit einer flauschigen Nase aus
Wolle in leuchtendem Scharlachrot, war es eindeutig ein
selbstgemachter Rudolph, und als ich ihn in meiner
Hand umdrehte, sah ich eine Kritzelei, die *Jacob* ergab.

„Oh, wow." Ich behandelte ihn wie das kostbare
Objekt, das er war, ein Teil der Kindheit des Mannes, in

den ich mich verliebt hatte, und mein Brustkorb verengte sich noch mehr. Ich wusste, dass mein Dad eine Sammlung der Dinge hatte, die ich als Kind gebastelt hatte, sowohl er als auch Mom, aber ich hatte seit einer langen Zeit nichts davon gesehen und wie auch immer, das waren meine Kreationen. Das hier war Jacobs Vergangenheit, die ich in meinen Händen hielt, und das war etwas Besonderes.

„Ich war sechs", sagte Jacob und streckte seine Hand aus, um ihn mit einem sanften Lächeln zu berühren. „Ich erinnere mich daran, dass meine Mom geweint hat, als ich ihn nach Hause gebracht habe und dass sie ihn direkt an die Vorderseite des Baums gehängt hat, während sie ein großes Getue darum veranstaltet hat, was ich gebastelt habe. Jedes Weihnachten ist er rausgeholt worden, aber die letzten paar Jahre haben wir nicht … naja."

Er beendete den Satz nicht und plötzlich war diese wehmütige Traurigkeit wieder zurück, die ich versuchte, weg zu küssen.

„Nehmt euch ein Zimmer!", verkündete Scott und sprang uns an.

„Arschloch", schrie ich auf und schob ihn weg, wobei ich das Holz-Rentier beschützend an meinen Brustkorb hielt.

„Was hast du da?", fragte Scott und schielte auf meine Hand, aber aus irgendeinem Grund wollte ich nicht, dass er es sah. Ich wollte es nur für mich und Jacob und die winzige Erinnerung an ihn als Jungen, und ich wollte nicht, dass das zerstört wurde.

„Das geht dich nichts an", keifte ich und schubste

ihn nochmal, was wie immer damit endete, dass wir rangelten, ich einhändig, bis mir Jacob zu Hilfe kam und das Ganze wurde damit beendet, dass ich und Jacob beide auf Scott saßen, während wir so sehr lachten, dass wir weinten.

Zur Hölle, es war schön, alle hier zu haben.

SECHS

Jacob

_____

Sie wollten ein Hockeymatch und darum bekamen sie
eines. Zumindest sobald ich den Motor des Traktors
zurück an seinen Platz gebracht hatte. Ich seufzte
erleichtert auf, als er eingesetzt und vom Motorheber
herunter war. Es lagen noch Stunden voller Arbeit vor
mir, aber es sah gut aus. Vielleicht konnten wir es
vermeiden, heute Heuballen durch Schnee und Eis und
Kuhscheiße zu rollen. Welch neuartige Idee!

Während der Holzofen in der Ecke bullerte, suchte
ich mein Werkzeug zusammen und machte mich an die
Arbeit. Ich war von meinem warmen festen Freund um
viertel nach zwei weggegangen, hatte ihn und alle
anderen tief und fest schlafend verlassen, um
hierherzukommen und diese Arbeit zu erledigen. Ich
hatte eine Thermoskanne mit widerlichem Instant-
Kaffee gefüllt, das Essen übersprungen und war aus der
Vordertür geschlichen, wobei ich mir nichts sehnlicher
wünschte, als dass ich im Bett bleiben, mit Ryker
kuscheln und den Weihnachtsmorgen genießen konnte,

nur dieses eine Mal. Aber Kühe molken und fütterten sich nicht von alleine. So etwas wie einen freien Tag gab es für Menschen, die sich um Tiere kümmerten, nicht. Auch keinen Urlaub. Wir hatten nie Familienurlaube gemacht wie so viele andere Kinder sie hatten. Keine Ausflüge nach Disneyworld. Es gab niemanden, der sich um das Vieh gekümmert hätte und wir konnten es uns schlicht nicht leisten. Dieser Ausflug nach Kanada, auf dem ich Ryker getroffen hatte, hatte uns finanziell zurückgeworfen. Wenn die Nächte kalt und lang waren und mich der Schlaf mied, dachte ich, dass dieser Ausflug, sogar mit einem kleinen Stipendium, ein weiterer Schritt hin zu den Geldproblemen gewesen war, unter denen wir jetzt vergraben waren.

Ich weigerte mich, über den Ring nachzudenken. Mir würde etwas anderes einfallen müssen, das ich Ryker geben konnte, aber ich wusste nicht, was. Es war der erste Weihnachtstag. Ich hatte nichts für den Mann, den ich liebte. Nichts. Falls er nicht das Geräusch und den Anblick eines funktionierenden Traktors genießen konnte, würde er nichts von mir bekommen. Das machte mich traurig und wütend, beide Gefühle wetteiferten um diese Goldmedaille. Gerade im Moment gewann die Wut. Während ich arbeitete und mich hineinsteigerte und mir meine Fingerknöchel öfter aufschlug, als ich zählen konnte, wuchs mein Groll auf diesen verdammten Traktor und die Farm. Als meine Mutter, die für die Morgenarbeit angezogen war, mit weiterem Kaffee und einem in Folie gewickelten Eiersandwich ankam, kochte ich vor Wut.

„Mach eine Pause und iss etwas, mein Junge." Sie

ging zu mir herüber und hielt mir das Essen und Trinken hin. Ich winkte ab. „Jacob, du musst essen. Jetzt nimm dir fünf Minuten und –"

Meine schmierigen Finger glitten vom Schraubenschlüssel ab und meine Knöchel kratzten über den Motorblock. Wieder. Dieses Mal fluchte ich nicht nur. Ich schmiss den Schraubenschlüssel durch den Geräteschuppen und fuhr meine Mutter an. Es war hässlich. *Ich* war hässlich.

„Herrgott nochmal, Mom, ich *habe* keine fünf Minuten! Ich habe nicht einmal eine Minute! Diese verdammte Farm saugt mir jede Sekunde meines Lebens aus. Wegen dieses elendigen Ortes kann ich nicht einmal Zeit mit meinen Kumpels oder meinem festen Freund verbringen. Also hör auf damit, zu versuchen, dass ich mich besser fühle, denn ich *kann* mich nicht besser fühlen, bevor ich diesen verdammten Traktor zum Laufen bekomme und meine Arbeit erledige!"

Sie stand da, mit erhobenem Kinn, feuchten Augen, die Schultern zurückgeschoben, die Falten in ihrem Gesicht, die sie in so jungen Jahren nicht haben sollte, waren tief, als sie finster zu mir aufsah.

Ich senkte meinen Blick auf meine blutigen Knöchel. „Es tut mir leid, Mom, so leid. Ich weiß nicht, wo das herkam. Ich bin nur …" Ich warf ihr einen Blick zu. Der Zorn war noch in ihrem Kiefer zu sehen, aber ihre blauen Augen waren jetzt weicher. „Es ist Weihnachten und ich habe nichts für Ryker. Wie trete ich ihm gegenüber? Er wird Geschenke für mich haben, die Jungs werden für den jeweils anderen

Geschenke haben und ich werde dastehen, nach Kuhscheiße und Schmieröl stinken, und nichts haben, das ich ihm geben kann, außer einer erbärmlichen Entschuldigung. Es gibt Tage, da *hasse* ich diese Farm. Ich hasse es, arm zu sein. Ich hasse es, andauernd mit gebrauchten Maschinen zu arbeiten. Ich hasse es, nicht zu wissen, ob das Geld für die Milch die beiden Hypotheken bezahlen wird. Es ist nur …" Das Gift ging mir aus und ich schleppte mich zur Rückseite des Schuppens, um meinen Schraubenschlüssel aufzuheben. Unfähig, sie anzusehen, machte ich mich an die Arbeit.

„Schau mich an, Jacob Benson", sagte sie nach einem Moment der Stille. Ein feuchtes Scheit im Ofen krachte wie eine Pistole. Ich hob meinen Blick vom Motor und schaute meine Mutter direkt an. „Du wirst *nie* wieder in diesem Ton mit mir sprechen, oder diese Art Sprache in meiner Gegenwart benutzen. Glaub *ja* nicht, dass du zu groß bist, als dass ich deinen Mund nicht mit Seife auswaschen könnte. Hast du mich verstanden, junger Mann?"

„Ja, ich habe verstanden. Es tut mir leid. Wirklich. Ich wollte nicht so daherreden." Ich drehte den schmierigen Schraubenschlüssel in meiner Hand, als ich sprach. Ihr verkrampfter Kiefer lockerte sich etwas. „Es ist nur so, dass das Leben so schwer ist. Nichts, was wir machen, scheint uns vorwärts zu bringen. Und ich vermisse Ryker. Wenn er nicht da ist, fühlt es sich an, als hätte ich diese klaffende, rohe Wunde in meinem Brustkorb. Es ist nur …" Ich riss mich zusammen. „Ich ärgere mich nur, dass dieser Traktor meine ganze Zeit in

Anspruch nimmt, das ist alles. Denk nicht mehr darüber nach."

„Was ist mit dem besonderen Geschenk passiert, für das du gespart hast?" Sie stieß das Sandwich und die Thermoskanne in meine Richtung. Als ich den Kaffee nahm, löste sie den Schraubenschlüssel aus meiner anderen Hand. „Iss, trink. Ich baue die Zündkerzen wieder ein."

Mit einem Nicken meines Kopfes zog ich die Folie ab und nahm einen großen Bissen. Teile von Käse und Speck trafen meine Zunge, einer meiner liebsten Geschmäcker. Mom machte die besten Eiersandwiches in Minnesota.

„Also, das Geschenk für Ryker", regte sie an, während sie eine Zündkerze in Richtung des Oberlichts hob, um in den Spalt zu schauen. Farmmädchen hatten es drauf.

Ich schluckte nach einem weiteren Bissen. „Ich habe es verkauft, um die Teile zu bezahlen, die wir für den Traktor gebraucht haben."

Ihre blauen Augen weiteten sich schockiert. „Warum hast du uns das nicht gesagt?"

„Es ist nicht genügend Geld auf dem Konto der Farm, um die Kosten für den Bausatz zu bezahlen."

Sie kaute auf der Innenseite ihrer Wange herum, die Zündkerze lag für eine Sekunde in ihrer Handfläche, bevor sie sie an ihren Platz setzte und die Haube wieder schloss.

„Was hattest du für ihn gekauft?" Sie war zögerlich und ich war geschlagen.

„Einen Verlobungsring."

„Oh, Jacob", keuchte sie, ihre Stimme voller Schmerz, so wie mein Herz. Ich schüttelte den Kopf, hoffte, die Tränen wegzuscheuchen, die aufstiegen. Statt zu weinen oder sie anzusehen, konzentrierte ich mich auf mein Sandwich. Mm-mm, es war gut. Scheiße. „Schau mich an, Jacob."

„Ich kann gerade wirklich nicht, Mom, bitte …"

Sie tappte zu mir herüber, ihre Finger glitschig von Benzin und Schmieröl. Ich spähte vom letzten Bissen fluffigen gelben Eis und Velveeta hoch, um zu beobachten, wie sie den Ring, den sie zu ihrem Hochzeitsjubiläum bekommen hatte, von ihrem Finger zog, wo er über ihrem Hochzeitsring und dem Verlobungsring lag.

„Nein, Mom, nein", sagte ich mit so viel Kraft, wie ich aufbringen konnte. „Der war von Dad zu eurem zwanzigjährigen Jubiläum." Es war kein teurer Ring, nicht wie manche, die man sah. Es war nur ein dünnes Band aus Weißgold mit Diamantspänen rundherum. Dad hatte ein Jahr lang gespart, um ihn zu kaufen und sie liebte ihn heiß und innig. Sie sagte, er sorge dafür, dass sie sich fühlte wie eine Herzogin.

„Und jetzt gebe ich ihn dir, damit du ihn Ryker gibst." Sie hielt den Ring zwischen zwei dünnen, von der Arbeit gezeichneten Fingern.

„Nein, das ist deiner. Und er ist zu klein. Er wird ihm niemals passen. Und es ist ein Ring für eine Frau. Der, den ich für ihn besorgt habe, war breiter, männlich und mit Gravur."

„Der hier ist graviert, obwohl ich glaube, dass die Schrift inzwischen abgenutzt ist. Und dazu, dass es ein

Ring für eine Frau ist, seit wann sind Versprechen, sich für immer zu lieben, männlich oder weiblich?" Sie schüttelte den Ring nochmal, die winzigen Diamanten glitzerten in dem hässlichen Licht der alten Arbeitslampen über uns. „Nimm ihn und gib ihn ihm. Sag ihm, er hat sentimentalen Wert, weil er deiner Mutter gehörte und dass sie ihn dir gegeben hat, um ihn der Person zu schenken, die dein Herz für sich gewonnen hat. Er kann ihn an seinem kleinen Finger tragen oder an einer Kette um seinen Hals, bist du ihm den Ring zurückkaufen kannst, den du ihm eigentlich geholt hast."

„Das denke ich nicht. Es ist nicht … es ist nicht *sein* Ring."

„Jacob, der Ring ist nur ein Symbol, Schätzchen. Es ist die Liebe in den Herzen zweier Menschen, die wichtig ist, die das Paar verbindet. Die Ringe und der andere schicke Hochzeitskram ist nur das. Kram. Ich habe nicht viel, das ich dir geben kann, aber das kann ich dir geben. Bitte, nimm ihn."

Auf keinen Fall konnte ich jetzt essen oder trinken, also hustete ich und stotterte, nahm den kleinen Ring von ihr, schob ihn zur sicheren Verwahrung in meine Brieftasche, dann zog ich sie stürmisch in meine Arme und weinte in ihre Haare, während sie meinen Rücken tätschelte und sanfte, mütterliche Dinge flüsterte.

„Ich liebe dich so sehr", sagte ich, nachdem der kitschige Moment vorbei war.

„Und ich liebe dich. Jetzt lass uns hier an die Arbeit gehen. Wenn wir aufhören, herumzutrödeln, könnten wir es rechtzeitig schaffen, dass du zurück zur Hütte und meinem zukünftigen Schwiegersohn kommst." Sie tätschelte meine Wangen und küsste meine Nasenspitze, so wie sie es schon seit Ewigkeiten tat.

„Er sagt vielleicht nicht ja", warnte ich sie.

„Ich habe gesehen, wie dich dieser junge Mann ansieht. Er wird ja sagen. Jetzt gib mir die restlichen Zündkerzen und du arbeitest an etwas anderem."

„Ja, Ma'am." Ich lächelte das erste richtige Lächeln seit Tagen und gab ihr die Zündkerzen.

Als ich zur Hütte zurückkehrte, war keiner der Jungs wach. Es war nach acht und keiner hatte sich bewegt. Also zog ich meine Stiefel aus, die Mütze, Handschuhe und Jacke, warf alles auf die Couch und schlüpfte zurück in das Hauptschlafzimmer. Da lag Ryker, die langen, kraftvollen Beine unter der Decke weit gespreizt, sein Arm über dem Kopf, das Gesicht in seinem Kissen vergraben. Ich streifte meine Klamotten leise ab und glitt unter die Decke, wobei ich ein oder zwei Zentimeter Abstand zwischen dem Heizstrahler, der mein fester Freund war, und meinem kalten Selbst hielt. Er grunzte ein bisschen, als ich mich über ihn lehnte und meinen Brustkorb auf seinen Rücken senkte. Als ich seine Schulter entlangküsste, schnurrte er wie eine Katze mit einem Bauch voller geräuchertem Lachs. Als ich meine eisigen Finger unter den Bund seiner sexy blauen Unterwäsche schob, sog er den Atem ein.

„Verdammt, Alter! Echt jetzt, deine Hände sind eiskalt!", schrie er auf, während er sich wand, um wegzukommen, aber ich lehnte mich über ihn, legte mehr meines Gewichts auf seinen Rücken, während ich meine Hand zwischen seine Pobacken brachte und sein Loch fand. Er hörte damit auf, zu versuchen, wegzukommen, hob sich vom Bett hoch, um mich zu ermutigen, mehr zu spielen. Also machte ich das. Ich kostete seinen Rücken und seinen Nacken, während ich einen mit Spucke bedeckten Finger in ihn schob. Seine Hüften bewegten sich geschmeidig. Ich presste tiefer, fand das Bündel Nerven, das ihn erschaudern und meinen Namen wimmern ließ.

„Frohe Weihnachten, Baby", keuchte ich neben seinem Ohr, während ich ihn zu einem Orgasmus brachte, der ihn verschwitzt, schwach und unfähig zu sprechen zurückließ. Dann drehte ich ihn so sanft wie möglich herum, fing seinen Mund und leckte tief, ich zog süße, sanfte Laute aus ihm, während er seine Handflächen über meine Arme und meinen Rücken gleiten ließ. Ich musste ihn nicht fragen, ob er mich befriedigte. Er wollte es machen, nahm mich in seine Hand, ziehend und zupfend und streichelnd, während er mir zärtliche Dinge zuflüsterte, Dinge, die mich aufbäumen und stöhnen ließen, als ich über die Kante taumelte, Dinge, die mich tiefer in unsere Liebe sinken ließen, Dinge, die niemals außerhalb unseres Bettes wiederholt werden würden.

„Also ja, ein verdammt gutes Geschenk.", gluckste Ryker danach, seine klebrige Hand ruhte auf meinem Bauch, seine Locken schweißnass. Ich rollte mich auf die Seite, um ihn zu mustern. Er war atemberaubend, wie er neben mir lag, die Wintersonne auf seinem geröteten Gesicht, unser Geruch schwer auf seiner Haut.

„Ich liebe dich", sagte ich ihm, während ich nach oben griff, um an einer Locke zu ziehen. Er küsste meine Kehle, dabei murmelte er, dass er auch von mir angetan war. Ich dachte darüber nach, ihn da zu fragen, ob er mich heiraten möchte. Ich beugte mich sogar hinüber, um den Ring aus meiner Brieftasche zu holen, als jemand gegen die Tür hämmerte.

„Zeit für Hockey!", brüllte Benoit, während er mit etwas auf den Boden drosch, dass nur ein Schläger sein konnte. „Außerdem, Applaus für den kostenlosen Porno-Soundtrack."

„Arschloch!", riefen Ryker und ich zusammen, aber die Wangen meines Mannes waren so rot wie ein kandierter Apfel.

Ich kletterte auf ihn und nagelte Ryker an das Bett. Es gab so viel, das ich ihm sagen wollte, aber die Zeit, um ihm einen Antrag zu machen, war vorbei, darum musste ich auf einen anderen perfekten Moment warten.

„Wir gehen lieber raus aufs Eis, bevor Ben die Tür einschlägt."

Und so verließen wir den Kokon unseres Betts für die bittere Kälte eines Hofteichs in Minnesota um acht Uhr am Weihnachtsmorgen. Die Luft war so kalt, dass meine Nasenhaare einfroren. Unser Atem formte Wolken vor uns und Dampf stieg von unseren Strickmützen auf.

Es war ein ziemlich lockeres Spiel, mit nur einem Netz und einem Torwart, aber wir hatten eine schöne

Zeit. Ethan und ich verteidigten Benoit gegen Ryker und Scott. Hayne hatte kein Interesse daran, sich Schlittschuhe umzuschnallen, aber er war an der Seitenlinie, wo er jubelte und an dem Thermobecher mit Kaffee nippte, den er mitgebracht hatte.

Ryker war gut. Verdammt gut, schnell und beweglich, sein Können merklich über dem von Scott, der keine Niete war. Aber Scott hatte nicht professionell gespielt, so wie Ryker. Genauso wenig wie ich. Ethan schon, aber das lag jetzt hinter ihm. Zur Hölle, Ethan hatte sich zur Ruhe gesetzt und ein Bein, das in dieser Kälte wahrscheinlich schmerzte wie ein kaputter Zahn. Aber er war ein Hockeyspieler, darum behielt er seinen Schmerz für sich.

Ryker versuchte ein raffiniertes Täuschungsmanöver an Ben, aber der junge Torwart war zu verdammt schnell.

„Das nennst du einen Spielzug? Meine Mutter hat mehr Gefühl!", rief Ben aus.

Ryker zeigte ihm den Finger, dann nahm er den Puck auf. Ich begab mich in Haltung, tief, mein Gewicht auf meinen Schlittschuhen ausbalanciert, mein Blick huschte zwischen Scott und Ryker hin und her, als sie sich den Puck gegenseitig zuspielten, während sie immer näher ans Tor heranrückten. Ryker zwinkerte mir zu, dann zog er gegen Ethan diese Tennant-Rowe-Dreh-Dings-Bewegung ab, die Ben weit offen dastehen ließ. Ich warf mich vor den Slapshot, der Puck erwischte mich in die Brust, dann fiel er aufs Eis. Scott und Ryker stürzten sich darauf, die Schläger klapperten, als ich mich auf den

Bauch drehte, um den Puck festzuhalten. Und hier lag ich, wie ein gewaltiger Baumstamm, während ich über die Namen lachte, die die beiden Stürmer mir gaben.

„In Ordnung, irgendwer muss verdammt nochmal abpfeifen! Das ist eine offensichtliche Verzögerung von Spieltaktik!", bellte Ryker Hayne an. „Schiri! Was sagst du?" Wir alle schauten zu Hayne. Er starrte uns an, seine leuchtend rosa Fäustlinge waren um seine Kaffeetasse geschlungen, der Wind blies seine wilden, lockigen Haare in sein Gesicht.

„Oh, äh, ich sage, derjenige, der auf dem Puck liegt, dem gehört er. Ist das richtig?", rief Hayne zurück und wir alle lachten.

Scott fuhr zum Ufer des Teichs, um einen schnellen Kuss von Hayne zu bekommen, was sich in einen viel längeren Kuss verwandelte, was bedeutete, dass wir die beiden Knutschenden mit Schneebällen bewerfen mussten. Hayne versteckte sich hinter Scott, der versuchte und daran scheiterte, jeden Schneeball, mit dem er beworfen wurde, wie Mikey Mantle ins Centerfield zu befördern.

Ethan setzte dem improvisierten Wahnsinn ein Ende. „Um Roger Murtaugh zu zitieren, ‚Ich bin zu alt für diesen Scheiß', und meine Eier sind zu Eis gefroren. Lasst uns reingehen, essen, Geschenke öffnen und ein paar von den DVDs anschauen, die wir mitgebracht haben."

„Die *du* mitgebracht hast", sagte Ben mit seiner Maske in der Hand. „Niemand von uns besitzt eine DVD."

Ethan schaute jeden von uns an. Wir alle schüttelten die Köpfe.

„Himmel, ich *bin* verdammt alt", jammerte Ethan.

„Ich liebe dich trotzdem, Opa", ärgerte ihn Ben, während er seinen Verlobten für eine Umarmung und einen Knutscher zu sich zog.

Während ich einen Arm um Rykers Hals legte, stahl ich mir auch einen Kuss. Er strahlte mich an, seine Liebe so offensichtlich, dass ich mich auf so viele Arten unwürdig fühlte. Da stand ich also, mit nichts, das ich ihm anbieten konnte, außer einem gebrauchten Ring aus Weißgold und einer Farm am Rande des Bankrotts. Und da stand er, schaute mich an, als hätte ich den Mond und die Sterne an den Himmel gehängt. Ich umarmte ihn und hielt ihn einfach nur, bis die Jungs uns anschrien, dass wir uns bewegen sollten, bevor Ethans alte Eier noch kälter wurden.

„Geht es dir gut?", fragte Ryker. Ich nickte, strich eine weiche, kleine Schneeflocke aus seinen Haaren und führte ihn zurück zur Hütte.

„Solange ich dich in meinen Armen habe, ja, geht es mir gut."

SIEBEN

Ryker

„*Stirb langsam* ist *kein* Weihnachtsfilm", erklärte Ben zum dritten Mal, wobei er seine Augen so dramatisch verdrehte, dass ich hätte schwören können, sie waren kurz davor, aus seinem Kopf zu fallen. Tatsächlich war er der einzige im Lager *Stirb-Langsam*-ist-kein-Weihnachtsfilm, wir anderen sagten, dass er einer war. Na gut, alle außer Hayne, der mit den Schultern zuckte und weiter an seiner Zeichnung arbeitete. Er war darin verloren, jeden von uns zu zeichnen, als Weihnachtsgeschenk, und ich konnte nicht erwarten zu sehen, was er daraus gemacht hatte.

„Ach, sei still." Ethan zog ihn zu sich, um ihn in den Schwitzkasten zu nehmen und mit den Knöcheln über seinen Kopf zu reiben und sie rangelten wie Idioten, bis sie auf dem Boden landeten und Ben um Gnade flehte. „Sag ‚*Stirb langsam* ist der perfekte Weihnachtsfilm' und ich lasse dich los."

Ben hätte ihn leicht abwerfen können, aber ein Teil

von mir vermutete, dass er es genoss, von Ethan plattgedrückt zu werden.

„Nein, ich werde nicht sagen –" Er hörte auf zu reden, als Ethan ein bisschen hüpfte und ihn dann mehr kitzelte.

„Sag es oder stirb", knurrte Ethan.

Ben wand sich. „Wie kannst du das sagen? Was ist weihnachtlich an einem Film, in dem jeder stirbt und ein Gebäude in die Luft gejagt wird? Unterstütz mich, Hayne!"

Hayne schaute flüchtig von seinem Zeichenblock hoch und blinzelte Ben an, augenscheinlich verwirrt, Ben und Ethan auf dem Boden zu sehen.

„Hä?"

„*Stirb langsam* ist kein Weihnachtsfilm, stimmts?", rief Ben hinauf und schnaubte, als Ethan ihn noch etwas mehr kitzelte.

Hayne war im Moment eindeutig nicht mit uns im selben Raum, mit einem blauen Klecks auf seiner Wange und scharlachroten Schlieren in seinen Haaren. „Schaut ihr das gerade an?", fragte er und schielte auf den Bildschirm, gerade, als Bruce Willis, in seinem schäbigen weißen Unterhemd, einen mit Sprengstoff vollgepackten Bürostuhl einen Fahrstuhlschacht hinunterwarf. Der Film machte einen Schnitt zu einer Weitwinkelaufnahme, wie ein ganzes Stockwerk des Nakatomi Plaza explodierte und Hayne zuckte zusammen. Dann ließ er ein sanftes „hmmm" hören, bevor er zurück auf seinen Zeichenblock schaute.

Scott drückte einen Kuss auf die Locken seines festen Freundes und rutschte ein bisschen herum, um sicherzustellen, dass Hayne auf seinem Schoß immer noch bequem saß. „Was Hayne damit meinte, ist, dass ich seine Stimme bekomme und ich sage, dass *Stirb langsam* eindeutig ein Weihnachtsfilm ist."

„Sag es." Ethan lachte so sehr mit Ben, dass Bens gequiekte Worte schwer zu verstehen waren, schwer genug, dass er leugnen konnte, sie jemals gesagt zu haben.

„In Ordnung, in Ordnung, es ist ein Weihnachtsfilm! Jetzt lass mich aufstehen!"

„Genau", sagte Ethan und lehnte sich hinüber, um Scott ein High Five zu geben, bevor er Ben auf die Füße half. Ich konnte nicht der einzige gewesen sein, der gesehen hatte, dass er seine Finger gekreuzt hatte.

„Zugegebenermaßen gibt es darin Weihnachtsmusik", fügte ich hinzu und schob dann mein Telefon zurück unter meinen Pullover, während ich versuchte, mich daran zu erinnern, was ich gerade gelesen hatte. „Außerdem findet es während der Feiertage statt, tatsächlich direkt an Heiligabend. Es gibt eine gerettete Romanze, kitschige Texte und einmal klettert John McClane sogar einen Fahrstuhlschacht hinunter, was ein symbolischer Kamin ist, darum, ihr wisst schon, ist es Weihnachten."

Alle außer Hayne starrten mich an und ich konnte weder das Zucken meiner Lippen zurückhalten noch das Quietschen, das ich hören ließ, als Jacob begann, mich zu kitzeln. Was natürlich dazu führte, dass Scott mitmachte, was bedeutete, dass Hayne seinen Zeichenblock aus dem Weg heben musste, um ihn zu retten, und dass Ethan vor Lachen fast starb bei dem

Versuch, Ben davon abzuhalten, den großen, alten Laptop in die Hände zu bekommen, um den wir uns alle zusammengedrängt hatten. Jacob gab vor, mir zu helfen, aber am Ende war er derjenige, der mich festhielt, darum verdiente er, was er bekommen würde, wenn er das nächste Mal nicht aufpasste.

Niemand von uns schaute den Film wirklich an, Hayne malte, Scott beobachtete Hayne. Ben murrte über den Unterschied zwischen *Stirb langsam* und seinem eigenen Liebling, *Buddy – Der Weihnachtself*. Ethan versuchte, den Film anzuschauen, genau wie ich, aber so wie sich sein Mund bewegte, flüsterte er Zitate, bevor sie gesagt wurden, nur um Ben zu nerven, wahrscheinlich hatte er ihn so oft gesehen wie ich. *Stirb langsam* war einer der Lieblingsfilme meines Dads und für einen Moment spürte ich einen vertrauten Stich des Bedauerns, dass ich ihn oder Mom heute nicht sah. Es war nicht das erste Mal, dass ich so fühlte, aber es dauerte auch nicht lange an, da Jacob seine Finger in meine Haare schob und mich für einen Kuss zu sich zog.

„Worüber hast du so ernsthaft nachgedacht?", fragte Jacob, während er seine Daumen in meinen Nacken drückte, wo ich eindeutig verspannt war.

„Die Zukunft", platzte ich heraus und wünschte dann, ich könnte es zurücknehmen, da mich nicht nur Jacob gehört hatte.

„Was ist damit?", fragte Scott, was Ethans Aufmerksamkeit darauf lenkte, der daraufhin vom Film wegschaute.

„Nichts, schau einfach den Weihnachtsfilm", sagte ich.

„Das ist kein –", fing Ben an, aber Ethan brachte ihn mit einem festen Kuss zum Schweigen, der so lange dauerte, dass Scott und ich Chips nach ihnen warfen.

„Was ist mit der Zukunft?", fragte Jacob, als Ethan und Ben sich schließlich trennten und Ethan die Chips wegräumte.

„Nichts. Nicht wirklich. Na gut, also, ja …"

„In deinen eigenen Worten", meinte Jacob trocken.

„Ich denke nur darüber nach, Mom oder Dad an Weihnachten nicht zu sehen, aber wie es vom Gefühl her eigentlich in Ordnung ist, weil ich kein Kind mehr bin und du und ich unsere eigenen Traditionen erschaffen und das alles eines Tages an unsere Familie weitergeben werden, wie meine Liebe zu *Stirb langsam* und die Weihnachtsbeleuchtung deiner Mom." Wir hatten die Lichter auf der Veranda aufgehängt, außer Reichweite der eisigen Windstöße und des herumwirbelnden Schnees und ich konnte ihre Wärme und ihr Leuchten durch das abgenutzte Fenster sehen. Ich liebte es, dass sie ein Teil von Jacobs Vergangenheit waren, ein Geschenk seiner Mutter, das wir überall hin mitnehmen konnten, wohin wir wollten.

„Du hast vergessen, dass wir deine Hockeyschläger von Ten den nächsten Generationen weitergeben können", meinte Jacob trocken. „Und meine gesamte Sammlung *Star-Wars*-Figuren."

„Moment, du hast eine Sammlung *Star-Wars*-Figuren?"

Jacob grinste mich an. „Hat das nicht jedes kleine Kind?"

„Ich nicht. Ich habe NHL-Karten gesammelt."

„Natürlich hast du das." Jacob drückte einen Kuss auf meine Nasenspitze. „Und ich wette, dass du eine Menge davon von Freunden deiner Familie persönlich unterschreiben hast lassen, stimmts?"

„In Ordnung, ich kannte also Leute, die Leute kannten." Ich beschloss, ihm nicht von meiner Gretzky-Sammlung zu erzählen, oder der seltenen frühen Lemieux-Karte, und ich war dran, zu lächeln. „Wie auch immer, sie sind meine Altersvorsorge."

„Herr im Himmel, Jungs, hört auf, darüber zu reden alt zu werden und so einen Scheiß", unterbrach Scott. „Ihr zerstört ernsthaft die *Stirb-langsam*-es-kümmert-uns-nicht-Energie, die wir hatten."

„Wir alle brauchen irgendeinen Plan für die Zukunft", sagte Ethan affektiert und Bens geschnaubtes Lachen war so laut, dass wir alle, sogar Hayne, anfingen zu lachen. Natürlich führte Bens Spott über Ethans Vernünftigkeit, wenn das überhaupt ein Wort war, zu weiteren Küssen der beiden, was weiteres Chipswerfen erforderlich machte. Schließlich, als alles etwas zur Ruhe kam, änderte sich etwas im Zimmer, eine Ernsthaftigkeit, die immer ein regulärer Teil davon war, wenn irgendjemand von uns zusammenkam.

„Wisst ihr was?", begann Ben. „Ich habe nie über das Leben nach dem Hockey nachgedacht, abgesehen von der Tatsache, dass ich mit Ethan zusammen sein werde." Ethan machte ein putziges kleines *Ooooh*-Geräusch und umarmte Ben. „Was ist mit deiner

Zukunft? Was wirst du machen, wenn du mit Hockey
fertig bist?" Ben war ganz auf mich fokussiert und
darauf, welche Antwort ich ihm auch immer gab, und
das brachte mich wirklich in Verlegenheit.

Warum hatte ich auch nur darüber nachgedacht,
heute über die Zukunft zu reden? Niemand musste
vorausdenken, wenn man den Moment hätte genießen
können. Wenn ich wirklich ehrlich war, hatte ich, davon
abgesehen, mit Jacob zusammen zu sein, nicht so weit
vorausgedacht. Ich versuchte, mich bei den Raptors
durchzusetzen und natürlich war eine Familie mit Jacob
meine gesamte Zukunft, in der er in jedem Teil davon
vorkam. Ich wollte ihn dabeihaben, wenn ich meinen
ersten Pokal gewann, wenn es das Team ins Pokalfinale
schaffte, wenn wir diesen Pokal gewannen, wenn ich
zum Ende meiner Karriere kam und zum alten Hasen
für die jüngeren Kids im Team wurde. In jedem Teil
meiner Zukunft war Jacob auch genau da, er feierte
meine Erfolge, wobei er mich liebevoll anschaute,
während ich mich profilierte. Ebenso würde ich für ihn
da sein, mit jeder kleinen Sache, die er auf seiner Farm
machte, wenn er sie übernahm und sie besser machte,
als sie ohne ihn jemals hätte sein können, wenn er die
perfekte Kuh aufzog, falls das eine Sache war, oder wenn
seine Farm einen Preis für die unglaublichste Milch
gewann, die jemals in Minnesota produziert worden
war. Vom Anfang bis zum Ende bestand meine Zukunft
aus mir, Jacob und einem ganzen Haufen Erfolge, die
aus unserer harten Arbeit und beständigen Liebe
hervorgingen.

„Trainer vielleicht? Wie Dad?", sagte ich einfach.

„Ein Team finden, dass hier in der Nähe ist und das durchziehen." Ich schaute zu Jacob auf, der sich intensiv auf mich konzentrierte. „Wir können das Haus bauen, von dem wir gesprochen haben, Jacob, das mit dem Teich und dem Hottub, und dann könnt ihr Jungs uns alle an Weihnachten und im Sommer besuchen kommen." Ich wartete darauf, dass Jacob mir zustimmte, aber er wechselte das Thema.

„Was ist mit dir, Ben? Was wirst du machen?"

Ben warf Ethan einen Blick zu. „Durch ganz Kanada reisen, zu all den kleinen Ecken und Winkeln, den ganzen Weg hinauf zum Eis und hinüber nach Vancouver Island, dann nach Prince Rupert Island, um ein paar Bären zu sehen." Er schien auf etwas von Ethan zu warten. „Ein paar Kinder adoptieren, eine Familie gründen."

Meine Vorstellungen klangen dagegen irgendwie lahm. Natürlich wollte ich eine Familie, Kinder, über eine Adoption oder eine Leihmutterschaft, oder was auch immer wir tun konnten. Aber um ehrlich zu sein, Jacob und ich würden eine feste Zukunft erschaffen, und falls diese hier in Minnesota sein würde, dann konnte ich damit klarkommen, denn auf keinen Fall würde ich Jahre unterwegs mit Hockey verbringen, um dann danach nicht bei Jacob zu sein. Ich fragte mich, ob er wusste, wie sehr ich ihn liebte und für wie lange ich uns zusammen sah und auch, ob er genauso fühlte. Ich wusste, dass er es hasste, dass wir voneinander getrennt waren, aber er hatte sein ganzes Leben auf der Farm seiner Familie vor sich und vielleicht dachte er, dass ich das nicht wollen oder dass eine Trainerlaufbahn nicht dazu passen würde.

„Wir könnten hier ein paar Kinder haben, denkst du nicht auch, Jacob?", begann ich. „Wir könnten ihnen auf dem Teich beibringen, wie man Schlittschuh läuft. Ich könnte sie trainieren und wir können das Haus erweitern, um einen Anbau oder zwei. Ich brauche nur ein gutes Vertragsangebot, sechs Jahre, vielleicht vier Mille oder fünf pro Jahr und wir hätten das Geld, um ein gutes Leben für ein ganzes Team von Kindern zu gewährleisten, tatsächlich wahrscheinlich mehr Geld, als wir brauchen, wenn wir umsichtig sind."

Jacobs Augen weiteten sich und er hustete und ich glaubte wirklich, dass ich ihn kalt erwischt hatte. „Das Haus erweitern, Kinder, trainieren, in Ordnung." Er zog mich näher zu sich und umarmte mich fest und ich liebte die Art, wie er mich hielt, so als würde er mich niemals wieder gehen lassen.

„Ich liebe dich."

„Ich liebe dich genauso", antwortete er und sein Gesichtsausdruck war so intensiv und fokussiert und für einen Moment dachte ich, dass er etwas Tiefgründiges sagen würde und dann lachte Scott schnaubend.

„Ich werde mit Baseball anfangen und für die Nats spielen", verkündete er und die aufgeladenen Emotionen im Zimmer lösten sich sofort auf. „Aber können wir in der Zwischenzeit den verdammten Film anschauen?"

Ich schlängelte mich zurück in Jacobs Arme und er lehnte sein Kinn auf meinen Kopf und für ein paar

Momente schauten wir der Handlung auf dem Bildschirm zu, aber ich konnte nicht stillsitzen.

„Entschuldige", flüsterte ich und schaute zu ihm auf, wobei ich seinen nachdenklichen Gesichtsausdruck sah.

„Wofür?"

„Dafür, unsere kompletten Leben mit Kindern und Raumerweiterungen und Geld geplant zu haben." Geld war ein empfindliches Thema zwischen uns, vor allem, weil er mich nicht helfen ließ, für die Operation seines Dads zu zahlen, aber ich hatte gelernt, dass Stolz und Jacob so eng miteinander verwoben waren, dass es schwierig war, sie zu trennen.

„Mir hat es gefallen, wie du die Dinge geplant hast", sagte er nach einem Moment Pause, während derer ich mir jede Art Worst-Case-Szenario ausmalte. „Du weißt, dass für mich das, was wir haben, für immer ist, stimmts?"

„Genau wie für mich", sagte ich und kuschelte mich an ihn. „Ich könnte den ganzen Tag hier bei dir bleiben. Wir müssten uns überhaupt nicht bewegen."

„Was ist mit Essen?"

„Irgendjemand wird uns irgendwann zu Essen bringen und wir könnten sogar Bier bekommen."

„Und die Toilette?"

Da hatte er nicht ganz Unrecht. „Wir könnten fünf Minuten haben, in denen wir sie beide benutzen und dann direkt zurück zu diesem Stuhl kommen."

„Und duschen?"

„Du denkst zu viel darüber nach –"

Und die Kühe, du musst an die Kühe denken." Jetzt lachte er. Ich konnte es in seiner Stimme hören.

„Wir erfinden eine Maschine, die alles für uns erledigen würde, sich um die Kühe kümmern, das Heu einfahren und was nicht noch alles und alles andere machen würde, was du tust."

Er lachte schnaubend. „NHL-Star erfindet automatisierten Farmer, ich kann die Schlagzeilen jetzt sehen." Er fuhr mit einer Hand durch die Luft, malte sich den Titel des Zeitungsartikels aus und ich warf mich in Pose, versuchte, vollkommen seriös zu wirken, und als das nicht klappte, klaute ich Scotts Brille von seinem Gesicht und setzte sie auf.

„Sehe ich seriös genug aus, um einen Roboter-Farmer zu erfinden?"

„Gib sie zurück, Arschloch", unterbrach Scott und schlug um sich, um sie von mir zu bekommen, aber Jacob hielt ihn fern und küsste mich gründlich, bevor er sie schließlich zurückgab.

Dann umfasste er mein Gesicht mit seinen Händen.

„Meinst du, wir können kurz rausgehen?"

ACHT

Jacob

Der Winter von Minnesota traf uns an der Tür. Die Luft war so kalt, dass es sich anfühlte, als könnte sie zerbrechen wie Erdnusskrokant. Ryker schauderte in dem Moment, als seine Muskeln – die sich an die Hitze in der Wüste gewöhnt hatten – fühlten, wie die kalte, stille Luft sich über sie legte.

„Ich hoffe, wir werden nicht zu lange hier draußen sein", sagte er, während er seine Arme um seine Mitte schlang.

„Nein, nicht zu lange." Ich trat neben ihn, legte meinen Arm um seine Schulter und zog ihn an meine Seite. „Besser?"

„Mm, ja. Du bist wie ein riesiger Bunsenbrenner." Seine Locken ruhten auf meiner Schulter, als wir über den Teich starrten, der sanfte Schein des Mondes ließ die tausenden Spuren der Kufen in einem deutlichen Relief zu der Dunkelheit des darunter gefrorenen Wassers erscheinen. Ich wandte meinen Blick vom Teich ab und spähte zu meinem Mann. Moms Lichter glühten hell, sie erleuchteten Rykers Locken in Schattierungen von Rot, Gelb, Blau und Grün. Ich vergrub meine Nase in seinen Haaren, nur für eine Sekunde, um meine Gedanken auf Spur zu bringen.

Ich war diesen Moment in meinem Kopf so oft durchgegangen, aber in meinen Fantasien waren die Dinge anders gewesen. Besser. Zum einen hatte ich seinen Ring gehabt. Zum anderen war niemand sonst da gewesen. Die Geräusche unserer Freunde, die jetzt darüber stritten, was sie als nächstes anschauen wollten, *Big Trouble in Little China* oder *Remo Williams – unbewaffnet und gefährlich*, sickerten durch die alte Tür. Unser zukünftiges Haus befand sich in meinem Fantasieantrag im Bau und die Farm florierte. Ja, wirklich eine Fantasie. Die Realität war beschissen.

„Ich fand es toll, wie wir Jungs von den OU Eagles unsere Familien zum Leben erweckt haben. Sicherlich wären es unkonventionelle Familien, aber trotzdem Familien", sagte Ryker, während ich an seinen Haaren schnüffelte und von dem Leben tagträumte, das ich ihm so sehr bieten wollte. Er hob seinen Kopf, um zu mir hoch zu schielen.

„Ja, Familien und Zukunft. Das ist irgendwie das, worüber ich mit dir reden wollte …"

„Es tut mir leid, falls ich dich in ein Szenario gesteckt habe, in dem du gar nicht sein wolltest oder über das du noch nicht einmal nachgedacht hast. Kinder, Hunde, das alles."

Es gab so viele Dinge, die ich sagen wollte. Nichts davon schien ausreichend. „Nein, deine Träume sind perfekt. Wirklich." Ich lockerte meine Umarmung, gerade genug, dass ich ihn ansehen konnte, meine Hände ruhten auf seinem süßen, hohen Arsch, seine Finger lagen an meinen Ohren. Ich schaute auf ihn hinunter, sein Kinn war erhoben, die Augen funkelten, Moms Weihnachtsbeleuchtung glühte auf seinem Gesicht und meine Worte gerieten durcheinander. „Ich hatte auch Träume. Du warst in jedem einzelnen enthalten. Es gibt kein zukünftiges Szenario meines Lebens, das dich nicht beinhaltet." Er lächelte sanft, seine Finger spielten mit den weichen Haaren an meinem Nacken. „Ich hatte das hier in allen Einzelheiten geplant, aber das Leben ist irgendwie über alle meine sorgfältig detaillierten Planungen hinweggetrampelt."

„Dad sagt immer irgendetwas über ‚Der beste Plan, ob Maus, ob Mann, geht oftmals ganz daneben'."

„Dein Dad zitiert Robert Frost in einem Moment und Herb Brooks im nächsten. Er ist großartig."

„Ja, das ist er wirklich irgendwie." Er streckte sich nach oben, um mein stoppeliges Kinn zu küssen. „Also, führt das hier zu irgendetwas, oder sind wir nur hier draußen, um zu sehen, wessen Eier in der Kälte zuerst zerknittern?"

Das brachte mich zum Lächeln. *Er* brachte mich zum Lächeln. Und Lachen. Und Weinen. Und Lieben. Verdammt, so viel Liebe.

„Es gibt einen Grund, kühl deinen Hitzkopf ab."

„Wenn ich mich noch mehr abkühle, bin ich ein Schneemann."

„Du wärst der süßeste Schneemann aller Zeiten." Ich platzierte einen Kuss auf seiner Augenbraue. „Es ist nur … es gibt so viel, das ich genau geplant hatte, du kennst mich. Ich mag es nicht, wenn nicht alles schon vorbereitet ist. Aber die Dinge liefen nicht … naja, nicht richtig. Und obwohl ich gehofft hatte, dieser Moment wäre anders, schöner für dich, glaube ich, dass ich mir selbst gegenüber zugeben muss, dass ich vielleicht niemals dazu in der Lage sein werde, dir das Beste im Leben zu bieten. Ich liebe dich so sehr, Ryker, und ich will, dass du mein Ehemann wirst, aber ich bin mir nicht sicher, ob ich die beste Wahl für einen Ehepartner bin."

„Oha, langsam, nochmal zurück." Seine hellbraunen Augen wurden rund. „Hast du mich gerade gefragt, ob ich dich heiraten will und mir dann gesagt, dass du nicht gut genug bist, um mich zu heiraten, und das alles in einem Atemzug?"

„Ja, naja, nein." Seine Augenbrauen zogen sich zusammen. „Gut, ja, hauptsächlich habe ich dir einen Ausweg gegeben. Nichts läuft so, wie ich es geplant habe, Ry. Ich hatte gehofft, dass unser Zuhause komplett geplant ist, vielleicht sogar das Fundament gelegt, bevor der Schnee fällt, aber es gab kein Geld. Ich hatte gehofft, einen Ring für dich zu haben, und den hatte ich, aber da war kein Geld für den Traktor, darum habe ich ihn verkauft. Ich hatte auf so viel für uns gehofft, für dich, aber jetzt ist da nichts. Da ist nichts außer dem Ring meiner Mutter, und der ist nicht wirklich passend für einen Kerl. Ich habe nichts, das ich dir anbieten kann. Warum bist du überhaupt hier bei mir?"

„In Ordnung, zu allererst, hör auf. Zweitens, wo ist der Ring?"

„In meinem Geldbeutel. Es ist mir irgendwie peinlich, ihn –"

„Alter, *so* lahm. Du fragst mich, ob ich dich heiraten will, und du zeigst mir nicht einmal meinen Ring?"

„Ryker, es ist der Ring meiner Mutter. Sie hat ihn heute Morgen abgenommen und mir gesagt, ich solle ihn dir geben. Dein Ring, den richtigen, den teuren, musste ich verkaufen, um –"

Er stellte sich auf die Zehenspitzen, seine Lippen bedeckten die meinen. Erst versteifte ich mich, schmolz dann aber langsam in den Kuss, meine Hände glitten an seinem Rücken hinauf und hinunter, während er in meinen Mund leckte, seine Finger fest gegen meinen Schädel gepresst.

„Du bist manchmal so ein Sturkopf", schalt er mich sanft, als der Kuss unterbrochen wurde. „Wie oft muss ich dir sagen, dass du alles bist, was ich brauche? Jetzt zeig mir meinen verdammten Ring, oder ich werfe deinen großen Hintern hinaus in den Schnee und nehme ihn mir."

Ich hatte nichts Vernünftiges zu sagen, nicht eine verdammte Sache. Ich griff nach hinten, zog meinen Geldbeutel heraus und öffnete ihn vorsichtig, dann fischte ich den dünnen Reif aus Weißgold mit meinem kleinen Finger heraus. Rykers Augen leuchteten auf, als hätte er den Hope-Diamanten überreicht bekommen.

„Gut, wow, der ist so schön, wie die Weihnachtsbeleuchtung darauf scheint." Er schlüpfte aus meinen Armen heraus und hielt seine linke Hand hoch. Sie zitterte. „Zieh ihn mir an."

„Er wird nicht passen." Ich fühlte mich wieder

albern, aber er schüttelte den Kopf, wobei seine Locken hüpften, so stark war die Bewegung seines Kopfes.

„Es ist mir egal, ob er passt oder nicht. Ich will, dass du ihn so weit auf meinen Ringfinger schiebst, wie es geht. Und ich will, dass du mir in die Augen schaust und mir sagst, dass –"

„Dass ich dich mehr liebe als sonst etwas auf diesem Planeten. Dass du mein Leben und meine Liebe bist. Dass ich hoffe, ich kann dich glücklich machen und dass ich wissen will, ob du mich heiratest? Hat das alles abgedeckt?"

„Ja. Ring, bitte." Er wackelte mit seinen Fingern. Also ließ ich den geliehenen Ring auf seinen Ringfinger gleiten. Er ging bis zum ersten Knöchel. „Ich habe Ewigkeiten von diesem Moment geträumt." Er schaute von seiner Hand auf zu mir. „Ich würde dich liebend gern heiraten."

Ich hob ihn für einen Kuss hoch, der weiterging und weiter und weiter und weiter. „Ich hole dir deinen eigenen Ring zurück, das schwöre ich." Das war ein Versprechen, das ich vorhatte, zu halten, komme was wolle. Ich würde meinen Truck verkaufen, wenn ich musste; es hatte keine Bedeutung. Rykers Ring gehörte an Rykers Finger. Aber vorerst schienen Moms Ring und Moms Lichter genug gewesen zu sein, um es offiziell zu machen. Ryker war jetzt mein und ich war der Seine und die Zukunft erschien gerade ein bisschen heller als sie es an diesem Morgen getan hatte, darum küsste ich ihn nochmal, weil ich ihn so verdammt liebte. Wir küssten uns weiter, bis die Jungs auf die Terrasse herausgewalzt kamen, die ihre Glückwünsche schrien, während sie uns umarmten und auf unsere Rücken klopften. Na gut, ja, vielleicht würde sich das Leben genauso entwickeln, wie Ryker es sich erträumt hatte. Schließlich *war* Weihnachten.

AM NÄCHSTEN TAG waren wir vor der Morgendämmerung am Flughafen, um Ben, Ethan, Scott und Hayne zu verabschieden. Es wurden Versprechen gegeben, das zu wiederholen und dann gab es natürlich Hochzeiten, die in der Zukunft besucht werden mussten. Ben und Ethans war diesen Sommer, also würden wir uns mich Sicherheit dazu in Kanada treffen, falls wir davor keine Zeit hatten. Wir umarmten uns und küssten Wangen und machten uns über einander lustig.

Mit ineinander verflochtenen Fingern standen Ryker und ich im Flughafengebäude und schauten zu, wie unsere Freunde abhoben. Ich warf einen Blick auf meinen Verlobten, der so aussah, als würde er noch halb schlafen. Eine sanfte rote Glut aus Liebe und Begehren entfaltete sich in mir. Er hatte den Ring meiner Mutter genommen und ihn auf die Kette gefädelt, die er um seinen Hals trug, ein Geschenk von seiner kleinen Schwester, das sie ihm letztes Weihnachten gegeben hatte, mit sich kreuzenden Hockeyschlägern. Zu sehen, wie dieser Ring auf seiner Haut lag, bewegte mich auf eine Art und Weise, die ich mir nie hätte vorstellen können. Ich führte ihn nach draußen und zu meinem Truck, wo ich ihn in die Benommenheit küsste, bevor wir nach Hause klapperten. Mom hatte darauf bestanden, dass wir heute für ein großes Feiertagsfrühstück vorbeikamen, auch wenn die Feiertage jetzt vorbei waren. Ryker machte auf dem Heimweg ein Nickerchen, sein Kopf wippte, während ich leise bei ein paar Liedern von Brooks & Dunn mitsang.

Wir waren gerade vorgefahren, als Mom auf der Veranda erschien, ihre Hände ineinander verschränkt, während wir aus dem Fahrerhaus ausstiegen und zu ihr gingen.

„Willkommen in der Familie", sprudelte sie heraus, während sie ihre Arme um Ryker schlang. Sie schnüffelte ein bisschen, als sie sich an ihn klammerte. Ry tätschelte ihren Rücken, wobei er mich unbeholfen anlächelte. Schließlich gab sie ihn frei und schnappte mich, um mir mehrere Küsse auf jede Wange zu geben. „Wir freuen uns beide riesig für euch Jungs. Kommt rein. Ich habe ein großes Frühstück gemacht. Dein Vater und ich haben ein paar Dinge, die wir mit euch besprechen möchten."

Ich nahm Rykers Jacke und hielt lange genug inne, um meine und die von ihm in den Schrank neben der Tür zu hängen, dann beugte ich mich nach unten, um meine Stiefel von Redwing aufzuschnüren. Ryker war aus seinen Turnschuhen geschlüpft und war in der Küche, wo er die Hand meines Vaters schüttelte, als ich auftauchte. Beide Männer lächelten mich an. Dad humpelte herüber, gab mir eine kurze Umarmung und machte eine Handbewegung in Richtung des Buffets, das meine Mutter hergerichtet hatte. Eier, Speck, Würstchen, Toast, Kaffee und große, selbst gebackene

Zimtschnecken als Dessert. Frühstücksdessert. Das könnte ein neuer Trend werden.

Wir setzten uns hin und griffen zu, nachdem Dad ein kurzes Tischgebet gesagt hatte. Als jeder einen vollen Teller und einen dampfenden Becher frisch gebrühten Kaffees hatte, warfen meine Eltern uns beiden einen Blick zu. Das war der Eltern-Blick. Der, der besagte, dass sie Weisheit weiterzugeben hatten. Da wir uns gerade verlobt hatten, vermutete ich, dass es geistvolle Weisheit über die Ehe wäre, dass es Zwei brauchte, damit sie funktionierte, dass es die kleinen Dinge waren, über die man stritt, wie schwer es war, eine Ehe gedeihen zu lassen, so etwas in der Art.

Ich verstrich Butter auf meinem Toast, als Dad sich räusperte. Ich hob den Blick von meiner Toast-Vorbereitung.

„Wir verkaufen die Farm", sagte Dad. Keine Vorwarnung, wir wurden nicht darauf vorbereitet, keine sanfte Einführung in seine Gedanken, einfach *BAM* mitten ins Gesicht.

„Dad, wir verkaufen nicht." Ich seufzte, da ich dieses Gespräch in den letzten zwei Jahren monatlich mit ihnen gehabt hatte. „Wir können ihn herumreißen."

Mom meldete sich zu Wort, etwas, das sie selten machte, wenn wir zwei Männer anfingen, unsere Köpfe aneinander zu schlagen. „Jacob, es gibt nichts herumzureißen. Wir können nicht die Zahlungen für die Hypothek leisten und die Operation für deinen Vater bezahlen. Außerdem haben wir letzte Woche einen Anruf von Roger Thompson von Agra-World bekommen und er hat uns ein Angebot gemacht."

„Davon habt ihr mir nichts erzählt."

Mom und Dad tauschten einen vielsagenden Blick, aber Mom war diejenige, die den finalen Schuss setzte.

„Wir treffen uns morgen mit ihm, um den Papierkram aufzusetzen."

Mein Messer glitt mir aus der Hand und schlug mit einem leisen Klappern auf dem Tisch auf. Ich schaute von Mom zu Dad. Er nickte. Mein Blick flog zu Ryker, der neben mir saß, mit leicht geöffnetem Mund, seine Kaffeetasse war auf halbem Weg zu seinen Lippen eingefroren.

„Aber ...", stammelte ich mit meinen wild durcheinandertaumelnden Gedanken. „Aber, nein, verkauft nicht. Dad, Mom, wir können es schaffen. Ich muss mich nur reinhängen und –"

„Wir haben uns reingehängt, Jacob. Es gibt keine Möglichkeit, unsere Gürtel noch enger zu schnallen. Es tut mir leid, Junge, ich weiß, Landwirtschaft ist dein Leben, aber ich schaffe es mit dieser Hüfte nicht länger", gestand Dad, und ihn das sagen zu hören, ließ die Tatsache, dass das hier wirklich passierte, erst richtig einsinken. „Wenn wir verkaufen, kann ich diese neue künstliche Hüfte bekommen. Wir werden Geld für ein kleines Häuschen in der Stadt haben und du wirst das Geld haben, das du brauchst, um deine Studiengebühren abzuzahlen, Rykers Ring zurückzukaufen und raus in die Wüste zu ziehen, um bei deinem *Verlobten* zu leben."

Mein Appetit, der den ganzen Morgen über, während ich mit Mom gearbeitet hatte, so groß gewesen war, verging mir. Ich legte meinen Toast auf den Teller.

Mom warf mir ein schrilles Lächeln zu. „Schätzchen, wir wissen, dass das ein Schock ist, aber ist es das wirklich? Wir kämpfen seit Jahren damit, Gewinn zu erzielen. Es liegt einfach kein Geld mehr in der Landwirtschaft und wir werden nicht jünger. Wenn wir jetzt verkaufen, ist unsere Rente gesichert. Und du kannst dein Leben weiterführen. Es ist Zeit, Jacob. Du hast jetzt Ryker und dein Leben ist nicht hier auf dieser sterbenden Farm. Es ist in Arizona bei deinem zukünftigen Ehemann."

„Aber ich liebe diese Farm", sagte ich, wobei ich zusammenzuckte, als ich hörte, wie kindisch ich klang. Ja, es war mein Traum gewesen, dieses Land zu bewirtschaften, wie es Generationen meiner Familie vor mir getan hatten, aber was war mit meinen Eltern? Sie hatten nichts außer erdrückende Schulden. Wenn wir verkauften, könnten sie eine sichere Zukunft mit einem schönen finanziellen Polster für ihre goldenen Jahre haben. Was für eine Art Sohn wäre ich, wenn ich ihnen ein Leben ohne Schmerz und Anstrengung verwehren würde?

„Das wissen wir, Junge", versicherte Dad.

Ich schluckte meine Emotionen hinunter. „Aber ich liebe euch auch. Ich verstehe es. Das tue ich wirklich. Ryker und mir wird es gut gehen, nicht wahr, Babe?" Ich schaute ihn an.

Ryker nickte stumm. Mom griff über den Tisch, um seine und meine Hand zu nehmen. Dad hustete. Ich vermutete, um zu überdecken, dass etwas Emotionales herausrutschte.

„Das wissen wir. Jetzt essen wir lieber, bevor alles kalt

wird und ich es den Hühnern geben muss", scherzte Mom, aber in ihren Augen war kein Humor. Also redeten wir über andere Dinge, während wir aßen, Neuigkeiten und Filme, Hockey, belangloses Zeug. Leichtes Geplauder, das dabei helfen sollte, die Tatsache zu überdecken, dass die Bensons das Handtuch werfen würden. Ein kleiner Teil meines Herzens brach. Eine weitere familiengeführte Farm wäre weg. Ein Gewinn für die Agrarindustrie. Ein Verlust für den kleinen Farmer.

Wir verließen das Haus meiner Eltern gegen Mittag in Richtung Hütte. Ryker hatte den heutigen Tag, um ihn mit mir zu verbringen. Morgen würde ich ihn dann für einen Flug um zehn Uhr morgens an den Flughafen bringen, der ihn zurück nach Westen befördern würde. Wir nahmen den Polaris, sodass ich auf dem Weg nach Hause nicht mit ihm reden musste. Meine Gleichgültigkeit wurde toleriert, bis wir die Hütte betraten, die still wirkte, jetzt, da die Jungs sie nicht mehr belebten.

„Willst du reden?", fragte Ryker, der seinen Mantel auf die Couch warf. Ich schüttelte den Kopf und plumpste auf das Sofa, wo ich meinen Kopf nach hinten fallen ließ. Er setzte sich neben mich. Ich fuhr damit fort, die alten Scheunenbretter an der Decke anzustarren. „Willst du kuscheln, dann reden?"

„Ja, bitte." Ich hob meinen Arm und er schob sich darunter. Wenn irgendetwas dafür sorgen konnte, dass ich mich besser fühlte, war es Ryker.

NEUN

Ryker

_____

„Ich weiß nicht", meinte Jacob, was so ziemlich alles war, was er den ganzen Tag über gesagt hatte. Das war Wohnung Nummer sechs in Tucson und er hatte bei allen etwas gefunden, das ihm nicht gefallen hatte. Die erste war zu klein, die zweite zu groß. Ich war mir nicht einmal sicher, was mit der dritten nicht stimmte, aber Jacob war sehr still. Die Wohnungen vier und fünf waren zu hoch gelegen und das hier war Nummer sechs, die im vierten Stock lag. Sie war weder zu groß noch zu klein und war in vier Wochen verfügbar. Der Makler machte klar, dass er verwirrt und insgeheim angepisst war, aber ich machte ihm keinen Vorwurf, dem armen Kerl. Die Angaben, die wir ihm vorgelegt hatten, waren nur in ein paar Dingen genau gewesen. Zwei Schlafzimmer waren ein Muss, weil ich einen Raum für mein ganzes Sportzeug brauchte. Wir wollten zwei Badezimmer, von denen eines ein kleines sein konnte, das an den Hauptraum angeschlossen war, und eine Security im Erdgeschoss.

Die Security war Jacobs Idee gewesen, weil er aus erster Hand erlebt hatte, dass, obwohl Hockey immer noch die am wenigsten beliebte Sportart in dieser Stadt war, ich doch erkannt wurde. Teilweise war dafür Sebastian Browns Werbekampagne verantwortlich, die Alex als das Gesicht von Akzeptanz und Diversität mit einem sexy Schwung ins Rampenlicht rückte und mich genau neben ihn schob. Das erste Mal, als er das riesige Bild von mir an der Reklametafel gesehen hatte, direkt neben einem Plakat für die neue saisonale Auswahl von McDonalds Hähnchenburger, waren ihm schier die Augen aus dem Kopf gefallen.

„Standen dir an dem Tag keine Klamotten zur Verfügung?", hatte er gefragt, als er das riesige Bild von mir und Alex gesehen hatte, Hockeyschläger hinter unseren Köpfen, wobei wir jeden Muskel anspannten, den wir konnten. *Sex sells, Schätzchen, spiel mit dieser Kamera.*

„Sie haben dafür gesorgt, dass ich sie ausziehe", hatte ich ihm gesagt und als wir zurück in der Wohnung waren, die ich mit Alex und Henry teile, war er vollkommen ehrlich mit mir und gestand mir, dass es wahrscheinlich das heißeste Plakat war, das er jemals gesehen hatte und ob ich ihm eine Kopie besorgen konnte? Er zog mich auf, und sogar jetzt war ich mir nicht sicher, ob er gänzlich glücklich damit war, nach Arizona zu ziehen und keine Farm zu haben. Ich war am letzten Tag dort gewesen, als die Agrarfirma die Tore verschlossen hatte und wir hatten den Morgen in der alten Hütte verbracht, das Eis an den Rändern immer noch dick, und hatten Fotos gemacht, um uns zu erinnern. Er hatte nicht geweint, obwohl er seine Mom gehalten hatte, als sie es getan hatte, und er hatte seinem aus der Fassung gebrachten Dad in den Truck geholfen, um sie in ihr neues Zuhause zu bringen, ein nettes Häuschen in der Stadt mit einem winzigen Garten und einer brandneuen Küche.

Das war vor zwei Wochen gewesen und er hatte getan, was seine Eltern vorgeschlagen hatten und war nach Arizona gezogen, um bei mir zu sein. Gerade teilten wir uns mein altes Zimmer, aber der Plan war, unsere eigene Wohnung zu finden, gleichzeitig dazu bewarb er sich für alle möglichen Jobs in der Umgebung. Ich hatte nicht einmal gesagt, dass er damit eine Weile warten und ich die Miete und die laufenden Kosten übernehmen könnte, denn ich kannte meinen Mann und er musste arbeiten. Harte Arbeit machte ihn aus und er hatte ausgeschriebene Stellen durchforstet und ein paar in die engere Auswahl genommen, die seine bevorzugten Optionen waren, aber er hatte sich für alles beworben, was auch nur ungefähr Landwirtschaft erwähnte und ich wusste, dass er mit seinem Abschluss und seiner Lebenserfahrung für jeden, der ein Vorstellungsgespräch mit ihm führte, ein Glücksgriff wäre.

Für die Stelle, die er am meisten wollte, eine Arbeit an der Universität von Arizona, waren vor zwei Tagen Vorstellungsgespräche geführt worden und er hatte noch nichts gehört und ich wusste, dass es ihn verunsicherte. Er hatte keine Studienkredite, die er abzahlen musste, aber er wollte seinen Beitrag über fünfzig Prozent für unser neues Zuhause leisten und ich vermutete, das war der tatsächliche Grund dafür, dass er so unbefriedigende

Reaktionen auf jede Wohnung abgab, die wir uns ansahen. Er hasste keine davon. Aber er liebte auch keine davon und da diese hier die letzte für heute war und dazu noch mein Favorit, musste ich ihn festnageln und mit ihm reden. Ich hob einen Finger in Richtung des Maklers, um eine Auszeit anzuzeigen und er nickte, bevor er sich zurückzog und aus dem Küchen-Esszimmer-Wohnzimmer-Bereich ging. Dann zog ich Jacob zum Fenster. Von hier bestand die Aussicht aus dem Park und weiteren Gebäuden, aber wenn ich meinen Hals reckte, konnte ich das Traumazentrum sehen, in dem Henry war, und in der anderen Richtung das Stadion der Raptors. Die Pendelstrecke war in Ordnung, das College war nicht weit entfernt, wir waren nahe des Zentrums von allem und ich war mir nicht sicher, wonach Jacob suchte.

„Ich mag die hier", sagte ich und klopfte gegen das Fenster. „Siehst du den Park? Da können wir laufen." Er lehnte seine Stirn gegen das Fenster und spähte hinunter auf den Catalina Park.

„Das ist kein sehr großer Park", murmelte er.

„Dann werden wir Runden laufen." Ich zwang jede Art positiven Enthusiasmus in meine Stimme und er warf mir einen seltsamen Blick zu.

„Wie teuer ist sie nochmal?"

Ich zog das Blatt Papier aus meiner Tasche und tat so, als würde ich es eingehend lesen, obwohl ich ganz genau wusste, was es kosten würde, diese Wohnung zu mieten. Sie war mit meinem Einkommen allein bezahlbar, zwar nicht leicht, aber andererseits hatten wir nach zwei Schlafzimmern gefragt. Vielleicht noch ein

Jahr und wenn die Raptors an mir festhielten und ich das bekam, was mein Dad als meinen Vertrag für große Jungs bezeichnete, dann könnten wir sie auf der Stelle kaufen, aber im Moment war Bezahlbarkeit ein Kriterium.

Er war still, während ich nicht nur den Preis, sondern auch die Vor- und Nachteile dieser speziellen Immobilie auflistete. Im älteren Teil Tucsons gelegen, war sie aus massivem Backstein gebaut und kein gläsernes Hochhaus. Sie hatte Gärten und die Sicherheit war gut, darum erfüllte sie in meinem Kopf alles, von dem er gesagt hatte, dass er es wollte.

Allerdings war er, als er das gesagt hatte, noch positiv bezüglich der Jobs gewesen, aber alles dauerte so lange und er war niedergeschlagen und gereizt wegen der Verzögerungen, zusätzlich zu dem Abschiedsschmerz, dass er die Farm hatte verlassen müssen.

„Rede mit mir", bat ich sanft und er drehte der Aussicht den Rücken zu und platzierte seinen Hintern auf dem niedrigen Fensterbrett.

„Die Hälfte, die ich zahlen muss, ich habe nur genug für sechs Monate und wenn ich danach keinen Job habe …"

Ich seufzte nicht. Ich sagte nicht sofort, dass ich für alles aufkommen würde, weil wir Partner waren und wir alles fünfzig-fünfzig teilten. Stattdessen berührte ich den Ring um meinen Nacken, ließ die verbundenen Hockeyschläger hindurchschnappen, was meine neue Angewohnheit war, wenn ich Glück brauchte, und überlegte, was hier die beste Vorgehensweise war.

Jacobs Blick fiel auf den Ring und er schloss kurz die Augen.

„Ich weiß nicht, was ich tun soll", sagte er und mein Herz zog sich zusammen beim Anblick seiner Verwirrung und seiner Sorgen. Er hatte alles in Minnesota zurückgelassen und er musste komplett neu anfangen und seine Pläne für sein Leben ändern.

„Du bekommst den Job, den du willst. Ich weiß es", ermutigte ich ihn und setzte mich neben ihn, dann stieß ich ihn sanft mit dem Ellbogen an. Er drückte zurück und blieb an mich gelehnt.

„Magst du die hier?"

Ich räusperte mich, jetzt war es an der Zeit, ehrlich zu sein. „Von allen, die wir heute gesehen haben, ja, mag ich sie. Sie liegt an einer Buslinie, ist in der Nähe der Universität, es gibt zwei Parkplätze, die Zimmer sind groß und ich habe sogar darüber nachgedacht, wo wir eine Couch finden, die groß genug für uns beide ist. Sie fühlt sich heimelig an, so als ob sie auf uns gewartet hätte."

Daraufhin nickte er. „Aber eines Tages möchte ich ein Haus, mit einem Garten für die Hunde und die Kinder."

„Geht mir auch so."

„Aber jetzt gerade." Er fiel ein wenig in sich zusammen und entspannte sich erst, als ich seine Hand nahm. „Jetzt gerade brauche ich nur einen Job, Geld, damit ich das Gefühl haben kann, dass ich meinen Teil erfülle."

„Ich weiß."

Ich hatte wirklich das Gefühl, dass mein Verlobter

sich verloren fühlte und während der letzten paar Tage
hatte ich nicht gewusst, was ich am besten machen
sollte. Er klang so unglücklich und ich hatte bemerkt,
dass die Momente, in denen er in sich gekehrt war, umso
länger dauerten, je mehr Zeit verging, nachdem er die
Farm verlassen hatte. Ich konnte bezüglich des Jobs, für
den er vorgesprochen hatte, nichts unternehmen. Ich
konnte nur mit ihm zusammen dasitzen und warten und
hoffen, dass alles gut werden würde, und ihn umarmen,
wenn er still war, und in den schlechten Momenten da
sein.

„Wie wäre das. Wir sagen dem Makler, dass wir
noch nicht bereit sind, finanziell irgendeine
Verpflichtung einzugehen, und wir schauen uns das
hier nochmal an, wenn ich von der Tour an der
Ostküste zurückkomme." Sieben Tage getrennt zu
sein, war ein Klacks für uns. Wir waren viel länger
getrennt gewesen, aber jetzt, da ich ihn hier in
meinem Leben hatte, erschien es wie eine grausame
und ausgefallene Bestrafung, von ihm fortgezogen zu
werden. Ich liebte, was ich machte, ich war verdammt
gut in dem, was ich machte, aber es war nicht einfach
für jede Beziehung.

„Nein", sagte Jacob fest.

„Nein?"

„Wir müssen für unsere Zukunft ein Risiko
eingehen. Andernfalls bleiben wir stecken. Diese hier ist
mir von denen, die wir heute gesehen haben, die liebste,
und sogar, wenn ich letzten Endes Hamburger brate,
werde ich bis zum Ende dieser Woche einen Job haben.
Wir können das schaffen." Er richtete sich auf und ich

sah den fokussierten, selbstsicheren Jacob durch all die Unsicherheiten blitzen. „Lass uns loslegen."

Ich stellte mich direkt vor ihn, umfasste sanft sein Gesicht, schaute ihm tief in die Augen. „Bist du dir sicher?"

Er lehnte sich in meine Berührung und ich glitt mit meinen Händen in seinen Nacken und verschränkte meine Finger. „Ich bin mir sicher."

Also riefen wir den Makler wieder herein, unterschrieben Papierkram und vereinbarten einen Termin, um in sein Büro zu kommen mit der Kaution und jedem einzelnen Ausweis, den wir besaßen, und einfach so hatten wir unsere eigene Wohnung gemietet. Wir gingen langsam zurück in das Apartment, in dem ich Mitbewohner war, wir nahmen die Stadt um uns herum in uns auf, hielten uns bei den Händen und es war uns scheißegal, wie lange wir für den Weg zurück brauchten, wir hielten sogar an, um uns auf eine Bank im Catalina Park zu setzen und dem Leben dabei zuzusehen, wie es vorbeizog. Wir saßen still da, als sein Telefon in seiner Hosentasche klingelte, aber ich dachte mir nichts dabei, bis er einen Blick auf das Display warf und sich seine Augen weiteten. Er ging sofort ran, stand auf und platzte mit einem Hallo heraus, bevor er sich räusperte und nochmal begann.

„Hier ist Jacob Benson ..."

Ich stand neben ihm, wollte verzweifelt danach fragen, wer dran war. Er hatte sich für sieben Stellen beworben, einschließlich des begehrten Jobs an der Universität von Arizona, den er wollte, und das konnte alles sein. Es bestand die Möglichkeit, dass wer auch immer angerufen hatte, Jacob schlechte Nachrichten überbrachte, und ich konnte mir von seiner Seite des Gesprächs keinen Reim daraus machen, worüber geredet wurde.

„Ja … in Ordnung, die habe ich … Pferde … mh-hm, Verzeihung, ja … Danke … Bin ich, danke. Montag … Werde ich." Dann grinste er, während er sprach und ich musste keines der Worte verstehen, weil was auch immer er hörte, gute Neuigkeiten waren. Ich gab ihm ein Daumen hoch und seine wunderschönen Augen erhellten sich mit so vielen Gefühlen, dass ich ihm das Telefon aus der Hand reißen und ihn besinnungslos küssen wollte. Ich vollführte auf der Stelle einen kleinen Freudentanz, den ein paar Passanten belächelten und dem ein paar andere zusahen, bevor sie weitergingen, und hörte dem Rest des einseitigen Gesprächs zu. „Ich bin so aufgeregt … Ja …Vielen Dank für diese Möglichkeit. Bis Montag."

Er beendete den Anruf und eine kurze Zeit stand er schweigend da.

„Welcher?", soufflierte ich und piekste ihm in die Seite. „Welcher, du Freak?"

„Die Techniker-Stelle an der Universität von Arizona habe ich nicht bekommen", begann er und meine Brust zog sich zusammen, weil verdammt, das war die, die er gewollt hatte.

„Aber du hast gesagt … am Telefon …"

„Sie haben gesagt, dass sie all das Potential sehen, dass aufgrund meiner Lebenserfahrung, zur Hölle, Ryker … Du meine Güte …"

„Was? Was!"

Er blinzelte mich an, eindeutig unter Schock. „Die Universität hat mir tatsächlich die Ausbildungsstelle zum Manager angeboten, die, von der ich nicht gedacht hatte, dass ich erfahren genug wäre. Das sind zehntausend extra. Sie fängt am Montag an. Ich habe ja gesagt." Er klang, als könnte er nicht glauben, was er sagte und dann hob er mich hoch und schwang mich im hellen Sonnenschein herum und wir schrien und brüllten, bis wir heiser waren.

Ich fragte mich, wie viele unserer zukünftigen Nachbarn aus ihren Fenstern schauten und sich wunderten, wer die Idioten im Park waren.

Ich wollte wetten, sie alle.

Epilog

Jacob

Arizona war seltsam. Natürlich auf eine gute Art seltsam.

Ich lebte jetzt seit über einem Monat hier und ich konnte mich immer noch nicht daran gewöhnen, dass es März war und es keinen Schnee gab. Es war seltsam, kurz vor dem Valentinstag kurze Hosen und Sandalen zu tragen. Auch die Kakteen waren sonderbar. Die Leute hatten sie in ihren Gärten stehen, so wie wir Minnesota-Leute Ahornbäume hatten. Ich wartete nur darauf, eine Schaukel zu sehen, die von einem dieser stacheligen, zum Himmel gerichteten Arme herabhing. Was war außerdem mit den Gärten los? Wo war das Gras? Ich meine, sicher, manche Leute hatten Gras, aber viele hatten Steine. Steine. In deinem Garten. Daheim hatten wir die Steine *aus* dem Garten *hinaus*geworfen, damit wir das Gras mähen konnten. Hier hatten sie gestaltete Gärten voller

Steine, Sand, Palmen und Kakteen in verschiedenen Formen.

Dann waren da noch die Tiere. Ich vermisste es irgendwie, Elche die Straße hinunterschlendern zu sehen. Hier draußen gab es Dinge, die sich in der Nacht in deine Schuhe schlichen und die dich umbrachten, wenn du deinen Fuß in deinen Turnschuh stecktest. Das war auf mehrere Arten falsch. Skorpione, tellergroße Spinnen, Gila-Krustenechsen und afrikanische Bienen. Es gab keine afrikanischen Bienen in Minnesota. Daheim war das Tier, das die meisten Menschen tötete, der Hirsch, und das kam zustande, weil sie vor dein Auto liefen, nicht, weil sie sich in deinem Schuh versteckten. Gelegentlich lief ein Pelzjäger einem missmutigen Vielfraß über den Weg, oder ein Jäger verärgerte einen Elchbullen, aber nichts davon versteckte sich in deinen Nikes. Diese ganze Der-Tod-wartet-in-deinen-Schuhen-auf-dich-Sache ließ mich fast ausflippen.

Abgesehen vom Wetter und den tödlichen Kriechtieren mochte ich Arizona. Mein Job war fantastisch. Ich konnte mit ein paar richtig tollen Menschen arbeiten, während ich etwas über Landwirtschaft in diesem Teil des Landes lernte. Wir arbeiteten mit der Universität zusammen und betrieben Forschung zu verschiedenen Aspekten der Landwirtschaft, wie etwa Bewässerung und den Pflanzenwasserbedarf, Baumwollproduktion und -reproduktion, die Fruchtbarkeit von Erde und Ernte, Insektenmanagement, Studien zu Pferden und Kühen und die Regulierung von Unkraut.

Ich bekam ein gutes Gehalt mit Sozialleistungen, hatte ein Recht auf bezahlten Urlaub und hatte die Chance auf eine schnelle Beförderung. Außerdem bestand die Möglichkeit, dass ich für meinen Master zurück an die Uni ging und dann stünden mir Möglichkeiten im höheren Management offen, aber im Moment war ich glücklich damit, den Boden zu bearbeiten und abends nach Hause zu Ryker zu kommen. Nicht, dass er jede Nacht da war, aber nachdem wir so viel Zeit voneinander getrennt verbracht hatten, waren ein paar Tage bis eine Woche, die er weg war, nichts.

Meine freien Tage verbrachte ich entweder im Bett mit Ryker, und das waren meine liebsten freien Tage, oder unterwegs mit den Jungs aus seinem Team. Er hatte sich mit ein paar seiner Teamkollegen ziemlich gut angefreundet – Ryker war diese Art Typ. Der, den alle Mädchen wollten und so wie alle Jungs sein wollten. Die Jungs wollten ihn auch, denn der Mann war umwerfend. Nicht zu vergessen Colorado Penn, der Goalie, der halb zärtlich und halb Rockstar war. Wir redeten von sexy. Wenn ich nicht wahnsinnig verliebt in Ryker gewesen wäre, hätte ich nach Colorado gelechzt. Oh, und der große russische Kapitän, Vladislav Novikov. Er war älter als die meisten unserer Freunde, aber schien immer öfter mitzukommen. Was toll war. Der trockene Humor des Typs war verdammt lustig.

Wenn wir die Zeit hatten, hingen wir ab und machten Sport, da wir alle Sportskanonen waren, abgesehen von Alex' Freund Seb. Aber der attraktive Brite schien damit zufrieden zu sein, im Schatten zu sitzen, vor sich hin zu arbeiten, Bilder der nackten, glänzenden Brustkörbe der Raptors zu machen und mit *Bonmots* um sich zu werfen, über alles vom Leben über Schnürsenkel bis hin zur angemessenen Temperatur für eine Flasche Rotwein. 13 °C, Seb zufolge.

Heute packten wir Henrys Sachen für das Umzugsunternehmen, das morgen kam. Alle aus der kleinen Gruppe enger Freunde, die Ryker, und jetzt auch ich, gefunden hatten, waren hier, abgesehen von Henry natürlich. Er war immer noch in der Therapieeinrichtung ein paar Blocks weit entfernt, aber seine Entlassung in ein Haus, das Adler Lockhart gehörte, stand unmittelbar bevor.

Ich kann nicht glauben, dass ich die ganze Wohnung für mich allein haben werde", jammerte Alex, während wir Henrys Klamotten in einen Müllbeutel warfen. „Was zur Hölle werde ich mit mir selbst anfangen, nachdem ich von Spielen nach Hause komme?"

„Ach, keine Ahnung. Vielleicht könntest du diese Zeit mit deinem gutaussehenden Liebhaber verbringen", meinte Seb, während er das Sweatshirt, das Ry in die Tüte gepfeffert hatte, herauspflückte und es ordentlich faltete. Alex lehnte sich über das Bett, um einen Kuss von seinem Mann zu stehlen. Es war schade, dass sie das Gefühl hatten, dass sie nur bei ihren engen Freunden und ihrer Familie so offen sein konnten. Ich meine, ich verstand es, aber es war trotzdem eine Schande, dass Menschen verstecken mussten, wer sie waren. Auf einer komplett selbstbezogen-gierigen Ebene freute ich mich ungemein, dass wir nicht verstecken mussten, was Ryker und ich hatten. Ich fuhr zum tausendsten Mal mit der Hand über den kleinen Umschlag in meiner Hemdtasche und flüsterte wieder einmal ein stilles Danke an meine Mutter.

„Ich denke, das Ganze ist überaus seltsam", ergriff Vlad das Wort, während er sich einen mit Büchern gefüllten Karton auf eine Schulter hob, als wäre er voller Konfetti. „Warum zieht Henry in ein neues Haus? Warum geht er nicht nach Hause, um bei seiner Familie zu sein?"

„Nun ja, es gibt ein paar Probleme zwischen ihm und seiner Familie", erklärte Ryker, wobei er Seb ein zusammengeknülltes Hemd reichte, damit er es ordentlich falten konnte. Der Brite verdrehte die Augen, aber schüttelte das Hemd aus und faltete es akkurat.

„Ich fühle mich, als wäre ich Henrys Kammerdiener", murmelte Seb, weigerte sich aber, uns auf die schnelle Art packen zu lassen.

„Hmm", sagte Vlad, während der große Russe auf das nahezu leere Zimmer starrte. „In Russland hat die Familie die höchste Wichtigkeit. Nicht nur unsere Eltern und Geschwister, sondern auch der weitere Familienkreis. Das ist ein Konzept, bei dem ich in Amerika Mühe hatte, es zu verstehen."

„Das Haus, in das er zieht, ist riesig, aber alles ist auf einer Etage und es gehört der Familie Lockhart, die Häuser überall auf der Welt besitzt", erklärte Ryker unserem Kapitän. „Adler Lockhart ist eine Art Familie für mich; er ist seit Jahren bei den Railers. Anscheinend besteht zwischen Henrys älterem Bruder und Adler eine alte Freundschaft, darum hat er seine Villa in Tucson angeboten, sodass Henry sie nutzen kann."

Vlad dachte darüber nach, dann nickte er einmal. „Ich verstehe diese Verbindung. Trotzdem frage ich mich, warum Henry sich weigert, dass seine Mutter ihn pflegt. Das wäre die traditionelle Art und Weise." Ich genoss es, Vlad beim Reden zuzuhören. Sein Akzent war subtil und sein Englisch ziemlich gut im Vergleich zu Stans, dem einzigen anderen Russen, den ich gut kannte.

„Mit Familie ist es nicht immer einfach. Manchmal müssen Traditionen auf dem Rücksitz Platz nehmen, um sich selbst treu zu bleiben", erklärte Alex, bevor er von diesem für ihn heiklen Thema dazu umschwang, über Essen zu reden. Über Essen zu reden, führte dazu, dass Essen verzehrt wurde. Nach einer gewaltigen Mahlzeit, die wir von zwei örtlichen Restaurants, einem mexikanischen und einem koreanischen, geholt hatten, gingen wir alle unsere getrennten Wege. Vlad zurück nach Hause in seine schicke Eigentumswohnung mit Blick über Tucson und mein Mann und ich zu unserer neuen Wohnung mit Blick über den Park. Die Nacht war über der Stadt hereingebrochen und als wir nach Hause kamen, führte ich Ryker auf unseren kleinen, aber gemütlichen Balkon, statt uns auf die Couch fallen zu lassen, um anzuschauen, was auch immer auf dem Aufnahmegerät war.

„Komm her. Ich will dir etwas zeigen", meinte ich zu Ryker, während ich ihn an das Geländer führte.

„Aber es gibt eine neue Folge von *Impractical Jokers*", jammerte er und starrte sehnsüchtig auf den Fernseher.

„Sal, Q, Joe und Murray können ungefähr zehn Minuten warten", entgegnete ich und zog ihn hoch, sodass er neben mir stand. Die Stadt lag vor uns ausgebreitet, der Park war erleuchtet und die Berge erhoben sich majestätisch im Hintergrund. „Wir sollten einmal ernsthaft in den Bergen zelten", sagte ich, während ich unauffällig meine Hand in meine Brusttasche gleiten ließ.

„Ja, das wäre super. Sind wir hier fertig, weil …" Er winkte mit einer Hand in Richtung Wohnung. Ich ignorierte sein Jammern und hielt ihm die heutige Post hin. Er blinzelte auf den kleinen blauen Umschlag hinunter, der jetzt in seiner Handfläche lag. „Was ist das? Hat mir deine Mom mehr Rezepte geschickt?"

„Mach ihn auf." Ich trat näher, ließ meine Arme um ihn gleiten, meine Daumen hakte ich lässig in die Gürtelschlaufen seiner weiten kurzen Hose.

Er zog eine Braue nach oben, aber riss den gepolsterten Umschlag auf und schüttelte den Inhalt in seine freie Hand. Es war ein winziges Viereck aus Stoff. Ich nahm es aus seiner Hand, faltete es auf und hielt dann seinen Verlobungsring hoch. Den Ring, den ich vor ein paar Monaten gekauft und verkauft hatte. Den Ring, der veräußert worden war, als der Juwelier daheim das Geschäft aufgegeben hatte. Den Ring, nach dem meine Mutter und ich verzweifelt gesucht hatten, bevor wir ihn schließlich bei einem Juwelier in einem dieser großen Einkaufszentren gefunden hatten. Noch ein kleines Geschäft, das von großen Unternehmen vertrieben worden war.

Während ich etwas abschüttelte, das eine unendliche Traurigkeit in meiner Seele wäre, ließ ich die Freude auf Rykers Gesicht mir dabei helfen, die

Niedergeschlagenheit wegzuwischen, die der Gedanke an den Verkauf unserer Farm immer herbeiführte.

„Ist das *der* Ring?", fragte er und ich nickte. „Heilige Scheiße."

„Mom sollte ein Privatdetektiv werden", scherzte ich und griff nach seiner linken Hand. Er kicherte nervös, so als hätte ich das nicht schon einmal gemacht. Das hatte ich, mit dem dünnen weißen Goldring neben seinen goldenen Hockeyschlägern, aber dieses Mal fühlte es sich ... perfekt und rein an. Richtig. Jetzt fühlte sich alles richtig an. „Ich habe ewig darauf gewartet, diesen Ring an deinem Finger zu sehen. Ich konnte keinen einzigen Tag länger warten."

Der Reif glitt perfekt an seinem Finger hinunter. Er lächelte mich an. Ich nahm sein Gesicht zwischen meine Hände und fing seinen Mund ein, ich küsste ihn mit jedem Quäntchen Hingabe, das ich in mir hatte. Er stöhnte sanft in diesen Moment hinein, unterbrach den Kuss mit einem Seufzen und führte uns zurück nach drinnen, er schloss die Schiebetür vor der Vergangenheit und all ihrem Schmerz und ihrer Sorgen. Von jetzt an konzentrierten wir uns auf die Zukunft. Und was für eine fantastische Zukunft es werden würde ...

Ende

Valentine's HEARTS

Eine OWATONNA Hochzeitskurzgeschichte

RJ SCOTT & V.L. LOCEY

Love Lane Books

Triggerwarnung

Dieses Buch enthält Inhalte, die für manche Leser:innen schwer zu verkraften sein können.

EINS

Jacob

Meine Augen brannten. Und egal, wie sehr ich sie rieb, es half nichts.

„… immer das Gleiche? Vielleicht sollten wir einmal experimentieren. Eine scharf-saure Suppe versuchen oder Rindfleisch mit Brokkoli." Rykers Stimme unterbrach meine Konzentration. Ich setzte mich auf, rieb mir mit den Fingern über mein Gesicht und fokussierte das Angebot, das zu schreiben mir aufgetragen worden war. Warum ich? Ich war derjenige mit der wenigsten Erfahrung.

„Ja, das sollten wir", rief ich meinem Verlobten zu, der unser spätes Mittag-/frühes Abendessen hinter mir in der Küche auftischte. Während meine Gedanken von Ryker wieder zu meiner Arbeit gezogen wurden, starrte ich auf meinen Laptop, der auf meinen Oberschenkeln lag, und versuchte, die Gedankengänge dessen nachzuvollziehen, was eigentlich ein einschleimender Brief der landwirtschaftlichen Abteilung der Universität von Arizona an das Unternehmen war, das uns dafür bezahlt hatte, ihr Saatgut zu untersuchen und darüber Berichte zu erstellen und das hoffentlich damit fortfahren würde, uns Geld zu geben. Ich begann zu schreiben, wobei ich alles und jeden in meinem Umfeld ausblendete.

Des Weiteren haben wir durch unser technisches Differenziergerät große Fortschritte gemacht, das mikrobielle Zusammenspiel der neuesten Bygenta BG Triple Grow zu verstehen, was es uns ermöglicht, die Kosten der Trocknungszeit um 0,07 pro Maßeinheit zu mindern. Kombiniert mit dem höheren Wachstumsgewinn und dem Feuchtigkeitsvorteil, erkennen wir eine mögliche Änderung, wie viele Maßeinheiten/Hektar gebraucht werden, um die zusätzlichen Kosten für Saatgut von 3,81 $ ME/Ha auf 3,27 $ ME/Ha zu egalisieren. Weitere Tests bezüglich Bygenta GB Triple Grow sollten signifikante Gewinne für hybrides Getreidesaatgut mit hohem Ertrag zeigen, wenn es mit Technologie kombiniert wird, die auf die Bodenoberfläche abzielt, um den Südwestlichen Maiszünsler zu bekämpfen. Zusätzliche Tests könnten den Bauern Millionen an Dollar pro Jahr an Verwaltungskosten einsparen und –

Der Deckel meines Laptops klappte zu. „Hey", knurrte ich. Ryker zog den Dell von meinem Schoß, legte ihn auf den Couchtisch und nahm dann dessen Platz ein. „Ich hatte gerade zu tun."

„Ich weiß, du hast immer ‚etwas zu tun', sogar an den Wochenenden. Du hat am ersten Weihnachtsfeiertag gearbeitet und gestern – und das waren unsere zwei gemeinsamen freien Tage."

„Habe ich nicht", log ich.

„Glaub nicht, dass ich nicht gesehen habe, wie du dein Telefon mit ins Schlafzimmer genommen hast und dann eine Stunde lang nicht wieder herausgekommen bist."

„Ich habe …" Ich hatte wirklich keine Ausrede, weil ich die Berichte der Nachtschicht kontrollieren wollte, aber das war der Job und ich hatte eine Frist gehabt, die mit dem ersten Weihnachtsfeiertag zusammenfiel und dann noch eine am zweiten Weihnachtsfeiertag. Dann erinnerte ich mich an eine Tatsache, die seine Vorwürfe falsch aussehen ließ. „Woher weißt du, was ich gemacht habe? Du warst am großen Tag in einem Truthahn-Koma."

„Ein Truthahn-Koma, das besser gewesen wäre, wenn ich mit dir auf der Couch gekuschelt hätte." Er ließ es so klingen, als machte er einen Spaß, aber es war eine gewisse Schärfe in seinem Tonfall. Warum verstand er nicht, dass ich diese Überstunden leisten musste – genauso wie er es getan hatte, um ein professioneller Eishockeyspieler zu werden? Er hatte die Zeit investiert, *investierte sie immer noch*, und jetzt war ich damit dran. Ich hatte diese ganze Verteidigung in meinem Kopf, aber er gab mir keine Chance zu reden. „Iss." Er setzte sich ganz auf meinen Schoß, mit einer riesigen Schüssel Chow Mein in seiner Hand. Ich schnaubte wegen der Störung in dem Moment, als mein Bauch grummelte. „Siehst du, du bist hungrig."

Er hielt mir die grüne Keramikschüssel hin; seine lebhaften haselnussfarbenen Augen leuchteten auf. Seufzend nahm ich die Schüssel, während er Essstäbchen aus seiner hinteren Hosentasche zog. Während ich die Schale an meine Brust drückte, wackelte Ryker ein bisschen mit dem Hintern und nahm dann ein paar würzige Nudeln, Pak Choi und einen fetten Champignon und führte alles zu meinem Mund. Ich öffnete ihn und ließ ihn das Essen hineinschieben. Dann nahm er etwas für sich selbst, dann wieder für mich und so weiter. Wir saßen da, kauend, starrten uns an, wobei sein Gewicht auf meinen Oberschenkeln angenehm und erregend war. Als seine Zunge über meine Lippen tanzte, grunzte ich und wünschte mir, dass unser Essen nicht zwischen uns wäre. Er leckte stöhnend hinein, als ich meinen Mund öffnete. Er schmeckte nach Sojasoße und Ingwer.

„Haben wir Zeit?", fragte ich atemlos, als der Kuss endete. Er öffnete den Mund, um zu antworten, als der Alarm an seinem Smartphone losging. Wir beide murmelten angewidert. „Anscheinend nicht."

„Entschuldige, wir haben heute Abend ein Spiel." Er drückte einen Kuss auf meine Augenbrauen und sprang auf, wobei er das Chow Mein zurückließ. „Wir machen hier weiter, wenn ich nach Hause komme, ja?"

„Sicher, ja."

Sein Lächeln erhellte den Raum. „Ausgezeichnet. Iss auf. Schaust du dir das Spiel an?"

„Natürlich. Geh. Du weißt, was der Coach davon hält, wenn du zu spät kommst."

Er sah aus, als wollte er noch etwas sagen, aber er nickte nur und verschwand, um sich umzuziehen. Innerhalb von Minuten trug er einen Anzug, seine Sonnenbrille, die Kopfhörer baumelten an seinem Nacken und er hatte eine Hand am Türknauf. Ich saß immer noch auf unserer braunen Couch und hielt die Schüssel mit bestelltem Essen.

„Bist du dir sicher, dass du nicht zum Spiel kommen kannst? Vielleicht können wir danach ausgehen? Das Restaurant testen, in dem wir vielleicht unseren Empfang abhalten wollen?" Er stand wartend an der Tür.

„Ich würde kommen, aber ich muss dieses Angebot erstellen", erklärte ich zum vierten Mal. Er zwang ein Lächeln hervor und bewegte ruckartig seinen Kopf, wobei weiche Locken über seine Sonnenbrille fielen. „Was das Restaurant betrifft, ich dachte, wir hätten entschieden, dass es zu teuer für den Empfang ist."

„Nein, *du* hast entschieden, dass es zu teuer ist. Aber wie auch immer. Ich muss los."

Ich ließ den Schlag von mir abprallen. Es gab ein paar Dinge, über die Ryker und ich stritten, aber Geld schien immer ein Problem zu sein. Er neigte dazu, Geld gedankenlos auszugeben und ich klammerte mich an jeden Penny. Ich wusste, dass das an unserer Kindheit lag. Er war mit Jared Madsen als Vater aufgewachsen, einem Eishockey-Superstar, der es sich leisten konnte, seinem – zu der Zeit – einzigen Kind alles zu geben, was es wollte, von Hockeyausrüstung und Autos über Geld fürs College. Meine Kindheit andererseits verlebte ich auf einem ums Überleben kämpfenden Bauernhof, ich trug dieselben Arbeitsklamotten und Schuhe, bis meine Füße sie sprengten, weil sich meine Eltern keine neuen leisten konnten. Ein Bauernhof, den meine Eltern letzten Endes verloren hatten. Die Kosten für diese Hochzeit waren eine ständige Quelle für Streitigkeiten.

„Ryker, sei nicht wütend. Ich sage nur –"

Er hob eine Hand in die Luft und ging mit

zuschlagender Tür, was mich irritierte. Ich atmete tief aus und stand auf, die Schüssel mit dem Essen schob ich ans Ende des Tisches. Ich tappte zum Fenster, um ihn zu beobachten. Er stolzierte aus unserem Ziegelbau, kürzte durch den kleinen Garten mit den Blumen und den Kakteen ab und steuerte auf die Arena zu. Wir konnten sie von unserem Fenster aus sehen. Während ich mit meinen Brauen gegen das warme Glas sank, starrte ich auf ihn hinunter, bis er aus meinem Sichtfeld verschwand.

„Wann lernst du, einfach den Mund zu halten?", fragte ich mich selbst, dann hob ich den Kopf und trat auf unseren winzigen Balkon. Hier draußen gab es Platz für einen Stuhl und eine Tomatenpflanze. Ich kniete neben die Pflanze und berührte die Erde. Trocken. Alles hier draußen war immer trocken. Mit einem Seufzen stand ich auf, holte etwas Wasser in einem Glas und meinen Laptop und ging zurück nach draußen, um Herrn Eiertomate etwas zu trinken zu geben.

Dann setzte ich mich daneben, streckte meine Beine vor mir aus und starrte eine ganze Weile in den Himmel, während ich mir wünschte, ich hätte diese letzte angespannte Situation mit Ryker anders gehandhabt.

„Ich muss nur entspannter werden, ihn die Hochzeit auf seine Weise planen lassen und alles wird gut werden", sagte ich zu meiner Tomatenpflanze. „Einfach aufhören, mit ihm über Kosten zu streiten. Ich meine, wen kümmert es, wenn wir jeden Penny unserer Ersparnisse verschleudern? Was bedeutet finanzielle Sicherheit verglichen damit, vierhundert Gäste und

Garnelen-Canapés zu haben? Was zur Hölle ist ein Canapé überhaupt?"

Herr Eiertomate stand einfach in seinem Topf, während er die Sonnenstrahlen aufsaugte. Mann, ich wünschte mir, wir hätten einen Hund. Ich vermisste Hunde. Ich war mit *den besten* Hofhunden aufgewachsen. Es ging nichts über einen Hund an deiner Seite. Sie konnten viel besser zuhören als eine Tomatenpflanze. Aber hier waren keine Tiere erlaubt. Fairerweise musste man sagen, dass ein kleines Apartment mit zwei Männern, die ständig arbeiteten/verreisten kein Ort für einen Hund war. Für einen Hund brauchten wir ein Haus. Für ein Haus brauchten wir eine Anzahlung. Für eine Anzahlung mussten wir aufhören, eine extravagante Hochzeit zu planen und Geld auf die Seite legen. Und schon ging es wieder um Geld.

„Uff." Mein Kopf fiel zurück gegen die Ziegelwand. Herr Eiertomate war keine Hilfe. „Ich wette, eine „Early Girl"-Tomatenpflanze hätte bessere Ratschläge."

Mein Telefon vibrierte an meinem Hintern. In der Hoffnung, Ryker würde mich anrufen, um sich zu entschuldigen, bevor er die Umkleidekabine betrat, hob ich eine Pobacke und zog das Telefon aus der Jeans. Ich war monumental enttäuscht, als ich sah, dass Adam Isaksson anrief – mein Chef und Leiter der Bygenta-Studie. Dem millionenschweren Technikgiganten ging es immer um Nachhaltigkeit und er war entschlossen, die Welt zu verändern – ich fühlte mich geehrt, von Anfang an Teil dieser neuen Zukunft zu sein und er schätzte meine Beiträge auf allen Ebenen.

„Hallo Adam", sagte ich, während ich meinen

Laptop öffnete und das Dokument fand, das ich vor der Ryker/Chow-Mein-Unterbrechung erstellt hatte.

„Ich bin froh, dass ich dich erwischt habe. Bist du mit dem Angebot für Bygenta fertig?"

Ich schaute auf den fast leeren Bildschirm. Ich hatte zwei Absätze. Galt das als fertig? Eher fraglich. Mir drehte sich der Magen um.

„Ich arbeite daran."

„Gut! Mach es fertig, dann schick es mir zu und wir werden ihm morgen den letzten Schliff geben. In der Zentrale sind sie ganz erpicht darauf, unsere bisherigen Ergebnisse zu sehen. Ich habe ihnen von der unglaublichen Arbeit erzählt, die dieses Team, und du im Besonderen, geleistet hat. Ich rufe alle an, um sicherzugehen, dass alle Daten zwei- und dreifach überprüft wurden. Wenn wir fertig sind, können wir uns irgendwo Essen holen und über deine Zukunft bei Bygenta Agrochemicals reden."

Eigentlich war es schön, dass er so begeistert von mir sprach. Ich hatte mir für dieses Projekt den Arsch aufgerissen und Adam hatte all die Zeit und Energie, die ich in meine Arbeit gesteckt hatte, unterstützt. Anders als Ryker, der sich nur über meinen Job beschwert hatte. Dennoch, wenn ich morgen zu seinem Haus fuhr, um zu arbeiten, würde Ryker ausrasten. Ich spürte, dass Ryker Adam aus irgendeinem Grund, den er nicht zugeben wollte, nicht mochte.

„Aber morgen ist Sonntag. Ich hatte geplant, mit Ryker die zehn Konditoreien abzuklappern, die er auf seiner Hochzeitsliste hat und –"

„Jacob, ich weiß, es ist Wochenende und es tut mir

leid, dass ich dich herbestelle, aber diese Chance ist für dich zu groß, um sie verstreichen zu lassen. Falls es dir ein Trost ist, ich musste ein Abendessen mit meiner Mutter in Tempe absagen. Und du weißt, wie sehr ich es liebe, die Sonntage mit ihr zu verbringen."

Ja. Das wusste ich. Adam Isaksson stand seiner Mutter nahe und sprach von ihr voller Zuneigung. In den letzten paar Monaten dieser gewaltigen Studie hatte ich viel über Adam erfahren. Wenn ich diesen Job nur mit einem brillanten Bericht unter Dach und Fach bringen konnte, hatte Adam versprochen, meinen Namen fallen zu lassen, wenn er der Hauptzentrale von Bygenta in der Schweiz Bericht erstattete. Vielleicht bekam ich eine bessere Stelle mit höherem Gehalt, dann konnten Ryker und ich damit aufhören, die ganze Zeit über Geld zu streiten.

Jetzt fühlte ich mich doppelt schlecht. „Entschuldige. Ich weiß, das hier ist für uns alle beschissen. Ich werde morgen da sein."

„Danke, Jacob. Sag Ryker, dass es mir wirklich leidtut, dass ich eure Pläne ruiniere."

„Er wird es verstehen." Das war eine riesige Lüge. Sogar Herr Eiertomate wusste es und verurteilte mich stumm, wie es nur eine Tomatenpflanze konnte. „Wir sehen uns morgen."

Ich beendete den Anruf und ließ mein Telefon an meiner Brust entlang auf mein Bein schlittern, dann auf den Beton. Wunderbar. Das würde nicht gut ausgehen. Wir hatten den ersten und zweiten Weihnachtsfeiertag beide frei gehabt, aber die waren für Skype-Anrufe und Besuche und Truthahn draufgegangen, und morgen –

an dem einen Tag, den Ryker vor einer Reise durch Kanada frei hatte – wurde ich in die Arbeit bestellt, um etwas vorzubereiten für irgendein Arschloch aus der Zentrale in irgendeinem anderen Land. Während ich auf die trockenen Berge von Tucson im Hintergrund starrte, sehnte ich mich nach Minnesota und die sanften Täler voller Rinder. Es hatte 21° C im Januar. Auf keinen Fall würde ich mich jemals an das Fehlen der Jahreszeiten gewöhnen.

Ich vermisste Schnee und Kälte so sehr, dass ich sie schmecken konnte. Diese Stadt und dieses kleine Apartment rieben mich auf. Ich brauchte einen großen Bauernhof, Hektar voller Mais und Soja, um die ich mich kümmern musste, Kühe, um sie zu melken, Kälber, um sie mit der Flasche aufzuziehen. Ich brauchte einen Hund.

„Es ist nichts persönliches, Herr Eiertomate." Ich beugte mich hinüber, um seine grünen Blätter zu tätscheln. Es gab keinen wedelnden Schwanz oder ein Lecken meiner Hand. Während ich einen Atemzug ausstieß, der meine Wangen blähte, öffnete ich meinen Laptop, rollte meinen Kopf, zuckte beim Knacken meines Nackens zusammen und tauchte wieder ein in die Welt der trockenen Daten und des Arschkriechens. Dieses ganze Arizona-Experiment entwickelte sich *nicht* so, wie ich es mir vorgestellt hatte.

Es war Mitternacht, als Ryker nach Hause kam.

Ich wartete auf ihn mit einem flauen Gefühl im Magen, einem falschen Lächeln und einem Backblech voller frittierter Hühnerbrustfilets, die geradewegs aus dem Ofen kamen. Er hatte ein sehr schlechtes Spiel gehabt, laut dem Livekommentator monumental schlecht, nicht, dass ich alles davon gesehen hatte, denn Berichte warteten auf niemanden.

„Hey", sagte er, nachdem er seine Anzugjacke und Krawatte über die Lehne der Couch geworfen hatte.

„Hey. Dass ihr verloren habt, tut mir leid. Boston ist immer schwierig", meinte ich, während ich sein Filet von dem Backblech und auf einen Teller schob. Er musterte die Hühnerteile misstrauisch. „Ich wusste, dass du nach einem harten Spiel geknickt sein würdest, darum …" Ich machte eine Handbewegung in Richtung seines Lieblingsessens, dann servierte ich ihm den Teller. „Blauschimmelkäse oder Ranch?"

„Ranch. Ich sollte solche Sachen wirklich nicht essen", flüsterte er, während er ein Filet von dem Teller hob und es entzwei brach. „Ich werde morgen fünfzehn Kilometer auf dem Laufband rennen."

„Du ziehst deine Diät ziemlich hingebungsvoll durch. Hin und wieder eine Leckerei wird nicht schaden."

Er lächelte, dann blies er über eine Hälfte des Filets, während er sich an die Küchenzeile setzte. Ich drehte den Deckel des Dressings ab, dann quetschte ich einen großen Klecks auf den Rand seines Tellers. Er belohnte mich dafür mit einem Lächeln – dem wunderschönsten Lächeln der Welt. Ich sollte es besser genießen, denn sobald ich ihm von Morgen erzählte, würde es verschwinden.

„Du weißt immer, wie du es schaffst, dass ich mich

gut fühle", sagte er. Ich musste wegschauen. Ich war noch nie gut darin gewesen, andere zu täuschen. "Was?" Als ich den Mut aufbrachte, ihm einen Blick zuzuwerfen, waren seine Brauen gerunzelt wie ein gut bearbeitetes Weizenfeld. „Du kannst es mir genauso gut sagen."

„Werde nicht wütend." Sobald ich es sagte, wusste ich, dass es dumm war, das zu sagen. Seine glatten Brauen sanken in ein ‚V'. „Ich kann morgen keine Konditoreien besuchen, weil ich arbeiten muss."

Es gab eine grauenvolle Zeitspanne von etwa fünfzehn Sekunden, in denen er nichts sagte oder tat. Dann pfefferte er den Teller mit den frittierten Hühnerbrustfilets auf die Arbeitsplatte.

„Es ist Sonntag. Du arbeitest am Sonntag nicht. Wir haben es vor fünf Wochen vereinbart, weil es der einzige Sonntag war, an dem ich daheim bin und nicht spiele."

„Es tut mir leid, wirklich! Es ist nur so … Adam hat angerufen und gesagt, dass wir dieses Update für Bygenta brauchen und –"

„Scheiß auf dieses Projekt, Scheiß auf Bygenta und Scheiß auf Adam! Das ist unsere Hochzeit, Jacob! Kümmert dich das auch nur ein bisschen?!" Sein Blick zersprang vor Wut und Schmerz.

„Natürlich kümmert mich das!", schoss ich zurück, wobei ich mich wie ein arschiger Mistkerl fühlte.

„Tut es das? Kümmert es dich *wirklich*? Ich reiße mir den Arsch auf mit der Planung und damit, Eishockey zu spielen, und alles, was du machst, ist alles abzuschmettern und auf alles zu scheißen, was ich vorschlage. Welche Art verdammte Hochzeit willst du haben? Willst du dich einfach vor irgendeinen Standesbeamten stellen?"

„Vielleicht! Zumindest wäre das vernünftig! Wir sollten für ein Haus sparen, Ryker! Und Kinder. Wie beabsichtigen wir, all das zu verwirklichen, wenn wir jeden Penny, den wir haben, in diese dämliche Hochzeit stecken?"

„Schön, also ist sie ‚dämlich'. Gut zu wissen."

„Ich habe nie behauptet, die Hochzeit wäre dämlich." Verdammt, das *hatte* ich gesagt. Mist. Das hier geriet gerade schnell außer Kontrolle. „Ich meinte nicht, dass die Hochzeit dämlich ist. Ich *will* dich heiraten. Ich will, dass wir haben, was meine Eltern haben und deine haben. Es ist nur so, dass all dieser Pomp und die Umstände … Naja, sie sind dämlich. Du bist in die Falle getappt."

„Die Falle." Er sagte es so emotionslos, dass ich wusste, ich steckte tief in der Scheiße. „Wovon zur Hölle redest du?"

„Ja, eine Falle. Die Hochzeitsindustrie hat die Gedanken der Menschen verzerrt. Meine Eltern hatten eine kleine Hochzeit zu Hause. Der Pfarrer kam zum Haus meiner Großmutter und verheiratete sie, dann hatten sie ihren Empfang in einer Scheune, gefolgt von einem kurzen Campingurlaub zu einem nahegelegenen See. Warum können wir nicht das machen? Warum brauchen wir Canapés und seidene Tischdecken und zwei komplette Eishockeyteams?"

„Wow, du entscheidest dich *so* kurz vor dem Valentinstag dafür, ehrlich zu mir zu sein. Das ist verdammt nochmal großartig, Jacob." Er riss seine

Hände in die Luft, Schmerz und Zorn gingen in Wellen von ihm aus, die mein Fleisch und mein Herz versengten. „Nur damit du es weißt, ich wollte schon immer eine große Hochzeit."

„Das weiß ich, glaub mir. Das ist alles, worüber du redest", schnappte ich und seine Augen weiteten sich. „Ist es! Seit ich dich gefragt habe, ob du mich heiraten willst, hast du mir immer und immer wieder davon erzählt, wie du ein hübsches Mädchen finden, eine große Hochzeit haben, ein paar Wochen in Europa verbringen und dich dann niederlassen wolltest, um Kinder großzuziehen."

„Ich habe nie gesagt, dass es ein Mädchen sein muss!" Er war jetzt auf Puls und ich genauso. „Ich meine, Scheiße, Jacob, du bist ein schwuler Mann! Hast du nicht das geringste Bedürfnis danach, die Art Hochzeit zu haben, die heterosexuelle Paare schon seit Ewigkeiten genießen können?"

Ich rollte mit den Augen. Seine Kiefer wurden hart. „Der ganze Scheiß, der damit einhergeht, dich zu heiraten, interessiert mich nicht. Ich will dich einfach heiraten. Ich will ein Haus und einen Hund und Kinder."

„Das will ich auch!", schrie er und ich zuckte zusammen. „Und ich will eine Hochzeit, auf die ich stolz bin. Nicht irgendein hinterwäldlerisches Volksfest in irgendeiner jämmerlichen Scheune."

Autsch. Scheiße, das tat weh. „Na gut, tja, vielleicht sollten wir dann die ganze Sache überdenken, da meine Träume einer Hochzeit so weit unter deinen Standards liegen!" Jetzt schrie *ich*.

„Vielleicht sollten wir das!" Er drehte sich um, schnappte sich seine Jacke von der Couchlehne und ging zur Tür. Ich starrte ihn an, als er in den Flur stolzierte. „Ich gehe zu Alex."

Er knallte die Tür zu. Meine Hände waren vor Zorn zu Fäusten geballt und darum tat ich das Einzige, an das ich denken konnte. Ich stopfte die frittierten Hühnerfilets ins Spülbecken, schaltete den Müllhäcksler an und pulverisierte sie. Dann kämpfte ich gegen die Tränen, für eine Minute oder zwei oder zehn.

ZWEI

Ryker

_____

Ich ging nicht zu Alex. Er hatte bei einem energischen Verteidigungsmanöver einen Puck an die Brust bekommen, das nur nötig gewesen war, weil ich Scheiße gebaut und ihn offen hatte dastehen lassen. Sein wagemutiger Hechtsprung war dazu verdammt gewesen zu scheitern und er musste Schmerzen haben und das Letzte, was er brauchte, war sein idiotischer Freund, der ihn besuchte. Ohne Zweifel kümmerte sich Seb gerade um Alex und ich würde nicht hingehen und etwas stören, das ein sanftes und friedvolles Runterkommen vom Adrenalin eines harten Spiels gegen Boston war.

Ein Aufeinandertreffen, das wir hätten gewinnen können, wenn ich meine Gedanken im Spiel gelassen hätte. Wenn ich mir nicht den Kopf zerbrochen hätte wegen Jacob und der Hochzeit und diesem Arschloch Adam und meinem Platz im Team der Raptors und mich gefragt hätte, welchen Weg meine Karriere verdammt nochmal einschlagen würde.

„Verdammtes Boston", murmelte ich und bog in der

Absicht, einfach weiterzufahren, bei der nächsten Gelegenheit links ab, aber stattdessen endete ich auf dem leeren Parkplatz eines geschlossenen Target, mit ausgeschaltetem Motor, die Türen verschlossen und wusste nicht, wo oben und unten war. Ich war wütend und beschämt und enttäuscht und wir hatten das Spiel verloren und ich war müde und irgendwie war all das zu einem großen Ball aus Existenzangst geworden. Es hatte darin geendet, dass ich Jacob richtigen Mist an den Kopf geworfen hatte und anschließend hinausstolziert war wie ein verdammter Teenager, der mit einem Geschwister gestritten hatte.

Ich sollte ihm schreiben. Ihn anrufen. Verdammt nochmal nach Hause gehen.

Aber das würde die Dinge nicht richtigstellen. Es würde im Moment nichts an dem wirklich tiefen Verständnis meines Seelenlebens verbessern. Weil ich in meinem Kopf all diese Gründe dafür hatte, warum ich alles vermasselte und Gretzky-helfe-mir, aber jeder einzelne davon ergab immer noch einen Sinn, was bedeutete, dass ich sowas von nicht über den Adrenalinstoß hinweg war, der in mich eingeschlagen hatte. Ich war aufgebracht und ich konnte es nicht von mir schieben, weil dieser Sonntag zusammen alles sein sollte und ich mich so lange so sehr darauf gefreut hatte. Ein Tag mit Jacob, an dem wir über unsere Hochzeit redeten, noch einmal bestätigten, dass wir wirklich heiraten wollten, und er musste arbeiten. Verdammt nochmal. Ich konnte nicht anders als es seinem Chef übelzunehmen – Adam war ein Arbeitgeber, der Resultate erwartete, getrieben bis zum Rande des Wahnsinns, und er riss Jacob mit sich.

Brennende, üble, nervtötende Eifersucht jagte durch mich hindurch, genauso, wie sie es immer tat, wenn ich über Adam nachdachte, den sexy und seit kurzem wieder alleinstehenden millionenschweren Umweltaktivisten, der *meinen* Verlobten im Griff hatte. Warum brachte er Jacob dazu, an dem einen Tag zu arbeiten, an dem wir etwas zusammen geplant hatten? Warum konnte Jacob nicht Nein sagen?

Das war das erste Heimspiel der Raptors seit Ewigkeiten und das bedeutete, dass ich den ganzen Sonntag für mich allein gehabt hätte und ich hatte ein klares Bild davon gehabt, wie dieser Sonntag vonstattengegangen wäre. Jacob und ich hätten ein gemütliches Frühstück gehabt, hätten uns auf den Tag gefreut, dann hätten wir miteinander geschlafen, was wir nicht einmal am verdammten Weihnachtsfeiertag geschafft hatten, nicht, dass ich darüber Buch führte.

Verklagt mich doch, ich führte Buch.

Jedes Mal, wenn ich versuchte, etwas ins Rollen zu bringen, küsste er mich und sagte mir, dass er mich liebte und ich liebte ihn verdammt nochmal auch, aber dann schlief er ein oder sagte mir, dass er eine Abgabefrist einhalten musste und ob es mich stören würde, wenn er später ins Bett käme. Natürlich sagte ich, dass es mir nichts ausmachte, aber ich machte mir Sorgen. Er hatte ein fortwährendes Stirnrunzeln im Gesicht, dunkle Ringe unter den Augen und es war mehr als einmal passiert, dass nachts, wenn ich aufgewacht war, das Bett leer gewesen war. Er verteidigte sich damit, dass das, was er tat, es wert wäre, und erklärte mir, dass es falsch von mir war, ihm zu sagen, dass er Schlaf brauchte, aber das begann, mich anzukotzen. Allerdings war es in dem Streit von heute Abend nicht um Sex gegangen, oder ums Schlafen, oder irgendetwas davon; es war ein kindisches, dummes Draufhauen gewesen, total falsch, und wieder einmal hatte ich mich untypisch verhalten und ich hatte ein paar schreckliche Dinge gesagt.

Ich könnte ihn verlieren. *Was bin ich ohne Jacob? Ich bin nichts.* Nur ein Eishockeyspieler mit einem Benehmen, das schlimmer stank als der Kuhstall auf der alten Farm seiner Eltern.

Ich wollte ihn jetzt hier bei mir haben, damit ich aufhören konnte, mich zu fühlen, als stünde meine ganze Welt kurz davor, zu enden. Was zur Hölle hatte ich ihm überhaupt zugeschrien? Hatte ich wirklich das Gefühl, dass die Hochzeit, die er wollte, unter meinem Niveau war? Hatte ich diesen wundervollen Tag in meinen Gedanken wirklich erschaffen, um eine Möglichkeit zu haben, vorzuzeigen, was ich hatte, und glaubte ich wirklich, dass es so eine schlechte Idee war, wenn wir zwei in einer Scheune heirateten? Ging es nur um mich und was ich wollte? *Was zur Hölle stimmte nicht mit mir?*

Ich schlug meinen Kopf ein paar Mal gegen das Lenkrad und stütze dann meine Stirn darauf.

„Verdammter Idiot." Mein Telefon läutete und ich beeilte mich, es aus meiner Hosentasche zu bekommen. Das musste Jacob sein, der mir sagte, dass ich nach Hause kommen sollte und dass alles in Ordnung wäre und wir reden konnten. Aber er war es nicht, Dad sendete in unsere Gruppe noch ein weiteres Bild von Lottie, in dem sie in einem ansonsten dunklen Raum von einer Lampe beleuchtet wurde. Der Text darunter war ein Haufen Emojis, die die verschiedenen Phasen der nächtlichen Fütterung beschrieben, von dem Kacka-Emoji bis hin zu „ZZZ"s. Ich wusste, dass er und Ten uns zwei Stunden voraus waren, was bedeutete, dass es in Harrisburg drei Uhr morgens war, und vielleicht sollte ich ihn anrufen, wenn er wach war? Aber was würde er mir auf seine Ich-bin-ein-Dad-und-ich-weiß-Dinge-Art sagen?

„Du bist ein Idiot, Ry!" Ich ahmte die Stimme meines Dads nach, was nicht schwer war, wenn man bedachte, wie ähnlich wir uns waren. Ich schickte eine Nachricht, in der ich fragte, ob er wach genug war, um zu reden. Er rief zurück und ich lächelte, als ich dranging.

„Ryker? Ist alles in Ordnung?" Es war nicht mein Dad, sondern Ten, und er klang verschlafen, aber besorgt.

„Mist, Ten, entschuldige, ich dachte, mein Dad wäre wach."

Ten gähnte. „Nein, ich bin dran, morgen ist kein Spiel, ein freier Tag bedeutet, ich bin mit Lottie wach, aber wir lassen unsere Telefone hier draußen." Er gähnte wieder, was mich zum Gähnen brachte, und Ten kicherte. „Konntest du nicht schlafen, nachdem dich dein Onkel Brady an der Nase herumgeführt hat?"

„Harr, harr." Tens älterer Bruder, und damit mein Onkel, war Kapitän der Boston Rebels und schonte niemanden, nicht einmal seinen viel jüngeren Sozusagen-Neffen. Natürlich würde er das nicht tun, wir waren zwei erwachsene Männer und obwohl er in der Abenddämmerung seiner Karriere war, war er einer der Besten in der Liga. Genau wie die anderen beiden Rowes, Ten und Jamie.

„Du hast in dem Spiel heute Abend teilweise seltsamen Scheiß abgezogen."

„Woher weißt du das überhaupt?

„Wir zeichnen deine Spiele auf und spulen zu allen deinen Einsätzen vor, sobald wir nach Hause kommen. Du musst ... uff, ich bin zu müde, um über Eishockey zu reden, also wenn du nicht wegen Hockey anrufst, was ist los ... es ist in Ordnung, Kleines, ich bin da", murmelte er und ich begriff, dass der letzte Teil nicht für mich bestimmt war, als ich das sanfte Geplapper von Lottie hörte, die Ten genau wissen ließ, was sie wollte. Meine kleine Schwester hatte es so leicht, Flasche, Kacka, Schlafen, und alles nach ihrem eigenen Zeitplan, kein bisschen chaotisches Beziehungszeug.

„Es ist nichts, alles ist gut", log ich.

„Du weißt, dass du mit deinem Stiefvater reden kannst, kleiner Ryker."

„Fick dich ins Knie, Ten."

Ten kicherte, murmelte Lottie etwas zu und seufzte dann. „Streiten du und Jacob wieder?"

„Was? Nein. Natürlich nicht", log ich wieder. Warum log ich?

„Also gut, Lottie und ich haben eine Verabredung mit der Couch, willst du, dass ich dich auf Lautsprecher stelle, damit du über das reden kannst, was dich auch immer wachhält?"

Wollte ich? Was konnte ich Ten sagen? Zur Hölle, ich wusste nicht einmal, was ich zu Dad gesagt hätte, ganz zu schweigen zu Ten, der nicht so viel älter war als ich. Was wusste Ten über das Leben und die Liebe und die Ehe?

Abgesehen davon, dass er mit Dad lächerlich glücklich war, eine glänzende Karriere mit einem Team genoss, das knapp den Stanley Cup verpasst hatte und sich mit dem Mann, den er liebte, um ein neugeborenes Baby kümmerte. Kein wichtigtuerischer, unendlich reicher wissenschaftlicher Innovator, der bereit war, die Welt zu retten, würde daherkommen und meinem Dad Ten stehlen. *Verdammt.*

„Nein, alles ist in Ordnung, richte meinem Dad Grüße aus. Nacht, Ten." Wie ich es schaffte, meinen Tonfall ruhig zu halten, wusste ich nicht, denn dieser zufällige Gedanke darüber, was auf dem Grund all dessen liegen könnte, nahm mir den Atem. Ich hatte gewusst, warum ich so schnell die Beherrschung verlor, und es ging dabei nicht um Sex oder Schlaf oder darum, Jacob nicht zu sehen – es waren die Gespenster in unseren Leben. Adam und sein Job und seine Inanspruchnahme von Jacobs Zeit und dass Tate im Team war. Und die Hochzeit. Und der Schmerz in meiner Hüfte, der von einem fiesen Check kam. Keine meiner Sorgen endete jemals.

„Nacht, Ry." Ten legte auf und für eine ganze Weile starrte ich auf den Bildschirm.

Jemand klopfte gegen das Autofenster und erschreckte mich halb zu Tode, und ich schoss so schnell in die Höhe, dass ich mir den Kopf am Innenraum anschlug. Adrenalin durchfuhr mich und ich schnappte mir die Schlüssel, um von hier zu verschwinden, bevor ich erkannte, dass es ein Polizist war. Ich schaltete die Zündung ein, dann ließ ich das Fenster herunter.

„Hallo Officer", sagte ich und ich schwöre, dass jede einzelne Silbe vor Schuld troff.

„Führerschein und Papiere, Sir?"

„Sicher, natürlich, einen Moment." Ich holte beide Schriftstücke langsam und vorsichtig heraus, dabei blitzte ein Licht kurz in meine Augen, genug, dass ich blinzelte und Sterne sah.

„Heute war kein gutes Spiel für Euch Jungs, Mr Madsen", meinte der Polizist nach einer Pause – im Plauderton, so als hätte er mich nicht gerade halb zu Tode erschreckt und dafür gesorgt, dass ich ein Jahr meines Lebens verloren hatte.

„Nein, Boston war hart. Wir nicht", gab ich zu, während ich in ein gewohntes Gespräch verfiel.

„Ich habe Saisontickets", bekannte der Polizist. „Letztes Jahr hatten wir kein Glück."

„Ja, wir waren nahe dran."

Er gab mir meine Dokumente zurück. „Wollen Sie mir verraten, was Sie um ein Uhr morgens auf einem Parkplatz machen?"

„Über das schlechte Spiel nachdenken", log ich.

Er klopfte auf das Dach. „Das Kennzeichen wurde von drei verschiedenen besorgten Bürgern gemeldet und Sie sind auf den Überwachungskameras, sie sollten also besser zu Hause nachdenken. Fahren Sie hier weg, in Ordnung?"

„Ja, Sir, Officer, natürlich." Ich startete den Motor und hatte meinen Finger schon fast auf dem elektrischen Fensterheber, als er auf mein Dach klopfte.

„Übrigens, das heutige Spiel? Die Verantwortung liegt bei Ihnen, Madsen, hören Sie damit auf, den Puck ständig bei sich zu bunkern", schlug er vor und schlenderte dann davon.

Ich fühlte mich wie ein Kind, dessen Jugendtrainer sagte, dass ich fair spielen sollte. Ich war an Fans gewöhnt, die mein Spiel kritisierten, und manchmal hatten sie recht. *Er hatte recht.* Ich musste so viel beweisen, Brady, dem gesamten Team von Boston, meinem Trainer, der mir gesagt hatte, dass meine Gedanken nicht beim Spiel waren, Jacob, dem ich beweisen musste, dass ich ein besserer Mann war als Adam. Tate, der mich wahrscheinlich als die zweite Geige wahrnahm. Scheiße, ich war ein Häufchen Elend. Dann hatte ich Alex im Regen stehen lassen, was dazu geführt hatte, dass er vor den Puck gesprungen war. Seine verletzten Rippen gingen voll auf mich. Dann hatte ich das komplette Fiasko mit nach Hause genommen, obwohl ich mir versprochen hatte, dass ich das nicht machen würde, und alles, was es gebraucht hatte, war, dass Jacob Adam erwähnte und das wars dann, ich ging hoch wie ein dämliches Kind ohne jeglichen Filter.

„Und ich will eine Hochzeit, auf die ich stolz bin. Nicht irgendein hinterwäldlerisches Volksfest in irgendeiner jämmerlichen Scheune?"

Ich stöhnte angesichts meiner Dummheit auf. Wer sagte so etwas überhaupt zu seinem Verlobten, wenn der

Hauptgrund dafür, dass ich mich in ihn verliebt hatte der war, dass er so bodenständig war? Er war mein Anker, die Person, die mich am Boden hielt, damit ich nicht so etwas Dummes machte wie meine Beherrschung wegen eines beschissenen Spiels zu verlieren.

Aber was war, wenn ich dieses Mal zu sehr verkackt hatte und er mich nicht mehr brauchte? Was, wenn *Adam* ihm über die Berichte von Samen und die Besprechungen hinaus eine schöne Zeit bot? Was, wenn der wunderschöne, reiche Innovator Jacob anbaggerte? War eine Hochzeit, die alle anderen beeindruckte, das, was wir anstreben sollten? Warum machte ich das überhaupt?

Ich fuhr wie in einem Nebel nach Hause, dankbar dafür, dass jede Ampel grün war und dass ich nicht rausgezogen wurde, weil ich ziellos durch die Nachbarschaft fuhr, bis ich schließlich wieder bei den Apartments angekommen war und den Motor abstellte. Mein höchst unpraktisches, glänzendes schwarzes Auto sah neben Jacobs Truck so falsch aus und ich hatte noch nie etwas Traurigeres gesehen als diese beiden nebeneinander. Ich repräsentierte das Funkeln und Geld und egoistische Eifersucht und er war stabil, standfest und arbeitete so hart für das, was er wollte. Ich wusste, dass ich auch hart arbeitete, aber er hatte so viel um die Ohren, all die Projekte und die Anrufe spät abends und die unmöglichen Fristen.

Alles, was ich getan hatte, war ein verdammtes Spiel zu verlieren und ich war Teil des Problems im Team.

Jacob liebte mich, das wusste ich, und jedes Paar

hatte Auseinandersetzungen; zur Hölle, ich war mir sicher, dass Dad und Ten auch über manches stritten, obwohl ich es nie selbst gesehen hatte. Ich zog mein Handy heraus und schickte Alex eine kurze Nachricht, in der ich mich für die Situation entschuldigte, in die ich ihn gebracht hatte, eine weitere an unseren Trainer, in der ich erklärte, dass ich mit ihm über das Spiel gegen Boston sprechen musste und kam ihm damit zuvor, mich in sein Büro zu bestellen, dann schickte ich eine letzte an Vlad mit einer Entschuldigung dafür, dass ich ein Arsch gewesen war. Der Einzige, der antwortete, war mein Trainer, der vorschlug, dass ich bis Montag warten sollte und dass wir alle schlechte Spiele hatten und dass ich, was auch immer in meinen Gedanken herumspukte, außerhalb des Stadions lassen musste. Ich antwortete nicht mit einem Witz darüber, warum er so spät noch wach war, weil wir verloren hatten und er wahrscheinlich ruhelos war, weil er so viele Fragen hatte, was falsch gelaufen war.

Hatten wir die nicht alle.

Dann blieb mir nichts anderes übrig, als hinaufzugehen und mich Jacob zu stellen, mich dafür zu entschuldigen, dass ich ein Idiot war und ihm nicht irgendeinen Scheiß vorzuwerfen, wie etwa, dass er Adam mir vorzog. Der Teufel in meinem Kopf flüsterte mir zu, dass Jacob auch ein paar schreckliche Dinge gesagt hatte und dass er unseren einen speziellen, gemeinsamen Tag abgeblasen hatte, aber der Engel in meinem Herzen schob dieses kleine rote Arschloch zur Seite. Als ich in unserem Apartment angekommen war, fühlte ich mich wie frittiert, körperlich und emotional, aber ich musste zu Jacob ins Bett kriechen, ihn aufwecken, ihn festhalten und ihm noch einmal die Welt versprechen.

„Du bist zurückgekommen", sagte Jacob aus der Dunkelheit unseres Wohnzimmers heraus, dann schaltete er die kleine Lampe an, die uns Colorado gekauft hatte, als wir eingezogen waren. Sie hatte ein orange- und lilafarbenes Muster, ihm zufolge die Farben der Wüste, und ich konnte schwören, in den Wirbeln war die Form eines Emus, aber ganz sicher war ich mir nicht. Die Lichter an unserem kleinen Weihnachtsbaum verteilten einen farbenfrohen Schein in der anderen Ecke und ein silberner Stern an der Spitze fing das Licht und warf es über Jacobs Gesichtszüge.

„Natürlich bin ich das."

„Wo warst du?"

„In der Gegend. Tatsächlich endete es damit, dass ich auf dem Parkplatz von Target war und beinahe festgenommen wurde."

„Was?" Jetzt stand Jacob, er vibrierte vor rechtschaffener Empörung. „Du kannst nicht dafür festgenommen werden, dass du auf einem Parkplatz stehst."

Ich trat in den Schein der Lampe. „Ich glaube, der Polizist hätte mich eigentlich dafür verhaftet, dass ich das heutige Spiel verkackt habe."

„Das hast du nicht", verteidigte mich Jacob sofort.

„Doch, das habe ich. Ich war völlig neben der Spur, bin egoistisch mit dem Puck umgegangen, war zu sehr mit meinen Gedanken beschäftigt, habe mir Sorgen gemacht über das Spiel, das Team, Adam, dich."

Wie erwartet griff er das eine Wort auf, das ich dazwischengeschoben hatte, das der Kern der Streitigkeiten in unserem Zuhause war. „Du musst dir wegen Adam keine Sorgen machen."

„Ich muss mir wegen des sexy Millionärs mit den Villen und den Autos keine Sorgen machen, und habe ich erwähnt, wie sexy er ist und die Art, wie er dich immer am Arm berührt und dich anlächelt?"

Jacob kaute auf seiner Lippe herum und ich konnte sehen, wie seine Gedanken von einem Szenario zum nächsten sprangen, aber bevor wir wieder anfingen, über einen Geist zu streiten, der nicht einmal mit uns im selben Raum sein sollte, trat ich in seinen persönlichen Bereich.

„Es tut mir leid", begann ich.

„Mir auch. So ist er zu jedem, fordernd, und dieser Job bedeutet mir so viel und mit Adam, ich –"

Ich wollte nicht, dass er Adam erwähnte, darum fiel ich ihm mitten ins Wort. „Ich würde nackt in der Wüste heiraten, mit Colorados Großmutter, die uns traut, und mit einem Emu als Trauzeugen, wenn ich dafür dich für immer in meinem Leben habe." Ich hatte das Eingeständnis als Scherz formuliert, um Jacob zum Lächeln zu bringen, und er zog mich in seine Arme und hielt mich fest. Ich wollte nicht *wirklich* nackt vor Alchemy und einem Emu stehen, oder, wenn wir schon dabei waren, Colorado, aber um ehrlich zu sein, würde ich überall hingehen und alles machen, nur um Jacob zu heiraten.

„Wegen des Kuchens. Ich wähle Schokolade", murmelte Jacob. „Irgendeine Art Schokoladenkuchen, aber ich habe mir überlegt, dass wir vielleicht Apollos Angebot, dass er ihn backt, annehmen, statt zu irgendeiner unpersönlichen Bäckerei zu gehen, die wir nicht kennen ...? Er könnte vor Neujahr hierherkommen und ich bin mir sicher, dass wir es irgendwann schaffen, mit ihm darüber zu reden, was wir wollen. Zusammen."

„Als nächstes willst du von mir, dass ich mit Alchemy darüber rede, uns zu trauen", scherzte ich wieder, was anscheinend eine Stichelei zu viel war. Jacob trat ein wenig zurück und umfasste sanft mein Gesicht.

„Die Hochzeit wird wunderbar sein, wie auch immer sie ablaufen wird, und ich kann es nicht erwarten, dich zu heiraten, aber ich will, dass es etwas bedeutet ..." Er hielt inne und lehnte seine Stirn an meine.

„Was?"

„Mehr. Ich will, dass es *mehr* bedeutet. Ich will nicht auf dem Präsentierteller sitzen, ich will kein riesiges, glitzerndes Statement über Gleichheit in der Ehe kreieren, ich will den Mann heiraten, den ich liebe, und ich verstehe, dass du eine Persönlichkeit des öffentlichen Lebens bist, aber ... bitte lass es dabei um uns gehen."

Ich war ein bisschen empört, aber das war zu erwarten, weil der Kern von allem – Jacob zu heiraten – wichtig war, aber in meinen Augen waren es die anderen Sachen auch. Der Welt zu beweisen, dass ich Jacob liebte und dass ich ein Recht darauf hatte, ihn zu lieben, und dass wir glücklich waren, war wichtig für mich.

Aber war es das, weil ich es der Welt zeigen wollte? Oder weil ich es Adam zeigen wollte?

„Lass uns ins Bett gehen." Jacob schaltete die Lampe aus und wir gingen in unser Schlafzimmer, fielen ins Bett und hielten einander fest. Wir schliefen nicht miteinander, oder redeten; wir schlangen die Arme um den anderen und schliefen.

Ich werde mich mit dem Rest am Morgen befassen.

DREI

Jacob

Es gab eine Menge Dinge, derer ich überdrüssig werden konnte. Alte Lieder, altmodische Kleidung, Zeichentrickfilme, die urkomisch gewesen waren, als ich sechs war, aber jetzt, da ich erwachsen war, nicht mehr so lustig waren, Dinge wie Vorurteile, Hass, der übliche Scheiß.

Aber eine Sache, derer ich nie überdrüssig werden würde, war, neben Ryker aufzuwachen und die Sonne dabei zu beobachten, wie sie über seine Locken tanzte. Er schlief normalerweise auf seinem Bauch, die langen Beine in der Bettdecke verheddert. An diesem Morgen befanden sich seine Arme über seinem Kopf und sein starker Rücken war nackt. Ich rollte mich auf die Seite, begierig auf Berührung. Seine Haare waren seidig weich. Ich fuhr mit den Fingern durch die dichte Masse, genoss, wie sie nach jedem Streichen zurückfederten.

„Mmm", seufzte er in sein Kissen. Ich platzierte einen Kuss auf seinen Arm. „Nochmal mmm." Ich knabberte an seiner Schulter. „Drei Mal Mmm."

„Ich will dich", murmelte ich, während ich seinen Rücken mit Liebesbissen übersäte und meinen harten Schwanz in seine Hüfte grub.

„Will dich auch", antwortete er, wobei er seinen süßen Arsch in die Luft streckte. Ich leckte mir meinen Weg sein Rückgrat hinunter, während ich auf ihn glitt. Brust an Rücken, brachte ich meinen Schwanz in eine Linie mit seiner Arschritze. Seine Finger versteiften sich am Kopfende. „Gleitgel, jetzt."

Das musste er nicht wiederholen. Ich schnappte mir die Flasche vom Nachttisch, benetzte meinen Schwanz und drückte ihn ins Bett hinein. Ich hatte immer noch ein paar Zentimeter und ungefähr dreißig Pfund mehr als er. Nicht, dass er ein Schwächling war. Der Mann war eine Maschine, aber im Bett war er formbar und begierig darauf, genommen zu werden. Ich setzte mich auf seine Oberschenkel, meine glitschigen Finger spreizten seine Arschbacken, dann spielten sie mit seinem Loch.

„Komm schon, Baby", schnaubte er, seine Bitte war mehr als genug Ermutigung. In ihn zu sinken war herrlich.

„Mein Gott, bist du heiß", stöhnte ich, während ich tiefer glitt und meine Finger in seinen Hintern bissen.

Dabei zuzusehen, wie mein Schwanz zwischen seinen runden Hinterbacken verschwand, machte mich verrückt vor Begehren. Ich stieß hart zu, vergrub mich selbst in ihm. Ryker warf seinen Kopf zurück, seine Locken fielen ihm über den Nacken. „Bereit?"

„Ja, scheiße, fick mich. Hart. Ich will dich den

ganzen Tag fühlen", knurrte er, während er die Kante der Matratze packte.

Da ich ein zuvorkommender Liebhaber war, gab ich meinem Mann, was er begehrte. Während die Wüstensonne auf uns herabbrannte, pumpte ich wie ein Wildgewordener. Er verschränkte seine Arme über dem Kopf, packte das Kopfteil, sein Rücken war inzwischen bedeckt von einem Schweißfilm. Es war eine Woche her, seit wir das letzte Mal Sex gehabt hatten, darum überrannten uns unsere Orgasmen recht schnell. Er kam zuerst, schoss seine Ladung quer über das Bettzeug, sein Körper klammerte sich um meinen Schwanz. Verloren in dem Gefühl, grunzte ich und hob mich auf und über ihn, ich schnappte mir einen muskulösen Oberschenkel und zog ihn nach oben und zur Seite.

„Verdammt, verdammt!", schrie Ryker, als ich seine Prostata immer und immer wieder nagelte. Ihn unter mir zu sehen, sich windend und das Bett vögelnd, verlor ich das winzige bisschen Kontrolle, das ich hatte. Ich sank auf seinen glitschigen Rücken und kam in ihm, wobei ich bei jeder Welle erschauderte.

„Ry, Baby, Scheiße", wimmerte ich, während ich mich festhielt und dann mein Gewicht nach links verlagerte. Mein Schwanz glitt dabei heraus und benetzte seine Arschbacke mit Wichse. Er wurde weich in meinen Armen. Ich saugte an seiner Kehle, während ich nach seinem Schwanz tastete. Ich nahm sein Glied in die Hand. Er pumpte ein paar Mal in meine Faust, bevor er in meine Umarmung schmolz. „Liebe dich, liebe dich so sehr", flüsterte ich ihm zu, bevor ich sein Ohrläppchen zwischen meine Zähne nahm.

„Liebe dich … so sehr", antwortete er atemlos.

Wir lagen da, versuchten, zu Atem zu kommen, unsere Körper kühlten ab, wir waren zufrieden mit der Welt.

„Wir haben hier eine Sauerei", stellte Ryker das Offensichtliche fest.

„Ich weiß." Ich seufzte, küsste seine Wange, wo meine Lippen seine frischen Bartstoppeln genossen. Ich zog ihn näher zu mir. „Bitte entschuldige … naja, alles. Dieser Job –"

„Nein, mach das nicht. Lass uns einfach das hier, uns beide, ein bisschen länger genießen."

Also machten wir das. Nur ein bisschen länger. Dann mussten wir uns voneinander lösen und uns dem Tag stellen. Duschen, die Rasur überspringen, frische Bettwäsche aufziehen, ein schnelles Frühstück aus Eiern und Scheiben vom Honigschinken mit Kaffee und dann wurde Apollo angerufen.

Ich konnte Henrys festen Freund vor Freude kreischen hören, nachdem Ryker gefragt hatte, ob er mit dem Kuchen helfen konnte. Vermutlich dachte Apollo, dass Kuchen Hochzeit bedeutete, denn in weniger als einer Stunde war er in unserer Wohnung, saß am Küchentresen und sah Hochzeitsmagazine mit uns, Henry und Apollos Tante Maria durch. Ich hatte gedacht, dass wir noch Zeit haben würden, um darüber nachzudenken, aber nein, hier war er und ich musste immer noch den Bericht ergänzen und ich konnte meinen Laptop von hier aus sehen.

„Ich bin deswegen so aufgeregt!", strahle Apollo, während er ungefähr zwanzig Hochzeitsmagazine auf den Tresen warf. „Ich weiß, ihr hattet Schwierigkeiten damit, euch zu entscheiden, darum werden all eure Probleme jetzt die meinen sein! Ich werde der beste Hochzeitsplaner aller Zeiten sein!" Ich warf Ryker einen Blick zu. Er sah gespannt aus, seine Unterlippe hatte er zwischen den Zähnen. „Zuerst müssen wir den perfekten Ort auswählen. Ich weiß, wo das ist! Nicht zu groß, nicht zu ausgefallen und kostentechnisch ist es perfekt!"

„Wir werden nicht in Adlers Villa heiraten", unterbrach ich schnell, da Ryker offensichtlich Sprachprobleme hatte.

Apollo runzelte kurz die Stirn, dann schnipste er mit den Fingern, was seine Armreife zum Klimpern brachte. „Nein, halt, ich wollte damit nicht das Übergangshaus vorschlagen. Dort sind gerade zu viele Patienten. Eine Hochzeitsnacht könnte zu viel Reizüberlastung für manche davon sein." Er tippte auf seinem Telefon herum. „Ich dachte daran, Colorados Hütte in der Wüste zu nutzen. Sie ist abgelegen aber wunderschön. Und günstig!"

„Ääh …", meinte ich und stieß Ryker an. Er blinzelte. Großartig. „Äh, gut, ich bin mir nicht sicher, ob Colorado –"

„Natürlich wird er zustimmen! Schau, ich rufe ihn gleich an!" Er fegte mit seinem Telefon am Ohr durch den Raum. Henry saß sanft lächelnd neben mir, als sein Mann übernahm.

„Colorado, hallo, hier ist Apollo. Ich stelle dich auf Lautsprecher."

„Kumpel, was gibts?" Colorados raue Stimme erfüllte die Küche.

Apollo hielt das Telefon nach vorne. „Ich bin bei Ryker und Jacob, den bald Frischvermählten, sie haben sich an mich gewandt, um die Hochzeit-Schrägstrich-Empfang zu planen." Apollo zwinkerte mir zu.

„Mega! Deine Partys sind episch. Fast so abgefahren wie meine."

Maria verschränkte ihre langen Beine und nippte an ihrem Kaffee.

„Naja, deine Partytage sind vorbei und darum fällt es mir zu. Da ich einen gemütlichen Zeitplan in der Schule habe, helfe ich den Beiden gern. Sie sind hier. Sagt Hallo, Jungs!"

„Hey", sagten Ryker und ich gemeinsam.

„Hey, Jungs. Mann, den Bund fürs Leben zu schließen ist etwas Großes. Wie kann ich helfen?"

„Sie wollen deine Hütte in der Wüste nutzen", antwortete Apollo schnell.

„Oh, sicher, macht das. Macht damit, was ihr wollt. Oh, hey, ich muss los. Joe und Maddy Boo sind bereit für einen Ausflug, um Kricker zu sehen. Die Hütte gehört euch! Bis später!"

Die Verbindung brach ab.

„Da! Erledigt! Die Hochzeit findet in der Hütte statt, genauso wie der Empfang. Ich kümmere mich um das Essen, weil ich, bei aller Bescheidenheit, ein verdammt guter Koch bin!" Apollo strahlte.

„Ist er", stimmte Henry zu und bekam von seinem Mann ein Küsschen auf die Wange.

„So ein Süßer! Also, um das Hochzeitsessen haben

wir uns gekümmert. Tantchen wird sich um das Make-up und die Haare kümmern!" Apollo tätschelte den Arm seiner Tante.

„Typen tragen kein —", begann ich zu sagen, als mir Ryker seinen Ellbogen in die Rippen stieß. Apollos große braune und umrandete Augen richteten sich auf mich. „Ich meine … Ryker und ich tragen kein Make-up."

„Dann kann ich eure Haare stylen", sagte Tante Maria, dann nahm sie einen Schluck Kaffee. „Obwohl ihr vielleicht ein bisschen Concealer benutzen könntet und etwas Puder, nur für die Bilder."

„Ääh …", meinte ich wieder und wurde dann von Apollo übergangen, der mit Speisefolgen um sich warf, während seine Tante Farbpaletten neben unsere Gesichter hielt und dabei über Feuchtigkeitscremes und mattierenden Puder plapperte und über den subtilen Gebrauch eines Gelkammes an unseren Augenbrauen. Es wurde Mittag, bis sie gingen, Apollo und Maria plauderten miteinander, Henry schüttelte uns die Hände, während er die Magazine balancierte.

„Ich weiß, dass sie überwältigend rüberkommen, aber vertraut mir, sie werden einen großartigen Job für euch abliefern", sagte Henry. Wir nickten beide. Er lächelte uns an und trottete von dannen.

Ich schloss die Tür und schaute zu Ryker. „Also das lief eindeutig anders ab als ich erwartet hatte", meinte ich.

„Ja, so geht es mir auch. Haben wir Schokoladenkuchen überhaupt erwähnt?"

„Nein, kein einziges Mal." Ich kicherte, dann zog ich

ihn in eine warme Umarmung. Ich vergrub meine Nase in seinen Haaren und atmete tief ein. „Der Geschmack des Kuchens interessiert mich ehrlich gesagt nicht einmal. Ich will dich nur heiraten und unser gemeinsames Leben beginnen. Ist die Hütte für dich in Ordnung? Ich weiß, es ist keine extravagante Kirche, der ein gewaltiger Empfangssaal folgt."

„Eigentlich passt die Hütte ganz gut. Es gibt viel Land, das die Teams erkunden können, keine Nachbarn, wegen derer wir uns um Lärmbelästigung Sorgen machen müssen und ich wette, dass es nachts wirklich romantisch ist." Er liebkoste mein Kinn mit seiner Nase. Ich küsste ihn, fest, und mit so viel Sehnsucht, dass es schmerzte. „Ich will nur, dass du glücklich bist."

„So geht es mir auch, Baby." Ich starrte in seine wunderschönen haselnussfarbenen Augen, die von dichten, dunklen Wimpern gesäumt waren. „Ich glaube, wir könnten einen Kompromiss gefunden haben."

Sein Lächeln ließ meine Knie weich werden. „Ich glaube, das haben wir. Und alles, was wir machen mussten, war, den wichtigsten Tag unseres Lebens Apollo Vasquez zu übergeben, dem Partymeister extraordinaire."

Ich liebte es, ihn glücklich zu sehen. „Willst du zurück ins Bett?"

Da klingelte mein Telefon und ich wusste genau, wer es war. So wie Ryker. Die verspielte Aura, die uns umgab, löste sich auf.

„Da gehe ich besser dran." Ich verließ seine Arme,

um mir mein Telefon zu schnappen, bevor es zu Boden fiel.

„Ja, stürz dich am besten für ihn darauf", hörte ich Ryker murmeln, als ich das Telefon von der Arbeitsplatte nahm. Der dumpfe Stich traf genau ins Schwarze, aber ich entgegnete nichts. Stattdessen antwortete ich auf die Nachricht, die Adam geschrieben hatte und mich daran erinnerte, dass wir eine Verabredung zum Mittagessen hatten. Ich starrte eine Sekunde auf das Wort *Verabredung*, weil es mir für eine Sekunde komisch vorkam. Ich schüttelte es ab und schrieb zurück, um ihm zu sagen, dass ich mich in fünf Minuten auf den Weg machen würde.

„Das war Adam", sagte ich, nachdem ich meine Nachricht gesendet hatte. Ryker nickte. „Es wird nicht länger als ein paar Stunden dauern. Willst du mitkommen?"

„Nein, ich ..." Er schüttelte den Kopf. „Nein. Will ich nicht. Ich gehe trainieren, rufe vielleicht Alex an, um zu fragen, wie es ihm geht, vielleicht werde ich mir diese Lovecraft-Serie anschauen."

Er war jetzt angespannt. Seine Worte kurz angebunden. Verdammte Arbeit. So hatte ich mir meinen Job auf keinen Fall vorgestellt. Vielleicht musste ich Adam das sagen. Versuchen, ob ich aus dem Bygenta-Programm aussteigen konnte und etwas weniger technikbasiertes und mehr tierbasiertes finden.

„In Ordnung, na gut, ich hole meinen Laptop und gehe."

Er nickte.

Ich beeilte mich, mir meinen Dell zu schnappen, dann zog ich mir saubere Jeans und mein altes Owatonna-Shirt an. Ryker lag ausgebreitet auf dem Sofa, als ich aus dem Schlafzimmer herauskam. Ich beugte mich für einen Kuss über die Rücklehne der Couch. Er verzog sein Gesicht. Die Berührung unserer Lippen war kurz.

„Also gut", meinte ich, als ich mich aufrichtete. „Ich bin froh, dass wir den Hochzeitskram geklärt haben. Ich glaube, es wird fantastisch, Ry."

„Ja, ich auch. Fantastisch." Seine Aufmerksamkeit war auf den Fernseher gerichtet.

Während ich leise seufzte, schnappte ich mir meine Geldbörse, Schlüssel, Sonnenbrille und den Laptop, dann verzog ich mich aus der Wohnung.

Mein Truck war heiß, denn sogar im verdammten Winter war es in Arizona eher warm und so fädelte ich mich in den Sonntagsverkehr ein, wobei meine Gedanken um tausend Dinge kreisten, während Blake Shelton ein trauriges Lied über eine verlorene Liebe sang. Ich wollte Ryker oder das, was wir hatten, niemals verlieren, aber ich befürchtete langsam, dass sich irgendwie, irgendwo, irgendetwas ändern musste. Ich konnte sehen, dass er nicht glücklich war. Und das machte mich traurig. Alles, was ich vom Leben wollte, war, Ryker glücklich zu machen. Und ich versagte dabei.

Als ich die Rattlesnake Peak Road erreichte, hatte ich eine Mordsangst. Ich rollte auf das Tor von Adams Grundstück zu und klingelte. Es öffnete sich langsam. Zu der über achthundert Quadratmeter großen Villa im spanischen Stil hinaufzufahren, half nicht, meine Laune so zu heben, wie es das sollte. Adam schwang die breite Vordertür auf und trat nach draußen, um mich zu begrüßen. Das brachte mich zum Lächeln. Er war ein netter Typ. Schlau, professionell, aufgeschlossen, er wollte seinen Angestellten unbedingt dabei helfen, Erfolg zu haben. Dazu war er hübsch anzusehen, war tadellos gekleidet und hatte einen Hintergrund in der Viehwirtschaft und es war leicht zu verstehen, warum jede Frau und die meisten Männer im Projekt ihn respektierten. Aus irgendeinem wahnwitzigen Grund hatte er mich ausgewählt, das große, unbeholfene Kind von einer Farm in Minnesota, um es unter seine Fittiche zu nehmen.

„Gut, dass ich der Köchin gesagt habe, sie soll das Essen im Ofen warmstellen", sagte er, als ich aus meinem Truck stieg. Er nahm meine Hand, schüttelte sie und hielt sie dann einen langen Moment. Die Sonne schien in seinen goldenen Haaren zu glitzern, während seine himmelblauen Augen funkelten. Er hatte ein paar Falten; er *war* über vierzig, aber sie standen ihm gut. Groß und schlank, allerdings nicht so groß wie ich, gebot er mit seiner Haltung Respekt. Er war weit gekommen von seinen bescheidenen Wurzeln auf einer extrem armen Pferdefarm in Wyoming.

„Bitte entschuldige, die Kuchendiskussion geriet ein bisschen aus dem Ruder und irgendwie hat es damit geendet, dass wir jetzt einen Hochzeitsplaner und eine Make-up-Artist haben", antwortete ich, dann wand ich meine Hand aus seinem Griff. Er neigte dazu, mir mit seinen Berührungen ein bisschen zu nahe zu kommen, aber ich schrieb das der Tatsache zu, dass Adam einfach

Adam war. Ich konnte mit einem langen Händedruck oder einem Arm um meine Schulter umgehen, solange er nur kurz dort lag.

„Ah, Hochzeiten. Ich hoffe, deine verläuft reibungsloser als meine zwei ersten. Mein letzter Ehemann hat mich ein Strandhaus in Malibu und mehrere Araberstuten gekostet.“

„Autsch, das tut mir leid.“

Er tätschelte scherzhaft meine Wange. „Lass dich von mir nicht runterziehen. Gott weiß, je älter ein Mann wird, desto weniger vertraut er auf Schwüre und Versprechen. Es ist viel besser, einfach Single zu bleiben.“ Er schlang einen Arm um meine Schulter, dann führte er mich am Infinity Pool vorbei. „Ich habe Marta angewiesen, unser Essen auf der Veranda anzurichten, mit Blick auf das Gästehaus.“

„Hast du hier Strom für den Laptop? Mein Dell hat keinen Akku.“

„Natürlich, aber ich werde dir auch einen neuen Laptop zuschicken.“

„Es ist in Ordnung, ich brauche keinen –“

„Unsinn, ich kann meinen besten Analytiker nicht mit altem Equipment arbeiten lassen.“

Nach diesem Gespräch schlenderten wir über das Gelände, er redete über das Wetter und den neuen Komplexverwalter, den er angestellt hatte, quasi Smalltalk für einen Millionär. Meine Augen schweiften über den Ausblick, die Wüstenhügel und große Kakteen, während mir sein Arm um meinen Nacken immer unangenehmer wurde und ich es schaffte, ihn mit einem Scherz abzuschütteln. Zum Glück erreichten wir

die Rückseite der Villa. Ein riesiger, in den Boden
eingelassener Pool glitzerte in der Nachmittagssonne.

„Hast du eine Badehose mitgenommen?", fragte er,
wobei seine Hand an meinem Rücken hinunterglitt, um
auf meinem Gürtel zum Ruhen zu kommen, während
er mich zu einem kleinen Tisch auf der Terrasse führte,
der mit zugedeckten Schüsseln beladen war. Ich setzte
mich so hin, dass mir der Wind ins Gesicht wehte und
fühlte mich mehr als nur ein bisschen unbehaglich. Er
nahm meinen Laptop, legte ihn auf eine zur restlichen
Möblierung passenden Terrassenschaukel zu unserer
Linken und goss mir ein Getränk ein.

„Nein, keine Badehose."

„Macht nichts, vielleicht beim nächsten Mal." Adam
sah in seinen Khakishorts und dem maßgeschneiderten
geknöpften   Hemd   wie   ein   wohlhabender
Hauseigentümer aus. „Ich habe Marta ein paar deiner
Lieblingsgerichte aus deinem Heimatstaat vorbereiten
lassen." Er zog die Deckel von den Servierplatten.
Meine Augen weiteten sich. „Filet vom Amerikanischen
Zander auf wildem Reis, Frikadellen vom Wild, ein
Topf Booyah-Suppe und natürlich ein paar Grain-Belt-
Biere, um das alles hinunterzuspülen."

Ich beäugte den mit Eis gefüllten Behälter, in dem
sich mehrere Flaschen Bier befanden. „Ich trinke nicht."

„Ich lasse dich von meinem Fahrer zurückbringen."

„Nein, das passt schon. Ich muss mich sowieso auf
die Zahlen konzentrieren. Und, Mann, das Einzige, was
fehlt, ist ein Auflauf mit Tater Tots", lachte ich.

„Verdammt! Beim nächsten Mal." Er schöpfte etwas
von der reichhaltigen Suppe heraus und reichte mir die

Schüssel. Ich griff zu und seufzte bei dem Geschmack, der mich prompt zurückversetzte zu herbstlichen Spendenaktionen der hiesigen Kirche, wo der Eintopf in riesigen Kesseln gekocht wurde, um ihn zu verkaufen. Es war genauso gut wie in meiner Erinnerung. Die Fleischsorten – Ochsenschwanz, Schweinefleisch, Rinderrippen und Hühnchen – waren zart, das Gemüse weich und köstlich. Ich löffelte ein großes Stück Kohlrübe heraus. „Ist das der Geschmack von Heimat?"

„Oh ja, das ist genau wie bei den Kirchentreffen daheim in Minnesota. Ich vermisse das kalte Wetter wirklich." Ich seufzte, dann aß ich weiter.

„Das glaube ich sofort. Ich vermisse den Schnee. In Wyoming, wo ich aufgewachsen bin, habe ich die Ankunft des Winters als Kind immer geliebt. Was der Grund dafür ist, dass ich es genieße, so viel Zeit wie möglich in der Schweiz zu verbringen. Dort ist der Stammsitz von Bygenta und der Winter dort ist wirklich ein Winter! Du weißt schon." Er öffnete ein Grain Belt und reichte mir eine Limonade. „Dieses Projekt steht kurz vor dem Abschluss. Sobald es fertig ist, würde ich dich liebend gern zu unserer Zentrale in Basel fliegen. Fährst du Ski?"

Ich nickte, dann tupfte ich mein Kinn mit einer schweren Stoffserviette ab. „Ja, natürlich,"

„Dann wirst du es da drüben lieben. Sie haben bereits ein wenig wundervollen Schnee und die Skigebiete sind umwerfend! Mir gehört ein kleines Chalet in der Nähe von Basel-Landschaft, mit Zugang zu ein paar fantastischen Hängen. Wir könnten den ganzen Tag Ski fahren und nachts die Stadt Basel erkunden. Dort gibt es einen Wintermarkt, den ich jede Woche besucht habe, ein paar traumhafte Eisbahnen und das Essen ist schlicht unglaublich!"

„Das klingt großartig." Wirklich.

Allerdings bezweifelte ich, dass Ryker das auch so sehen würde …

VIER

Ryker

___

Das Treffen mit Coach Carmichael wegen des Spiels gegen Boston verlief ziemlich genau so, wie ich erwartet hatte. Er war gefasst, aber stocksauer, ich war gereizt und defensiv. Als er vorschlug, ich solle erklären, was in Gottes Namen ich mir dabei gedacht hatte, meine Augen vom Puck zu entfernen, sagte ich ihm, ich hätte meine Gründe gehabt. Er fasste mich über seinen zu einem Dreieck zusammengelegten Fingern eine Weile ins Auge und seufzte dann.

„Willst du überhaupt Eishockey wie die Raptors spielen?"

Was zur Hölle war das für eine Frage?

„Natürlich will ich das!" Er starrte mich finster an. „Coach", fügte ich respektvoll hinzu.

„Momentan sieht es nicht danach aus."

„Es ist nur …" Ich klappte schneller zusammen als ein Kartenhaus in einem Hurrikan und der arme, verwirrte Coach Carmichael bekam meine ganze momentane Lebensgeschichte zu hören, mit allen daraus resultierenden Verzögerungen und Sorgen. Naja, zumindest die bearbeitete Version. Als ich mit meinen zusammengeschusterten Entschuldigungen fertig war, lehnte er sich in seinem Stuhl zurück und betrachtete mich nachdenklich.

„Dann erzähl mir, was du machst, um den Teil mit dem Eishockey in Ordnung zu bringen?"

Das konnte ich im Schlaf beantworten. „Ich werde einhundertzehn Prozent in jedes Spiel stecken."

„Und?" Er lehnte sich vor und klopfte mit seinem Stift auf einen Raptors-Schreibblock, der mit Xen und Os beschrieben war.

Und? Er wollte mehr von mir? Was denn? „Ich habe mich bei Alex entschuldigt", bot ich an und er hob eine einzelne Augenbraue, was anscheinend sein einziger Kommentar sein würde. „Und dem Team", fügte ich hinzu. Er musste nicht wissen, dass es im Gruppenchat passiert war, aber die Nachricht war ehrlich und kam von Herzen und sprach davon, zum nächsten Spiel überzugehen. Er blieb unbeeindruckt und ich zerbrach mir den Kopf darüber, was er sonst erwartete. „Ich werde das schlechte Verhalten an der Tür lassen, wenn wir spielen?" Scheiße, das hatte ich klingen lassen wie eine Frage und er schien darüber nicht amüsiert.

„Ryker, das ist nicht das erste Mal, dass du in den letzten paar Wochen nicht gut gespielt hast, tatsächlich war das Schlamassel in Boston das fünfte Mal in Folge. Darum habe ich mit Charlie gesprochen und er erwartet dich in seinem Büro."

Ich zuckte zusammen. Charlie Brewer, der Idiotenflüsterer des Teams, war wirklich die letzte

Person, mit der ich reden wollte. Er war ein ganz netter Typ, aber er hatte diese Art, eine Person anzusehen, als ob er direkt in deren Seele schauen konnte. Er war kein ausgebildeter Psychologe, aber er war ein ehemaliger Spieler und er kannte sich aus und war derjenige, der dafür zuständig war, Verstand in jeden zu hämmern, der es brauchte.

„Es ist in Ordnung, es geht mir gut."

„Das ist keine Bitte, sondern Voraussetzung dafür, mit uns den Osten zu bespielen. Ich will dich nicht auf die Ersatzbank verbannen, aber ich bin mir nicht sicher, ob du und Tate eure Blöcke bestmöglich spielt."

Was? Mich auf die Ersatzbank schieben? Und wo genau kam Tate Collins, Wunderkind und allgemein netter Kerl, dazu? Ich hatte keine Probleme bei Tates Block bemerkt. In Wirklichkeit war Tate derjenige gewesen, der das Team die letzten paar Spiele über getragen hatte, während der berühmte JAR-Block wegen meiner Unfähigkeit, ordentlich zu spielen, zusammengebrochen war. Er starrte mich an und ich begegnete seinem festen Blick, während Erkenntnis über mich hinweg wusch und sengende Scham daraufhin folgte. Er teilte mir nicht mit, dass Tate und ich Probleme mit unseren jeweiligen Blöcken hatten, er wies darauf hin, dass *ich* ein Problem hatte und dass es Tate zufiel, die Lücken zu schließen und dass das ein Problem war. Ich fiel in mich zusammen und sank in meinem Stuhl nach unten. Natürlich war das ein Problem.

„Ich treffe mich mit Charlie", bot ich an, viel weniger selbstbewusst, als ich es davor gewesen war. Ich hatte mich auf guten alten Hockey-Schwachsinn verlassen, um da durchzukommen, aber ich machte nicht nur meine Beziehung kaputt, ich machte das Team kaputt.

„Du kannst jetzt gehen. Er wartet."

„Werde ich." Ich schaffte es fast zur Tür hinaus, als Coach meinen Namen rief.

„Madsen? Was es auch wert sein mag, du hast das Zeug dazu, der beste Center eines zweiten Blocks in der NHL zu werden. Der JAR-Block ist dein Ticket dafür, nicht nur durchschnittlich, sondern großartig zu sein, also bring in Ordnung, was gerade den Bach hinuntergeht, bevor es zu spät ist. Und bitte erledige das, bevor das Management eines der vielen Angebote in Erwägung zieht, die sie für dich vorliegen haben."

„Sie wollen mich verkaufen?" Ich war so geschockt, dass mir die Worte fehlten.

„Nein, verdammt nochmal, Madsen, triff dich mit Charlie, krieg einen klaren Kopf und ich will dich in Bestform sehen, wenn wir am zweiten Januar unsere Reise zur Ostküste antreten."

Die Ostküste bedeutete, dass wir wieder auf Boston treffen würden, gegen Brooklyn spielten, die Railers, Philly und New York, fünf Teams, bei denen ich diese Bestform brauchen würde. Coach hatte recht, Jacob hatte recht, Ten hatte recht, zur Hölle, der Polizist vor dem Laden hatte recht. Momentan war ich scheiße und ich musste besser werden.

Ich meckerte und seufzte den ganzen Weg hinauf zum obersten Stockwerk, wo die Verwaltung ihre Büros hatte, genau wie Charlie in seinem pastellfarbenen Raum mit den weichen Sesseln, den Jalousien für

Privatsphäre und den Kissen, wo ich an die Tür klopfte.

„Ryker, komm rein." Was Charlie nicht über Eishockey wusste, musste man nicht wissen und sein Gehirn fasste Jahre der Erfahrung und der Einsicht. Ich hatte von der Gerüchteküche der Spieler, wahrscheinlich von Vlad, der die Quelle allen Wissens war, gehört, dass Charlie eigentlich vor ein paar Jahren in den Ruhestand hätte gehen sollen. Er war ein Spieler der Hall of Fame aus den Siebzigern gewesen, dann ein Talentsucher für Vancouver, aber ich vermutete, die Faszination, für ein angeschlagenes Team wie die Raptors zu arbeiten, reichte aus, um seine Karriere weiterzuführen. Jetzt hatte er ein vornehmes Eckbüro mit einem ordentlichen Tisch, Glaswänden und einem umwerfenden Blick auf die Stadt, wo er Ratschläge an Idioten wie mich verteilte. Bis jetzt hatte ich es vermieden, ihn jemals treffen zu müssen, weil ich ein glückliches Zuhause hatte, keine Geldsorgen, keine Expartner, die mir Ärger bereiteten, meine Familie war auch stabil … Aber jetzt … Ich sollte überglücklich sein, bald heiraten, Teams gegenübertreten und Tore schießen und … Ich tat nichts davon.

„Ryker, hey. Schließ die Tür."

Ich tat, was mir gesagt wurde und dann winkte er mich zum nächstgelegenen Sessel und drückte auf einen Knopf, um die Jalousien zu schließen. Ich hatte einen Moment lang Panik, als sich der Raum von der Außenwelt isolierte, und dann glitt ich auf das weiche Leder und prompt verknautschte sich ein Dekokissen unter meinem Arsch. Schlussendlich saß ich so lange krumm da, wie es dauerte, bis ich das bösartige, lila Teil unter mir hervorgezogen und es in den nächsten Sessel geworfen hatte.

„Coach hat mich geschickt", platzte es aus mir heraus, als Charlie mit einem freundlichen Lächeln über seine Brille hinwegschaute. Ich dachte, er würde gleich damit starten, was ich falsch machte, aber stattdessen lächelte er mich an.

„Wusstest du, dass ich das Glück hatte, gegen deinen Großvater zu spielen? Rauflustig, schwierig, gegen ihn zu verteidigen, irgendwie bösartig in den Ecken."

„Cool." Ich hätte eins und eins zusammenzählen müssen − natürlich hatten Charlie und mein Großvater Berührungspunkte während des Siebzigerjahre-Eishockeys gehabt, in der Ära des Glam Rock und der Schlaghosen.

„Dann wollte ich deinen Dad anwerben, es war eine Schande, dass es Vancouver nicht geschafft hat, sich ihn zu schnappen."

Was sollte das? Zeit für Familiengeschichte? „Mh hm", bot ich vorsichtig an und er nickte.

„Also, bist du verletzt? Oder ist es die Tatsache, dass die Ankunft von Tate den JAR-Block in die zweite Reihe gestoßen hat, oder ist es irgendetwas komplett Schräges, das bei dir vorgeht, das absolut nichts mit Eishockey zu tun hat?"

Soviel zu schnellen Themenwechseln. „Ich bin nicht verletzt und habe keine Probleme damit, mit den Jungs im zweiten Block zu sein."

„Denkst du, Alex hat ein Problem? Vielleicht mit dir?"

„Was?" Das war mir neu. Alex und ich standen uns nahe und er hätte es mir gesagt, wenn ich ihn nerven würde, oder? Bei dem Gedanken, dass Alex nicht einfach zu mir kommen würde, fegte Schmerz durch mich hindurch, aber dennoch klang es, als hätten Charlie und Alex miteinander gesprochen und –

„Ryker, ich kann sehen, wie dein Gehirn überdreht – ich *weiß* nicht wirklich, was Alex denkt."

Erleichterung durchflutete mich. Ich wusste, dass er so etwas nicht machen würde, ohne vorher mit mir zu reden, denn beste Freunde stellten sich ihren Problemen.

So, wie ich es nicht mit Jacob mache? Er ist mein bester Freund, aber ich halte mich ihm gegenüber zurück. Ich sollte Jacob sagen, dass ich ein Arsch bin und dass ich ihn liebe, auch wenn ich mich meinen Unsicherheiten und meiner Eifersucht nicht stellen kann.

Charlie schnaubte durch die Nase. „Also, Madsen, ich führe keine raffinierten Gespräche, in denen ich dich nach Traumata frage oder ob du besorgt bist wegen des Finales irgendeiner Realityshow, die du dir gerade ansiehst, oder ob ein Tier gestorben ist, ich komme gleich zur Sache und ich albere nicht herum."

„In Ordnung –"

„Sieh es so. Tate Collins ist in *dein* Team gekommen, hat den ersten Block übernommen, er ist ein anerkanntes Phänomen, einer der Besten seiner Generation, blah, blah, und du hast so hart dafür gekämpft, die Raptors wieder aufzubauen und dann danken sie es dir damit, dass sie dich und deinen Block in die zweite Reihe schieben und dich fallenlassen. Stimmts?"

Das war nicht ganz fair. Ich hatte immer gewusst, dass sobald Tate kam, mein glänzender Heiligenschein, der mich zu etwas Besserem machte, verrutschen würde. Alles, was ich wollte, war das Beste für das Team.

Was? Sogar, wenn das Beste Tate Apfelkuchen Collins mit seinem typisch amerikanischen Lächeln und seinen perfekten Haaren und seinem … Tja, scheiße. Vielleicht hatte ich ein Problem mit ihm.

„Ich verüble ihm nicht –"

„Das ist verständlich", unterbrach Charlie, „aber du bist ein verdammt nochmal erwachsener Eishockeyspieler, kein Kind, und du musst wissen, was du wert bist. Ohne den JAR-Block wären wir in der letzten Saison nicht so weit gekommen, also steh dazu."

„In Ordnung –"

„Außerdem musst du dein privates Leben, diese Hochzeit, dein Familienerbe, deine queere Repräsentation, die Tatsache, dass du verdammter Eishockeyadel bist, all das, mit deinem Anzug in deinem Spind verstauen. Also, hast du damit ein Problem, denn ich habe so etwas schon gesehen und ohne unhöflich klingen zu wollen, wenn du nicht zu einhundert Prozent auf das Spiel konzentriert bist, lässt du dich selbst hängen, genauso wie dein Team."

„Ich will –"

„Eines noch, meine Tür ist immer offen, der Teambetreuer ist zwei Türen weiter, falls du das Gefühl hast, das würde helfen."

Wahrscheinlich war mir die Kinnlade heruntergefallen und ich starrte Charlie eine Ewigkeit lang an. Innerhalb von fünf Minuten hatte ich

Offenbarungen darüber gehabt, dass Jacob mein bester Freund war, Tate ein Problem und dass ich dazu in der Lage war, mir einzugestehen, dass meine Gedanken nicht beim Spiel waren. *Verdammt, er ist gut.*

„Danke", sagte ich und ging langsam aus dem Raum, für den Fall, dass er in letzter Minute noch irgendwelche Perlen der Weisheit auf Lager hatte, die er in meine Richtung werfen wollte. Das Erste, was ich machte, war, ein leeres Büro zu finden und die Tür zu schließen, um hastig mein Telefon herauszuziehen und die einzige Person anzurufen, mit der ich jetzt gerade reden wollte.

Jacob ging nicht ran, aber ich wusste, dass er Besprechungen hatte. „Jacob, du bist mein bester Freund und ich liebe dich. Das ist alles, was ich sagen wollte. Ich liebe dich, Jacob, und ich kann es nicht erwarten, dich zu heiraten." Als nächstes eilte ich hinunter zur Umkleide und fand Alex, packte ihn am Arm und führte ihn in den Kraftraum. Vlad war hier drinnen und machte Übungen, aber mit einem neugierigen Blick in meine Richtung verschwand er.

„Was ist los?", fragte Alex und ich zuckte zusammen, als ich seinen verschlossenen Blick sehen konnte.

„Wie geht es der geprellten Rippe?"

Alex fasste sich an die Stelle über seinem Herzen. „Nichts, was ich nicht aushalten würde."

„Bitte entschuldige, Mann", bot ich an und steckte eine umherschwirrende Locke hinter mein Ohr. „Dass ich den Block enttäuscht habe, dass ich das Spiel durcheinander gebracht habe, dafür ..." Ich deutete auf seinen Brustkorb und er schüttelte den Kopf und kicherte.

„Du bist ein Idiot." Wir schlugen unsere Fäuste gegeneinander, dann umarmten wir uns ruppig und nach viel Rückengeklopfe machte ich mich auf, um Tate zu suchen. Er ging im Videoraum auf und ab, ohne auch nur einmal die Wände oder Stühle zu berühren, während er auf den Bildschirm starrte, auf dem eine Sequenz aus dem Anfang des Spiels gegen Boston gezeigt wurde.

„Hey, Tate, wonach suchst du?"

Tate fror ein und starrte auf den Bildschirm, während er mich zu sich winkte. „Da, schau auf diesen Block. Siehst du, wie der Center diese Bewegung beschattet, die ich gemacht habe? Das ist irre, aber ich habe darüber nachgedacht und ich weiß, dass wir das im nächsten Spiel in den Griff bekommen können."

„Wir hätten das letzte gewinnen müssen", murmelte ich. „Es tut mir leid."

Tate schien nicht beunruhigt. „Wie auch immer, wir gewinnen, wir verlieren, wir machen all das und wir können den Cup immer noch in die Höhe stemmen, weil wir noch den Rest des Jahres haben." Tate warf mir einen Blick zu. „Bei dir alles in Ordnung?"

Ich hätte ihm vieles erzählen können, wie ich mich fühlte, was in meinem Kopf vorging, wie sich alles in meinem Leben aufgeschaukelt hatte, bis es ein riesiger Ball aus Druck war, der in meinem Brustkorb brannte. Wie eifersüchtig ich auf ihn und sein Talent war und dass ich eine Kombination aus ihm und Ten hatte sein wollen, als ich aufgewachsen war. Ich sagte nichts davon.

„Ich war bei Charlie, es geht mir gut."

Wir schlugen unsere Fäuste gegeneinander und ohne jegliche Befangenheit fingen wir an, die Verteidigung von Boston zu analysieren und zum ersten Mal seit Wochen fühlte sich mein Kopf klarer an. Ich wusste nicht, worüber ich mir Sorgen gemacht hatte. Ich würde heiraten, ich konnte korrigieren, wie ich spielte und Jacobs Chef war nichts anderes als das. Nur sein Chef. Ich hatte keinen Grund dazu, eifersüchtig zu sein, oder zu denken, dass ich für Jacob weniger attraktiv wäre, weil Adam so sehr … Adam war.

Jacob liebte *mich*. Meine verrückte Karriere nahm viel Zeit in Anspruch und ich musste mich verdammt nochmal beruhigen und auch seine Gefühle anerkennen und ich konnte es nicht erwarten, ihm von dieser neuesten Offenbarung meines sich auf und ab bewegenden Lebens zu erzählen. Das hieß, nach dem Roadtrip, denn jetzt gerade musste ich Eishockey an der Ostküste an die oberste Stelle setzen. Er würde mit der Arbeit nach New Mexico fahren und wir würden zwei Wochen lang nicht am selben Ort sein.

Alles würde gut werden.

NICHTS WAR GUT.

Es war der dritte Tag des Roadtrips und sogar nach einem Sieg gegen Brooklyn vermisste ich Jacob wie eine Gliedmaße. Ich dankte Gott für Apollo, der immer wieder kleine Updates von der Hütte in der Wüste schickte und von den Caterern und nicht zu sehr auf den Putz haute. Seine Nachrichten boten mir eine Ausrede dafür, Jacob wann immer ich wollte anzurufen, und die gestrige Unterhaltung spät abends hatte zu heißem und heftigem Telefonsex geführt, und außerdem hatte ich Jacob dazu gebracht, Besprechungen zu verlassen, wenn ich Zeit totschlug.

Ich musste die Art und Weise, in der mein baldiger Ehemann in manchen von Adams Social-Media-Posts auftauchte, nicht mögen, wie den Beitrag auf Instagram von heute Morgen, der voller Techniksprache und mit einem besonders umwerfenden Bild von Jacob gewesen war, der ein Klemmbrett hielt. Ich mochte das kein bisschen, aber das war seine Arbeit. Stimmts? Ich war überall in den verdammten Medien, stand es mir also zu, ihn zu verurteilen?

Ja, Jacob erwähnte seine Arbeit in unseren Telefongesprächen und ja, ich redete darüber, was ein paar der Jungs vorhatten, aber wir blieben dem A-Wort fern. Tatsächlich gebrauchte er nie die Worte „Adam hat mich darum gebeten" oder „Adam hat gesagt", wann auch immer er dieses oder jenes Projekt erwähnte, nicht ein einziges Mal. Ich war so verdammt dumm, und weil er akzeptierte, wie dumm ich war, brachte er mich dazu, ihn sogar noch mehr zu lieben.

Ich rief ihn mit dieser aktuellen Offenbarung, die in meinem Dickschädel herumschwirrte, sofort an und er hob beim ersten Klingeln ab.

„Hey, Babe", sagte er auf diese abgelenkte Ich-arbeite-Art.

„Ich liebe dich", platzte ich heraus.

Er kicherte. „Ich liebe dich auch. Hast du nur angerufen, um mir das zu sagen?"

„Das und dass du zu hart arbeitest." Und da war sie, die Sache mit *Adam* hob ihr hässliches Haupt. „Diese Firma lässt dich zu hart arbeiten, verlangt zu viel von dir."

Ich hörte das Seufzen, denn wir hatten dieses Gespräch schon früher gehabt.

„Du meinst, Adam macht das? Schau, Ry, er ist ein brillanter Mann, getrieben, und er erwartet von seinem Team, genauso getrieben zu sein."

Jetzt, da Adam in das Gespräch mit eingebracht worden war, hatte ich das Gefühl, ich könnte die eine Sache erwähnen, die ich noch nie zuvor gesagt hatte.

„Ich habe dein Bild auf seinem Insta gesehen." Ich war vorsichtig damit, wie ich das hier anging, aber was ich wirklich wissen wollte, war, ob Jacob damit einverstanden war, was vorging. Da war etwas an der Art, wie Adam Jacob ansah, sogar wenn ich mit im Raum war, das mir ein schlechtes Gefühl gab, was wiederum meine dumme Eifersucht nährte.

„Das mit dem Klemmbrett? Ja, das habe ich gesehen, ich mag es nicht, aber die Sozialen Medien sind Teil des Jobs."

„Du in *seinen* Sozialen Medien? Wo du richtig heiß und sexy aussiehst, als ob er dich dazu gebracht hätte, für ihn zu posieren."

Ein weiteres Seufzen. „Meine Güte, Ry, ich verspreche dir, dass du dir keine Sorgen machen musst. Es ist alles korrekt und ich liebe meine Arbeit. Er hat sich nicht ein einziges Mal unangemessen verhalten und er respektiert mich. Wie auch immer, ich bin mit dir zusammen und ich liebe dich und hey, wir werden bald heiraten. Also, wie kommt Apollo mit den zehntausend bunten Lichtern voran?"

Einfach so waren wir wieder bei unserer Hochzeit und Jacob klang so entspannt und glücklich, dass ich Adam vergaß und dass er das sexy Bild gepostet hatte. Wahrscheinlich fand nur ich das Bild sexy – weil ich alles an Jacob sexy fand.

Mit Jacob war alles wieder in ruhigen Gewässern und auch beim Eishockey lief es gut. Wir schlugen Boston und obwohl es ein hart umkämpftes Spiel war, arbeitete der JAR-Block in perfekter Harmonie. Wir brachten dieselbe Energie nach Philly und holten uns den dritten Sieg in Folge, und mit diesen im Gepäck befanden wir uns gesichert in der Mitte der Tabelle. Der einzige Elefant im Raum waren die Flitterwochen und das Timing von allem. Wir würden am Valentinstag heiraten, der am ersten Tag unserer spielfreien Woche war, gleich nach dem All-Star-Spiel. Tate war ein sicherer Kandidat dafür, unser Team zu repräsentieren und ich war erleichtert, dass ich es nicht sein würde und ich mich auf die Hochzeit konzentrieren konnte. Jedes Team hatte irgendwann im Februar eine Woche frei und wir hatten alles perfekt geplant, damit wir wenigstens ein paar Nächte für uns allein in der Hütte haben würden.

Wir hatten keine Flitterwochen organisiert, da wir am Valentinstag heiraten würden und ich ein paar Tage später wieder arbeiten musste, aber im Sommer würden wir die verlorene Zeit wieder wettmachen. Ich würde ihn irgendwohin mitnehmen, vielleicht nach Frankreich, wo es eine Farm gab und einen Whirlpool und wir würden jeden Tag Liebe machen und uns beteuern, wie viel wir uns bedeuteten.

„Erde an Ryker?" Alex schnippte mit seinen Fingern vor meinem Gesicht herum und ich taumelte zurück, wobei ich fast auf den Schoß von Coach Carmichael fiel, der direkt hinter mir stand. Hatte die Fernseh-Auszeit geendet, ohne dass ich es mitbekommen hatte? Nein, wir warteten immer noch, aber anscheinend wollte Alex reden. „Denkst du schon wieder über die Hochzeit nach?"

„Auf keinen Fall, ich bin komplett bei Eishockey", log ich, dann warf ich einen Blick hinauf zur Uhr, es waren noch dreißig Sekunden übrig und wir hatten nur ein Tor Vorsprung vor einem angriffslustigen Team aus New York. Alles was wir tun mussten, war, das Spiel zu beherrschen und sie so zu blocken, dass sie nicht an Colorado vorbeikamen. Die Auszeit wurde heruntergezählt und Coach schickte meinen Block zuerst hinaus und wir tauchten ein in die letzten paar Momente Hockey mit einem Gedanken im Kopf – die Rot-Weiß-Blauen davon abzuhalten, an uns vorbeizukommen.

Darum war es beschissen, als ihr Star-Forward um Vlad mit einer Bewegung für das Highlight-Reel herumfuhr, ein Tor losließ, dass an Colorados Handschuh vorbei dribbelte und wir uns plötzlich mit jeweils drei Toren gegenüberstanden und in die Verlängerung mussten.

Tja, Scheiße.

FÜNF

Jacob

Während ich auf dem Sofa saß, der Laptop offen aber unbeachtet auf meinen Oberschenkeln, schaute ich wie gefesselt zu, wie die Raptors gegen New York aufliefen. Beide Teams waren in diesem Jahr Herausforderer, die sich in einem Neuaufbau befanden, der ältere Spieler nach und nach abknapste, um den Weg für die Jugend freizumachen. New York hatte einen über lange Jahre geliebten Goalie verloren, was sowohl für die Fans als auch die Spieler gleichermaßen schwer war. Aber jetzt hatten sie diesen durchgeknallten russischen Torhüter, gerade erst zweiundzwanzig, der alle Buchmacher in Vegas dazu brachte, ihre früheren Vorhersagen darüber, wer im kommenden Mai im Finale des Cups stehen würde, noch einmal zu überdenken. Das Spiel war eng, drei Tore auf jeder Seite, und in beiden Netzen standen fest entschlossene Goalies.

„*... Showdown der Goalies, Walt! Colorado, der ältere Goalie, gegen Ivan Yahantov, den lauten jungen Hengst, war bis* *jetzt genau die Art Spiel, die wir in unserer Pregame-Show vorhergesagt haben."*

„Das war es eindeutig, Kenny! Beide Goalies waren fest im Netz, trotz dem, was die Anzeigentafel sagt. Da jetzt für beide Teams jeder Punkt entscheidend ist, wird das ein grandioses finales Drittel. Und nicht zu vergessen, das heutige finale Drittel ist gesponsort von unseren Freunden von der Tuscan Bottled Water Company. Es sieht so aus, als schickten die Raptors den JAR-Block für dieses Faceoff hinaus. Ganz und gar nicht, was ich erwartet hatte!"

„Ich auch nicht, Walt. Ich hätte darauf gewettet, dass Collins das Faceoff übernehmen würde, aber es sieht so aus, als würde das Madsen zufallen."

„Ein ziemliches Risiko, wenn man bedenkt, wie wackelig Madsen in letzter Zeit war."

„Fick dich, Kenny. Ryker ist kein bisschen wackelig!", bellte ich, während ich blind nach meiner Limonadendose griff, die auf dem Beistelltisch stand. Eine Nachricht ließ mein Telefon vibrieren. In der Erwartung, dass meine Mutter anrief, um ihre Flüge zum x-ten Mal zu überprüfen, angelte ich zwischen den Kissen nach dem Handy. Ja, die Hochzeit war immer noch in vier Wochen. Ja, sie hatte bereits ein Dutzend Mal angerufen, um den Flug und das Hotel zu bestätigen. Ja, sie dachte bereits darüber nach, was sie einpacken sollte. Sie war wahrscheinlich nervöser als Ryker und ich es waren, aber so war Mom einfach.

Zwei Abende später befand ich mich an derselben Stelle, ich saß auf der Couch, als die Raptors sich den Railers im letzten ihrer Spiele stellten, das auf ihrer Reise entlang der Ostküste anstand. Natürlich hatte, nachdem sie gegen New York verloren hatten, niemand die Hoffnung, dass sie gegen die Railers gewinnen würden, und das war ein gefundenes Fressen für die Kritiker. Besonders jedes Mal, wenn Ryker und Ten aus irgendeinem Grund zusammen auf dem Eis waren. Trotzdem war es ein gutes Spiel, das auf ein Unentschieden hinauslief und in die Verlängerung ging.

Mein Smartphone vibrierte über den Couchtisch und als ich Adams Namen und Telefonnummer aufleuchten sah, stöhnte ich. Konnte ich ihn einfach ignorieren? Ich wollte das Spiel *wirklich* sehen. Es war wichtig für die Raptors und für Ryker. Als ich die Nachricht las, atmete ich so stark aus, dass sich meine Backen aufblähten.

Die Nachricht war einfach und auf den Punkt. Ein paar verspätete Zahlen bezüglich der finalen Analysen über Feuchtigkeit für Bygenta BG Triple Grow waren hereingekommen. Das waren gute Neuigkeiten, aber was nicht so gut war, war der extra Teil der Nachricht, in dem darauf bestanden wurde, dass wir die Daten zuordnen mussten und der mit der Frage abschloss, wann ich zu ihm kommen könnte. Tatsächlich klang es weniger wie eine Frage und mehr wie ein Befehl. Dann kam eine weitere Nachricht. Diese ließ keinen Raum für Missverständnisse. *Komm zu mir, jetzt.*

„Verdammt nochmal", stieß ich hervor, als ich gerade rechtzeitig einen Blick auf den Fernseher warf, um zu sehen, dass Ryker das Faceoff bereits für sich entschieden hatte und mit einem dunkelhaarigen Flügelstürmer in einer Ecke festsaß, den alle Fans der Railers feierten. Ich klappte meinen Laptop zu und schrieb Adam zurück. Ich schickte ihm eine Antwort, um ihm Bescheid zu geben, dass ich in zwanzig Minuten da sein würde, aber seine Antwort kam so schnell, dass ich dachte, er hatte sie bereits vorbereitet.

Spar das Benzin. Ich habe dir ein Auto bestellt und ich mixe eine Kanne Sea Breezes zusammen, um zu feiern. -A

Ernsthaft. Wir tranken während eines Geschäftstermins? Und er hatte bereits ein Auto geschickt? Was, wenn ich Nein gesagt hätte. Nicht, dass ich Nein sagen würde.

Halt die Klappe, Hinterwäldler. Bei Geschäftsterminen wird ständig getrunken. Ich fing damit an, meine Bedenken einzutippen, dann begriff ich, dass ich mich wahrscheinlich wie ein Idiot benahm und löschte es, bevor ich die lahmste Antwort aller Zeiten sendete.

Klingt gut.

Das war eine Lüge. Es klang nicht gut. Ein freier Abend, um Eishockey zu schauen und mit der Sitzordnung für den Empfang herumzuspielen klang gut. Apollo hatte mich zwei Tage lang wegen der Sitzordnung genervt. War es wichtig, wo die Leute saßen? Anscheinend war es das für Apollo, und da er all das für uns kostenlos machte, beschwerte ich mich nicht zu sehr. Die Zeremonie würde unglaublich werden, kleiner als Ryker es sich gewünscht hatte, aber größer als ich es gewollt hatte. Kompromisse. Sie bewirkten Wunder. Wir würden zwei Tage für uns allein in der Wüste haben, was nicht viel war, aber für den kommenden Sommer hatten wir große Reisepläne, die einen Abstecher nach Großbritannien beinhalteten, um mit Seb und Alex abzuhängen, dann Frankreich und

Deutschland. Da ich, abgesehen von ein paar Turnieren in Kanada, noch nie außerhalb der Staaten gewesen war, freute ich mich sehr darauf, den Sommer über Europa zu erkunden, wenn Ryker mit im Boot war. Wir hatten Zeit, alles zu planen. Aber diese Hochzeitsreise würde niemals stattfinden, wenn ich Apollo die Sitzordnung nicht lieferte. Henrys fester Freund würde mir bei lebendigem Leib das Fell abziehen, und das wollte niemand, schon gar nicht ich selbst.

Ich nahm mir ein paar Minuten, um zuzuschauen, wie das Spiel in die Verlängerung ging und fuhr dann alles herunter. Seufzend joggte ich hinaus auf den Parkplatz, um mich mit Adams Fahrer zu treffen. Die Rundfunksprecher der Raptors würden sich über die Pfuschereien des Teams auslassen und darüber, dass wir es uns doch nicht leisten konnten, weiterhin Spiele zu versauen. Es war eine Endlosschleife. Es war den Jungs bewusst, genau wie den Fans. Das Auto erreichte das Tor und wir fuhren auf den Weg, der zur Villa führte, unter einem gelben Halbmond hoch oben in der Wüstennacht.

Adam war schon da, um mich zu begrüßen, dieses Mal in Badeshorts, Sandalen und einer Art fließendem Morgenrock, der aussah, als käme er aus Colorados Schrank. Das Auto fuhr davon. Adam umarmte mich, wobei er mich an seine nackte Brust drückte, seine Hände fest an meinem Rücken. Das war mir unangenehm, seine Vorderseite stieß gegen meine, aber ich lächelte und umarmte ihn auch. Sehr körperliche Menschen ließen mich zusammenzucken. Die Mitglieder meiner Familie standen nicht so auf

Umarmungen und Küsse, nicht wirklich. Dad zeigte selten Gefühle, was in ländlichen Bauerngemeinschaften normal war. Männer umarmten sich einfach nicht. Mom andererseits war ausdrucksvoller, aber das wurde akzeptiert. Ich wand mich frei, dann fühlte ich mich dumm deswegen. Ich musste meine von Mais gefütterten Angewohnheiten überwinden.

„Du bist so süß, wenn du errötest", sagte Adam, dann tätschelte er meine Wange. „Sag, dass du Schwimmsachen mitgebracht hast." Ich zuckte mit den Schultern und schüttelte den Kopf, während mein Gesicht wärmer wurde. „Ah, gut, kein Problem. Ich habe die Umkleidehäuschen mit einer guten Auswahl ausgestattet, die passen müsste." Er zog sich zurück, musterte mich von oben bis unten und schlang dann einen Arm um meinen Nacken. „Ich mag, wie schnell man dich aus der Fassung bringen kann. Das ist etwas Unschuldiges, das man nicht mehr oft sieht. Außerordentlich ansprechend."

Er redete, während wir um die schwach beleuchtete Villa herum zum Poolbereich gingen. Da stand der Tisch, an dem wir vor ein paar Wochen gebruncht hatten, mit einer Kanne Cocktails, mehreren flackernden Kerzen und einer Servierplatte mit etwas darauf, das aussah wie Austern.

„Die hat Marta vor ein paar Minuten herausgebracht", sagte er mit einem Winken seiner Hand. Der goldene Ring an seinem Zeigefinger glitzerte unter dem weichen Licht, das den Pool umgab. „Sie ist die Beste. Warum schlüpfst du nicht in eine Badehose? Dann schwimmen wir, dinieren und trinken etwas!"

„Aber wir sollten die Daten –"

„Werden wir, entspann dich. Das Leben besteht nicht nur aus Arbeit ohne Spaß, Jacob." Er schubste mich in Richtung eines blau-weißen Zelts, eines Umkleidehäuschens, wie er es genannt hatte. „Geh, zieh dich um! Das wird toll."

Es fühlte sich nicht toll an. Es fühlte sich seltsam an, also *richtig* seltsam. Andererseits war ich ein Bauerntrampel, der viel zu verklemmt war. Adam und einige andere hatten kommentiert, wie steif ich ab und zu war. Darum schüttelte ich alles Seltsame ab und schlüpfte in das Umkleidehäuschen. Es war über einem Solarlicht aufgestellt worden, sodass das Innere erleuchtet war. Auf einer Bank lagen vier verschiedene Arten Badebekleidung, alle in unterschiedlichen Farben. Ich übersprang die hautenge Badehose. Das war ein eindeutiges Nein. An den anderen drei war mehr Material dran. Ich entschied mich für ein blaues Paar. Nachdem ich das Etikett abgerissen hatte, zog ich mich aus und zog die Badeshorts über meinen blanken Hintern. Sie passten. Ich faltete meine Klamotten zusammen und legte sie auf die Bank, dann schlüpfte ich aus dem Zelt.

„Wow", rief Adam, als ich näher zu ihm tappte. „Du bist ein richtiger Bär von Mann."

Ich lachte verlegen in mich hinein. „Jahrelang Heuballen herumzuwerfen, zahlt sich aus."

„Ja, ja, das tut es. Willst etwas trinken?"

„Bitte."

Ich setzte mich an den Tisch; meine Schultern schoben sich gegen die leichte Kälte der Nacht nach vorn. Adam setzte sich neben mich, schon wieder, und reichte mir ein Glas, das bis zum Rand gefüllt war mit Cranberrysaft, Grapefruitsaft, Limette und Wodka. Die Mischung war viel stärker als die letzte, die ich hier gehabt hatte. Ich hustete, als Wodka meinen Bauch wärmte.

„Also, ähm, sollen wir uns diese Zahlen anschauen?", fragte ich zwischen ein paar nervösen Schlucken.

Adam lächelte mich an, dann rutschte er vor, wobei sein Knie an meinem entlangstrich. „Wir haben die ganze Nacht. Denk daran, was ich dir darüber gesagt habe, dich ein bisschen zu entspannen. Du bist immer so angespannt. Willst du, dass ich dir die Schultern massiere?"

„Nein!" Seine Augen loderten auf. „Ich meine, nein, danke. Alles gut."

„Also, sag, hast du über mein Angebot nachgedacht?" Er fragte, als hätte die Antwort keine Bedeutung, dabei flackerte sein Blick hinunter an meinen Brustkorb, dann wanderte er zu meinem Mund. Ich stürzte die Hälfte meines Getränks hinunter, während ich mir wünschte, ich hätte mein Hemd nicht in dem Umkleidehäuschen gelassen.

„Das über den Urlaub in der Schweiz?", fragte ich, während ich den Pool beäugte. Vielleicht sollten wir schwimmen. Auf diese Weise könnte er mein nacktes Selbst nicht sehen. Diese gesamte Stimmung hier heute Abend war mir unangenehm.

„Genau das." Er legte seine Hand auf meinen nackten Oberschenkel. Ich starrte sie an, als wäre sie ein

Skorpion, der auf meinem Bein saß und er nahm sie weg. „Aber es geht um noch mehr. Du würdest es in der Schweiz lieben, weißt du. Und wenn du einmal in dem Programm wärst, würde deine Karriere keine Grenzen kennen. Wenn ich dich dorthin locken kann, können wir dich den Forschungsleitern vorstellen. Ein kluger Mann wie du sollte sich nicht in irgendeinem Universitätslabor aufarbeiten. Du solltest in Europa sein. Dort wird die Forschung mit dem meisten Geld betrieben. Mit ein bisschen Hilfe von einem Freund könnten wir Bygenta sogar dazu bringen, deine Studiengebühren zu übernehmen, solange du bei Bygenta Basel unterschreibst, nachdem du deinen Abschluss hast. Dort in der Stadt gibt es ein unglaubliches Unigelände mit einer erstklassigen Landwirtschaftsabteilung. Du könntest deinen Master in nachhaltiger Landwirtschaft abschließen, mit Schwerpunkt auf Weideland und Tierproduktion und dann geradewegs bei Bygenta in einer viel höheren Gehaltsklasse einsteigen.

Ich saß sprachlos da, während ich ihn über meinen Sea Breeze hinweg anstarrte. „Ich weiß nicht…"

„Ich weiß, das ist ziemlich viel auf einmal. Hey, vielleicht möchtest du dich lieber spezialisieren? Irgendetwas mit Saatgut oder der Toxikologie von Säugetieren?" Meine Augen wurden groß. Adam grinste, seine Hand ruhte wieder auf meinem Oberschenkel. „Verklag mich doch, ich habe mir vielleicht Einblick in deine akademischen Unterlagen verschafft. Du hast diesen popeligen Toxikologie-Kurs, den du in Owatonna belegt hast, mit Bravour bestanden. Stell dir vor, was du mit Bygenta

Agrochemicals hinter dir erreichen könntest? Du könntest die Studie über Giftstoffe in der Landwirtschaft und wie sie den Viehbestand beeinflussen, vorantreiben. Ich würde dich liebend gern bei mir im Chalet wohnen lassen, während du studierst. Ein gutaussehender, intelligenter junger Mann wie du könnte seinen Abschluss wahrscheinlich vorzeitig machen. Sagen wir drei Jahre und dann wirst du sofort in die Bygenta-Familie aufgenommen."

Er drückte meinen Oberschenkel.

„Das ist alles … wow", stammelte ich.

Adam lehnte sich näher zu mir, sein blauer Blick senkte sich zu meinem Mund, dann kam er zurück nach oben. „'Wow' ist passend. Was meinst du, Jacob? Eine strahlendere Zukunft ist nur ein Ja weit entfernt."

„Ich muss darüber nachdenken und das alles mit Ryker besprechen." Adam rollte mit den Augen, dann schob er meinen Drink näher zu mir. „Das ist eine zu große Entscheidung, um sie zu fällen, ohne genügend darüber nachzudenken", erklärte ich, als er ohne Interesse nickte, wobei sein Blick immer noch auf meinem Mund ruhte.

Plötzlich ohne ersichtlichen Grund völlig ausgetrocknet, stürzte ich meinen Cocktail hinunter. Adam füllte nach, während ich weiter etwas über Paare stammelte.

„Ja, richtig, ich erinnere mich daran, Teil eines Paars gewesen zu sein. Aber ganz ehrlich, wenn Ryker dich so liebt, wie er sagt, würde er dich nicht von so einer unglaublichen Gelegenheit abhalten, oder?"

Seine Finger versteiften sich auf meinem

Oberschenkel. „So ist es nicht ...", antwortete ich, als mein Herz begann, sich gummiartig anzufühlen. Scheiße. Wie konnte ein verdammter Sea Breeze mich so schnell fertigmachen? Nicht, dass ich ein Partygänger war, aber ich mochte Bier. Und ich vertrug Alkohol normalerweise verdammt nochmal besser ... „Wie viel Prozent hat das Zeug?"

Adam kicherte, während seine Hand höher kroch. „Einiges. Du siehst ein bisschen blass aus."

„Hör auf, mich anzufassen", schnappte ich, wobei ich gegen seine Hand schlug, als ich Anstalten machte, aufzustehen. Meine Knie gaben nach und der Garten verschwamm. Ich stolperte nach links und griff nach der Tischkante. Unter meinem Gewicht kippte er um, der Krug mit dem Cocktail flog lärmend auf den Zement.

„Whoa, Großer. Du siehst aus, als bräuchtest du ein Bett", sagte er, seine Stimme klang in meinen Ohren schwankend und wie durch Nebel. Er schlang einen Arm um mich. Ich lehnte mich gegen ihn, unfähig, mich auf irgendetwas anderes zu konzentrieren, als das seltsame Gefühl, meinen Körper zu verlassen. Wir schafften es nach drinnen, zu einer langen Chaiselongue in einem schwach beleuchteten Büro, bevor meine Knie nachgaben. Adam schaffte es, mich mit einem Grunzen auf das Möbelstück zu hieven. Er setzte sich neben mich, streichelte meine Haare und flüsterte Dinge, die ich nicht verstand, bevor ich das Bewusstsein verlor.

Ich kam später wieder zu mir, viel später, und Adam war da, der über mir aufragte. Meine Gedanken waren benebelt und ich versuchte, mich aufzusetzen, aber mein

Körper hatte die Botschaft von meinem matschigen Gehirn nicht erhalten.

„Langsam, hier, trink etwas." Er hielt mir ein weiteres Getränk hin. Ich schlug um mich und das Glas aus seiner Hand. Er sah mich finster an. „Ich habe langsam keine Lust mehr, das Durcheinander aufzuräumen, das du verursachst. Jetzt lehn dich einfach zurück und lass dich von mir versorgen."

Er griff nach meinem Schritt.

„Was zur Hölle machst du da!"

Er begann, mir zu antworten, aber ich war auf die Beine gekommen. Der Raum drehte sich. Er trat näher, berührte mein Gesicht, und ich wich zurück und schlug ihn so fest, wie ein Mann mit Gummiarmen schlagen konnte. Er krachte auf seinen Hintern, Blut schoss ihm aus der Nase.

„Ich kündige, du kranker Mistkerl!"

„Fick dich, du bist gefeuert, du undankbarer Bastard!" Er saß mit den Händen vor seinem Gesicht auf dem Boden. „Du wirst niemals wieder an einem Forschungsprojekt arbeiten!"

Ich stolperte auf dem Weg zur Hintertür über meine Füße, fand mein Telefon und meine Klamotten in dem Umkleidehäuschen und schaffte es irgendwie, mich anzuziehen, bevor ich zum Eingangstor und hinaus auf die gewundene Wüstenstraße taumelte. Meine Finger immer noch taub von was auch immer er mir in den Drink gemischt hatte, rief ich Ryker an, wobei ich betete, dass er jetzt daheim war und mich retten würde. Jemand musste es tun …

SECHS

Ryker
_____

Zu sehen, wie sich Ten und Tate in diesem letzten Face-Off gegenüberstanden, war surreal. Das Spiel dauerte nur noch eine Minute in der Verlängerung und bis jetzt waren es die Railers gewesen, die die Oberhand gehabt hatten, bis es so aussah, als hätte Tate die Geschwindigkeit hochgedreht und einen Vorteil aus einem erschöpften Ten gezogen.

Wir hatten eine Chance, der Puck steuerte auf einen sehr entschlossenen Stan zu, und als der Puck aus einem Durcheinander aus Männern, die in der Ecke um ihn kämpften, heraustaumelte, fing ich ihn auf meinem Schläger, bewegte ihn zurück zu Alex und nahm meine Position in der Nähe des Netzes ein, bereit, den Puck hineinzuschießen, falls es Alex schaffte, ihn durch eine starke Verteidigung der Railers an Tate abzugeben. Ich erinnerte mich nicht an viel, nachdem Tate die Scheibe aus Hartgummi auf seinen Schläger aufgenommen hatte und dann nach hinten ausholte, um einen seiner berühmten Slap Shots abzugeben. Es fühlte sich an, als wäre das komplette Stadion der Railers in der Zeit eingefroren und die Erwartung war spürbar.

Tate ließ den Puck genau in dem Moment fliegen, als ein Verteidiger in meinen Bereich gestoßen wurde und mich von meiner Position taumeln ließ.

Der Puck knallte mit über 150 Kilometern pro Stunde in meine Maske, was sogar mit der Polsterung, die ich trug, verdammt schmerzhaft war. Im letzten Moment war ich von einem übereifrigen Adler Lockhart zur falschen Zeit an die falsche Stelle geschubst worden, und die Tatsache, dass das Geschoß von einem verdammt schnellen Slap Shot von Tate Collins gekommen war, machte das Ganze noch schlimmer. Ich ging auf dem Eis zu Boden wie ein gefällter Baum, meine Schlittschuhe zog es unter mir weg, mein ganzer Körper schlitterte, dankenswerter Weise seitlich, in die Bande.

Mein erster Gedanke nach dem anfänglichen Schmerz und den Sternen vor den Augen war, dass Jacob und meine Mom das hier live im Fernsehen anschauten, nicht zu vergessen Dad auf der Bank der Railers. Sogar, als mein Team und der Sanitäter sich um mich scharten, winkte ich mit einer Hand, um alle wissen zu lassen, dass es mir gut ging. Sie hatten mich zu Boden gehen sehen und es wäre eine schreckliche Erinnerung daran, was mit Ten passiert war.

„Es geht mir gut", sagte ich zur nächsten Person, die ich erreichen konnte, aber ich musste unverständlich geredet haben, weil Tate genau neben mir kniete und er die Stirn runzelte. „Es geht mir gut", wiederholte ich.

Ten war auch da, ich sah seinen besorgten Gesichtsausdruck und gab ihm ein schwaches Lächeln.

Wir müssen ihn vom Eis bekommen, kann er sich bewegen?

Müssen wir eine Trage holen?

Auf keinen verdammten Fall würde ich auf meinem verdammten Rücken liegend vom Eis geschleppt werden. Ich rollte mich auf die Seite, mein Gehirn war durchgeschüttelt, meine Augen schmerzten und ich fühlte mich, als müsste ich mich übergeben. Ich wusste nicht, wo mich der Puck getroffen hatte, aber ich hatte den metallischen Salzgeschmack von Blut auf der Zunge und ich zog eine Faust nach oben, um meinen Mund zu bedecken, während meine Zunge an einem losen Zahn entlangfuhr.

Naja, ich vermutete, wenn ich schon einen Zahn verlor, musste es von der Hand des Spielers mit dem offiziell zweitschnellsten Slap Shot in der Liga sein. Die Leute um mich herum halfen mir, aufzustehen, Tate das Wort *Scheiße* immer und immer wiederholend auf einer Seite und Alex auf der anderen. Mit den beiden, die mich hielten, und der mir eigenen sturen Entschlossenheit der Madsens, schaffte ich es an der Bank vorbei zum Ausgang und reagierte sogar auf das Klopfen der Schläger beider Teams gegen die Bande. Ich warf einen Blick auf Dad, der viel zu blass zu sein schien, seine Lippen dünn und seine Augenbrauen in Sorge gerunzelt. Ich gab ihm ein kurzes Nicken, während die Menge applaudierte und ihren Respekt hinausrief. Es war blutrünstig, aber Fans liebten das Drama eines schönen Pucks, der in jemandes Mund flog, und respektierten einen Spieler dafür, die Schläge und den Blutverlust hinzunehmen. Das verstehe, wer will.

Ich schaffte es bis in den Tunnel, weit weg von neugierigen Augen, wo Alex und Tate mich an das medizinische Personal der Raptors sowie die hauseigenen Ärzte der Railers übergaben.

„Rede mit mir", verlangte Eddie, als ich meine Handschuhe abschüttelte und vorgab, alles wäre in Ordnung. Eddie war unser mitreisender Arzt, derjenige, der direkt mit dem Management und den Trainern redete und derselbe, der jemanden auf die Bank schicken konnte, weil er Blut verloren hatte. Nicht, dass ich Blut verlieren wollte.

„Ich muss Jacob anrufen", sagte ich, obwohl die Worte undeutlich waren und der Schmerz in den nächsten Gang schaltete.

Meine Zunge glitt über den losen Zahn und er kippelte um und ich hielt meine Hand unter mein Kinn, als er zusammen mit viel zu viel Blut herausfiel. Das war der erste Zahn, den ich beim Eishockey verloren hatte und ich vermutete, dass ich eine Geschichte hatte, die ich dazu erzählen konnte. Ich konnte meinen Enkelkindern ausmalen, wie der berühmte Tate Collins mich für Zielübungen benutzt hatte und sie würden mich alle mit Kulleraugen ansehen, während Jacob meine dann grauen Locken zauste und ihnen sagte, sie sollten Grandpa Rykers Kriegsgeschichten keinen Glauben schenken.

In Ordnung, ich flippe hier gerade aus.

Sie testeten mit dem Concussion Protocol, ob ich eine Gehirnerschütterung hatte, nähten meine aufgeplatzte Lippe mit vier Stichen und steckten meinen Zahn in eine kleine Tüte und legten ihn in meinen Spind. Ich wusste nicht, was sie erwarteten, dass ich damit anstellte, vielleicht sollte ich ihn verewigen als Den-Zahn-den-Tate-mir-ausgeschlagen-hat oder etwas ähnlich Dummes.

Geht es nur mir so, oder ist es heiß hier drin?

„Ich will wieder zurück aufs Eis", lallte ich, welche Schmerzmittel sie mir auch immer gegeben hatten, verdrehten meine Worte und ich fühlte mich müde.

„Du bist fertig, Ryker", meinte Eddie sachte.

„Ist das Spiel zu Ende?" Wir waren in der Verlängerung, stimmts?

Eddie seufzte. „Der Puck hat dich getroffen und dann die Rohre. Als sie das Spiel wieder aufgenommen haben, hatten die Railers wieder Schwung aufgebaut. Sie haben gepunktet."

„Das ist beschissen." Ich legte eine Hand auf meine Backe – ich hatte den Puck umsonst gegen den Mund bekommen. Ich würde einen Termin mit dem Chirurgen des Teams vereinbaren müssen und meinen Kiefer röntgen lassen, aber zuerst musste ich sicherstellen, dass meine Mom Bescheid wusste, für den Fall, dass sie sich immer noch Sorgen machte. Das komplette Team der Raptors strömte trübsinnig wegen der Niederlage herein und ich glitt in den Gang, bevor sie mit mir reden konnten, immer noch verschwitzt und in meiner Montur, meine Schlittschuhe waren abgesehen von meinen Handschuhen das einzige, das ich abgenommen hatte.

Wie erwartet gab es eine Nachricht von meiner

Mom, in der sie nach Einzelheiten fragte, die ich auch sofort damit beantwortete, ihr zu versichern, dass ich einen Zahn verloren hatte, es mir jedoch gut ging. Sie schickte ein ‚Daumen hoch' zurück, aber sie war eine Eishockeytochter, eine ehemalige Eishockeyfrau und Mom von mir, darum wusste sie Bescheid. Zähne hielten im Hockey nie lange durch, aber zum Glück war es einer weiter hinten und mein manchmal eitles Ich konnte damit umgehen.

Es gab keine Nachricht von Jacob, in der stand, dass er den Vorfall gesehen hatte und sich Sorgen machte, darum schickte ich ihm eine Nachricht und Mitteilungen in den anderen Apps, die wir hatten, aber es gab kein Anzeichen dafür, dass er online war. Vielleicht hatte er ausgeschaltet, nachdem ich niedergestreckt worden war und … und was? Er hatte gesagt, er würde zuschauen, aber ich vermutete, er war wieder über seiner Arbeit eingeschlafen. Zumindest würde er die Nachrichten am Morgen sehen, darum machte ich mir nicht zu viele Sorgen.

„Hey", sagte Dad aus dem Flur hinter mir, sein Kopf schaute aus der Tür des Umkleideraums der Railers hervor.

„Hey." Ich zwang einen enthusiastischen Ton in dieses eine Wort.

„Wie viele?", fragte er.

„Nur den einen." Ich zeigte schwache Jazzhände.

„Oooooch", erklang Tens Stimme und er streckte seinen Kopf neben Dad um die Ecke herum. „Mein Baby hat seinen ersten Zahn verloren."

„Verpiss dich, Arschloch", sagte ich mit einem Lächeln, dann zeigte ich Ten den Mittelfinger.

Ten tat so, als würde er sich an seine imaginäre Perlenkette fassen. „Kinder heutzutage", meinte er in einer Fistelstimme und klimperte mit den Augen.

Dad schob ihn zurück in die Umkleide und folgte ihm mit einem Winken. Zumindest hatten sie einen Sieg zu besprechen. Ich ging zurück in unsere Umkleide, in der Erwartung, dass eine Tirade von Coach Carmichael im Gange war, aber es war ruhig und ich setzte mich auf meinen Platz.

Coach hatte die Rede aufgespart, bis ich auch da war und wir alle schauten ihn erwartungsvoll an.

„Also das, was ihr da draußen gespielt habt", er zeigte auf die Tür, die in den Tunnel führte. „Das war das beste Hockey, das ich in dieser Saison von euch gesehen habe. Macht weiter so."

Er verließ den Raum und Colorado schüttelte den Kopf. „So wie es aussieht, Ryker, musst du jedes Spiel einen Zahn verlieren, nur damit wir richtig spielen." Alle starrten ihn an, dann mich, und dann fing das Gelächter an und wir hörten eine ganze Weile nicht damit auf.

Bis wir wieder in Tucson gelandet waren, war ich fix und fertig. Mein Unterkiefer war nicht gebrochen, aber ich hatte ein Prachtexemplar eines blauen Auges und einen pochenden Schmerz, mit dem ich leben musste, wenn ich nicht der Versuchung der stärkeren Drogen nachgeben wollte. Ich hatte genügend aus der Generation meines Dads gesehen, die nach Schmerzmitteln süchtig waren, um zu wissen, welche Auswirkungen das hatte und hatte ausführlich mit Dieter gesprochen, wann immer er bei einem von Dads Sommergrillfesten war. Er hatte mit einer Schmerzmittelabhängigkeit gekämpft und ich wusste, wie einfach es war, in den Kreislauf von Schmerzbehandlungen hineingezogen zu werden.

Trotzdem war ich mürrisch und müde, aber ich fuhr nicht selbst nach Hause, sondern verließ mich auf eine Mitfahrgelegenheit bei Alex, der mich bei mir zu Hause absetzte und dann mit einem Lächeln und einem Winken davonfuhr. Jacob hatte meine Nachrichten immer noch nicht beantwortet, aber jetzt war es drei Uhr morgens und ich wettete darauf, dass er immer noch schlafend auf dem Sofa lag. Der Gedanke daran, mich neben ihn zu kuscheln und ihn mein Wehwehchen heile küssen zu lassen, brachte neuen Schwung in meine Schritte und ich joggte zu den Fahrstühlen, wo ich den Knopf zu unserem Stockwerk förmlich kaputtdrückte und dann seitlich hinausflitzte, sobald sich die Türen öffneten. Aber ich fand Jacob nicht schlafend auf der Couch. Tatsächlich war er nirgendwo. Sein Laptop fehlte, sein Telefon, seine Lieblingsjacke der Raptors mit meiner Nummer auf dem Arm, aber nirgendwo konnte ich eine erklärende Notiz finden, wo er hingegangen war.

Ohne nachzudenken rief ich ihn an, aber ich landete auf dem Anrufbeantworter und ich hinterließ eine Nachricht, die zu zehn Prozent angepisst und zu neunzig Prozent besorgt war. Ich wettete darauf, dass er arbeitete; er wusste, dass ich heute Abend zurückkommen würde und dass es sehr spät werden würde, aber er wartete immer. Oder zumindest wäre er schlafend auf dem Sofa, wo er gewartet und seiner Erschöpfung nachgegeben hätte. Er arbeitete zu viel und ich hatte diese schreckliche Vorahnung, dass er um drei Uhr morgens wach im Büro war, wo er mit *Adam* an irgendeiner Statistik über Samen arbeitete.

Also gut, fahr die Eifersucht herunter, nimm ein paar Paracetamol und denk nach.

Irgendwann gegen vier, gerade, als ich dachte, ich sollte die Krankenhäuser anrufen und nachdem ich mit Adam gesprochen hatte, der mir versicherte, dass er Jacob nicht gesehen hatte, begann ich, in der Wohnung auf und ab zu laufen, die 911 bereits gewählt, bereit, jeden einzelnen Gefallen einzufordern, um herauszufinden, wo Jacob war, aber mein Telefon begann abscheulich laut zu klingeln und Jacobs Name leuchtete auf dem Bildschirm auf.

„Wo zur Hölle bist du?", platzte ich heraus, anstatt Hallo zu sagen, oder wie geht es dir, oder ich liebe dich.

„Ry." Er klang seltsam, so als hätte er geschrien und seine Stimme war heiser. Er klang nicht wie *mein* Jacob.

„Was ist los? Wo bist du?", fragte ich noch einmal, dieses Mal kontrollierter und mit verdammt viel mehr Sorge.

„Du musst mich abholen, Ry. Vom Tor vor Adams Haus."

Ich warf einen Blick auf seinen Truck, der parkte, wo er hingehörte.

„Wo bist du? Geht es dir gut?"

„Hol mich einfach ab."

„Ich bin unterwegs, bleib am Telefon." Ich konnte

den Schmerz in Jacobs Stimme nicht ertragen – ich hatte das Gefühl, mein großer, starker Mann würde gleich weinen und es war lange her, seit er das letzte Mal geweint hatte. Ich nahm die Treppen hinunter zum Parkplatz und stieg in mein Auto. Innerhalb von Minuten war ich im Dunkeln auf der Straße, die Uhr zeigte Vier Uhr zweiundvierzig an, mein Kopf hämmerte und die Schmerzen in meinem Kiefer ließen mich zusammenzucken. „Bist du noch dran?", fragte ich, bettelte, flehte, und hörte ihn Ja sagen. Aber es klang falsch.

Alles war falsch.

Sobald ich konnte, gab ich Vollgas, wobei ich kurz überlegte, was ich sagen würde, wenn mich ein Polizist anhalten würde und es mir tatsächlich scheißegal wäre, wenn es passierte. Ich schaffte es in Rekordzeit zu Adam, wo ich Jacob am Straßenrand stehen sah. Ich kam mit quietschenden Reifen zum Stehen und kletterte aus dem Auto.

„Was ist passiert?" Während ich zu ihm rannte, musterte ich ihn von oben bis unten und hielt ihn und dann führte er mich zurück zum Auto.

„Verdammt!", schrie er, sobald die Tür geschlossen war. „Verdammt, verdammt, verdammt!"

Er hielt seine Faust und bevor das Licht im Innenraum ausging, konnte ich sehen, dass seine Knöchel aufgeschlagen waren. Oh Scheiße, hatte er mit Adam gekämpft? Ihn umgebracht? Mein Kopf drehte sich, als ich berechnete, wie lange wir zur Grenze brauchen würden und dann ohne Ausweis hinüber zu kommen und wie viel Geld ich auf die Schnelle auftreiben konnte und ich hatte all das durchdacht, bevor sich Jacob zu mir drehte und den Kopf schüttelte.

„Ich habe ihn nicht umgebracht. Aber ich habe ihn geschlagen. Fest. Und ich habe gekündigt." Ich streckte meine Hand aus und schloss sie um seine verletzte Faust. „Scheiße, Ryker, ich habe gekündigt."

„Was ist passiert?"

„Ich habe keine verdammte Ahnung." Jacob hustete.

„Jacob?"

„Ich weiß es nicht", schrie er, dann rieb er sich die Augen. „Ich glaube, er hat mir K.O.-Tropfen gegeben, aber ich habe das mit dem Job klargestellt, das ist alles, was zählt."

K.O.-Tropfen? Was zur Hölle? Ich öffnete die Autotür und machte Anstalten, auszusteigen. „Ich bringe ihn um."

Jacob zerrte mich zurück. „Lass es gut sein, Ry. Bring mich nach Hause." Ich zögerte, weil zu viel Wut in mir war, um sie dort zu lassen. „Bitte. Bring mich einfach nach Hause", fügte er leise hinzu.

Also tat ich widerwillig, aber aus Liebe und Angst um Jacob, worum er bat.

SIEBEN

Jacob

Bis ich wieder zu Hause war, fühlte ich mich wie ein Golem.

Nein, das stimmte nicht. Golems hatten keine Gefühle und ich hatte jede Menge davon. Vielleicht wünschte ich mir, ich wäre aus Ton, damit die herumwirbelnden, schrecklichen Gefühle, die dabei waren, mich zu überrollen, nicht meine Brust zermalmten. Ich wäre einfach kalt. Wie Ton. In diesem Augenblick wäre es schön gewesen, ein Mann aus Ton zu sein. Ryker berührte mich, nur leicht am Arm, und ich hob meinen Kopf, um ihn anzusehen. Er hatte eine aufgeschlagene Lippe, die genäht worden war, ein blaues Auge und ich stellte mir vor, wie schmerzhaft das gewesen sein musste, aber er verhielt sich, als wäre es nicht von Bedeutung. Das war alles, was nötig war. Ich fiel gegen ihn, wollte unbedingt eine liebende Berührung, während ich schreckliche Angst vor der Gedächtnislücke in meinen Erinnerungen hatte und mir wurde übel bei dem Gedanken, dass

Adam mich nicht nur wie eine Geige gespielt hatte, sondern mich auf eine Art hatte berühren können, die …

„Mir ist übel", stöhnte ich, während ich mich an Ryker klammerte. Er fühlte sich so gut an, so richtig …

„In Ordnung, Babe, in Ordnung, lass mich einen Eimer holen."

„Nein, geh nicht weg … halte mich einfach", wimmerte ich. Und das machte er. Er hielt mich aufrecht, bis sein kleinerer Körper mich nicht länger unterstützen konnte.

„Setz dich hin, setz dich einfach hin, ich mache Kaffee. Ich rufe die Polizei an."

„Nein, Scheiße nein, ruf nicht die Polizei an!", ich taumelte zum Sofa, mein Kopf rumpelte gegen die Lehne, meine Eingeweide überschlugen sich, meine Welt stand Kopf.

„Jacob, der Scheißkerl hat dich unter Drogen gesetzt!", knurrte Ryker, als ich eine Hand in schwachen Zirkeln kreisen ließ.

„Keine Polizei … einfach nur Kaffee, Babe, bitte."

Er kaute auf den Fäden in seiner Lippe herum, machte aber, worum ich ihn gebeten hatte. In der Zeitspanne, die er benötigte, um eine Tasse Kaffee zu machen, hatte ich mich hingelegt und meine Knie an meinen Bauch gezogen. Mir war immer noch übel und mein Gehirn raste, um die Leere von letzter Nacht zu durchforsten.

„Hier, nimm einen kleinen Schluck", flüsterte Ryker, der sich neben mich kniete, während er einen Strohhalm an meine Lippen hielt. Ich zog langsam daran, die heiße Flüssigkeit umhüllte meine Kehle, dann meinen Bauch. „Lass mich dir deine Schuhe ausziehen."

Ich sagte nichts. Als meine Turnschuhe schließlich auf dem Boden landeten, setzte sich Ryker neben mich. Es vergingen vielleicht eine oder zwei Stunden, die wir so dasaßen, ich auf meiner Seite, auf der stille Tränen in das Sofakissen sickerten, während Ryker mich anflehte, etwas Kaffee zu trinken und Kräcker zu essen, was das Einzige war, das ich behalten konnte. Er drängte mich nicht dazu, darüber zu reden, er war einfach da, als ich ihn am meisten brauchte, und ich zwang mich dazu, meinen Kopf zu heben, damit er sich auf die Couch setzten konnte. Sobald meine Wange auf seinem Oberschenkel ruhte, fing er an, mit seinen Fingern durch meine Haare zu streichen. Jedes Mal, wenn er damit anfing, bemerkte ich den Geruch von Chlor. War ich geschwommen? Was zur Hölle war passiert?! Warum würde Adam so etwas machen? Ich hatte ihm vertraut, sogar zu ihm aufgesehen. Und er war ein verdammtes Raubtier gewesen, ein Wolf, der denjenigen umkreiste, von dem er offensichtlich wusste, dass er ein begriffsstutziges Schaf war.

„Du hattest recht", brachte ich irgendwann um acht Uhr abends heraus, nachdem ich den ganzen Tag auf der Couch verbracht hatte. Ryker beruhigte mich. Ich schauderte und schniefte, als Schuld und Scham sich in meiner Brust breitmachten. „Du hattest recht damit, ihm zu misstrauen."

„Lass das hier nicht darum gehen, wer recht oder unrecht hatte, Babe. Er ist ein widerlicher Mensch und die Polizei wird dem zustimmen."

Ich ignorierte den Kommentar über die Polizei – der Gedanke daran, anderen Menschen zu erzählen, was passiert war, war es nicht wert, ihn jetzt anzugehen. „Er wusste, dass ich dumm war, leichtgläubig …"

„Hey, nein, du bist *nicht* leichtgläubig, kein bisschen!" Rykers Finger fuhren damit fort, meine Haare und Schläfen sanft zu streicheln. „Du bist ein warmherziger, vertrauensvoller Mann. Das ist nicht deine Schuld, Jacob. Es ist seine, und er wird dafür bezahlen, was er getan hat!"

Seine Wut floss aus ihm heraus. Ich kniff meine Augen zusammen. „Ich habe ihn geschlagen. Er wird mich zugrunde richten, Ry. Ich werde nicht in der Lage sein, jemals wieder einen Job in landwirtschaftlicher Forschung zu bekommen." Meine Organe krampften sich zusammen. Ryker lehnte sich zu mir, um seine Lippen auf meine Augenbraue zu pressen. „Ich hätte auf dich hören sollen. Ich bin so ein verdammter Idiot."

„Nein, das bist du nicht. Du bist eine liebende Seele mit einem offenen Herzen. Dieses Arschloch hat das gesehen und ausgenutzt. Das liegt alles an ihm." Ein Moment verging. „Warum fängst du nicht am Anfang an und erzählst mir, woran du dich erinnerst?"

Ich erzählte es ihm, alles davon, oder alles, was ich mir zusammenreimen konnte. Der umstürzende Tisch … der Krug, der auf dem Beton zerschellt war und dann … nichts. Nichts, bis ich zu mir kam und Adam über mir aufragte, während er meinen Arm berührte, als hätte er ein Recht dazu. Ich musste gegen den Drang kämpfen, zu würgen.

Schließlich beruhigte ich mich und fiel in einen

unruhigen Schlaf. Als ich von einer seltsamen, leeren Art Traum aufwachte, setzte ich mich auf und freute mich, dass der Raum an seinem Platz blieb. Die Sonne stand hoch am Himmel, ich vermutete es war gegen Mittag, und Ryker war draußen am Balkon und sprach mit jemandem am Telefon, nur in einem Paar abgeschnittener Jeans-Shorts. Die Tür war angelehnt, darum konnte ich seinen Teil des Gesprächs hören, während ich meine Schläfen massierte. Ich hatte Kopfschmerzen, die im Inneren meines Schädels herumschlichen. Sicherlich Stress und vielleicht ein Überbleibsel der Drogen, die Adam mir eingeflößt hatte.

„… ja, nein, ich kann ihn hinbringen. Ja, danke vielmals. Ich schulde dir einiges, Sharpy."

Ich stand auf, kam auf meine Beine und tappte langsam zur Tür. Ryker warf mir einen Blick so voller Mitleid in seinen haselnussfarbenen Augen zu, dass ich fast die Kontrolle verlor. Stattdessen schluckte ich den Ball aus Gefühlen hinunter und trat hinaus.

„Hey", sagte er, während er das Telefon in seine hintere Hosentasche schob. „Wie fühlst du dich?"

„Hm, seltsam. Wie … als wäre ich durch die Zeit gereist, aber hätte ein paar Stunden übersprungen. Oder als wäre ich durch ein paar dutzend Zeitstrahlen geflogen. Mit wem hast du geredet?", fragte ich, während ich über Tucson schaute. Die Sonne auf meinem Gesicht fühlte sich gut an. Mein Inneres fühlte sich immer noch kalt und klamm an.

„Ich dachte mir, wir sollten ein paar Tests –"

„Ich will nicht ins Krankenhaus gehen –"

„Ich habe mit Sharpy geredet, dem Arzt der Raptors, er hat gesagt, er würde helfen."

„Was zur Hölle? Du hast irgendeinem Typen erzählt –"

„Nein, es ist *Sharpy*, wir können ihm vertrauen."

„Das gefällt mir nicht."

Ryker stand neben mir. Ich warf ihm einen Blick zu. Der Wind zupfte an ein paar Locken. Er hatte dunkle Ringe unter den Augen. Hatte er überhaupt geschlafen? „Babe, du solltest ein paar Tests machen und dich durchchecken lassen." Ich schauderte. Ryker glitt näher zu mir, sein Arm legte sich um meinen Rücken. Ich schloss die Augen und ließ meinen Kopf fallen, sodass er auf seinem ruhte. „Du musst Klarheit über ein paar Dinge bekommen."

Dinge. Etwa, ob ich mir irgendeine Geschlechtskrankheit eingefangen hatte. Scheiße. Ich wollte mich in einem Schrank verstecken und gleichzeitig Adam finden und ihn in ein Koma prügeln.

„Ich glaube nicht, dass er … *das* mit mir gemacht hat", flüsterte ich in den lauen Wüstenwind. „Ich fühle mich nicht …"

Ryker umarmte mich fest. „Es ist in Ordnung, du musst jetzt nicht darüber reden, aber du musst getestet werden und dich von einem Doktor untersuchen lassen. Sharpy, Kevin Sharp, du erinnerst dich an ihn. Großer Typ, rote Haare, ein fieser Sinn für Humor. Er hat sich bereiterklärt, die Tests durchzuführen. Er macht sie bei uns Spielern ständig. Wir können ins Stadion gehen, wann immer du bereit bist. Ich werde die ganze Zeit, während er die Tests durchführt, bei dir sein."

Wie zur Hölle war das hier zu meinem Leben geworden? Warum war ich so verdammt vertrauensvoll gewesen? Himmel, ich war ein Idiot.

„In Ordnung, ja, ich … will nur zuerst duschen."

„Vielleicht solltest du das nicht."

„Verdammt, Ry."

Er umarmte mich fest und hielt mich aufrecht, hielt meine Hand, hielt mein Herz und meine Seele, als wir uns wie Diebe ins Stadion schlichen. Heute war kein offizielles Training, aber es würden Spieler im Gebäude sein, da es nicht selten vorkam, dass der Coach Spieler für Gespräche unter vier Augen einberief. Ryker war dem zuvorgekommen, aber er hatte übertrieben und gesagt, er hätte einen Magen-Darm-Virus und würde den Coach wissen lassen, ob der Arzt meinte, dass er am nächsten Tag im Training sein würde. Ich wusste, was er machte – er gab sich selbst die Möglichkeit, bei mir zu bleiben, und das war eine weitere beschissene Sache, die auf einer Liste von beschissenen Sachen stand.

Ein schweigender, aber betrübter Sharpy nahm mir Blut ab. Er fragte kein einziges Mal, warum ich nicht ins Krankenhaus oder zur Polizei gegangen war, er kümmerte sich einfach vorsichtig um mich. Dann gab es Abstriche an Orten, wo kein Abstrich jemals gemacht werden sollte. Gefolgt von einer Untersuchung, nach der ich am liebsten meinen Kopf in den Sand gesteckt und ihn nie wieder herausgezogen hätte. Ich hasste es und ich hasste mich selbst dafür, so ein Schaf zu sein. Ich hatte Rinder besessen, die mehr gesunden Menschenverstand gehabt hatten, als ich an den Tag gelegt hatte. Ich hätte niemals allein dorthin gehen sollen. Ich hätte dieselben Dinge bemerken müssen, die Ryker bemerkt hatte.

„Hey, fang nicht damit an, in Ordnung?", sagte Ryker. Ich nickte, aber mein Hirn machte damit weiter, dieselben holprigen Straßen des Bedauerns entlangzufahren. „Wir werden die Ergebnisse in ein paar Stunden haben. Sharpy hat schon gesagt, dass es keine Anzeichen auf einen Übergriff gibt und …"

Er driftete ab.

„Ja, Gott sei Dank."

Nachdem wir dem Arzt der Raptors gedankt hatten, schlüpften wir durch den Hinterausgang hinaus, wo wir dem Wachmann zunickten, der dort stand. Glücklicherweise trafen wir niemanden. Ry bestand darauf, dass wir an einem lokalen Hühnchenwagen haltmachten, um etwas zu Essen mitzunehmen. Ich ging mit, gefühllos gegenüber dem Geruch nach Kräutern und Gewürzen, obwohl mein Magen vor Hunger gurgelte. Als wir daheim waren duschte ich, ich schrubbte mich mit so viel Nachdruck ab, dass meine Haut schmerzte, als ich mit einem Handtuch darüberfuhr.

„Komm, setz dich und iss", sagte Ryker, sobald ich in die Küche kam, in einem T-Shirt und abgetragenen Frottee-Shorts.

Er belud einen Teller mit Hühnerbrust, Kartoffelpüree und Krautsalat. Er verschlang Hühnerfilets und Fritten, sein besorgter Blick lag auf mir, als ich etwas von den Kartoffeln auf meine Gabel schob. Die Bratensoße war nicht so gut wie die meiner Mutter und der Krautsalat schmeckte ein bisschen alt, aber ich stürzte mich ausgehungert auf das Essen. Jedes Mal, wenn ich aufsah, lächelte mich Ryker an und reichte mir noch ein Milchbrötchen.

Als wir die Hälfte aufgegessen hatten, machte ich eine kurze Pause, um etwas Milch zu trinken. Ry wischte seine Finger an ein paar Papiertüchern ab.

„Was?", fragte ich, als er mich anstarrte.

Er blinzelte. „Ich will nur … Ich will, dass du weißt, dass ich dich liebe."

„Ich liebe dich auch."

„Ich habe nachgedacht und falls du die Hochzeit verschieben willst, könnte ich es total verstehen."

„Willst du das?" Würde er mich jemals wieder auf diese Weise wollen? Überlegte Ryker es sich gerade anders? Würde das hier alles zerstören?

„Scheiße, nein, ich denke dabei an dich", sagte Ryker leidenschaftlich.

„Nein. Auf keinen verdammten Fall wird Adam die Möglichkeit haben, unseren Tag zu ruinieren. Das Arschloch hat bereits meine Karriere versenkt, er wird *nicht* das Vergnügen haben, unsere Hochzeit zu versauen!"

Ryker streckte seine Hand aus, um meine zu nehmen. Meine Finger legten sich um seine. „Ich freue mich, diesen Kampfgeist in deiner Stimme zu hören. Als ich dich gefunden habe … und dann, als wir nach Hause gekommen sind … ich habe Angst um dich gehabt."

„Es war schlimm", musste ich zugeben. Mein Telefon vibrierte. Als ich nachschaute, sah ich, dass es das Labor war, das wegen meiner Ergebnisse anrief. Ich warf Ryker einen besorgten Blick zu. „Testergebnisse."

„Wir schaffen das." Er drückte meine Finger.

Unfähig, einen Atemzug zu nehmen, ging ich ran und hörte zu, als die Labormitarbeiterin jedes negative Ergebnis ablas. Sie erwähnte, dass immer noch eine ziemlich hohe Konzentration GHB in meinem Blut vorhanden war und das darauf hinwies, dass viel verabreicht worden war. Sie erwähnte auch, dass wenn dieselbe Dosis bei einem kleineren Mann oder einer Frau angewendet worden wäre, derjenige ins Koma gefallen wäre. Das war eine ganz schöne Scheiße. Ich wusste nicht, wie ich das verarbeiten sollte, außer dadurch, dass ich die Wut, die sich in mir aufbaute, weiter fütterte. Dieses *Arschloch*. Er musste aufgehalten werden, bevor er jemanden umbrachte.

„Alles negativ, in Ordnung, ich danke ihnen vielmals", sagte ich zu der Labormitarbeiterin. Sie sagte, das hätte sie gern gemacht. Ich dankte ihr noch ein paar Mal, legte auf und weinte einmal mehr, direkt in meinen Krautsalat hinein. Ryker verließ seinen Platz, um mich eng an sich zu ziehen. Er wurde auch emotional, als ich die Info über das GHB weitergab. Wir waren beide halb verrückt vor Erleichterung.

„Uns werden die Papiertücher ausgehen", neckte er mich, nachdem wir uns wieder ein bisschen gesammelt hatten. Es brauchte etwas kaltes Wasser in unsere Gesichter, zusammen mit viel Naseputzen, aber wir kehrten zu unserem Essen zurück und Ryker fluchte, als er seine Lippe erwischte, während er sich abputzte.

„Also was zur Hölle hat er gemacht, als du ohnmächtig warst, wenn er nicht … du weißt schon?"

Ich zuckte mit den Schultern, mein Kopf so voller seltsamer Ideen und Gefühle, dass ich mich auf nichts Vernünftiges konzentrieren konnte.

„Ich weiß nicht. Vielleicht hat er nur …" Ich machte eine Handbewegung, als holte ich mir einen runter. Rykers Gesicht wurde weiß, aber er sagte nichts, er schob sich nur ein Stück Huhn in den Mund, während seine Augen vor Zorn funkelten. „Ich werde die Personalabteilung des Colleges anrufen. Sie müssen darauf hingewiesen werden, welche Art Monster auf dem Unigelände herumläuft."

„Sobald du mit dem Essen fertig bist und du dich … gut fühlst."

„Ich bin mir nicht sicher, ob ich das jemals werde."

„Das wirst du, Jacob, und ich werde bei dir sein."

„Ich war so dumm. Ich kann nicht glauben, dass du noch irgendetwas mit mir zu tun haben willst –"

Ryker fiel mir einfach ins Wort. „Du hast gesagt, er hat dich gefeuert. Das betrifft nur das Projekt für Bygenta, stimmts? Ich meine, er leitet keines von den anderen Projekten, die dort laufen. Wenn du mit der Personalabteilung oder dem Dekan oder wem auch immer sprichst, werden sie mit Sicherheit einsehen, dass du das Opfer in all dem hier bist."

„Ja, naja, das hoffe ich."

„Tja, zur Hölle mit ihnen, wenn nicht! Wenn sie dich nicht unterstützen, werden wir Colorado ein bisschen Land abkaufen und darauf eine Farm errichten! Dann kannst du Kühe haben und Getreide anbauen."

Sein Überschwang und dass er mich so verteidigte, ließen mein Herz aufgehen. „Ich bin mir nicht sicher, wie gut Getreide in Sand wächst, aber ich liebe diese Idee. Ein Haus, ein paar Kühe, ein Hund, ein oder zwei Kinder und vielleicht ein paar Pferde."

„Oh, auf alle Fälle Pferde! Wir könnten eines No Name nennen und auf ihm durch die Wüste reiten." Das brachte mich zum Prusten. Er grinste mich über unser fettiges Essen hinweg an. „Ich meine es ernst, Babe. Was auch immer passiert, es geht mir nur darum, dass du glücklich bist. Wir werden unsere Träume verwirklichen. Kein Widerling wird unsere Zukunft ruinieren, Jacob."

Und in diesem Moment musste ich daran glauben, dass Ryker wusste, wie all das zu schaffen war, denn ich wusste es mit verdammter Sicherheit nicht. Allerdings *vertraute* ich dem Mann, den ich liebte.

ACHT

Ryker

_____

„Können Sie mir sagen, warum Sie nicht zur Polizei gegangen sind, Mr Benson?"

Jacob und ich hatten Stunden damit verbracht, darüber zu reden, aber ich konnte ihn nicht dazu zwingen, es real werden zu lassen, indem er die Polizei involvierte.

Das hielt den Chef der Personalabteilung des Colleges, Lloyd Johnson, nicht davon ab, zu fragen. Er war ein gelassener Mann, sogar am Ende eines Collegetages, und mit einem Tisch voller Papierkram. Der Übergriff war ein paar Tage her und Jacob war stoisch, aber zittrig, obwohl ich davon ausging, dass ich der Einzige war, der bis zu dem verängstigten Mann im Inneren hindurchsah. Lloyd schüttelte unsere Hände, bat uns, uns zu setzen und fragte nicht nach, als wir die Tür schlossen. Ich mochte ihn. Wir hatten uns einmal bei einer Benefizveranstaltung getroffen und er hatte mit mir nur ein paar vage Worte über Hockey geredet, das er nicht wirklich verfolgte, aber er hatte gesagt, dass

Jacob ein neuer Stern in der Abteilung war. Meiner Meinung nach war er klasse und die Art, wie er redete, war ruhig, sachlich, zur Hölle, sogar jetzt saß er da, während er zuhörte, mit einem zuckenden Auge.

„Zumindest wurden Sie getestet. Kann ich die Ergebnisse sehen?", fragte Lloyd nach einer kurzen Pause, als Jacob damit fertig war, alles darzulegen. Jacob war bei den einfachen Fakten geblieben, dass er zum Arbeiten zu Adams Haus gegangen war, etwas getrunken hatte, ein paar Stunden verloren hatte und als er aufgewacht war, hatte er Adam über sich vorgefunden, anzüglich grinsend und alle möglichen schrecklichen Dinge sagend. Wie ich es schaffte, ruhig zu bleiben, wusste ich nicht, aber ich würde nicht lange durchhalten, wenn Adam genau jetzt hereinspaziert käme, weil ich ihn vielleicht einfach in die Wand geschubst hätte.

Durch die Wand.

Jacob gab ihm sein Telefon und Lloyd scrollte durch die Bescheide.

„Möchten Sie, dass ich es Ihnen per E-Mail zuschicke?", fragte Jacob, als Lloyd auf einem Block schnell ein paar Punkte aufschrieb und es dann zurückgab.

„Bitte. Wenn Sie das machen könnten, wäre ich Ihnen dankbar." Er schrieb ein paar mehr Dinge auf und Jacob und ich wechselten einen Blick, als er sich räusperte und dann etwas anderes hinschmierte.

„Was passiert als Nächstes?", fragte ich, als Jacob still dasaß.

„Tja, mal sehen, ob ich es richtig verstehe. Adam

Isaksson hat Sie angerufen, sie sollten seinen *privaten* Wohnsitz besuchen, um *die Arbeit betreffende* Themen zu besprechen. Bei Ihrer Ankunft *schlug er vor*, dass Sie sich Badehosen anziehen sollten und bot Ihnen *Alkohol* an. Sie haben nach der Arbeit gefragt und er sagte, das würde noch kommen und dann erinnern Sie sich daran, hingefallen zu sein und auf einem Sofa in Adam Isakssons Wohnsitz aufgewacht zu sein, wobei Sie sich an eine gewisse Zeitspanne nicht mehr erinnerten, die Sie sich nicht erklären konnten."

Jacob gab ein Geräusch von sich, das ich noch nie zuvor gehört hatte, eine Mischung aus Erschöpfung und Elend und Verlegenheit.

„Das ist nicht Jacobs Schuld", schnappte ich.

Lloyd schaute sofort von seinen Notizen auf. „Natürlich ist es das nicht." Sein Tonfall blieb ruhig, aber mit einem Blick deutete er an, dass ich ihn fertig reden lassen sollte, darum sank ich in meinen Stuhl.

Was ich wollte, war die Polizei, das FBI und jeden einzelnen Verteidiger der NHL mit ihren Schlägern, die Adam zur Strecke brachten und ihn dafür bezahlen ließen, dass er Jacob weh getan hatte, aber für den Moment musste ich mich zurückhalten. Mir war übel und ich fühlte mich benommen und so, als hätte ich komplett die Kontrolle verloren. Jacob und ich bewegten uns in einem verschwommenen Albtraum, wo nichts von dem hier real erschien.

„Was soll ich machen?", fragte Jacob und streckte seine Hand aus, um meine zu nehmen.

„Sie haben bei dem unabhängig finanzierten Bygenta-Programm gekündigt."

„Ja."

„Und Sie haben Adam körperlich angegriffen."

„Ja." Jacob klang schrecklich elend.

„Und die Labortests zeigen, dass Sie GHB zu sich genommen haben."

Ich wollte nicht, dass diese Liste so verdammt einfach klang – wie eine gottverdammte Einkaufsliste. „Genügend GHB, dass jeder, der kleiner als Jacob ist, in einem Koma hätte enden können, oder, schlimmer noch, tot."

Lloyd blinzelte mich an, nickte, dann fügte er seinen Notizen etwas hinzu.

„Ihnen ist bewusst, dass die Isaksson-Stiftung ein wichtiger Gönner des Colleges ist?", fragte er.

Es reichte mir. Kochend vor Wut sprang ich auf. Wenn dieses Arschloch Geld Jacob vorziehen würde, waren wir schneller hier raus als Tate Collins bei einem Konter. „Wir gehen schnurstracks zur verdammten Polizei und –"

„Bitte setzen Sie sich, Mr Madsen", meinte Lloyd fest und obwohl sich roter Nebel herabgesenkt hatte, war etwas an seiner Stimme und der Tatsache, dass Jacob sich nicht bewegt hatte, das durch die Wut hindurchschnitt.

„Es ist in Ordnung, Ry." Jacob zerrte an meiner Hand und zog mich hinunter, damit ich mich setzte, was ich sehr widerstrebend und mit einem großen Maß an selbstgerechter Empörung, zusammen mit einer gesunden Portion Angst, machte.

„Es ist *nicht* in Ordnung", schnappte ich. Jacob zuckte zusammen, und das nur zu sehen, ließ mich in

Schweigen versinken, denn ich war hier nicht das Opfer, ich war der Außenseiter, der zur Hölle nochmal eine Weile still sein musste.

„Das hier muss streng nach Vorschrift ablaufen", erklärte Lloyd und hob seine Hand, um mich davon abzuhalten, ihn zu unterbrechen. Ich vermutete, das war für den Fall, dass ich irgendeinen explosiven Kommentar ablassen wollte, der Öl in eine sowieso schon brenzlige Situation goss. Ich verfluchte ihn in meinen Gedanken und packte Jacobs Hand. „Wir müssen eine offizielle Meldung bei der Polizei machen. Darf ich nochmal fragen, warum Sie unabhängige Tests durchführen ließen und das alles nicht sofort den Behörden gemeldet haben?"

Jacob fiel in sich zusammen und ich hatte ihn noch nie so geschlagen gesehen. „Ich bin einen Meter fünfundneunzig groß, ich wiege über einhundertzwanzig Kilo, ich bin ein erwachsener Mann, der niemals in dieser Position hätte sein sollen, ich bin dumm, gedemütigt und entsetzt darüber, dass ich es so weit habe kommen lassen. Zutiefst erschrocken, dass ich so falsch damit lag, ihm zu vertrauen, und beschämt, dass ich weder auf Ryker noch auf mein Bauchgefühl gehört habe." Alles floss so schnell aus ihm heraus, jede Silbe troff vor Selbsthass und Bedauern, und ich brannte innerlich, als wäre die Hölle in meinem Herzen.

„Ich könnte Ihnen versichern, dass Sie keine Scham empfinden sollten, wegen etwas, das jemand ihnen angetan hat. Aber als das Opfer, und als ein Mann, haben Sie eine einzigartige Kombination aus Eigenschaften, die es ihnen schwer macht, alles miteinander in Einklang zu bringen. Es tut mir so leid, Jacob, dass wir Sie enttäuscht haben, und bevor wir die Behörden anrufen, möchte ich Sie im Namen der Universität von Arizona um Entschuldigung bitten." Er räusperte sich. „Bitte seien Sie versichert, dass wir jeden Grundsatz, jedes Verfahren und Gesetz einhalten und Sie unterstützen werden, egal wer die andere Partei ist oder was sie dem College auch gespendet hat. Sie sind ein Angestellter, ein Freund der Fakultät, und das hier wird ernst genommen werden." Er nahm den Telefonhörer, hielt aber inne. „Wir müssen die Behörden mit einbeziehen." Er stellte Jacob eine Frage und an diesem Punkt war es Jacobs Entscheidung, was als nächstes passierte. „Möchten Sie, dass ich sie anrufe?"

Jacob warf mir einen Blick zu und ich schenkte ihm ein Lächeln, von dem ich hoffte, dass es aufmunternd war, aber wahrscheinlich wie eine Grimasse aussah. Er starrte mich immer noch an, als er nickte.

„Ja."

Ich erinnerte mich nicht an viel vom Rest des Tages, er ging in einem Wust aus Befragungen vorüber, manche am College und der Rest auf dem Polizeirevier. Das schlimmste waren die Vorwürfe, die in Fragen verpackt waren. Wie konnten Sie es so weit kommen lassen? Gab es keine Zeichen? Wollten Sie Gefälligkeiten von dem *sehr reichen Mann* einfordern? Ich wusste, dass alle nur ihren Job machten, aber ich war nicht derjenige, der die letzte Befragung voller spitzer Fragen mit der Forderung nach einem Anwalt beendete. Sobald Jacob sagte, er hätte das Gefühl, dass er einen brauche, rief ich sofort

Vlad an, der nicht verurteilte oder kommentierte, sondern meinte, dass er sich darum kümmern würde.

Ich musste das Team zusammenrufen, sie mussten wissen, wo meine Gedanken waren, das war das Eine, aber mit der Macht des Managements auf meiner Seite, konnte ich vielleicht auch zu mehr zu gebrauchen sein, als nur Jacobs Hand zu halten. Diese Angelegenheit würde die Raptors direkt betreffen, wenn sie mit mir und mit einem der reichsten Männer in Arizona in Verbindung gebracht wurde. Es würde auf mich zurückfallen, denn ich würde auf keinen Fall in meiner Unterstützung nachgeben.

Als Vlad auf dem Revier ankam, hatte er Marc dabei, den Besitzer und Geschäftsführer, sowie einen der Anwälte des Teams und eine ganze Liste Forderungen, mit denen sie starteten. Ich war noch nie so erleichtert gewesen, Vlad zu sehen, der einen Kommentar über mein blaues Auge machte, die Fäden in meiner Lippe und den Zahn, den ich verloren hatte, um die unangenehme Stille zu durchbrechen, die über den Raum gefallen war, als wir allein waren. Der Anwalt und Marc waren verschwunden, um zu tun, was auch immer sie tun mussten, und Jacob war still.

„Du hast einen Zahn verloren?" Jacob schien überrascht zu sein und mir wurde klar, dass wir nicht einmal darüber gesprochen hatten und dass er sein Telefon nicht angerührt hatte, um seine Nachrichten oder E-Mails zu lesen. Ich wusste, dass er versuchte, Adam zu meiden, darum hatte er keine Berichte über das Spiel gesehen. „Ich dachte, du hättest einen Schläger ins Gesicht bekommen oder so. Ich hätte dich fragen sollen, was passiert ist." Er umfasste mein Gesicht und ich wollte angesichts des Schmerzes in seinem Ausdruck weinen.

„Das ist nichts, nur Tate, ein Puck und einer seiner Slap Shots, dann ich mit einem Zahn weniger", scherzte ich.

„Wurde dein Kiefer geröntgt?"

„Jep."

„Und es geht dir gut? Kann ich irgendwie helfen?" Es war typisch, dass der große Mann versuchte, sich um *mich* zu kümmern.

„Du meinst, meinen Zahn zurückstecken?" Ich hakte einen Finger in meinen Mundwinkel und zeigte ihm die Lücke, aber es schmerzte zu sehr und dehnte die Fäden, darum ließ ich wieder los.

Er lehnte sich herüber und drückte einen schmetterlingsleichten Kuss auf meine Nase. „Wenn ich den Zahn zurückzaubern könnte, würde ich es machen", sagte er.

„Ich hoffe nur, es bleiben keine Narben, bis wir unsere Hochzeitsfotos machen." Ich berührte meine Lippe und zuckte zusammen. „Vielleicht können sie nur meine gute Seite fotografieren."

Jacob gab ein ‚mmm' von sich und versank in Stille.

„Hast du überhaupt eine gute Seite?", witzelte Vlad und ich versuchte zu lächeln, aber Jacob hatte sich in sich selbst zurückgezogen, mir gegenüber Platz genommen und seine Augen geschlossen. Ich mochte die Tatsache, dass wir uns nicht berührten, überhaupt nicht und ich stand auf, um mich neben ihn zu setzen, und ich glaubte, Vlad bemerkte die neue Spannung, die zu der bereits beschissenen Situation hinzugekommen war. Er stand demonstrativ auf und strich über seine Klamotten. „Ich muss Tate anrufen, er ist heute bei einer Signierstunde."

„Es tut mir leid, wenn du mit ihm zusammen dort hättest sein sollen", murmelte Jacob.

„Ich? Mit Tate, dem typisch amerikanischen Helden, wo jeder um ihn herumscharwenzelt?" Vlad lachte schnaubend. „Weißt du, wie viele Leute ich umbringen müsste, wenn sie ihn auch nur berühren?"

Er winkte nachlässig und endlich waren nur noch Jacob und ich in dem Raum. Ich griff nach seiner Hand und nahm sie. „Ich liebe dich." Ich dachte, das sollte gesagt werden.

Er drückte meine Hand. „Vielleicht hast du recht und wir sollten die Hochzeit absagen", murmelte er.

„Moment, ich habe nie gesagt, dass ich unsere Hochzeit *absagen* möchte. Ich habe gesagt, ich würde verstehen, wenn du sie verschieben –"

„Was, wenn wir sie absagen?" Jacob drehte sich auf seinem Stuhl, um mich anzusehen, und er hatte so einen wilden Gesichtsausdruck. „Das hier könnte hässlich werden und du wirst mit hineingezogen –"

„Mit ‚hässlich' kann ich umgehen."

„Was ist, wenn ich nicht will, dass du das Hässliche erträgst? Hm? Ich könnte irgendwohin gehen und das hier könnte privat bleiben und niemand müsste erfahren, dass du überhaupt damit in Verbindung stehst. Denk an deine Karriere."

„In Ordnung, ich denke", sagte ich und klopfte mit dem Finger auf mein Kinn. „In Ordnung, folgendes.

Wenn du dich einen Schritt von mir wegbewegst, der nicht dazu führt, dass wir uns an unserer Hochzeit vor einem Standesbeamten treffen, dann werde ich mich mitten in der Stadt auf eine Kiste stellen und jedem erzählen, was du mir bedeutest. Dann, wenn alles im Chaos versinkt, werden sie alle wissen, dass mein *Ehemann* mich auf seiner Seite hat, zusammen mit allen Fans der Raptors."

„*Alle* Fans der Raptors?", meinte Jacob trocken.

„Ich weiß mit Sicherheit, dass wir inzwischen mindestens hundert von denen haben." Tatsächlich hatten wir tausende, da die letzten paar Spiele ausverkauft gewesen waren, aber ich versuchte, das Gleichgewicht zwischen Ernst und Scherz zu wahren, genau wie er es zu tun schien.

„Und du wirst auf einer Kiste stehen?" Jacob lächelte halb – man konnte sich darauf verlassen, dass er die eine Sache aufgriff, über die ich nicht nachgedacht hatte, bevor sie meinen Mund verließ.

„Einer großen Kiste. Oder deinen Schultern. Ich könnte dort sitzen und dann wären wir so groß wie ein Mammutbaum und du kannst das so gut."

„Ein Baum sein?"

„Ich meine, mich hochheben. Das ist es, was du machst, Jacob, du hebst mich hoch, weil du so stark bist, aber weißt du was? Jetzt bin ich dran, darum tauchst du besser bei der Hütte auf, in dem Smoking, den Apollo für dich aufgetrieben hat, damit wir heiraten können."

„Was, wenn die Polizei will, dass –"

„Wir haben vier Wochen bis zur Hochzeit. Wenn wir das wollen, dauert sie nur ein paar Stunden eines Tages.

Nur wir und wir müssen nicht einmal bei der Hütte sein, wenn wir anderswo gebraucht werden sollten, aber was auch immer passiert, wir *werden* diesen Kampf hier führen."

Er packte fest meine Hand und lächelte. „Also gut."

Als das beschlossen war, saßen wir fast nur noch still beisammen und es vergingen ein paar Stunden mit abgestandenem Kaffee und alten Keksen, bevor sich die Tür öffnete und der Beamte, der für diesen Fall zuständig war, hereinkam, um mit uns zu reden. Der Anwalt des Teams und ein ernster Mark folgten ihm und sie setzten sich.

„Adam Isaksson ist freiwillig zu seinem örtlichen Polizeirevier gekommen, nachdem ein Durchsuchungsbeschluss vollzogen worden war, der sich auf Computer in seinem Besitz konzentriert hatte. Auf den ersten Blick wurden gewisse Bilder in seinem Haus gefunden, inklusive Beweise, dass auch Videos existieren. Ich fürchte, wir können zu diesem Zeitpunkt nicht viel über den Fall teilen."

„Videos von mir?", fragte Jacob leise.

„Wir haben gerade erst gesammelt, was wir können, es gibt viel mehr, das durchgesehen werden muss." Der Polizist senkte seinen Blick kein einziges Mal und ich fühlte, wie die Spannung in Jacob nachließ.

„Ich will kein Videomaterial von mir sehen. Jemals. Können wir jetzt gehen?"

Es schien, als wollte der Polizist etwas sagen, aber Mark und der Anwalt des Teams stellten sich zwischen ihn und uns.

„Wir gehen, die beiden hatten genug. Mein Auto

wartet", sagte Mark. „Lasst uns gehen." Der Polizist sagte kein Wort.

Hand in Hand verließen Jacob und ich das Polizeirevier, wir folgten Mark und dem Anwalt und ich weiß nicht, was ich erwartet hatte, als ich hinausging, aber es war kein bisschen, wie ich dachte, dass es sein würde. Das Wetter war genauso wie zu dem Zeitpunkt, als wir angekommen waren, niemand, der uns auf den Gängen begegnete, sah uns anders an, die Außenwelt hatte sich nicht aus ihrer Achse bewegt.

Und ich hatte immer noch Jacob. Also würde alles gut werden.

NEUN

Jacob

Zwei Tage später wachte ich um vier Uhr morgens von einem furchteinflößenden Traum auf, in dem ich in einer Grube war, à la *Das Schweigen der Lämmer*, während ich Adam anstarrte, der auf mich hinuntergrinste. Ich wachte mit einem Schrei des Entsetzens auf, der Ryker aufschreckte und wahrscheinlich auch die Hälfte unserer Nachbarn. Schweißgebadet und zitternd stieg ich aus den durchnässten Laken und ging ins Badezimmer, bevor ich mich übergab. Ryker kniete neben mir, seine kühle Hand fuhr beruhigende Kreise über meinen nassen Rücken.

„Fuck", keuchte ich, wütend auf mich selbst, weil ich so schwach war. Ich war die letzten achtundvierzig Stunden so stabil wie ein Fels gewesen. Hatte getan, was getan werden musste. Arbeit, die Polizei, ich hatte mit den Hochzeitsvorbereitungen weitergemacht, trotz Rykers langen, besorgten Blicken.

„Du solltest mit jemandem reden", flüsterte er,

während ich würgte. „Es ist keine Schande, sich Hilfe zu suchen."

„Du hilfst mir", grunzte ich, dann spuckte ich in die Toilette, mein Darm blubberte vor Stress, Sorgen und Angst. Das hasste ich am meisten. Die Angst. Davor hatte ich noch nie Angst gehabt, nicht wirklich, nicht, seit ich die Einsachtzig geknackt hatte und weitergewachsen war. Jetzt hatte ich Angst. Vor einem Typen, den ich zu Mus schlagen konnte, wenn ich es wollte. Es ergab keinen Sinn, aber da war er, in meinen Träumen, und versetzte mich in Angst und Schrecken. Er war einer ganzen Menge Dinge beschuldigt worden, einschließlich Videomaterials, das ihn belastet hatte, aber keines, auf dem ich zu sehen war. Wenn es so etwas gegeben hatte, dann hatte er es nicht behalten, oder vielleicht hatte er die erste Nacht nicht aufgenommen, oder … *Scheiße*. Mit jemandem darüber zu reden, was passiert war, war ein entsetzlicher Gedanke.

Ryker küsste meine Schulter. „Ich bin kein Profi. Bitte, Baby, rede mit dem Psychotherapeuten des Teams. Oder jemandem vom College. Ich weiß, du bist der Meinung, dass du immer Mr Stoisch sein musst, aber diese Art Scheiße trifft tief. Bitte, für mich? Vielleicht mit jemandem, der mit dem Team zu tun hat?"

Ich warf ihm einen Blick zu, wie er neben mir kauerte. Ich konnte dem Mann nie auch nur eine verdammte Sache abschlagen.

„In Ordnung, ja, ich rede mit jemandem, aber nicht diesem Typen Charlie."

„Cool, ja, nein, Charlie ist großartig, aber du brauchst einen Profi. Lass mich ein bisschen herumtelefonieren. Geht es dir gut? Willst du zurück ins Bett und versuchen, etwas zu schlafen?"

„Oh, zur Hölle, nein."

Also gingen wir ins Wohnzimmer, machten es uns unter einer Decke gemütlich und schauten ein paar alte Wiederholungen der *MythBusters* an, bis die Sonne aufging. Ich hielt Ryker nahe bei mir, meine Nase in seinen Locken, und starrte auf die Explosionen, die auf dem Bildschirm stattfanden, ohne sie zu sehen. Ich konnte diesen Traum nicht abschütteln. Er blieb noch stundenlang in der dunkelsten Ecke meiner Gedanken. Er war immer noch bei mir, als ich das sehr von Feng Shui angehauchte Büro von Lita Morgan betrat, einer beim College angestellten Therapeutin, die auf sexuelle Nötigungen spezialisiert war.

Dr. Morgan war eine zierliche Frau mit einer sanften Stimme und unglaublich großen braunen Augen. Sie hatte einen akkuraten Afro, gerade mal die Größe eines Hobbits und war dünn wie eine Bohnenstange. Ein starker Wind hätte sie wegtragen können wie einen Löwenzahnsamen. Ihr Büro war voller Blau-, Braun- und Gelbtöne, genau wie die Einrichtung. Sie war leger angezogen, in einen wogenden Kaftan mit afrikanischem Muster und Chucks. Ich versuchte, darauf konzentriert zu bleiben, warum ich hier war, aber sobald wir uns setzten, musste ich einen Kommentar abgeben.

„Nette Chucks", merkte ich an.

Sie lächelte und schlug ihre Beine übereinander, wobei sie mit ihren Sneakern auf und ab wippte. „Ich trage sie ständig. Hochhackige Schuhe sind Scheiße. Mögen Sie Sneaker?"

„Ja." Wir führten eine zehnminütige Diskussion über Nikes, was zu Ryker führte, der Sneaker liebte und sie überall in der Wohnung verteilt liegen ließ. Dann plauderten wir über Ry und mich, unsere Vergangenheit, die Hochzeit und welchen Hund ich in der Zukunft haben wollte.

„Einen Hütehund, vielleicht einen Australian Cattle Dog", sagte ich, wobei ich bei der Erinnerung an den Hund, den wir gehabt hatten, als ich ein Kind war, lächelte. „Rex. Ich will einen Australian Cattle Dog namens Rex. Und er könnte mit mir ausreiten und mit Ryker, sobald Ryker seinen Mut zusammennimmt und auf ein Pferd steigt, und wir könnten die Rinder auf unserer Ranch kontrollieren. Wir werden eines Tages eine Ranch besitzen. Und einen Hund. Rex. Ja, Rex wird auch unsere Kinder lieben. Cattle Dogs sind großartige Hunde. Ich wünschte, ich hätte einen. Sie beschützen auch. Rex hätte Adam ferngehalten und … und …"

Die Welt fiel irgendwie um mich herum zusammen und ich beugte mich vor, bedeckte mein Gesicht mit den Händen und weinte ein paar Minuten lang hemmungslos. Doktor Morgan reichte mir immerfort Taschentücher und sagte mir, ich sollte *es* rauslassen, aber Männer sollten nicht schluchzen wie Stars aus einer Seifenoper. Männer schluckten es hinunter. Männer machten weiter. Männer ließen sich nicht von kleinen käsigen Scheißkerlen tätlich angreifen.

„So ist es überhaupt nicht, Jacob. Sexuelle Übergriffe passieren sowohl Männern als auch Frauen."

Verdammt, das hatte ich nicht laut aussprechen wollen.

„Da war … er hat nicht … Scheiße." Ich putzte mir die Nase und sprang auf, da sich der Raum plötzlich deutlich kleiner anfühlte als noch vor zehn Minuten. „Das hat er mir nicht angetan. Ich bin mir nicht sicher, was er getan hat … es gibt Videos, die er gemacht hat, aber ich kann sie nicht …" Ich ging zum Fenster und schaute hinaus über das Gelände der Universität von Arizona. Studenten liefen auf den Rasenflächen umher und genossen die zweite Januarwoche in kurzen Ärmeln. Daheim wären wir bis zum Hals in Schnee gesteckt. „Ich vermisse Schnee."

„Sorgt Schnee dafür, dass Sie sich sicher fühlen?"

Ich zupfte an der Jalousie, die halb heruntergelassen war. „Er erinnert mich an zu Hause, als ich ein Kind war. Meine Mom, wie sie Frühstück macht, ich und Dad beim Melken, der kalte Biss bitterkalter Luft in unseren Nasen und die Rufe der Rinder. Das vermisse ich."

„Wie es sich anhört, hatten Sie eine schöne Kindheit."

„Die beste", seufzte ich. Ich drehte mich von dem Fenster weg, um meine Therapeutin anzustarren. „Ich wollte diese Art Erziehung auch meinen Kindern geben. Dann habe ich herausgefunden, dass ich schwul bin und dann war da dieser Ärger und dann konnte ich nicht verhindern, dass die Farm verkauft wurde. Ich wusste, es war meine Verantwortung und wir haben unser Zuhause verloren. Und jetzt … jetzt ist da dieses

Durcheinander. Ich enttäusche meine Eltern immer wieder."

Sie beugte sich hinüber, um auf den Stuhl ihr gegenüber zu klopfen. Ich schüttelte den Kopf. Sie tätschelte ihn erneut. Ich schnaubte, dann ging ich zurück zu meinem Sitzplatz.

„Mögen Sie Ingwerkekse?"

Ich blinzelte sie an. Kekse? Wir redeten über Kekse, nachdem ich vor nicht einmal fünf Sekunden eine emotionale Atomwaffe hatte fallenlassen?

„Äh, sicher, ja. Ich verstehe nicht, was das mit irgendetwas zu tun hat?"

Sie griff unter ihren Sessel und zog eine Keksdose heraus. Nachdem sie sie mit geübter Leichtigkeit geöffnet hatte, bot sie mir einen Ingwerkeks an. Ich klaubte einen aus der Dose heraus und knabberte daran. Die süße Hitze von Ingwer und Gewürzen traf meine Zunge.

„Meine Mutter hat die jedes Jahr an Weihnachten gemacht." Sie seufzte, während sie ihren eigenen Keks untersuchte. „Jedes Jahr hat sie mir gezeigt, wie man sie backt und jedes Jahr habe ich jedes Blech, das ich in den Ofen geschoben habe, zu Asche verbrannt. Egal, was ich gemacht habe oder wie vorsichtig ich war, diese gottverdammten Kekse wurden nie etwas." Ich kicherte über den vulgären Ausdruck, während ich meine Leckerei aß. „Zwanzig Jahre lang habe ich mich bemüht. Ich kann Ihnen nicht *sagen*, wie viele arme Ingwerkekse durch meine Hand einen grausamen Tod starben. Es kotzte mich an, denn meine Schwester konnte natürlich Kekse backen! Ich fühlte mich, als würde ich meine Mutter mit meiner Unfähigkeit, einen guten Keks wie sie und meine Schwester zu backen, enttäuschen. In einem Jahr erzählte ich ihr das und sie kniff mir in die Nase und sagte mir, ich solle aufhören, so töricht zu sein. Sie sagte, ihr Stolz auf mich hätte nichts mit dem Kekse Backen zu tun, sondern damit, dass ich ein guter Mensch sei. Ich wette, Ihr Vater und Ihre Mutter fühlen dasselbe."

Eine Sekunde lang hatte ich Mühe damit, zu schlucken. „Danke", flüsterte ich und nahm einen weiteren Keks. „Letzte Nacht hatte ich einen Traum …"

Am Tag nach meiner ersten Sitzung rief ich in der Arbeit an und informierte sie darüber, dass ich aufgrund meiner psychischen Verfassung eine Freistellung in Anspruch nahm. Ich wusste, dass sich Adam auf dem Universitätsgelände aufhalten konnte, weil er seine Kaution locker bezahlt hatte, und dort zu sein, wo wir regelmäßig miteinander zu tun gehabt hatten, ließ mich ausflippen. So sehr, dass auch nur der Gedanke daran, einen Fuß auf das Campusgelände zu setzen, wenn es nicht zu dem Zweck war, meine Therapeutin zu sehen, mich in eine Panikattacke trieb. Ich hatte noch nie Panikattacken gehabt, aber am Morgen nach diesem ersten Gespräch mit Dr. Morgan hatte ich eine. Eine ziemlich heftige mit Schüttelfrost und Übelkeit. Ryker begleitete mich durch sie hindurch, aber er schlug eindringlich vor, dass ich für eine Weile regelmäßig in Therapie gehen sollte. Also ging ich. Doc Morgan quetschte mich drei Wochen lang täglich in ihren Zeitplan.

Das waren ein paar Wahnsinnssitzungen. Sie

begleitete mich durch so viel tiefgreifenden Scheiß, der mich wüten ließ und dann weinen wie ein Kleinkind. Wenn das sexuelle Zeug zu erdrückend wurde, schalteten wir um und sprachen über meine Stärken. An diesem Punkt fühlte ich mich, als hätte ich keine und sagte ihr das auch, aber sie bestand darauf, dass ich darüber nachdachte. Ryker half mir bei dieser Aufgabe, indem er all meine unglaublichen Qualitäten lobte und dann darauf bestand, dass ich sie niederschrieb und sie am nächsten Tag mitnahm.

Als ich die Liste durchlas, gab es ein paar, denen ich zustimmen konnte. Ich war loyal, hatte eine gute Arbeitsmoral und ich war liebevoll. Er meinte, ich wäre intelligent. Darüber machte ich mich lustig. Doc Morgan fragte mich, warum ich dachte, ich sei dumm, ihre Worte, nicht meine.

„Kluge Menschen lassen nicht zu, dass sie auf diese Art benutzt werden."

„Ah", meinte sie. „Also sind Frauen, die vergewaltigt und belästigt werden, dumm, weil sie in dieser Situation sind?"

„*Nein!* Nein, scheiße, nein. Ich gebe nicht dem Opfer die Schuld, zur Hölle, nein!", entgegnete ich schnell.

„Für mich klingt es aber so. Sie geben sich selbst die Schuld für etwas, das ein schlechter Mensch Ihnen angetan hat. Sind Sie der Meinung, Sie seien besser als ein weibliches Opfer?"

„Nein, Himmel nochmal, hören Sie auf!", bellte ich, wobei ich von meinem Stuhl aufsprang, um finster auf sie hinabzuschauen. „Hören Sie auf damit, mich klingen zu lassen, als wäre ich ein Arschloch! Ich würde niemals einer Frau die Schuld für etwas geben, das irgendein widerlicher Vollidiot ihr angetan hat!"

„Warum erstreckt sich dieses gleiche Mitgefühl dann nicht auf Sie selbst?"

Das nahm mir allen Wind aus den Segeln. Ich fiel zurück auf den Stuhl und blinzelte sie stumpfsinnig an. „Ich weiß es nicht. Weil ich ein Mann bin."

Irgendwie schafften wir es, diese Stunde hinter uns zu bringen, aber die nächste war nicht viel einfacher. Keine davon. Es gab so viele Dinge, neue Dinge, die ich fühlte. Der Kontrollverlust war hin und wieder überwältigend. Die Angst davor, Adam irgendwo zu sehen, ließ mich permanent auf der Hut sein. Wir arbeiteten an etwas, das sie „kognitive Verarbeitung" nannte, was schicke Psychologensprache dafür war, an Mustern und Auslösern, die einen selbst herabwürdigten, zu arbeiten. Sie ließ mich ein Gummiband um mein Handgelenk tragen. Ich fühlte mich dumm dabei, aber eines Abends beim Essen, am ungefähr achtzehnten Tag meines veränderten Lebens, waren Ryker und ich in ein hiesiges mexikanisches Restaurant zum Essen gegangen.

Es ging mir gut, nicht großartig, immer noch nervös, aber in Ordnung. Dann ging eine Bedienung mit einem Krug vorbei, in dem etwas war, das aussah wie Sea Breezes. Einfach so war ich zurück auf der Terrasse, griff nach dem Tisch, versuchte, nicht hinzufallen. Ich ließ das Gummiband so fest schnalzen, wie ich konnte, um dabei zu helfen, den Auslöser zu bestimmen. Es war eines von wahrscheinlich vielen noch kommenden

Dingen, die eine Erinnerung auslösen würden, aber zumindest konnte ich es als genau das erkennen.

Ich war dazu erzogen worden, zu denken, dass mit einem Therapeuten zu sprechen ein Zeichen von Schwäche war. Echte Männer saßen nicht auf einer Couch und redeten über ihre Probleme. Sie vergruben sie und machten weiter. Ich war nicht derselbe Mann, der ich gewesen war und auch wenn ich Adam immer für das hassen würde, was er mir angetan hatte, lernte ich jetzt zumindest, dass mit deinem Partner oder deinem Therapeuten zu sprechen etwas *war*, das echte Männer machten.

Kommunikation war das Einzige, das mich all das hier durchstehen lassen würde. Gott sei Dank redete Ryker gern, denn das taten wir jetzt wirklich ziemlich oft. Da es nur noch zwei Wochen bis zum großen Tag waren, verbrachten wir all unsere Zeit zusammen, wobei wir unsere Gefühle zum Ausdruck brachten und jetzt nichts mehr zurückhielten. Es fühlte sich wunderbar an. Befreiend. Erlösend. Was der Grund dafür war, dass ich ihn fragte, ob er mit zu meiner nächsten Sitzung kommen würde. Er stimmte bereitwillig zu. Und ich hatte das Gefühl, ihn sogar noch mehr zu lieben, falls das überhaupt möglich war.

ZEHN

Ryker

_____

Jacob und ich waren jetzt seit drei Wochen bei der Therapeutin und was wir in unseren Gesprächen mit Dr. Morgan herausgefunden hatten, brachte uns dazu, uns noch mehr zu lieben – wenn das überhaupt möglich war. Trotzdem sorgten die radikal ehrlichen Gespräche, die wir hatten, dafür, dass ich langsam, mit jedem Tag, der verging, paranoider wurde. Ich war mir sicher, dass er mich heiraten wollte – das stand niemals in Frage, aber ob unsere Ziele im Leben dieselben waren, wurde eher zum Problem. Letzte Nacht hatte er davon gesprochen, Tucson ganz zu verlassen. Nicht in einer spezifischen Ich-habe-einen-Umzugswagen-gemietet-und-ich-mache-mich-auf-nach-Alaska-Art und Weise, aber in einer generellen, Vielleicht-ist-Tucson-nicht-der-beste-Ort-für-mich-Art. Ich wusste, was er andeutete – dass er sich eingeengt fühlte, dass er Hitze und Wüste nicht brauchte, aber Farmen und Tiere und *etwas anderes*. Aber ich hatte Eishockey und dieses Eishockey fand in Tucson statt und wir mussten einen Kompromiss finden.

Wir waren zwei Teile derselben Person und *brauchten* einander und der Rest unseres Lebens begann damit, ein gemeinsames Ziel zu finden. Beratungsgespräche hatten uns weitergeholfen, aber alles, was ich in Jacob sah, schrie nach einem Bedürfnis, aus der Stadt herauszukommen und weg von dem College und den Erinnerungen daran, was geschehen war. Es half nicht, dass sich die Presse auf den Fall stürzte wie Schmeißfliegen, wobei Adams Name trotz der größten Mühen seiner Anwälte an die Öffentlichkeit drang und dass Adams Name mit nicht genau umrissenen Vorfällen in Verbindung gebracht wurde. Er hatte sich aus der Zusammenarbeit mit dem College zurückgezogen, wobei er seine finanziellen Mittel großmütig hatte bestehen lassen, nachdem er eine einfache Stellungnahme über einen Interessenkonflikt abgegeben hatte.

Aber wir mussten immer noch die Scheiße der Besprechungen zwischen unseren Anwälten und seinen Anwälten durchstehen und der Polizei und der Bundessicherheitspolizei und Gott weiß wem noch. Zumindest fand das heutige Treffen, unsere Anwälte gegen Adams Anwälte, auf neutralem Boden statt. Ich hasste es, wenn irgendjemand in unser Zuhause kam und die Harmonie störte, an der wir so hart arbeiteten.

In Jacobs Truck zu sitzen und Katzenvideos anzuschauen, bis wir in der Dienststelle sein mussten, war vielleicht ein guter Zeitpunkt, um über einen Kompromiss für unsere Zukunft zu reden und ich hatte ein paar Theorien und Ideen, zu denen ich gern seine Meinung gehört hätte. Ich hatte diese Information schon eine Weile in meinem Kopf, wobei ich überlegte, ob es hilfreich war, über eine Fernbeziehung zu reden oder nicht, damit Jacob *glücklich* sein konnte.

„Also, ich habe mit Eric Dobson gesprochen. Erinnerst du dich an ihn?"

Jacob warf mir einen nachdenklichen Blick zu. „Eric? Ist das nicht der von deiner Privatschule, der mit dem Lamborghini?"

Man konnte sich darauf verlassen, dass sich Jacob auf das Auto konzentrierte – er liebte Autos und das war es, was er machte und es war nur eine weitere Eigenart, die mich ihn noch mehr lieben ließ. „Ja, er ist ein Genie mit einem Baseballschläger, wurde von New Orleans unter Vertrag genommen wie sein Dad, blah, blah, hat ein kanadisches Mädchen, Anita, getroffen, die ein Jahr lang dort gearbeitet hat."

„Also, was ist mit Eric?", forderte mich Jacob auf, als ich ein bisschen zu lang pausierte.

„Es geht ihm gut. Ich meine, er hat sich unsterblich in Anita verliebt und als sie wegen der Arbeit zurück nach Quebec gegangen ist, haben sie dafür gesorgt, dass es funktioniert, haben ihre Zeit aufgeteilt und sind gependelt, wenn sie konnten, außerhalb der Saison und um ihre Arbeit herum. Ich habe nur überlegt, was wäre, wenn wir in ein bisschen Land in Minnesota investieren, eine Farm, auf der du lebst, und ich komme zu dir, wenn ich kann und du kommst zu Besuch, wenn du kannst. Ich könnte ein Zimmer von Alex mieten, wenn ich in Tucson bin, oder irgendetwas. Viele verheiratete Paare leben ein paar Jahre getrennt und schaffen es."

„Ich verstehe, wohin das führt." Jacob drehte sich in

seinem Sitz, um mich anzusehen. „Du schlägst vor, dass wir heiraten und dann lebe ich auf einer Farm in einem anderen Staat, wo du dir vorstellst, dass ich glücklich sein werde, und du spielst Hockey und du denkst, du wirst glücklich sein, und wir sehen uns im Sommer und vielleicht hin und wieder unter der Woche?" Sein Tonfall war ruhig, aber ich sah, wie sein Auge zuckte und wie angespannt er war.

„Es ist eine Möglichkeit." Ich beobachtete seinen Gesichtsausdruck genau, konnte aber nicht sagen, ob er dachte, ich wäre ein Idiot oder nicht. Ich hatte jede Möglichkeit durchdacht, um zu einem Punkt zu gelangen, an dem Jacob glücklich war, denn obwohl er immer noch am College arbeitete, war in ihm nach der *Sache* mit Adam etwas Grundlegendes zerbrochen. Er war ruhelos, wütend, konnte sich nicht auf Daten konzentrieren, wenn er einfach nur draußen sein wollte und körperlich arbeiten, und ich konnte Schmerz in seinem Gesichtsausdruck sehen, wenn er dachte, ich würde nicht hinschauen. Die Therapie brachte etwas, aber sie würde nicht *alles* in Ordnung bringen.

Er schloss seine Augen und schüttelte den Kopf. „Getrennt zu sein, ist nicht das Richtige für uns, Ry. Ich könnte das nicht."

„In Ordnung, dann könnte ich mich zur Ruhe setzen, nachdem mein momentaner Vertrag erfüllt ist, irgendwo als Trainer anfangen und das Geld anlegen. Wenn wir ein Grundstück mit einem Teich bekommen, wie der auf der Farm deiner Eltern, dann könnten wir im Winter Schlittschuh fahren und –"

„Sei nicht albern", lachte Jacob, und das schmerzte,

und das musste er in meinem Gesicht gesehen haben, weil er sofort damit aufhörte und dann meine Hand fest in seine nahm. „Bitte entschuldige, ich wollte nicht … schau, es ist so. Du wurdest dafür gemacht, Hockey zu spielen, du bist ein Genie, es ist deine Karriere und es macht dich zu dem Menschen, in den ich mich verliebt habe. Also lass uns nicht darüber reden, in Ordnung?"

„In Ordnung, also ist die nächste Option, dass ich mich nicht zur Ruhe setze, aber wir vielleicht aus der Stadt wegziehen, näher dorthin, wo es weites, offenes Land gibt."

„Nein, ich liebe dich für all das, Ry, aber das würdest du nicht einmal vorschlagen, wenn ich mich nicht mit dem Projekt für Bygenta befasst hätte."

„Doch, würde ich. Weil ich dich liebe und ich weiß, dass dein Herz für eine Farm schlägt und für die Tiere und die Natur. Das ist ein Teil von dir." Ich begann, ihm seine eigenen Worte zurückzuwerfen und er lächelte. „Das macht dich zu dem Menschen, in den ich mich verliebt habe."

„Lass uns für den Moment damit aufhören, darüber zu reden", sagte er und umfasste sanft meine Wange.

Ich lächelte zurück und lehnte mich für einen Kuss zu ihm, wobei ich einen kurzen, flüchtigen Schmatzer schaffte, bevor der Alarm meines Telefons uns daran erinnerte, dass wir hineingehen mussten. Widerwillig verließen wir den Truck und gingen in die vornehmen, flüsterleisen Büros von Lesser, Movvern und Bligh, Anwälte der Raptors und Heimat von, wie ich nur vermuten konnte, *vielen* Hockeygeheimnissen.

Ich vermutete, sie mussten an alles gewohnt sein,

von Verkäufen bis hin zu Vorfällen wie Colorado-bekommt-ein-Baby, aber so sehr mit dem Verlobten eines Spielers beschäftigt zu sein, war wahrscheinlich etwas Neues. Wir waren heute hier, weil Adams Anwälte um ein privates Treffen gebeten hatten und ich hatte dieses widerwärtige Gefühl, in welche Richtung das hier gehen würde. Geld. Bestechung. Es war unvermeidlich, dass Adam an irgendeinem Punkt versuchen wollen würde, all das hier verschwinden zu lassen, obwohl ich nicht wusste, was er dachte, dass er gewinnen würde, wenn er Jacob auszahlte, wenn es doch auf seinen Computern Beweise von anderen Taten gab, die er begangen hatte.

Adams Anwälte sahen zuversichtlich aus, alle hatten ein breites Lächeln im Gesicht und schüttelten Hände, aber ich konnte ihre berechnenden Blicke sehen, als sie Jacob von oben bis unten musterten und ich erkannte sie als die Haie, die sie waren. Sie verbrachten fast fünfzehn Minuten damit, die Tugenden von Adam Isaksson in höchsten Tönen zu loben, sie fassten die Situation aus ihrem Blickwinkel zusammen und unsere Anwälte ließen sie gewähren. Sie redeten über Jacobs frühere Trinkgelage, zeigten Bilder von meinem Instagram-Account vom letzten Silvester, sie redeten über Finanzen und Zweifel und Beweise und warfen abfällige Bemerkungen in den Raum über Jacobs Nutzen als Zeuge, wenn man seinen *Lebensstil* in Betracht zog. Was sie nicht machten, war zuzugeben, dass Adam Jacob mit Drogen versetzten Alkohol förmlich aufgedrängt hatte, aber sie zeigten ein statisches Video von Jacob, der halb auf und halb neben einem Sofa lag und wiesen darauf hin, dass Adam sich Jacob nicht näherte, bis zu dem Moment, als er begann, aufzuwachen und dass er ihm *helfen wollte*. Es gab bei dem Video keinen Ton und alles, was ich machen konnte, während ich zuschaute, war, Jacobs Hand zu nehmen. Den Zeitstempeln nach war Jacob nur dreiundneunzig Minuten lang bewusstlos gewesen und sie gaben den Gebrauch von Drogen zu, aber bezeichneten es als zur Entspannung eingesetzt und einvernehmlich. Der Zeitrahmen war meiner Meinung nach Schwachsinn und bezüglich des Rests? Ich musste mir auf die Zunge beißen und ruhig bleiben, so wie unser Team uns gut zugeredet hatte, es zu machen.

„Mit seinem soliden Ruf der Philanthropie und seinen wohltätigen Spenden ist Mr Isaksson ein ernstzunehmender Faktor", fassten sie zusammen und ich versteifte mich. War das eine Drohung? Doch bevor ich irgendetwas sagen konnte, fuhr der gegnerische Anwalt in einem seidenweichen Tonfall fort. „All das hier sollte für Sie ausreichen, um wohlgesinnt auf unseren Klienten zu blicken", kam Adams Anwalt in einem herablassenden Tonfall in Richtung Jacob zum Schluss. „Darüber hinaus bin ich, um Sie für übermäßigen Schmerz oder Unannehmlichkeiten zu entschädigen, dazu autorisiert, Ihnen eine Einigungszahlung über zehn Millionen Dollar anzubieten, im Tausch dafür, dass Sie Ihre Unterschrift unter eine Geheimhaltungsvereinbarung –"

„Nein." Jacob klang endgültig, sein Tonfall kurz angebunden.

„Wir können weitere drei Millionen als eine wohltätige Spende hinzufügen für –"

„Nein."

„Mr Benson –"

Jacob stand so plötzlich auf, dass sein Stuhl gegen die Wand schlug und erschreckte damit alle. Außer mich – ich wusste genau, was er tun würde und ich hätte nicht stolzer auf ihn sein können.

„Ich habe nein gesagt. Ich will kein Geld, ich will Adam Isaksson davon abhalten, dasselbe jemandem anzutun, der *kleiner* und *verletzlicher* ist als ich, jemandem, der vielleicht gestorben wäre. Im Klartext, nein."

Ich warf einen Blick auf unsere Seite des Tisches, auf die Anwälte der Raptors, deren Augen weit aufgerissen waren, die aber zustimmten, und folgte Jacob nach draußen, ging am Aufzug vorbei und folgte den Notausgangstreppen nach unten. Wir schafften fünf Stockwerke nach unten und hinaus auf die Straße in totaler Stille, dann folgte ich ihm an einem Coffeeshop und einer Autovermietung vorbei und er wandte sich nach links in eine Gasse hinein und hielt dann in der Nähe eines Müllcontainers an.

Erst nachdem er diesen privaten Ort erreicht hatte, verließ ihn jegliche Körperspannung mit einem *Wuuusch* und er beugte sich vor und stützte seine Hände auf die Knie.

„Scheiße. Fuck", murmelte er.

Ich rieb seinen breiten Rücken. Ich würde für ihn da sein, ganz egal, was er tat oder sagte. Zur Hölle, gerade im Moment hätte ich wahrscheinlich seine Jacke gehalten, während er ein Loch grub, um Adam darin zu begraben.

„Alles ist in Ordnung", meinte ich, als ich damit fortfuhr, ihn zu berühren, wobei ich hoffte, dass es half.

„Scheiße, Ry, was habe ich dir angetan?", sagte er nach einer Weile, und dann nutzte er die Wand, um sich Halt zu geben, als er sich aufrichtete.

„Was? Du hast mir gar nichts angetan."

Jacob schüttelte den Kopf und wich ein kleines bisschen zurück, als ich nach seiner Hand griff. „Wenn ich das hier durchziehe, wenn ich vor Gericht erscheine, werden die Menschen es mitbekommen. Sie werden uns ansehen und sich fragen, wie jemand wie ich mich in diese Situation habe bringen können. Wir werden schon dafür beschimpft, dass wir zusammen sind, für unsere *unkonventionelle* Beziehung." Ich zuckte zusammen bei dem letzten Punkt, der in einem Artikel über uns gesagt worden war, der über Colorado und seine neueste Investition in ein Tierheim für Emus außerhalb Sedonas gewesen war. Verdammt seien die Fanatiker und ihre Kommentare über unseren *Lebensstil*.

„Wir ignorieren sie –"

„Wer wird glauben, dass mich irgendjemand verletzen könnte? Schau mich an, was auch immer der Doc sagt, ich bin ein großer Junge und ich habe zugelassen, dass ich in diese Situation geraten bin. Ich kann das Gefühl nicht abschütteln, dass ich hätte verhindern können –"

„Jacob, du musst damit aufhören, so einen Scheiß zu sagen. Es kümmert mich nicht, was die Leute denken.

Ich habe in meiner Seele keinen Raum für Menschen, die Mist erzählen würden. Oder diejenigen, die Stereotypen benutzen, um ihre borniertem Weltbilder zu untermauern. Es geht hier um *uns*, und zwischen uns ist alles gut." Ich trat näher zu ihm und dieses Mal bewegte er sich nicht weg und ließ mich seine Hand nehmen. Ich nahm das als Sieg.

Trotzdem waren seine Augen weit aufgerissen und er einer Panik nahe. „Die Raptors werden dich verkaufen. Das hier wird völlig übertrieben werden und alles, was passieren muss, ist, dass du eine Serie schlechter Spiele hast und das Management wird denken, das hier ist der Grund dafür."

„Erstens wird sich das Management für das entscheiden, was das Beste für das Team ist. Der einzige Grund dafür, dass sie mich verkaufen, wäre der, dass ich das hier mein Spiel beeinflussen lasse, und ich bin entschlossen, das nicht zuzulassen. Zweitens würde ich vielleicht in Kanada oder Minnesota spielen, wenn ich verkauft werde, oder, zur Hölle, irgendwo, wo es Farmen und Tiere und Schnee gibt. Was auch immer passiert, wir werden zusammen sein."

„Ich liebe dich", murmelte Jacob und zog mich in eine innige Umarmung.

„Ich liebe dich auch", sagte ich und küsste seinen Nacken, bevor ich mein Kinn auf seine Schulter legte. „Es wird uns gut gehen, wir werden jeden Kampf bestreiten, der ausgefochten werden muss und am Valentinstag werden wir heiraten, alles wird gut werden."

Er versteifte sich und seufzte dann. „Du weißt, was passieren *wird*, oder?"

„Hmm? Was?"

„Du wirst in das verdammte Florida verkauft."

ELF

Jacob

Unsere Familien kamen kurz vor Valentinstag an, bereit
für die Hochzeit. Meine Leute mit einem frühen Flug
und Ten, Jared und ihr neues Baby mit einem späteren.
Vier Stunden darauf landeten Rykers Mom und ihre
zweite Familie am Tucson International. Wir hatten
keine Zeit dafür, näher auf den ganzen Unsinn mit den
verlorenen Stunden einzugehen. Ich war entschlossen,
unsere wunderschöne Hochzeit mit Herzen und Blumen
davon in keiner Art und Weise stören zu lassen. Diese
Hochzeit war im Moment die einzig stabile Sache in
meinem Dasein. Mein Job – zur Hölle, mein komplettes
Leben – hing in der Luft.

Ehrlich gesagt war ich mir nicht sicher, ob ich
überhaupt noch Forschung betreiben wollte, da die
Fantasie von einer kleinen Farm mit Rindern und
Pferden in meinem Herzen Wurzeln schlug. Wir gingen
zum Abendessen in ein lokales italienisches Restaurant.
Das Innere war mit rosa und roten Herzen dekoriert
und ein Plakat an der Eingangstür warb für eine

Veranstaltung am Valentinstag, was unsere Hochzeit in zwei Tagen sehr wirklich erscheinen ließ. Ich führte Small Talk, lächelte meine Mom und meinen Dad an, machte Witze mit Ten und küsste Ryker, wann immer ich konnte. Aber während sich all das an der Oberfläche abspielte, war ich im Inneren immer noch in diesem Loch.

„… diese Hütte von Colorado zu sehen, die in der Wüste ist", sagte Mom.

Ich lächelte sie über meinen Teller mit Manicotti an, Rykers Oberschenkel drückte fest gegen meinen. Er war mir seit Tagen nicht von der Seite gewichen und es war seine Unterstützung gewesen, die mich durch alles hindurchgetragen hatte.

„Es ist unglaublich!" meinte Ry, während er mir ein sanftes Lächeln zuwarf, dann malte er die Hütte in den schillerndsten Farben, so als wäre sie der Buckingham Palace. Schließlich waren wir fertig mit dem Essen und brachten unsere Leute zu ihrem Hotel, in dem alle unsere Familien wohnten.

Mom zog mich auf die Seite, nachdem wir sie in die Lobby begleitet hatten. Dad und Ry gingen in den Laden an der Ecke, um Deodorant zu kaufen; Dad hatte vergessen, seines einzupacken. Ten, Jared und Baby Charlotte mussten sich fertig machen fürs Bett und ein Fläschchen und Rykers Schwestern brannten darauf, sich einen Film in ihrem Zimmer anzuschauen, darum sagten seine Mum und sein Stiefvater nach einem verdammt langen Tag gute Nacht.

„Du siehst kränklich aus. Fühlst du dich nicht gut?"

„Doch, alles gut. Nervös. Arbeitszeug." Ich speiste

sie ab, wusste aber, dass es nicht lange anhalten würde. Sie hatte einen sechsten Sinn für ihr einziges Kind. Ich hatte noch nie irgendetwas lange vor ihr verheimlichen können. „Ich denke darüber nach, vielleicht den Bereich zu wechseln."

„Oh."

„Ja." Ich schob meine Hände in die vorderen Taschen meiner Jeans. „Forschung ist nicht so das Wahre. Vielleicht frage ich nach einer Versetzung zu etwas, bei dem mehr mit den Händen gearbeitet wird, oder suche sogar nach einem Job auf einer Farm."

„Oh."

„Also ja, nur Bammel vor der Hochzeit und Arbeitsklimbim." Ich warf ihr ein Lächeln zu.

Sie starrte mich unter gerunzelten Augenbrauen an, wobei sie ihr Scharfsichtige-Mom-Ding durchzog, was mich etwas panisch werden ließ. Gott sei Dank tauchten Dad und Ryker auf, mit Deodorant und einer Tüte scharfer Maischips, was die verfahrene Situation aufbrach, und wir winkten meinen Eltern zu, als sie in Richtung ihres Zimmers verschwanden. Allerdings ließ mich Moms Blick nicht los.

„Herr im Himmel", schnaubte ich und ging schnurstracks zu meinem Truck. Ryker lief mir hinterher und stellte sich neben mich.

„Du solltest es ihnen sagen, Jacob." Ich schüttelte heftig den Kopf. „Sie würden es wissen wollen."

„Nein, würden sie nicht. Dad wäre nie wieder in der Lage, mich als Mann zu sehen. Er hatte genug Probleme damit, dass ich schwul bin, Ryker!"

„Ist ja gut, reg dich nicht auf. Ich versuche nicht,

dich wütend zu machen, aber ich denke, unsere Eltern müssen es wissen." Ich hielt vor der Frontstoßstange an, Grauen hatte meine Eingeweide fest im Griff. Ryker lief um mich herum und schaute hinauf in mein Gesicht. Da war so viel Sorge in seinem Blick und ich war derjenige, der sie dorthin gebracht hatte. Wenn ich nur auf ihn gehört hätte ... „Babe." Er nahm eine meiner zu Fäusten geballten Hände und öffnete die Finger, dann ließ er seine zwischen sie gleiten. „Sieh es so. Nehmen wir an, wir haben irgendwann einen Sohn oder eine Tochter und so etwas passiert ihm oder ihr." Bei dem Gedanken wurde mir übel, aber ich erkannte gleich, worauf er hinauswollte. „Wir würden für sie da sein wollen, während sie sich durch eine wirklich schwierige Zeit hindurchkämpfen, stimmts?"

Ich schaute in den Himmel. Dann bewegte ich langsam, mühsam, meinen Kopf auf und ab. Es meinem Vater zu erzählen, würde mich umbringen, ich wusste es. Aber andererseits hatte Ryker recht. Sie verdienten es, davon zu wissen. Ich würde es wissen wollen. Und darum, nach einem Moment oder auch zehn, drehte ich mich um und ging zurück ins Hotel, wobei ich Rykers Hand umklammerte, als ginge es um mein Leben. Wir schwiegen während der Fahrt mit dem Aufzug hinauf zum fünften Stockwerk, wo wir die Familienzimmer bekommen hatten. Meine Beine fühlten sich an, als wären sie Betonblöcke. Mein Herz setzte immer wieder aus, die Manicotti, die ich gegessen hatte, lagen mir jetzt schwer im Magen.

„Wir schaffen das", flüsterte Ryker immer wieder, seine Hand in meiner, bis wir vor Zimmer 518 standen.

Ich brauchte lange Zeit, um den Mut aufzubringen, anzuklopfen. Nach einem Moment öffnete meine Mom mit einem Lächeln in ihrem Gesicht die Tür, das verblasste, als ich meinen Mund öffnete, um etwas zu sagen, aber nichts herauskam.

„Wir müssen euch etwas sagen", murmelte Ryker. „Etwas … unangenehmes."

„Ich wusste es. Ich *wusste*, dass irgendetwas nicht stimmt", flüsterte Mom, als sich Angst in ihr Gesicht schlich. Ein Gesicht, das viel älter aussah, als sie war. Ein Gesicht, das von einem Leben voller Sorgen und Schulden geprägt war. Die meisten dieser Sorgen waren eine direkte Folge des schwulen Sohnes, der die Familienfarm nicht vor dem Untergang hatte bewahren können. Ich war scheiße. Ich war dumm. „Sagt ihr Zwei die Hochzeit ab? Macht ihr Schluss?"

„Nein!", platzte ich heraus, erschrocken darüber, wie laut ich gewesen war. „Nein, nichts davon. Ich liebe Ryker so sehr, ich kann nicht einmal −" Ich hielt inne, um mich zu sammeln. „Können wir reinkommen? Das hier ist kein Gespräch für den Flur."

Mom trat zurück, blass und zittrig, und wir betraten die Suite, wo wir meinen Vater auf dem kurzen braunen Sofa sitzend vorfanden, ohne Schuhe, wie er uns anstarrte. Offensichtlich hatte er die Diskussion an der Tür gehört. Ryker ließ meine Hand los und ich setzte mich auf den quietschenden Stuhl mit Rollen, der am Tisch stand. Mom wrang ihre Hände, während sie sich neben Dad setzte. Ich versuchte mehrere Male, etwas zu sagen, aber die Worte waren in meinem Inneren ineinander verkeilt wie Eis in einem tauenden Fluss.

Meine Schultern fielen herab und mein Kopf senkte sich, mein Blick ruhte auf meinen Händen, die zwischen meinen Beinen baumelten.

Ryker kniete sich neben mich, ein Arm auf meinem Oberschenkel, der andere nahm eine meiner kalten Hände. „Da war dieser Typ, mit dem Jacob gearbeitet hat und er … nun ja, er hat etwas getan."

„Ry, lass mich", brachte ich schließlich heraus, dabei hob ich meinen Blick vom Teppich hin zu meinen Eltern. „Adam. Sein Name ist Adam." Mom und Dad hörten zu, während ich mir einen Weg durch die Geschichte wand. Als ich, gefühlt Jahre später, an dem Punkt innehielt, wie die Dinge im Moment standen, weinte meine Mom und das Gesicht meines Vaters war wie versteinert.

„Oh, Schätzchen", hustete Mom, als sie das Sofa verließ, um mich in den Arm zu nehmen. Ich ließ einen Arm um ihre Hüfte gleiten, dabei vergrub ich mein Gesicht an ihrer Brust, so wie ich es als kleiner Junge mit einem aufgeschlagenen Knie gemacht hatte. „Ich wusste, dass dich etwas verfolgt. Dieser Mistkerl wird dafür bezahlen, dass er dir weh getan hat!"

Das brachte mich zum Lächeln. Mütter. Oh mein Gott, sie waren die wildesten Kreaturen, wenn ihre Kleinen verletzt wurden. Ich schniefte, kämpfte gegen die Tränen und zog mich zurück. Sie küsste meine Stirn und musste dann für meinen Vater zur Seite weichen. Ich schaute weg, da ich mir sicher war, dass er in meinen Bereich treten würde, um mir zu sagen, welch erbärmliche Entschuldigung für einen Mann und Sohn ich doch war.

„Ich bekomme diesen Scheißkerl als erster in die Finger", knurrte Dad, bevor er mich auf die Füße zog und mich fest umarmte. Ich hielt meinen Vater fest. „Niemand verletzt meinen Jungen."

„Danke, dass du mich immer noch liebst, Dad", stotterte ich. Schnell waren vier Leute Teil der Umarmung und ich fühlte mich in diesem kleinen Zirkel sicher. Sicher und so sehr geliebt. Und bereit, den Mann zu heiraten, der mitten in diesen Umarmungen und Tränen zerquetscht wurde.

ZWÖLF

Ryker

Als wir das Zimmer von Jacobs Eltern verließen, konnte ich sehen, dass Jacob erschöpft war, aber ich wollte einen weiteren Besuch machen und zog an ihm, um ihn kurz vor den Aufzügen aufzuhalten.

„Können wir schnell zu Dad?", fragte ich sanft und ich musste nicht mehr hinzufügen, weil der Rest unausgesprochen war – dass ich Dad erzählen wollte, was passiert war, bevor irgendwelche Neuigkeiten von den Raptors durchschlüpften und mit Lichtgeschwindigkeit ihre Runden in der NHL zogen. Bis jetzt hatten die Anwälte auf beiden Seiten alles unter Verschluss gehalten, was mit Jacob in Verbindung gebracht wurde, von unserer Seite aus, um ihn zu beschützen, von der anderen Seite meiner Meinung nach, damit Jacobs Erfahrung nicht das Gewissen der Allgemeinheit für sich beanspruchte. Wir hatten seit diesem letzten Auswärtstrip nicht mehr gegen die Railers gespielt und ich hatte unsere wöchentlichen Anrufe allgemein gehalten, hatte eher geschrieben und vorgeschoben, dass Jacob und ich mit der Hochzeit beschäftigt waren. Dad hatte mich nie darauf angesprochen und ich hatte das Gefühl er dachte, dass Jacob und ich vielleicht immer noch Probleme hatten, aber ich berichtigte ihn nicht und nichts davon fand ich gut.

„Natürlich", sagte Jacob nach einer kurzen Pause.

„Du musst nicht … Ich meine, ich kann hinaufgehen und –"

„Nein, zusammen." Er hielt meine Hand, küsste mich fest und dann umarmte er mich. Ich klopfte so leise ich konnte an die Tür, da mir bewusst war, dass Lottie vielleicht schlief, und als sich die Tür öffnete, war das Erste, was Dad machte, einen Finger auf seine Lippen zu legen und über seine Schulter zu gestikulieren. Ten lag auf dem Sofa, Lottie auf seinem Brustkorb, beide schliefen tief und fest. Ich hatte noch nie etwas so zu Herzen gehend Süßes gesehen wie meine Schwester, die in Tens Armen schlief.

„Damit könnten wir Geld verdienen", flüsterte ich. „Schick es an die Horden von Ten-Watch." Er zeichnete die Form eines Banners in die Luft. „Hockeyphänomen Tennant Rowe mit Baby-Tochter."

„Ich vermute, dass Millionen von Fans spontan explodieren würden", flüsterte Jacob zurück.

Dad führte uns in das separate Wohnzimmer und umarmte mich dann, als hätte er mich seit Jahren nicht gesehen. Ich konnte nicht anders, als in seine Umarmung zu sinken, weil es vielleicht nicht Jahre her war, aber es *waren* Monate gewesen. Er umarmte auch Jacob, und mein Herz, das bereits vor Liebe überfloss, nachdem ich Ten und Lottie gesehen hatte, schwoll noch etwas mehr an.

„Setzt euch, Jungs." Er gestikulierte in Richtung Sofa und nahm den einzelnen Stuhl. „Erzählt mir, was los ist." So war mein Dad, er kam immer direkt zum Punkt, und seltsamerweise fühlte ich mich angegriffen, genauso wie in meinen Teenagerjahren, als er direkt durch mich hindurchgesehen hatte. Ich konnte Teenager-Ryker nicht kanalisieren und sagen, dass alles in Ordnung war, weil so viel nicht in Ordnung war. „Ist es die Hochzeit? Geht es euch beiden gut? Was auch immer nicht stimmt, können wir in Ordnung bringen, weil ihr zwei zusammengehört. Oh mein Gott, seid ihr krank? Ist einer von euch krank?"

Meine Teenagerangst fiel ab und plötzlich war mein Dad wieder da, unsicher, was vor sich ging und besorgt um mich und Jacob.

Jacob packte meine Hand. „Nein, Sir, uns geht es gut. Es ist nur so, ich habe für einen Mann namens Adam Isaksson gearbeitet."

„Ich weiß – er ist der reiche Technik-Typ mit dem Saatgut, stimmts?"

„Ja." Jacob hielt inne. Dann sprudelte die Geschichte aus ihm heraus, und erst, als ich ein scharfes Einatmen aus Richtung der Tür hörte, bemerkte ich, dass Ten aufgewacht war und mit der immer noch schlafenden Lottie in seinen Armen das meiste der Geschichte gehört hatte.

„Es tut mir leid, ich wollte dich nicht unterbrechen, ich musste …" Er nahm das Reisebett, um zu gehen.

„Bleib, Ten. Bitte", murmelte Jacob.

„Einen Moment." Ten ging in das andere Zimmer, legte Lottie in das Reisebett und kam dann zurück, wo er sich auf die Armlehne von Dads Stuhl setzte. „Brauchst du Anwälte, wir können Anwälte besorgen."

„Die Raptors unterstützen uns", entgegnete ich schnell.

„Wie können wir dann helfen?", platzte Ten heraus. „Wir müssen irgendetwas tun können. Was für ein verdammtes Arschloch, was für ein … Scheiße … Fuck … Herrgott nochmal." Das war alles, was Ten herausbrachte, bevor er in einem plötzlichen Durcheinander aus Bewegung Jacob hochzog und ihn fest umarmte. „Dieser verdammte Scheißkerl, es tut mir so verdammt leid."

„Es geht mir gut, es geht uns gut", sagte Jacob fest.

Dennoch umarmte er Ten, und als sie sich voneinander trennten, glitzerten Emotionen in Tens Augen. „Wir werden ihn zur Strecke bringen."

„Nein", meinte Jacob schlicht. „Dein Ruf und deine Karriere könnten auf dem Spiel stehen, Ten. Ganz zu schweigen von Rykers und Jareds, ich werde das selbst erledigen."

Nun gut, das war mir neu und ich versteifte mich und dann schubste ich Jacob. Nur ein bisschen, aber fest genug, dass er wusste, ich war genau hier vor ihm, auch wenn er mich nicht ansehen wollte.

„Wir machen das gemeinsam. Ich und du."

„Und ich", verkündete Ten. „Ich kenne Leute, die Leute kennen, ich werde Stan anrufen –"

„Ten, setz dich hin." Dad griff nach Ten und zog ihn auf die Lehne des Stuhls. „Niemand ruft Stan an oder heuert *Leute* an. Jacob, Ryker, setzt euch." Als wir alle saßen, warteten wir auf Dads Worte der Weisheit. „Du bist Teil der Familie, Jacob, und das bist du seit dem Moment, als mein Sohn dir begegnet ist. Ich liebe dich wie einen weiteren Son, und jeder, der dich verletzt, ist auf meiner Abschussliste. Ten und ich werden während jeden Schrittes von all dem hier an deiner Seite sein, wenn du uns brauchst, werden wir da sein, wenn du möchtest, dass wir beiseitetreten, werden wir das tun. Aber während all dem kannst du auf unsere ungebrochene Unterstützung und Liebe zählen."

„Ja", stimmte Ten zu. „Immer."

„Dad …" Meine Stimme brach aufgrund der Flut an Emotionen, die in mir aufwallten. Vielleicht hatte ich es gebraucht, dass mein Dad mir sagte, dass er da war, um auf mich und Jacob aufzupassen. Vielleicht war es das Wissen, dass sie auf unserer Seite standen, was es auch immer war, ich war erledigt und ich umarmte Jacob so fest und wollte seine Arme niemals verlassen. „Ich liebe dich, Dad, und dich, Ten."

„Natürlich tust du das, *Sohn*", grinste Ten, um den aufgeladenen Raum aufzuhellen. „Wir sind großartige Eltern." Dad stieß Ten, der theatralisch grunzte, seinen Ellbogen in die Rippen. „Eines noch" Er hielt inne und klopfte auf seine Lippe. „Glaubt ja nicht, dass irgendetwas davon bedeutet, dass wir es den Raptors im März einfach machen werden."

Jacob lachte schnaubend und wir alle hörten, wie Lottie einen kleinen Schrei losließ. Ich ging, um sie zu holen, Ten bereitete ein Fläschchen zu, Jared wechselte ihre Windel und Jacob fütterte sie.

Mit dieser Reaktion und der von Jacobs Eltern, waren wir gesegnet. Wir hatten Familie auf unserer Seite und das war alles, was zählte.

UNSER ANWALT REDETE WEITER.

„Im Strafrecht von Arizona ist die Haftzeit von mehreren Faktoren abhängig, wie dem Alter des Opfers oder dem Vorstrafenregister des Täters …" Die Worte hatten keine Bedeutung für mich. Sie waren nur das, Worte, eine lange Liste von Gründen, warum Adam eine Absprache mit dem Staatsanwalt eingegangen war.

„Warten Sie", unterbrach Jacob. „Also bekennt sich Adam bezüglich der geringeren Anschuldigungen schuldig im Austausch für eine mildere Strafe? Oder zielt er darauf ab, dass die Anklage fallengelassen wird?"

„Ganz und gar nicht. Er gibt das Recht auf eine potentielle Bestätigung eines Freispruchs auf, indem er die Schuld für den Angriff auf Sie anerkennt und auf die Videos auf seinem Computer plädiert."

„Das verstehe ich nicht, wird es eine Verhandlung geben?", fragte ich, als Jacob mir mit gerunzelter Stirn einen Blick zuwarf.

„Im Grunde wird ein Schuldbekenntnis oder ein Verzicht darauf, die Tat zu bestreiten, als eine richterlich anerkannte Vereinbarung im Strafprozess verbucht –"

„Nein, auf Deutsch", unterbrach Jacob.

„Die Abmachung wären acht Jahre, eine strafrechtliche Verurteilung, die in das Vorstrafenregister des Angeklagten einfließt und eine zwingende Aufnahme in die Liste der Sexualstraftäter."

„Und das passiert tatsächlich?", fragte ich, während Jacob nach hinten auf das Sofa fiel.

Wenn das stimmte, dann würde es keine Gerichtsverhandlung geben, keine öffentliche Meinung über die Situation, vielleicht würde nicht einmal Jacobs Name erwähnt. War das das Beste, was passieren konnte? Oder war das das absolut Falsche? Wollte Jacob vor Gericht ziehen?

„Anschließende Berichterstattung in den Medien könnte dazu führen, dass der Richter die Vereinbarung im Strafprozess überdenkt, aber fürs Erste ist die Situation, in der wir uns befinden, die, dass es im besten Interesse mehrerer Regierungsabteilungen ist, dass das hier so vertraulich wie möglich gehandhabt wird. Der Angeklagte hat Verbindungen auf höchster Ebene und dieser Fall ist von ihnen heruntergekommen, was uns vor eine ziemlich schwierige Entscheidung stellt."

„Und die wäre?"

„Unser Rat an Sie ist, dass wir die acht Jahre akzeptieren sowie die Tatsache, dass Adam Isaksson mit finanziellem Ruin und einem Eintrag im Vorstrafenregister konfrontiert wird."

„Wir brauchen Zeit, um darüber nachzudenken", murmelte ich, aber Jacob schüttelte den Kopf.

„Ich stimme zu", sagte er fest und starrte mich an, als er die Worte aussprach.

„Wir werden Ihnen Unterlagen zusenden, die Sie unterschreiben müssen, und Sie haben unsere Kontaktdaten, bitte bleiben Sie in Kontakt, Jacob."

Sobald der Anruf beendet war, verlor Jacob jegliche Spannung und sank zurück auf die Couch.

„Bist du dir sicher?", fragte ich und setzte mich neben ihn, um meinen Kopf an seinen Brustkorb zu lehnen.

„Absolut. Ich bin einer von vielen und manche werden hiervon nie erfahren, oder werden damit so lange gelebt haben, dass es für sie zu einer Erinnerung geworden ist. Ich will die ganze verdammte Welt retten, aber es liegt nicht an mir, irgendetwas anderes zu machen, als mich um uns zu kümmern. Ich will *etwas* machen, für irgendjemanden da sein, der Hilfe braucht, aber brauchen wir eine Gerichtsverhandlung? Hinter seinem Geld her sein und jeden in die Hölle einer Verhandlung hineinziehen. Ich muss das hier beenden, Ry, dieser Teil muss beendet sein."

„Dann wird es so passieren."

Wir saßen eine lange Zeit da, einander einfach umarmend, und flüsterten uns Versprechen zu, wie unser Leben sein würde, und langsam wich der Schock der Trauer und dann der Akzeptanz.

Aber während all dieser Gefühle waren wir zusammen und das war es, was zählte.

DREIZEHN

Jacob

Der Tag der Hochzeit war heiß, strahlend und voller Liebe, und ich warf einen Blick nach rechts und da stand Ryker.

Sein Anzug war perfekt geschnitten und angepasst, die Farbe brachte die sanften Farbtöne in seinen Augen zur Geltung. Er versuchte sein Bestes, lautes Lachen zurückzuhalten. Wir warteten mit ineinander verschlungenen Händen, während Colorado, in vollem, auffälligem Colorado-Bühnenoutfit, bestehend aus zerrissenen Jeans, einem langen, fließenden Kimono, der mit Herzen bedruckt war, sowie nackten Füßen den Mittelgang entlangschlenderte, den wir gerade beschritten hatten, und dabei ‚Amazing' von Aerosmith sang, während er auf einer alten Gitarre klimperte.

„Ich dachte, wir bekommen etwas von Dwight Yoakum", flüsterte ich zur Seite hin.

„Colorado hat gesagt, er könne aus irgendeinem Grund keine Country- oder Westernmusik singen. Willst du mich trotzdem heiraten?", fragte Ryker, als der schlendernde, tätowierte Minnesänger das Ende seines Hard-Rock-Ständchens erreicht hatte, sich tief verbeugte und dann die Offiziantin küsste.

„Es braucht mehr als ein altes Lied von Aerosmith, um mich abzuschrecken", antwortete ich, wobei ich seine Finger drückte und sie dann losließ, damit ich klatschen konnte.

Ein paar Blumen wurden vor die Füße des Rockers geworfen. Er sammelte sie auf, küsste uns beide auf den Mund und stolzierte dann zurück zu Joe und Maddie in die zweite Stuhlreihe. Das Innere des Festzeltes war in Rot und Pink gehalten und in etwas, das Millionen weißer Lichter zu sein schienen, die in und zwischen Herzen und Blumen gewunden waren. Apollo hatte nicht gescherzt, als er meinte, dass am Valentinstag zu heiraten bedeutete, dass das Konzept der Dekoration passen musste. Durchscheinende Stoffe filterten die Lichter und das Gesamtergebnis war atemberaubend.

Sobald sich Pastorin Gena von der United Church of Assembled Love – eine konfessionslose Kirche, die Menschen aus der LGBTQ-Gemeinde voll und ganz willkommen hieß – von der Überraschung erholt hatte, von Colorado geküsst worden zu sein, schaute sie über die Versammelten hinweg, eine kleine Gruppe aus unserer Familie und engsten Freunden, plus die Mitglieder des Teams, des neuen und des alten, die gekommen waren.

Benoit, Ethan, Scott und Hayne waren hergeflogen, um sich zu uns zu gesellen. Rykers Leute und meine waren in der ersten Reihe, alle Eltern hatten Tränen in den Augen. Alle Raptors grinsten, sogar Coach

Carmichael, der manchmal etwas steif war. Alle Kinder waren bereits hibbelig und zwei quengelige Babys rundeten die nachmittägliche Zusammenkunft ab.

Es war eine einfache Angelegenheit, klein und doch perfekt mit der Pracht der Wüste, die durch die offenen Teile des Festzeltes zu sehen war. Unsere Schwüre waren kurze, aber tiefempfundene Versprechen, den Anderen während all der guten und schlechten Zeiten zu lieben. Niemals kamen Worte mehr von Herzen als diese Treueschwüre, denn Ryker und ich hatten bereits ein paar grauenvolle Dinge überstanden und doch waren wir hier, verpflichteten uns einander trotz der Prügel, die uns das Leben verpasst hatte. Wenn das für eine frische Ehe nicht etwas Gutes verhieß, wusste ich nicht, was sonst.

Nach den Ich-wills und dem Reiswerfen räumten wir die Stühle weg und bauten das Buffet auf. Apollo und seine Tante hatten tagelang gekocht, und als das Essen Schüsselweise herausgebracht wurde, machten wir etwas abseits der Hütte Bilder, wo wir die Kakteen und den Sand als Hintergrund nutzten. Der DJ, den Apollo angestellt hatte, begann, eine wilde Mischung aus Country und Western, Rock und Oldies zu spielen. Es gab keinen festen Zeitplan, den wir einhalten mussten, wir ließen einfach alles auf uns zukommen, bis es soweit war, den ersten Tanz zu beginnen. Mit den Tänzen sollte man wohl nicht herumalbern. Ich hatte an Champagner genippt und mit Alex und Seb geredet, die ihre eigene Hochzeitsfeier in England während der Sommerpause planten, als mein frischgebackener Ehemann neben mir auftauchte.

„Es ist Zeit für unseren Tanz", sagte Ryker und nahm meine Hand.

Ich gab mein Glas mit Blubberbrause an Seb weiter und folgte Ryker zu der provisorischen Tanzfläche, die der DJ bereitgestellt hatte. Die kleine Gruppe wurde still, als wir uns gegenüberstanden, wobei Rykers Körper an meinem entlangstrich, während wir begannen, zu ,And I Love Him' zu tanzen, einem von Benjamin Gifford neu interpretierten Song der Beatles. Seine Hand passte perfekt in meine, als wir uns vor und zurück wiegten. Ich war kein großer Tänzer, aber er führte mich, ohne es offensichtlich wirken zu lassen. Ich lehnte mich vor, um meine Wange an seiner zu reiben.

„Du bist mein Leben", flüsterte ich neben sein Ohr.

Er drehte seinen Kopf, um sich einen Kuss zu stehlen, bevor er ihn auf meine Schulter sinken ließ. „Fröhlichen Valentinstag", murmelte er.

„Dir auch." Ich küsste ihn noch einmal und dann endete der Tanz mit wildem Applaus. Daraufhin trennten wir uns und begaben uns auf die Suche nach unseren Moms.

Ich tanzte mit meiner Mutter zu „Mama's Song" von Carrie Underwood. Sie weinte.

„Sind das Freudentränen?", fragte ich und bekam ein wackeliges Nicken.

„Ja, unglaublich freudig." Sie hustete, dann legte sie ihre nasse Wange an meine Brust.

Ryker tanzte mit seiner Mutter zu „Mother Like Mine" von The Band Perry. Sie weinte auch. Ich hoffte, das waren Freudentränen, so wie es die Tränen meiner Mutter gewesen waren. Dann wurde die Musik fetziger und die Tanzfläche füllte sich mit Hockeyspielern und ihren Verabredungen.

Ryker und ich mischten uns in dem Versuch, gute Gastgeber zu sein, unter die Leute. Wir schauten bei Familienmitgliedern an den Tischen vorbei, dabei setzten wir uns zu Rykers neuer Schwester Lottie, damit Ten und Jared einen langsamen Tanz genießen konnten. Ryker sah unglaublich aus mit einem Baby in seinen Armen und das Verlangen nach einem einfacheren Leben wurde sehr viel stärker.

Der Tag verging wie im Flug und ich ertappte mich immer wieder dabei, wie ich über das Team oder Albernheiten der Familienmitglieder lachte. Die Nacht brach über die Hütte herein und damit gingen die letzten Gäste nach Hause. Ich schüttelte Tens Hand, wurde von Jared umarmt und auf die Wange geküsst und mein Gesicht wurde von meiner Mom mit Küssen übersäht. Dad umarmte mich und sagte mir, dass er stolz sei. Ich brach beinahe zusammen, riss mich aber zusammen.

„In Ordnung, das Essen ist in Plastikschüsseln im Kühlschrank. Ihr zwei müsst diese Hütte eine Woche lang nicht verlassen!" Apollo zwinkerte, dann küsste er unsere Wangen.

„Vielen Dank", sagte Ryker, während Henry in der Dunkelheit auf seinen Mann wartete. „Du machst dir wirklich keine Vorstellung, wie viel uns das alles hier bedeutet."

„Er hat recht." Ich klopfte Apollo auf die Schulter. „Wir hatten …nun ja, wir hatte ein paar harte Monate, aber diese Hochzeit war perfekt."

Apollo verbeugte sich elegant. „Ich bin *so* gut, was Partys betrifft! Ich sollte ein Unternehmen gründen." Eine Hupe ertönte. „Ah! Das ist mein Süßer. Ihr beiden genießt diese Woche. Genest in den Armen des Anderen von der Dunkelheit, welche auch immer über euch gekommen ist."

Er sprang davon und dann waren nur noch Ryker und ich übrig. Ich drehte mich, um ihn anzuschauen. Er war müde, aber glücklich. Ich nahm sein Gesicht sanft zwischen meine Hände und küsste ihn, sanft, aber mit all der Leidenschaft, die in mir war.

„Du bist meine Stärke", flüsterte ich an seinen Lippen. Er schob seine Hände in meine Haare und ging für eine weitere Kostprobe auf die Zehenspitzen. „Ich will das hier richtig machen … die Hochzeitsnacht, aber …"

„Schhh, lass uns einfach der Stimme unserer Herzen folgen."

Und das taten wir. Wir schlüpften in das Gebäude, schlossen die Türen und strebten zu dem großen Bett im Hauptschlafzimmer. Bei offenen Fenstern, durch die der Mondschein in breiten, weißen Streifen über uns fiel, krochen wir in das Bett, nachdem wir unsere Klamotten losgeworden waren.

„Mein Herz ist für immer dein", bekannte ich, als wir nebeneinander lagen. Seine Berührungen ließen mich schaudern, aber ich kam näher, weil ich nach etwas suchte, das mir nur Ryker geben konnte. Wir wiegten uns im Gleichklang, nur Berührungen und Küsse, die Leidenschaft wuchs langsam, genau wie der Mond im Fenster es getan hatte.

„Ich hatte Angst, dass das hier nach der Sache mit Adam vielleicht nie wiederkommen würde", gab ich zu, während ich mit einer Hand über seine Hüfte fuhr, mein Körper reagierte mit einer natürlichen Leichtigkeit auf ihn, von der mein Kopf befürchtet hatte, dass sie für immer verloren war. Wir hatten uns das letzte Mal vor dieser schrecklichen Nacht so berührt …

„Erzwing es nicht, in Ordnung?" Er stützte sich auf einen Arm, um mich zu mustern, wie ich unter ihm lag.

Ein Kojote heulte in der Ferne, dann folgte ein Jaulen dem traurigen Heulen.

„Hörst du das? Ich wette, sie sind Gefährten, die nach einander suchen." Ich strich ein paar eigensinnige Locken aus seinem Gesicht, der Mond ließ seine Haut milchig weiß erscheinen. „Sie sind füreinander bestimmt, genauso wie du und ich. Ich erzwinge nichts, Babe. Du und ich, verheiratet, einander liebend, ist das, was ich jetzt gerade brauche. Liebe mich ein bisschen länger, Ry."

„Verdammt, aber du bist meine gesamte Welt", antwortete er hitzig. Sein Körper war hart, er glitt über meinen, knabberte an meinem Kiefer entlang, als er uns beide in die Hand nahm.

Ich klammerte mich an ihn, ließ ihn mich führen, *uns* führen, zu einem herrlichen, zarten Ort, wo wir übereinander in eine Explosion aus Glück und Erlösung taumelten, die mich meines Atems und meiner Worte beraubte.

„Himmel, das war …", keuchte Ryker, der über mir ausgebreitet war, sein Gewicht vertraut und in Ehren gehalten.

„Das war es." Ich küsste seine vollen Locken. „Du hast es dazu gemacht. Besonders. Du wusstest, was ich gebraucht habe. Du weißt es immer. Ich bin nur … ich bin so froh, dass ich dich hier in meinem Leben habe. Ich liebe dich."

Wir lagen zusammen da, Arme und Beine ineinander verschränkt, sein Kopf lag auf meiner Brust, die Nachtluft wurde kühler, während sie durch das Fenster kroch. Keiner von uns wollte aufstehen, aber wir hatten eine kleine Sauerei, um die wir uns kümmern mussten. Er und ich duschten zusammen, küssten uns und seiften uns ein, verliebten uns in den Anderen, während das Wasser über uns floss. Ich arbeitete Shampoo in seine dichten Haare ein, während ich über ihre Struktur und Sprungkraft staunte. Ich war mir sicher gewesen, dass diese Nacht eine Katastrophe sein würde, aber Ryker hatte dafür gesorgt, dass es sich einfach und frei anfühlte, was so typisch Ryker war, dass ich in mich hineinlachte.

„Was?", fragte er über eine nasse Schulter hinweg.

Ich massierte seine Kopfhaut, dann küsste ich seinen Nacken, der Schaum, der über seine Haut strömte, kümmerte mich nicht.

„Ich hatte Panik davor, mit dir ins Bett zu gehen, weißt du. Es war … Sex war für mich seltsam, seit … dieser Nacht und Adam."

„Ja, sein Name wird in unseren Flitterwochen nicht erwähnt."

„Richtig, entschuldige. Diese Nacht mit dem Monster."

„Besser." Er drehte sich, um mich anzusehen, seine

Haare waren voller nach Mango duftendem Schaum. „Und es gibt keine richtige oder falsche Art, seine Hochzeitsnacht zu verbringen. Miteinander zu schlafen muss sich nicht immer um penetrativen Sex drehen, stimmts? Keiner von uns muss seine Jungfräulichkeit beweisen oder so etwas. Wir sind als ein liebendes Paar zusammengekommen, das ist der ganze Ehevollzug, den wir brauchen. Überhaupt, Scheiß auf diesen idiotischen, veralteten Dreck. Worum geht es dabei? Zählen die Hochzeiten von asexuellen Paaren nicht, weil niemand einen Schwanz in jemand anderen gesteckt hat?"

Seine Leidenschaft brachte mich zum Lächeln. „Ich glaube, es ist rechtlich gesehen noch immer erforderlich, Babe."

„Tja, scheiß drauf. Das ist eine veraltete Meinung. Wie, nur weil man mit jemandem schläft, wird man für immer mit demjenigen zusammen sein? Pfft. Ja, klar. Man muss nur die Scheidungsraten ansehen. Der einzige Vollzug der Ehe, den wir brauchen, sind die Schwüre, die wir geleistet haben, einander zu lieben und unser Leben miteinander zu verbringen. Davon abgesehen, wer kann beweisen, was wir getan und nicht getan haben? Werden sie königliche Beobachter aussenden?"

„Ich streite mich nicht mit dir, ich wollte nur –"

Er kam auf seine Zehenspitzen. „Hör auf, dich zu sorgen. Ich liebe alles, was wir im Bett machen. Jetzt dusch mich ab, damit wir den Kühlschrank plündern können. Ich könnte morden für eine weitere Portion von diesem Gericht mit den schwarzen Bohnen, das Maria gekocht hat."

„Wenn du noch mehr Bohnen isst, sorge ich dafür, dass du bei den Kojoten schläfst", sagte ich, als ich ihn sanft umdrehte, sodass er dem pulsierenden Wasser zugewandt war.

„Würdest du das wirklich durchziehen?"

„Iss mehr Bohnen und sieh selbst."

Er aß mehr. Ich habe ihn nicht rausgeworfen, damit er bei den Kojoten schläft, aber ich wollte es auf jeden Fall.

Die nächsten beiden Tage waren absolut himmlisch. Bevor der erste Tag zu Ende war, hatte ich mich zutiefst in die Wüste verliebt. Ryker und ich waren die ganze Zeit unterwegs gewesen, wobei wir uns selbst nur eine Stunde in den Sozialen Medien erlaubten. Ry, als das Instagram-Biest, das er war, postete in dieser Stunde massig Bilder auf seinem Instagram-Account. Bilder von ihm und mir, wie wir die Sterne beobachteten und im Sand surften, wie wir bei der Hütte um ein Feuer saßen, uns im Jacuzzi räkelten, in Colorados Buggy über die Dünen fuhren und wilde Tiere entdeckten und wie wir all die Papierherzen einsammelten, mit denen die Hütte geschmückt gewesen war. Unsere Stunden waren sanfte, zarte Dinge, voller geflüsterter Worte und Berührungen, in denen es keinen Druck gab, etwas zu unternehmen, was sich noch nicht richtig anfühlte.

Am zweiten Morgen unseres Kurzurlaubs klingelte mein Telefon um Punkt sechs Uhr. Als ich über Ryker hinwegrollte, um es zu finden, schlug ich mit einer Hand auf den Nachttisch, wobei ich die Flasche Gleitgel auf den Boden stieß, vor mich hinmurmelte und schließlich mein Telefon fand. Ich blinzelte auf den Namen der Anruferkennung und runzelte dann die Stirn. Ryker ächzte. Ich schob mich von seinem Rücken herunter und er schlief wieder ein. Ich ließ den Anruf auf den Anrufbeantworter gehen, während ich aus dem Bett glitt. Ich zog die Decke über Rykers nackte Rückseite, zog mir eine saubere Jeans und ein T-Shirt an und tappte hinaus in die Küche, um Kaffee aufzusetzen. Als er durchlief, hörte ich die Sprachnachricht der Universität an. Es war so ziemlich das, was ich erwartet hatte.

Sie gaben mir zwei Möglichkeiten. Ich konnte zum Campus zurückkehren und dort weitermachen, wo ich aufgehört hatte, bevor ich ein Sabbatical genommen hatte. Oder sie würden mir eine Abfindung auszahlen, die von rechtlichen Dokumenten abhing, die ich unterzeichnen musste, in denen ich erklärte, dass ich die Universität nicht zur Verantwortung ziehen würde. Natürlich machte ich der Universität keinen Vorwurf, da sie Adam nicht besser kannten als mich, aber ich wollte sicherstellen, dass es nie wieder passierte. Ich hörte die Abfindungssumme mit großen Augen. Sie war großzügig. *Extrem* großzügig. In all dem stellten sie sicher zu bestätigen, dass effektive Verfahren weiter verstärkt würden, um jeden zu unterstützen, der dasselbe durchmachte wie ich es getan hatte.

Während Ryker unser Sternenschauen und die gegenseitigen Handjobs ausschlief, suchte ich meine Turnschuhe, untersuchte sie auf Skorpione und ließ dann meine Füße hineingleiten. Mit nichts als einem

Thermobecher mit Kaffee, einem abgetragenen T-Shirt der Raptors, Jeans und Turnschuhen ohne Socken verließ ich die Hütte für einen Anstieg, der etwa einen Kilometer entfernt war. Ich schaute über ein gewaltiges Gebiet aus Sand und Wüstengras. Weit unter mir wachte eine Gruppe Präriehunde auf, die mich unterhielten, während ich über meine Zukunft sinnierte. Ich blickte über Kakteen und hellgrünes Gras; verschiedene Insekten regten sich, genau wie einige Singvögel. Der Himmel war rot und gelb marmoriert und weit entfernt küssten die Berge die aufgehende Sonne.

„Hey", rief mir Ryker zu, als er hinter mir heraufkam. „Ich bin aufgewacht und du warst weg."

„Mm, ich wollte mit der Wüste Zwiesprache halten. Ich habe einen Anruf von der Universität bekommen." Ich zog mein Telefon heraus und ließ ihn die Nachricht des Dekans anhören. Als er die Abfindungssumme hörte, klappte sein Mund auf.

„Das sind eine *Menge* Nullen", sagte er, als er das Telefon zurückgab. Ich nickte, nahm einen Schluck Kaffee aus dem Thermobecher und bot ihn danach ihm an. Er nahm ihn und nippte eine Weile daran. „Was wirst du machen?"

„Ich bin mir nicht sicher, ob ich zurück zum Campus gehen kann. Das wäre eine ständige Erinnerung. Ich bin mir nicht sicher, ob ich überhaupt zurück in die Forschung gehen will."

„Was willst du machen?", fragte er, dann gab er mir den Becher zurück. Eine kleine grüne Schlange glitt langsam vorbei, auf der Suche nach einem sonnigen

Stein, um sich darauf zu wärmen. Wir ließen sie vorbeiziehen.

„Wusstest du, dass Colorado mehr als zweihundert Hektar Land besitzt?" Ich warf einen Blick nach rechts. Seine Haare waren noch vom Schlaf zerzaust und er hatte einen winzigen Knutschfleck am Hals.

„Nein. Woher weißt du das?" Er faltete seine Beine in einen Lotussitz, während ein Vogel auf der Spitze eines großen Kaktus trällerte.

„Ich habe ihn beim Empfang gefragt. Zweihundert Hektar und er benutzt gerade mal einen."

„Und warum ist das wichtig?"

„Ich hatte mir überlegt, dass wenn ich die Abfindung der Uni annehme, es an dem rechtlichen Weg gegen Adam nichts ändern wird. Aber mit dem Geld könnten wir ein paar hundert Hektar kaufen und uns ein paar Pferde holen. Ein Haus bauen, einen Stall, vielleicht eine Art Zuflucht für LGBT-Teenager aufbauen, die sexuell belästigt wurden." Ich musste innehalten und mein Herz beruhigen. *Sexuell belästigt.* Ich hatte diesen Ausdruck noch nie zuvor benutzt. Ich hatte das, was mir Adam angetan hatte, immer irgendetwas anderes genannt. Doktor Morgan wäre sehr stolz. „Sie könnten hinaus zur Ranch kommen, mit den Pferden und anderem Vieh arbeiten, etwas psychologische Beratung bekommen." Ich zuckte mit den Schultern. „Ich weiß nicht. Ich glaube, das könnte funktionieren. Ich habe mir online diese andere Einrichtung angesehen, die in Texas ist. Ich habe ihnen eine E-Mail geschickt, um mich über die Organisation und das alles zu erkundigen." Ich spähte zu ihm hinüber, wie er auf die Präriehunde weit unten starrte. „Was denkst du?"

„Ich denke, wenn es das ist, was du willst, dann mach es", antwortete er nachdenklich.

„Nein, das ist nicht nur meine Entscheidung, Ry. Wir sind jetzt verheiratet. Eine Person entscheidet nicht alles, vor allem nicht etwas, das so groß ist. Wenn wir das machen, die Ranch bauen, wirst du mit mir dort leben müssen. Ist es für dich in Ordnung, dass sich Teenager herumtreiben und kommst du mit den Problemen klar, die ein paar von ihnen vielleicht in unser Zuhause mitbringen?"

Er drehte sich auf seinem Hintern, um mich anzuschauen. „Jacob, die Vorstellung ist absolut in Ordnung für mich." Ich hob eine Braue. „Absolut. In. Ordnung. Wird es eine Umstellung sein? Ja, sicher, aber wir werden uns anpassen. Ich kann an der Aufregung in deiner Stimme hören, wie sehr dich das reizt. Ich weiß, dass hierherzuziehen nicht das war, was du wolltest."

„Nein, das war absolut das, was ich wollte. Ich muss bei dir sein. Du bist mein Leben."

Er lächelte und stahl sich einen zarten Kuss. „Und du bist meines, aber du warst hier nicht wirklich glücklich." Ich musste meinen Blick abwenden. „Ich will, dass du glücklich bist. Und ich glaube, das wird dich glücklich machen. Du wirst Tiere haben, um die du dich kümmerst und Getreide, das du anbaust."

„Was das Getreide angeht, bin ich mir nicht sicher." Ich wedelte mit einer Hand in Richtung der Landschaft.

„Ach, naja, in Ordnung, vielleicht kein Getreide,

aber Tiere. Wir können einen riesigen Garten haben! Und ich hätte gern ein paar Ziegen. Diese kleinen."

„Und einen Hund." Ich seufzte. „Einen Australian Cattle Dog namens Rex."

„Ja, einen Australian Cattle Dog."

Ich schaute von der Sonne, die über den Himmel kroch, zu meinem Ehemann. „Bist du dir sicher, dass diese Vorstellung für dich in Ordnung ist?"

„Sie ist zu eintausend Prozent in Ordnung für mich."

Ich schob eine Locke hinter sein Ohr, dann strich ich mit meinen Lippen über seine. Mein Telefon läutete. Ich warf einen Blick hinunter auf das Gerät, das neben mir lag.

„Das ist der Typ von der Legacy Ranch in Texas. Soll ich rangehen?"

Er nickte und kam näher, seine Hüfte und sein Oberschenkel drückten gegen meine. Ich atmete tief aus und nahm den Anruf an, der unsere Leben für immer verändern würde, mit Ryker an meiner Seite. Genauso, wie er immer dagewesen war und für immer da sein würde.

Epilog

Ryker

Der heutige Besuch in den Büros von Lesser, Movvern und Bligh war sehr anders als der letzte. Sie hatten eine Abteilung, die für Grundstücke zuständig war und das war das Team, für das wir hergekommen waren.

„Dieser Ort verursacht mir Gänsehaut", meckerte Colorado von seinem Platz am Boden aus, wo er mit gekreuzten Beinen saß. Er hatte Maddie mitgebracht und fühlte sich mit den bunten Holzklötzen und seiner Tochter augenscheinlich wohl. „Ich meine, wer hat schon einen Teppich, der so dick ist?"

Ich hatte den Teppich nicht einmal bemerkt, aber er verursachte mir sicherlich keine Gänsehaut, wie sich das auch immer anfühlen mochte. Ich hatte die Wüstenlandschaft angestarrt, die über dem Empfang hing und stellte mir das Haus vor, von dem Jacob mir gestern Abend eine Zeichnung gezeigt hatte. Er hatte mit diesem Typen, Jack Campbell-Hayes von der

Legacy Ranch, gesprochen, der alles über *dieses* und *jenes* und *was auch immer* erklärt hatte, wovon vieles zum einen Ohr hinein und zum anderen wieder hinausgegangen war, weil, wenn man einfach ehrlich war, Pferde nicht Schlittschuh laufen konnten. Unser Zuhause würde drei Schlafzimmer haben, eine große Küche, ein Lager und ein Büro, das groß genug sein würde, um es in zwei Teile zu teilen – eine Hälfte für Eishockey, die andere für die Tätigkeiten, die die noch namenlose Ranch betrafen. Weitere Räume und zwei Badezimmer boten uns ausreichend Platz, um uns zu vergrößern, und der Bau sollte bis September fertig sein.

Die zusätzlichen Bereiche, die Ställe, die gesonderten Räume in einem Häuserblock, jeder mit seinem eigenen Badezimmer und einer großen Gemeinschaftsküche, würden laut Plan im Oktober bereitstehen. Irgendwie würde das alles bis nächstes Weihnachten fertig sein, um Menschen aufzunehmen, die einen Zufluchtsort vor der Außenwelt brauchten. Jacob hatte Pläne für die Bauberater und ein Typ namens Steve würde von der Legacy Ranch heraufkommen, um die Schwachstellen auszumerzen. Da Jacob den Scheck der Universität angenommen hatte, war ein großer Teil der Finanzierung abgedeckt, aber eine anonyme Einzahlung über eine weitere abgefahrene Million war nicht zu verachten. Ich wusste, dass sie von Dad und Ten kam, obwohl wir es nie bestätigt bekommen hatten. Colorado verkaufte uns das Land für ein paar Dollar pro Hektar, sehr zur Bestürzung seines Buchhalters, aber er wollte ein Teil der Ranch sein und redete über Musiktherapie.

„Mr Benson, Mr Madsen, Sie können jetzt reinkommen." Colorado hob Maddie hoch und ging mit einem angedeuteten Winken davon und dann waren wir allein. Wir hätten liebend gern Doppelnamen gehabt, so wie Dad und Ten, aber Benson und Madsen passten einfach nicht gut zusammen. Jacob wusste nicht, dass ich das gemacht hatte, aber trotzdem hatte das Trikot für die neue Saison tatsächlich Benson-Madsen auf dem Rücken. Er würde mich einfach anlächeln.

Er lächelte viel.

Was passiert war, war nichts, das wir vergessen würden, aber Jacob war nur eine Fußnote in der Sauerei, die Adam Isakssons Leben war. Wir gingen immer noch zur psychologischen Beratung, aber das war inzwischen weniger regelmäßig und die Ranch war eine gute Medizin für das Herz. Das Unterschreiben der Dokumente war der einfache Teil, alles war in unser beider Namen, genau wie der Rest unseres Lebens, und allzu schnell waren wir wieder draußen vor den Büros und standen in derselben Gasse.

Dieses Mal küssten und umarmten wir uns und es war der Beginn eines brandneuen Wegs für Jacob. Und für mich.

„Also dann", meinte Jacob, nachdem er einen weiteren hitzigen Kuss gestohlen hatte. „Bereit?"

Wir würden bald verschwinden, wir flogen nach England zu verspäteten Flitterwochen und um an Sebs und Alex' Hochzeit teilzunehmen, und wir hatten schon gepackt. Alles, was wir tun mussten, war, in unsere Wohnung zurückzufahren, uns die Koffer zu schnappen und das wars, zwei Wochen Flitterwochenurlaub.

„Immer bereit", grinste ich und bekam einen weiteren Kuss.

„Ry, du weißt, dass wenn wir uns weiter küssen, wir den ganzen Tag hier sein werden." Jacob nahm meine Hand und zog mich aus der Gasse und auf die ruhige Straße, hielt aber an und hob meine Hand mit dem Platinring, küsste meine Handfläche und verschloss meine Finger zu einer Faust. „Behalt diesen Kuss für später."

Ich machte großes Aufhebens darum, ihn in eine Tasche zu stecken, dann klopfte ich darauf. „Es ist immer nützlich, einen übrigen zu haben", sagte ich voller Ernst.

Dann spazierten wir Hand in Hand weg von Lesser, Movvern und Bligh und steuerten auf den Rest unseres Lebens zu.

ENDE

WÜSTENTRÄUME IN *Arizona*

Eine OWATONNA Kurzgeschichte

RJ SCOTT & V.L. LOCEY

Love Lane Books

EINS

Ryker

———————

Jack Campbell-Hayes war ein Wirbelsturm aus Ideen, er war hinreißend, sexy und höllisch einschüchternd. Ich konnte sehen, dass er von Jacobs Ansichten beeindruckt war, er gab umsichtige, bedachte Antworten auf alle Fragen und war eindeutig der große, starke, stille Typ. Er hatte auch sein Leben im Griff und seinen kompletten Lebensweg geplant.

Auf der anderen Seite war ich. Nachdem ich eine beunruhigende Nachricht von meinem Freund und Blockpartner Alex erhalten hatte, war ich kaum dazu imstande, ein zusammenhängendes Gespräch zu führen. Ich sollte hier sein, Jacob unterstützen, über die Mountain Vista Ranch reden, und doch war alles, wozu ich fähig war, Alex' Worte in meinem Kopf herumkreisen zu lassen.

Scheiße, Ry, sie verkaufen jemanden. Es sind Gerüchte, aber ich weiß nicht wen.

Mein erster Instinkt war gewesen – es konnte keiner von uns sein, richtig? Nicht ich, Alex oder Jens. Warum sollten die Raptors gerade jetzt den JAR-Block abstoßen? Wir hatten Feuer auf dem Eis, wir waren jung, wir trafen und jeder musste nur auf unsere Statistiken schauen, um zu sehen, dass wir potenziell der beste zweite Block der gesamten verdammten NHL waren.

Es könnte ein großer Name sein, hatte sich Alex beklagt, *wir sind mit der Obergrenze konfrontiert.*

Ich war kein großer Name bei den Raptors, kein Superstar wie Tate, aber ich behauptete mich und ich wusste, dass ich für andere Teams etwas wert war. Ich sollte es Jacob sagen – er würde mich beruhigen, mir erklären, dass ich albern war, aber Jack Campbell-Hayes war hier, um über das Geschäft zu reden, und ich musste mich für Jacob auf die Ranch konzentrieren und nicht auf Hockey.

„Und dann haben wir da noch Max." Jack scrollte durch Bilder auf seinem Handy, ein konzentriertes Stirnrunzeln legte seine Augenbrauen in Falten, und dann drehte er den Bildschirm, sodass Jacob und ich ihn sehen konnten. Ein geschäftliches Gespräch hatte sich in eines über Familie verwandelt, während wir auf einem Holzstapel saßen und an heißem Kaffee nippten. Jack hatte vier Kinder, eines davon im autistischen Spektrum, besaß eine riesige Ranch, einen Betrieb, der Pferde ausbildete, einen Multimillionen schweren Ehemann, der sein eigenes moralisch einwandfreies Energieunternehmen führte, *und* hatte es irgendwie hinbekommen, Legacy Ranch ins Leben zu rufen als einen sicheren Hafen für junge queere Erwachsene und Teenager in Schwierigkeiten. Darüber hinaus veranstaltete er Wohltätigkeitsveranstaltungen, führte eine stabile, glückliche Ehe, die unantastbar war, und es schien, als könnte ihn nichts aus der Fassung bringen.

Nichts.

Abgesehen von Eishockey – der einen Sache, über die ich alles wusste – beschränkten sich meine Gespräche mit Jack darauf, allem zuzustimmen, was Jacob sagte und bei Bedarf Hockeyvergleiche einzuwerfen. Das war dämlich. Ich wusste beinahe genauso viel über die Mountain Vista Ranch wie Jacob. Auch wenn ich das, was wir aufbauten, nicht lebte und atmete, war ich bei jeder Entscheidung anwesend, weil wir ein Team waren.

Nur nicht heute, denn *Scheiße*, was, wenn mein Name auf dem Blatt *stand*, um verkauft zu werden? Meine Vertragssumme war nicht allzu hoch, aber momentan konnten sie für mich wahrscheinlich einiges verlangen – einen Spieler aus dem ersten Draft, Geld, vielleicht einen Spieler, der noch jünger war als ich.

„Ry?" Jacob stieß mich in die Seite.

Ich zog den Kopf aus meinem Hintern. „Wie bitte?"

„Das ist Max." Jacob hielt mir das Telefon hin. „Er scheint ein glückliches Kind zu sein", murmelte er.

Ich warf meinem Ehemann einen Blick zu und sah das Leuchten in seinen Augen. Eines Tages würde er vielleicht Kinder wollen – Leihmutterschaft, Adoption, irgendwie würden wir unsere Familie erweitern – und wie konnten wir das verwirklichen, wenn ich hinauf nach Montreal oder Vancouver verkauft wurde und er hier in Arizona war?

„Er ist der Beste." Jack strahlte. „Alle vier Kinder

reiten und wegen Max haben wir ein Therapiepferdeprogramm für Kinder gestartet."

Natürlich hatten sie das, weil Jack sein Leben eindeutig im Griff hatte und Wunder bewirken konnte und es schaffte, seine gesamte Welt im Gleichgewicht zu halten.

„Wir sind Onkel", meinte Jacob stolz. „Zeig Jack ein Bild." Er schaute mich demonstrativ an.

Ich konnte die Anspannung um seine Augen herum sehen. Ich vermasselte es und er hatte diesen Besuch seit Wochen geplant. Immerhin war es Jacks Legacy Ranch gewesen, die Jacob inspiriert hatte.

„Entschuldige, ja." Ich scrollte zu einem Bild der kleinen Charlotte auf meinem Handy, wobei mein Herz beim Anblick ihres frechen Lächelns anschwoll, und zeigte es Jack, der all die richtigen Geräusche von sich gab und sie verdammt niedlich nannte. Sie *war* verdammt niedlich und in diesem speziellen Bild hatte sie ein winziges Shirt der Raptors an, das ich Dad und Ten geschickt hatte.

„Eigentlich bin ich irgendwie ihr großer Bruder, Jacob ist wie ein Onkel, aber biologisch gesehen – es ist kompliziert."

„Das ist das Leben immer." Jack lachte. „Und das ist dein Team?", fragte er mich anlächelnd, während er darauf wartete, dass ich die beste Antwort darauf gab, die mir einfiel.

„Ja, die Arizona Raptors, in Arizona." *Uff. Was zu Hölle, Ryker?*

„Das habe ich nie verstanden." Jack kräuselte seine Nase. „Es gibt Eis in Kanada, das ist absolut in

Ordnung, ich meine, es ist kalt. Aber wir haben ein Team in Dallas, du kennst sie, oder?"

„Es gibt nur zweiunddreißig Teams, also spielen wir gegen sie." *Meine Güte, konnte ich noch herablassender klingen?*

Jack schüttelte den Kopf. „Eis. In Dallas. Das ergibt genauso viel Sinn wie Eis in Arizona."

„Ja." Ich lächelte, denn dieser Scheiß *war* witzig und wir hatten Schwierigkeiten damit, das Eis – naja, eisig – zu erhalten, wenn es über 38 Grad hatte und die Umgebungstemperatur hoch war. Jack hatte nicht ganz unrecht. Ich hätte wirklich ein bisschen mehr sagen sollen, aber ich war total fertig wegen dieser Sache mit dem Verkauf, war erschöpft, fühlte mich geschlaucht und alles tat mir weh, dank eines harten Schlags im gestrigen Spiel. Ich hatte blaue Flecken auf blauen Flecken, und obwohl ich gewusst hatte, dass Jack uns besuchen würde, um mit uns beiden über die Zukunft der Mountain Vista Ranch zu reden, hatte ich nicht erwartet, dass ich mich so verdammt müde fühlen würde. Dieser Ort bedeutete Jacob alles und ich war ein verdammt schlechter Ehemann, weil ich es nicht schaffte, das Chaos in meinem Kopf beiseite zu schieben und dem hier meine ganze Aufmerksamkeit zu schenken.

Mountain Vista hatte die Art Einrichtung zum Vorbild, die Jack und sein Ehemann Riley in der Nähe von Dallas aufgebaut hatten, getrennte Räume mit Duschen, eine große Gemeinschaftsküche, Verwaltungsbüros für Therapie und, das Beste daran, Pferde und Hunde, dazu zwei Katzen, alle für tiergestützte Therapie. Nicht, dass wir die Katzen in letzter Zeit viel zu Gesicht bekommen hatten, denn sie hatten entschieden, dass sie in den Ställen leben wollten und so war es dann auch. In etwas mehr als einer Woche, in Zusammenarbeit mit einem Obdachlosenasyl in Tucson, würden wir unsere Türen für jeden öffnen, der uns brauchte. Wir konnten bis zu acht ältere Kinder und junge Erwachsene aufnehmen, genauso wie Legacy, aber worin wir uns unterschieden war, dass wir auch eine Unterkunft für eine Familie hatten. Das war eine besondere Hütte, mit drei kleinen Schlafzimmern und einer winzigen Küche, dazu ein komplett eingerichtetes Badezimmer mit einer Badewanne und einer Dusche, statt nur einer alleinstehenden Dusche. Das war Jacks Idee gewesen und wir hatten unsere Pläne sofort geändert, um es mit aufzunehmen.

Es gab auch Pferde – ganze fünf. Das war Teil der pferdegestützten Therapie und alles daran machte Jacob glücklich. Er liebte es, Ställe auszumisten, dass ihm warm wurde und er schwitzte, Sättel einzufetten und die gewaltigen Tiere zu bürsten, mit denen ich noch keine Verbindung aufgebaut hatte. Ich musste das wirklich nachholen, aber Jacob hatte diesen Instinkt für Tiere, den ich niemals haben würde.

Wir tranken unseren Kaffee aus und Jack schaute auf sein Handy, als es vibrierte. „Entschuldigt, da muss ich rangehen."

„Klar", meinte Jacob und wir beide schauten ihm nach, bis Jack außer Hörweite war.

„Geht es dir gut?", fragte mich Jacob. Er erinnerte mich nicht daran, dass Jack nur für zwei Tage hier sein würde und wir einen Haufen Fragen hatten.

„Entschuldige bitte, ich bin nur zerstreut."

„Was stimmt nicht?"

„Nichts, womit ich nicht fertig werden würde", log ich.

„Geht es um das Team? Geht es dir gut?"

Na toll. Jetzt hatte ich es geschafft, dass sich Jacob Sorgen um mich machte, statt dass ich ihn unterstützte. *Ich war ja ein toller Ehemann.*

Jack kam zurück, bevor ich antworten konnte. „Der Notfall ist geklärt. Also, wo wollt ihr anfangen?"

Jacob war sofort auf den Beinen. Ich folgte ihm und schob alle meine Sorgen und Schmerzen zur Seite. Jacob brauchte mich und ich hatte selbst Fragen und ich *würde* für die Dauer dieses Besuchs voll da sein.

Ich musste in meine Erwachsenenhosen steigen, damit aufhören, mir über die Zukunft Sorgen zu machen und den Kopf aus meinem Arsch ziehen. Und zwar sofort.

„Also, wer arbeitet für euch mit den Pferden?", fragte Jack, als wir zu den Ställen kamen.

Ich wollte voller Stolz damit herausplatzen, dass Jacob das machte, aber das hatte Jack nicht gemeint und das wusste ich. Wir hatten die richtige Person noch nicht gefunden, die die pferdegestützte Therapie übernehmen würde.

Ein Laster rumpelte die lange Einfahrt entlang. „Das muss ich schnell annehmen", entschuldigte sich Jacob.

Plötzlich waren Jack und ich allein in einem Stall voller Pferde und ich wusste nicht, was ich sagen sollte. Pferde lagen außerhalb meiner Komfortzone, aber ich verstand genug von den Grundlagen über die ganzheitliche experimentelle Therapie, um zumindest ein paar Ansichten bieten zu können. Ich hatte einen Hund namens Bobby gehabt, als ich ein Kind war, und als sich Mom und Dad hatten scheiden lassen, auch wenn es einvernehmlich gewesen war, hatte ich mich manchmal gefühlt, als bräuchte ich einen Freund bei mir zu Hause.

Oft hatte ich Bobby einfach nur umarmt und er hatte mir bedingungslose Liebe zurückgegeben, die mir das Gefühl von Sicherheit vermittelt hatte. Ich vermutete, dass es mit Pferden genauso war, nur dass ein Hund dir nicht auf den Fuß treten, ihn brechen und jemanden für den Rest der Eishockeysaison ausfallen lassen konnte. Jack fühlte sich hier eindeutig wohl, er hatte einen Fuß auf einem Balken, lehnte an der Tür und streichelte ein riesiges Biest von einem rötlichen Pferd mit dunklen Ohren und den ausdrucksstärksten Augen, die ich an etwas anderem als einer Kuh jemals gesehen hatte.

„Riley, mein Ehemann, hat ihr ihren Namen gegeben." Jack lachte schnaubend. „Beziehungsweise hat Max ihn vorgeschlagen und Riley hat ihn darin bekräftigt. Es schien keinen von ihnen zu interessieren, dass sie einer Stute einen männlichen Namen gaben."

Ich versuchte mich zu erinnern, wie das Pferd hieß, aber Jack lehnte an der Tafel, die Jacob angenagelt hatte. Es war etwas Ungewöhnliches und als sie angekommen war, hatte der Name überhaupt nicht zu ihr gepasst.

„Nett", meinte ich.

Er warf mir einen Seitenblick zu. „Sir Topham Hatt

Island of Sodor", erinnerte mich Jack und ich nickte,
denn ja, ich erinnerte mich jetzt und es war ein
Zungenbrecher. „Das ist eine Figur aus *Thomas die
Lokomotive*. Du weißt schon, *er* ist der Direktor von all den
Zügen."

„Ach ja." Ich hatte ein Bild vor Augen von einem
Mann im Anzug mit einem Hut. „Der runde Kerl am
Bahnhof. Ich habe diese Serie geliebt, als ich klein war.
Naja, falls es hilft, Jacob nennt sie einfach nur Tops."

Jack lächelte mich an und ich konnte nicht anders
als zurück zu lächeln. „Reitest du?"

„Ich?" Ich zeigte auf mich, als ob das dabei helfen
würde, herauszufinden, mit wem Jack redete. „Auf
keinen Fall, ich meine, nein, zum einen würde mich das
Team umbringen, und außerdem …" Ich warf einen
Blick über die Schulter dahin, wo Jacob dabei half,
Transportbehälter von der Ladefläche eines Lasters
abzuladen. „Ich bin tatsächlich noch nie ein Pferd
geritten."

Jacks Augen weiteten sich und dann schüttelte er
den Kopf. „Hast du das gehört, Tops? Der eiskalte Kerl
ist noch nie ein Pferd geritten."

Tops schnüffelte und suchte Jacks Hand mit ihrer
Nase ab und knabberte vorsichtig daran, fast so, als
hätte sie verstanden, was er gesagt hatte.

Pferde hatten *große* Zähne.

„Du musst ein Pferd nicht reiten, um bei ihnen
Frieden zu finden", fügte er hinzu und neigte seinen
Kopf zu Tops hin. „Der Sinn der Therapie besteht
darin, mit dem Pferd, einem Therapeuten und einem
Experten   im   Umgang   mit   Pferden

zusammenzuarbeiten. Während der Sitzungen reitet man das Pferd nicht, es geht mehr um die Aufgaben des Fütterns, der Pflege und darum, das Pferd zu führen. Du solltest damit anfangen, ihre Nase zu kraulen."

„In Ordnung", sagte ich mit vorgetäuschtem Selbstvertrauen und kraulte sie dann unter den Augen, dort, wo er hingezeigt hatte, sie stampfte mit dem Huf auf, nur einmal, und dann stupste sie meine Hand höher und drehte sich, um mich voll anzuschauen. Ich war noch nie geritten, ich mochte Pferde nicht einmal, oder zumindest hatte ich das nicht, aber in diesem einen Moment, in dem Tops nach Zuneigung fragte, habe ich mich irgendwie verliebt.

Vielleicht sollte ich reiten lernen, eines Tages, wenn das Team meinen Vertrag nicht beenden würde, falls ich mir ein Bein brach.

Jacob eilte wieder herein. „Entschuldigt, das war Küchenkram für die Hütten. Was habe ich verpasst?"

Jack schlug mit der Hand auf meine Schulter. „Ryker hat gerade gesagt, wie unbedingt er reiten lernen will."

Jacobs Augen weiteten sich, als er mich anstarrte. „Hast du?"

„Nein, habe ich sicherlich nicht."

Ich musste sehr bestimmt geklungen haben, denn Jack lachte schnaubend und dann fiel Jacob mit ein.

Arschlöcher.

ZWEI

Jacob

Der Geruch eines Stalls war etwas, das für immer im Herzen eines Farmers fortbestand.

Zugegeben, der Geruch eines Pferdestalls und der eines Kuhstalls unterschieden sich, und doch gab es Gemeinsamkeiten, die eine gequälte Seele beruhigten.

Der Duft von Tieren und Heu zusammen mit den Geräuschen des Viehs versagten nie dabei, mir Freude zu bereiten. Während ich durch den frisch fertiggestellten Pferdestall ging, hielt ich inne, um einen von fünf Neuankömmlingen zu besuchen. Penelope war ein bisschen nervös, so wie die meisten. Eine neue Umgebung, neue Menschen, ein neues Leben. Das konnte ich verstehen. Ich bot der Stute ein Stück Apfel an, das sie schüchtern annahm. Sie erlaubte mir, ihren weichen, rötlich-braunen Hals zu streicheln während sie kaute, und Tops schnaubte ihr Missfallen darüber hinaus, dass ich nicht zuerst sie gestreichelt hatte, was bedeutete, dass ich hinübergehen musste und meine Pflicht tun, bevor ich zu der nervösen Penelope zurückging. Tops war das selbstbewussteste der Pferde, die wir von Jack Campbell-Hayes bekommen hatten, nicht einmal die Reise von Texas hierher hatte sie aus der Fassung gebracht, und sie hatte eine Art an sich, die mich so verdammt breit lächeln ließ.

Warum war ich jemals in die Forschung gegangen, wenn meine Seele bei den Tieren und dem Land einer Farm wohnte? Oder einer Ranch, wie sie im Westen genannt wurden.

„Warum habe ich so viele dumme Sachen gemacht?", fragte ich Penelope.

„Weil Sie auch nur ein Mensch sind", antwortete eine Frau hinter mir. Ich lächelte bei Doktor Morgans ruhigem Ton, dann drehte ich mich zu der schlanken schwarzen Frau in einem wilden Kaftan und lila Chucks um. „Oh, was für ein schönes Pferd." Sie trat neben mich. „Ist das Ihre?"

„Im Prinzip sind sie das alle", antwortete ich. „Jede verdammte Sache auf diesen zwanzig Hektar gehört mir, naja, mir und Ryker." Ich warf einen Blick auf die Frau, die so maßgeblich bei meiner Genesung geholfen hatte, genau wie dabei, Ryker und mich durch die Paartherapie zu leiten. Sexuelle Belästigung war nichts, was einfach verschwand. Sie verfolgte mich ein Jahr später immer noch. Wahrscheinlich würde sie mich mein Leben lang begleiten. „Wir haben eine Hypothek. Sie ist riesig. Ich habe Albträume davon, wie mich unsere Schulden verfolgen und sich auf mich setzen."

Dr. Morgan lachte leise. „Willkommen im Erwachsenenleben."

„Ich vermisse meine Kissenburg."

„Tun wir das nicht alle? Ich habe Mr Campbell-Hayes getroffen, bevor er zum Flughafen gefahren ist. Er schien durchaus beeindruckt von dem zu sein, was Sie hier machen."

Ich wurde rot, während ich Penelopes Nase kraulte. „Es ist nicht sehr viel."

„Das ist es und Sie wissen es. Nicht viele Menschen würden ihr Leben der Hilfe queerer Kinder und Familien widmen, die misshandelt wurden. Da wir schon dabei sind, ich werde für den Anfang zwei Tage die Woche hier sein, dann müssen wir meinen Terminplan mit den Fällen unter einen Hut bekommen, die ankommen. Falls nötig, kann ich einem oder zwei Kollegen Bescheid sagen."

„Danke, dass Sie das hier pro bono machen."

Sie lächelte zu mir hoch. „Es ist mir ein Vergnügen."

Wir plauderten noch eine Weile miteinander und mir wurde wieder einmal bewusst, wie wenig ich wusste. Vielleicht musste ich irgendeine Art Therapieausbildung machen, um die Auswirkungen der Dinge, die ich zu unseren Gästen sagte oder mit ihnen machte, komplett zu verstehen. Ich fügte es meiner geistigen Liste hinzu.

„Ich fahre jetzt wieder zurück nach Tucson", verkündete sie. „Ich sehe Sie nächste Woche. Falls die Familienberatung Sie vorher kontaktiert, wissen Sie, was zu tun ist. Lassen Sie die Fallakten zu mir schicken, machen Sie es den Neuankömmlingen bequem und seien Sie einfach nur Sie selbst."

Ich nickte, während sie redete. Wir hatten so viele Hürden überwunden – manche davon hatten lichterloh gebrannt – um alles aufzubauen, dass ich es nicht einmal wagte, zur falschen Zeit zu niesen, aus Angst, dass die Familienberatung dazwischen grätschte und uns zusperrte. Wir mussten immer noch einen hauseigenen Therapeuten für das Therapieprogramm finden und einen Pferdeexperten, der daran interessiert war, hier in Teilzeit zu arbeiten. Die Budgets waren straff und obwohl Ryker Geld hatte, das er in unsere Sache investieren wollte, war es nicht richtig, uns einfach aus Problemen herauszukaufen. Ich wollte das hier richtig machen, das perfekte Team für die Pferde finden und ja, Rykers Geld – unser Geld, hatte er gesagt – war da, falls wir es brauchten, aber für die richtigen Gründe.

„Ich hoffe, wir machen es richtig, wenn es soweit ist."

„Seien Sie einfach Sie selbst. Wer auch immer hierherkommt, wird hin und weg von Ihnen und Ryker sein. Also. Ich muss los zu meinem Kickbox-Kurs. Bis Montagnachmittag."

Kickboxen?

Ich begleitete sie zu ihrem Auto und winkte, als sie davonfuhr, ihr SUV wirbelte auf der frisch geschotterten Einfahrt Staub auf. Alles hier war neu – die Ställe, die Zimmer, die Tiere, die Umgebung, das Haus, in dem Ry und ich jetzt lebten. Das Einzige, das nicht neu war, war die Liebe zu meinem Ehemann. So viel war während unserer gemeinsamen Zeit passiert. So viele Veränderungen. Manche gut, ein paar schlecht, aber unsere Liebe war es gewesen, die uns hindurchgeführt hatte.

Ich sprang auf ein Quad – einen alten Polaris, den ich bei einer Auktion ersteigert und dann repariert hatte

– und fuhr in Richtung Zuhause. Die Arbeiten waren erledigt, die Pferde gefüttert und mit Wasser versorgt und alles war bereit für die ersten Ankömmlinge. Jetzt war es für mich an der Zeit, mich in die kleine Blockhütte mit Spitzdach zurückzuziehen, die wir einen guten Kilometer von den Ställen und den Hütten entfernt gebaut hatten. Wir hatten uns ein bisschen Privatsphäre gewünscht, aber wollten auch nahe bei der Ranch sein. Nur für den Fall.

Die Wüste war voller Wildtiere, als ich über Sanddünen rumpelte. Schweiß bildete an meinen Augenbrauen Perlen, aber daran war ich inzwischen gewöhnt. Mein Körper begann endlich, sich zu akklimatisieren, aber ich vermisste immer noch Schnee im Winter. Kakteen winkten mir zu, als ich vorbeifuhr. Ich kam an einem Präriehund-Dorf vorbei, wo ich die Bewohner aufschreckte. Eine Antilope erwachte ein paar hundert Meter entfernt aus ihrer Starre, dann flitzte sie davon. Vögel flatterten von Kaktus zu Kaktus und Wüstenblumen wiegten sich im warmen Wind. Unser kleines Zuhause erhob sich aus dem Sand wie eine Fata Morgana.

Ryker war draußen, wo er mit Rex Stöckchen holen spielte, dem Australian-Cattle-Dog-Welpen, den mir mein Ehemann geschenkt hatte. Rex war anstrengend, so wie die meisten Cattle Dogs. Voller Energie, gewitzt und schlau wie ein Fuchs. Wir hatten mit dem jetzt drei Monate alten Hund mit grundlegendem Gehorsamstraining angefangen. Sitz, bleib, komm und Platz beherrschte er einigermaßen, also musste ich jetzt damit anfangen, ihn im Umgang mit Vieh zu trainieren.

Da wir – noch – keine Kühe hatten, würden die Zwergziegen herhalten müssen, die Ryker hinter unserem Haus hielt.

Laut meinem Ehemann waren die Ziegen zu besonders, um sie bei den Pferden zu halten. Er hatte vielleicht noch keine Verbindung zu den Pferden aufgebaut, aber die Ziegen waren eindeutig seine Welt.

„Hey", rief ich, als ich den Polaris abschaltete. Rex saß neben Ryker, sein Schwanz peitschte den staubigen Boden.

„Geh schon", sagte Ryker und der Hund zischte ab wie eine Rakete, um in meine Arme zu springen. Ich umarmte ihn fest und mein Gesicht bekam eine ordentliche Wäsche. „Er hat dich kommen gehört", meinte Ry, als er herbeischlenderte, um einen Kuss zu stehlen. Rex leckte über unsere beiden Gesichter, dann wand er sich, um heruntergelassen zu werden. Der Hund war ständig in Bewegung. Ich betete ihn an. Keine Farm oder kein Leben konnte ohne Hund vollkommen sein.

„Die Tatsache, dass er sitzengeblieben ist, bis ich angehalten habe, ist beeindruckend." Ich rutschte von dem Quad herunter, dann zog ich meinen Mann in eine Umarmung. Er passte so gut an meinen Körper. Sein Arm glitt um meine Hüfte und sein Kinn senkte sich auf meine Schulter. Ich atmete seinen Duft ein und fühlte, wie all meine Anspannung verflog. Nichts beruhigte meine Seele so wie Ryker.

„Ich dachte, er würde platzen", sagte Ryker und ich kicherte, dann drückte ich einen Kuss auf seinen

Wuschelkopf. „Das Abendessen ist im Ofen. Ich muss jetzt los."

Er klammerte sich an mich. Seine Stimmung war das Wochenende über angespannt gewesen.

„Sie werden dich nicht verkaufen, Babe. Du bist Teil des JAR-Blocks."

„Gretzky ist verkauft worden."

Uff. „Ja, gut, ist er, aber das sind nur Gerüchte, Ryker. Du weißt, dass in dieser Zeit des Jahres jeder Mist erzählt. Konzentriere dich einfach auf dein Spiel."

Er atmete an meiner Kehle aus. „Du hast recht. Ich zerdenke wieder alles." Er lehnte sich zurück, um in meine Augen zu schauen. „Du bist immer so geerdet. Du bist mein Zen."

Er drückte seinen Mund an meinen, dann trat er aus meiner Umarmung heraus. „Geh lieber und zieh dir diese staubigen Klamotten aus. Kannst du dafür sorgen, dass Tonks und Remus mittags ihre Leckerlies bekommen?"

„Natürlich." Er und seine verdammten Ziegen. Ich stahl mir eine weitere Kostprobe, dann ließ ich ihn gehen. Er trabte auf die Terrasse, schenkte mir ein wackeliges Lächeln und verschwand dann nach drinnen. Rex kratzte an meinem Bein. Seufzend und voller Liebe und guter Stimmung schaute ich hinunter auf meinen Welpen. Er hatte einen toten Rennkuckuck im Maul. Zumindest *dachte* ich, es sei ein Rennkuckuck. Es hatte Federn. Es war viel zu tot, um die genaue Gattung zu bestimmen. Als ich nach dem verwesten Vogel griff, haute Rex mit wedelndem Schwanz ab, warf den Kadaver in die Luft und fuhr dann damit fort, sich in ihm zu wälzen. Das alles geschah, bevor ich auch nur blinzeln konnte.

„Oh mein Gott, was *riecht* hier so?", fragte Ryker, als ich fünf Minuten später mit Rex im Arm an ihm vorbei in unser Badezimmer stürmte. „Bist das du oder ist das der Hund?"

„Der Hund", murmelte ich.

Ry beeilte sich, seine Krawatte zu binden, dann schoss er aus dem Badezimmer. Ich trat die Tür zu, dann platzierte ich den unbekümmerten Welpen auf dem Boden.

„Ich bin dann mal weg. Nimm nicht mein Shampoo für den Hund her. Das kostet vierzig Tacken pro Flasche", rief Ry durch die Tür.

„Ja." So etwas passierte wöchentlich mit Rex. Er hatte eine großartige Nase, genauso wie eine starke Liebe zu totem Getier. Meine Mutter lachte jedes Mal, wenn ich ihr eine neue Horrorgeschichte von Rex schrieb. *Die Freuden, wenn man ein Haustier besitzt*, schrieb sie dann zurück. Sie musste es wissen. Sie hatte in ihrem Leben viele Cattle Dogs gewaschen. „Liebe dich!"

„Liebe dich mehr."

Ich trocknete Rex mit einem Handtuch ab, als mein Telefon vibrierte. Ich zog es aus meiner hinteren Hosentasche, während Rex überall auf den Wänden und meinem Gesicht Wasser verteilte. Über seinen Gesichtsausdruck glucksend, warf ich das Handtuch über Rex' Kopf, dann las ich die eingegangene Nachricht.

Eine dreiköpfige Familie ist unterwegs zur Mountain Vista

Ranch. Kannst du bitte sicherstellen, dass die Familienhütte bezugsbereit ist? Details folgen. Danke, Jacob. ~ Shonda

Meine Brust verengte sich. Wir waren dafür noch nicht bereit. *Ich* war nicht bereit. Shonda war die Leiterin des Kinder- und Familienamtes für die Umgebung von Tucson und hatte eng mit uns zusammengearbeitet, als wir die Ranch aufgebaut hatten. Scheiße. Ich war *sowas* von nicht bereit dafür.

„Bereite dich besser darauf vor, Junge", murmelte ich in meiner besten Personifikation meines Dads. Rex warf mir einen Blick zu, mit zur Seite gelegtem, nassem Kopf und heraushängender Zunge. „Komm schon, Junge. Wir müssen Betten beziehen."

DREI

Ryker

Ich betrat die Umkleide und wusste sofort, dass irgendetwas nicht stimmte. Alex ging direkt hinter der Tür auf und ab und in dem Moment, in dem ich hereinkam, packte er mich am Arm.

„Jens ist weg", sagte er eindringlich.

„Was?"

„Verkauft an Calgary."

„Was?" Ich begriff, dass ich mich wiederholte und klappte meinen Mund zu.

„Ryker, Alex, auf ein Wort?" Tate scheuchte uns zusammen und führte uns wieder zur Tür hinaus und den Flur hinunter zum Büro des Coaches.

„Was zur Hölle?", murmelte ich Alex zu, der niedergeschlagen den Kopf schüttelte. Wir hatten eine Reihe Niederlagen eingesteckt, trotz unserer Aufstellung, aber der JAR-Block war ein wesentlicher Teil dieses Teams.

Warum sollte das Team den JAR-Block nach den Ergebnissen, die wir lieferten, auseinanderreißen? Das

Büro des Coaches war nicht groß – ein Durcheinander aus Notizblöcken und Whiteboards, Plakaten mit Eishockeyzitaten an der Wand, ein Bild von ihm mit dem Stanley Cup, aber es waren nicht die Details, auf die ich mich konzentrierte. Er saß auf seinem Stuhl, schien dabei ungefähr genauso überwältigt zu sein wie ich, und auf dem Platz ihm gegenüber saß ein junger Kerl, den ich vom Draft des letzten Jahres wiedererkannte. Bastien Desjardins, Baz.

Er war etwa in der sechsten Runde ausgewählt worden und während wir den Draft zusammen angesehen hatten, hatte Ten gesagt, dass er schnell, aber sein Sinn für Eishockey noch nicht ausgefeilt war. Ich respektierte Tens Meinung und vielleicht würde Baz eines Tages ein guter Wingman sein, aber verdammt … anstelle von Jens? War es das, was vor sich ging? Baz stand hastig auf und ich befand mich in einer Schockstarre – das konnte nicht real sein. Jens war weg und an seiner Stelle bekamen wir ein Kind, das ganze vier Jahre jünger war als ich und grüner hinter den Ohren als Kermit.

Tate schloss hinter uns die Tür, was grundsätzlich schon einengend gewesen wäre, aber mit fünf großen Hockeyjungs zusammen in dem Raum war es schwer, einen Platz zum Stehen zu finden. Bastien war blass. Coach war beherrscht, aber er hatte sein Whiteboard so fest gepackt, als wäre es am Leben und kurz davor, wegzulaufen.

Tate war auf eine professionelle Art ruhig und entspannt und einladend, und kannte Baz eindeutig gut genug, um ihn freundschaftlich zu umarmen. War das der Grund, warum er hier war? Hatte unser Superstar entschieden, dass er sich mit Freunden umgeben wollte?

Ich wusste es besser. Tate lebte und atmete für dieses Team und würde private Freundschaften niemals in den Vordergrund stellen.

Alex schüttelte Baz' Hand und dann tat ich es ihm gleich, weil ich ein höflicher Typ war, aber ich hatte viele Fragen.

„Alex, Ryker, ich will, dass ihr Baz herumführt, dann aufs Eis geht und an dem Block arbeitet."

„Er ist Teil unseres Blocks?" Ich hatte nicht beabsichtigt, so entsetzt zu klingen und ich sah, wie Baz' Lächeln ein bisschen verblasste. Scheiße. Ich war kein Arsch. Ich war ein netter Kerl, aber er für Jens?

„Ja." Coach machte mich mit einem warnenden Blick, der durchblicken ließ, dass ich jetzt den Mund halten sollte, dem Erdboden gleich. „Der JAR-Block ist für heute der BAR-Block", fügte er hinzu. Ein Spieler stritt nicht mit dem Coach, aber *komm schon.*

„Ich freue mich darauf, zu spielen", murmelte Baz, seine Augen funkelten vor Aufregung und sein Lächeln kam zurück.

Tja, Scheiße.

Das Training war locker und für die meisten Jungs freiwillig, so wie immer an Spieltagen. Es ging mehr darum, sich an das Eis zu gewöhnen und das Hockeygehirn aufzuwärmen. Wir arbeiteten hart daran, so gut wie möglich zu sein, und gestern, in einem viel brutaleren Training, hatten Jens, Alex und ich daran gearbeitet …

Scheiße. Scheiße. Jens war weg und jetzt würde ich diese Sicherheit verlieren. Wir drei hatten nicht einmal mehr darüber nachdenken müssen, wo wir uns auf dem Eis befanden – alles war intuitiv gewesen. Das Training war beschissen, Baz war schneller als Jens, aber er war zu schnell, er fuhr vor uns, war nicht auf der richtigen Position im Block. Ich wusste, dass ich es gut sein lassen musste – das hier war Eishockey und Verkäufe kamen vor, kein Vertrag war vollkommen sicher. Hatten sie Jens verkauft, weil sie gedacht hatten, dass wir nicht gut genug funktionierten? War es mein Fehler, dass Jens gehen musste?

„Erde an Madsen, bitte kommen, Madsen?"

Ich sah zu Colorado, der an seinem Torpfosten lehnte, wobei er mich demonstrativ anschaute und in seiner ihm eigenen Art darauf hinwies, dass ich in seinem Bereich stand nichts tat, außer auf seine Schlittschuhe zu starren.

„Ja." Ich wetzte etwas Eis auf und fuhr einen Kreis um ihn herum, damit ich für den nächsten Schuss von Alex gerüstet war, da er und Baz an Pässen arbeiteten. Aus irgendeinem Grund standen sie am anderen Ende des Eises und redeten mit Tate, wobei Alex gestikulierte und Baz ihn beobachtete.

„Es ist beschissen", murmelte Colorado, während er einen Puck stoppte, der von einer Faceoff-Übung in der Mitte des Eises ziellos auf ihn zu glitt. Er nahm ihn auf und schlug ihn zurück, dann begann er sich zu dehnen, in dieser biegsamen Art, die nur Torhüter draufhatten.

„Ich verstehe es nicht", schnappte ich, als die Enttäuschung in mir hervorbrach.

„Einfache Wirtschaftlichkeit. Jens war für uns wertvoller, indem er Gelder freimachte und uns Platz dafür gab, neues Blut zu holen. Das ist alles."

„Das weiß ich." Frust verschlang mich. „Aber warum er, warum nicht …" Ich wedelte in Richtung der anderen Jungs da draußen, die an ihren Fähigkeiten arbeiteten, aber auf wen genau deutete ich? Tate? Sie würden ihren Superstar nicht rauswerfen. Colorado? Er hatte gerade einen Lauf.

„Es hätte auch dich treffen können", sagte Colorado gewohnt direkt. „Willst du ausprobieren, wie es ist, in Calgary zu spielen?"

Ich blinzelte Colorado an. All die Sorgen, die ich darüber gehabt hatte, woandershin verkauft zu werden, darüber, Arizona zu verlassen, nachdem Jacob und ich Wurzeln geschlagen und die Mountain Vista Ranch erbaut hatten, verbanden sich zu einem Gedanken. Ich war froh, dass es nicht mich getroffen hatte.

„Wie auch immer", fuhr Colorado fort. „Genug Sorgen gemacht. Sie kommen."

Ich wandte mich Alex und Baz zu, die den Puck langsam und mit bedachter Genauigkeit zwischen ihnen hin und her spielten, wobei sie die einzigartige Art und Weise erlernten, wie sie miteinander spielen würden. Es war nicht der JAR-Block, aber Ten hatte recht, Baz hatte Potenzial, und vielleicht, nur vielleicht, würden wir hinbekommen, dass es funktionierte.

Später an diesem Abend kratzten wir einen 3-zu-2-Sieg gegen ein beeindruckendes LA zusammen und ich fühlte mich neben Baz und Alex sicherer in meinen Schlittschuhen. Baz war immer noch zu schnell, aber am Ende des dritten Drittels waren wir für ein paar großartige Momente im Einklang, als er ein Maß für seine Geschwindigkeit fand. Es war nicht JAR, aber es gab Möglichkeiten, und obwohl wir uns nicht zusammenschließen konnten um auch nur ein einziges Tor zu schießen, hatten wir ein paar gute Momente am Netz.

Im Auto auf dem Weg nach Hause musste ich mit jemandem reden, aber es war nicht Ten, oder Jens, oder Alex, oder sogar Dad, den ich anrief – es war Jacobs Stimme, die ich hören musste.

Er ging sofort ran. „Netter Sieg. Sie haben also Jens verkauft?"

Ich seufzte, ich war inzwischen nur noch dreißig Minuten von zu Hause entfernt und ich brauchte wirklich eine Umarmung.

„Ja."

„Aber ich muss sagen, Baz sieht gut aus im Flügel."

Da musste ich zustimmen, das tat er. „Ich hätte gern, dass er bei mir und Alex bleibt, falls sie denken, dass wir zusammenpassen. Er hat Potential. Ich werde bald zu Hause sein, ich musste nur deine Stimme hören."

„Ich liebe dich."

„Liebe dich auch."

„Da ist etwas, das ich dir sagen muss", meinte Jacob. „Ich wollte warten, bis du daheim bist, aber meine Güte, Ry, wir haben unsere ersten Gäste."

Jacob

Ich war so nervös wie noch nie.

Nein, das war gelogen. An dem Tag, an dem ich Ryker geheiratet hatte, war ich ziemlich nervös gewesen. Aber das war eine schöne Nervosität gewesen. Das jetzt gerade war ein flaues Gefühl im Magen. Ich verstand nicht, warum ich so aufgewühlt war. Es war ja nicht so, als könnte ich den Leuten, die jede Sekunde eintreffen würden, auch nur irgendwie helfen. Ich hatte keinen therapeutischen Hintergrund. Alles, was ich machen konnte, war, die Hütte vorzubereiten und mich zurückzulehnen, bis die Profis übernahmen. Ry und mir war tausend Mal gesagt worden, dass es ein großzügiges Geschenk an die queere Gemeinschaft war, die Mountain Vista Ranch zu errichten. Trotzdem wünschte ich mir, ich könnte mehr tun. Etwas, das persönlicher war, als Betten mit sauberer Wäsche zu beziehen und Kühlschränke zu befüllen. Es wurmte mich, einfach nur das Haushaltspersonal auf meiner eigenen Ranch zu sein.

Rex jaulte und rannte zur Tür der kleinen Familienhütte, die im Grunde ein winziges Haus war, das an den Hauptabwassertank der Ranch angeschlossen worden war. Sie lag ein kurzes Stück hinter den Viererwohnungen, um etwas Privatsphäre zu gewährleisten, aber war trotzdem nahe den Stallungen. Es gab sogar eine kleine Veranda an der Vorderseite und zwei Gartenstühle, um abzuschalten und den Sonnenuntergang über der Wüste zu bewundern.

„In Ordnung, Junge", seufzte ich, kontrollierte alles um mich herum und warf dann einen Blick aus dem kleinen Fenster. Rex wartete winselnd an der Tür, als ein weißes Auto heranfuhr. „Also los."

Ich befestigte eine Leine an Rex' Halsband, dann öffnete ich die Tür. Shonda Lawrence, eine kleine, untersetzte Frau mit Haaren, die die Farbe von rötlicher Lakritze hatten, winkte mir zu. Ich hob eine Hand, dann sah ich zu, wie eine erwachsene Frau, ein schlaksiger Junge im Teenageralter und ein kleines Mädchen von vielleicht vier Jahren aus dem Auto ausstiegen. Der Mond war sichtbar und die Sterne erfüllten den Nachthimmel. Das Licht der Familienunterkunft floss hinaus auf den staubigen Hof. Ich wartete auf der Veranda; nervös beruhigte ich Rex, der losstürmen wollte, um die Neuankömmlinge zu begrüßen. Erst als Shonda sie näher heranführte, sah ich die Blutergüsse, die die Frau und der Teenager hatten. Sie sahen beide aus, als hätten sie sich mit Vlad Novikov, dem großen, bösen, russischen Kapitän der Raptors, angelegt. Ich riss meinen entsetzten Blick von ihnen los und lächelte das Vorschulkind an, das sich gefährlich weit nach vorn lehnte und nach Rex greifen wollte.

„Willkommen auf der Mountain Vista Ranch", sagte ich auf meine bodenständigste Art. Die Frau schenkte mir trotz eines blauen Auges ein wackeliges Lächeln. Sie hatte ihre Jüngste auf der Hüfte. Der Teenager warf mir einen trotzigen Blick zu, dann stellte er sich zwischen mich und seine Mutter. Er hatte das Meiste von dem, was auch immer passiert war, abbekommen. Seine Backe war genäht worden, er hatte ein blaues Auge und auf seinem Hals gab es Zeichen dafür, dass ihn jemand gewürgt hatte. Ich hielt ein Keuchen zurück. Die Einzige, die nicht verletzt war, war die Kleine, die in Rex' Richtung plapperte. „Ich bin Jacob, eine Hälfte der Besitzer der Ranch. Ihr werdet meinen Ehemann Ryker später kennenlernen. Er hatte heute Abend ein Spiel, ist aber auf dem Weg. Lasst mich euch alles zeigen."

„Ich bin Maggie Hatherley. Das sind meine Tochter Rose und mein Sohn David." Ich lächelte der Frau zu, dann führte ich sie hinein. Shonda folgte uns, mit ihrem Telefon in der Hand, in das sie grimmig hineintippte, während ich ihnen eine sehr kurze Führung gab und sie dann mit Getränken an den kleinen Küchentisch setzte.

„Ich bin gleich wieder da."

Ich folgte Shonda hinaus auf die Veranda und sie gab mir einen wohlüberlegten Überblick.

„Ein gewalttätiger Ehemann, Alkoholiker, hat Anstoß daran genommen, dass sein Sohn nicht Football spielen will. Das ist er." Sie zeigte mir ein Bild von einem Mann mit beginnender Glatze, der höhnisch in die Kamera grinste. „Sein Name ist Neil und es gibt einen Haftbefehl gegen ihn."

„In Ordnung." Ich legte die Information in meinem Kopf ab, in dem Versuch, professionell zu erscheinen, aber ich wusste, dass ich immer noch unter Schock stand. Ich klebte mir ein Lächeln ins Gesicht und ging zurück ins Haus.

„Danke, dass du uns aufnimmst", sagte Maggie sofort. „Wir wussten nicht, wo wir hinsollten, als wir die Notaufnahme verlassen haben. Unsere Familie wohnt im Norden und …" Sie hielt inne, atmete zittrig ein und versuchte, ein Lächeln hervorzubringen. „Wir werden niemandem zur Last fallen."

„Ihr fallt niemandem zur Last", versicherte ich ihr. „Rex wird derjenige sein, der alle hier belästigt."

Der Hund jaulte beim Klang seines Namens.

„Hündchen!", quietschte Rose, ihre rotgeränderten Augen und die verquollene Nase sagten mir, dass sie eine lange Nacht voller Tränen hinter sich hatte.

Der Teenager, David, war eine ruhige, aber stoische Erscheinung, er hielt seine schmächtige Gestalt nahe bei seiner Mutter. Ich hatte eine neue, aber eher grundlegende Vorstellung davon, was passiert war, aber natürlich standen mir die tatsächlichen Details nicht zur Verfügung. Das würden sie nie. Es gehörte nicht zu meinen Aufgaben, das zu wissen, es war meine Aufgabe, Menschen eine sichere Zuflucht zu bieten.

„Sorgen wir dafür, dass ihr es gemütlich habt", meinte Shonda, während sie mir auf den Rücken klopfte.

„Dann lasse ich euch jetzt allein. Ihr könnt hier drin

kochen." Ich deutete auf den Ofen. „Der Kühlschrank ist voll und die Wäsche ist sauber. Die Dusche kann jederzeit benutzt werden. Handtücher liegen im Schrank neben der Waschmaschine mit Trocknerfunktion. Wenn ihr sonst noch irgendetwas braucht, könnt ihr beim Hauptgebäude anrufen. Ich habe unsere Nummer auf der Arbeitsfläche neben der Kaffeemaschine notiert."

„Danke, Jacob", flüsterte Shonda. „Könntest du die Koffer aus dem Auto holen und sie hereinbringen, bevor du gehst?"

„Sicher, natürlich." Ich zog mich aus der Hütte zurück, Rex scharrte, weil er dableiben wollte, und holte die zwei Papiertüten mit Klamotten und Toilettenartikeln aus dem Wagen. Ich schlüpfte zurück in das Häuschen. Die Mutter weinte leise, der Junge, David, hielt mit zusammengepressten Lippen seine Schwester. Shonda sprach in ruhigem Tonfall mit Maggie. Ich deponierte die Koffer an der Tür, dann glitt ich hinaus in die Nacht und schloss sanft die Eingangstür. Rex winselte. „Nein, heute Abend gibt es für die Kinder keine Küsse aufs Gesicht, mein Junge. Lass uns gehen."

Ich hob den sich windenden Welpen hoch und bugsierte ihn in den Hundekorb, den ich für das Quad gekauft hatte. Sobald er in dem gepolsterten Sitz gesichert war, fuhren wir los, mit dem Schein des Wüstenmondes über uns. Mein Kopf war vollgepackt mit Sorgen. Da unsere Ranch eine Übergangsunterkunft für Jugendliche aus der LGBTQ-Gemeinschaft war, musste ich davon ausgehen, dass der Vater sie geschlagen hatte, weil entweder Maggie oder David homosexuell waren. Shonda hatte nichts dazu gesagt, aber andererseits war sie nicht dazu berechtigt, mir alles zu erzählen. Meine Rolle bestand darin, eine Unterkunft und die Pferde für die Therapie bereitzustellen. Das war alles. Ehrlich gesagt, fühlte sich das erbärmlich an. Ich wollte auf bedeutsamere Weise helfen, als nur Kissen aufzuschütteln und sicherzustellen, dass in den Regalen Erdnussbutter und Marmelade standen.

Ryker stieg gerade aus seinem Auto, als wir heranpolterten. Rex wand sich in seinem Korb, bis ich ihn losgeschnallt hatte, dann flitzte er wie ein Verrückter zu Ryker.

„Langsam, Junge, das hier ist mein einziger sauberer Anzug." Ry lachte, als der Welpe sein Gesicht mit Küssen übersäte. „Nun gut, er *war* sauber. Ich vermute, ich sollte wohl ein paar Sachen bei der Reinigung vorbeibringen, wenn ich morgen Früh ins Training fahre. Sind sie hier?" Er zeigte mit seinem Lockenkopf in Richtung der Ranch.

Ich nickte. „Ja, sie sind da. Eine erwachsene Frau, ein Teenager und ein kleines Mädchen. Maggie, David und Rose. Die Mutter und der Sohn sind ziemlich fertig, dem kleinen Mädchen geht es gut, oder zumindest macht es den Anschein."

„Was ist passiert?" Er setzte Rex auf den Boden. Der Welpe kauerte sich hin, um zu pinkeln, dann begann er, an Rykers Reifen zu schnüffeln.

„Shonda konnte mir nicht alles sagen." Ich legte beide Arme um ihn. Er schob sich in meine Umarmung. „Es war so schwer, nicht zu fragen. Ich meine, Scheiße,

Ry, dieses Arschloch von Ehemann und Vater hat sie ziemlich schlimm in die Mangel genommen."

„Das ist schrecklich." Ich vergrub mein Gesicht mit geschlossenen Augen in seinen Locken, sodass ich den Geruch meines Seelenverwandten einatmen konnte. „Wir werden für sie tun, was wir können. Komm schon, lass uns etwas essen und dann ins Bett gehen."

Ich küsste seine Braue, bewegte mich aber nicht. Er schmiegte sich an mich, sein Brustkorb flach an meinem. Meine Hände ruhten auf seinen Hüften, während die Wüste ihr Mitternachtsständchen für uns sang.

„Ich will mehr tun", flüsterte ich, dann lächelte ich, als Rex sich über unseren Füßen ausstreckte. Wir schauten beide nach unten. Da lag der Welpe, auf seinem Rücken, der Bauch in die Luft gereckt, tief und fest schlafend.

„Was für ein Kasper", meinte Ryker mit einem Kichern, dann hob er den Blick, um meinem zu begegnen. Verdammt, er sah gut aus. Der Mond ließ ihn aussehen wie einen Gott der Nacht. Seine dunklen Haare glühten im weißen Licht und seine Augen glitzerten wie die Sterne. „Was denkst du, wie du ihnen sonst noch helfen kannst?"

„Ich weiß es nicht. Es fühlt sich nur so an, als würde ich nicht genug machen. Persönlich."

Er drückte seine Lippen auf meine. Aah, himmlisch. „Du wirst es herausfinden. Wie immer. Komm schon, lass uns schlafen gehen. Ich habe plötzlich das Gefühl, dass ich eine Tasse Kakao, einen Teller Kekse und meinen Ehemann fest an meiner Seite brauche."

„Ja, das klingt gut." Ich stahl mir einen weiteren Kuss, dann warf ich einen Blick zurück auf die Ranch. Ich hoffte, die Familie Hatherley lebte sich gut ein. „Jetzt erzähl mir, wie es *wirklich* mit dem BAR-Block lief."

Ryker verdrehte die Augen, dann hob er den schlafenden Welpen hoch. Rex schnüffelte nicht einmal. „Ach, du weißt schon. Ungefähr so wie erwartet. Aber es ist Potential vorhanden. Baz kann fahren."

Wir gingen in unser Zuhause, schlossen und verriegelten die Tür und ließen die Nacht sich über uns senken. Morgen war ein neuer Tag und zwar einer, der ein paar große Veränderungen in unsere ruhige, kleine Welt bringen würde.

FÜNF

Ryker

Ich hatte einen seltenen freien Tag – ein Tag und dann wäre ich vier Tage lang nicht zu Hause, weil ich aufeinanderfolgende Spiele in Colorado und Vegas hatte. Als ich in Jacobs Armen aufwachte, war es erst fünf Uhr morgens und er sah so friedlich aus, dass ich ihn nicht aufwecken wollte, darum glitt ich vorsichtig aus dem Bett und tappte ins Badezimmer. Ich liebte unser Haus, zwei Schlafzimmer, ein Badezimmer mit einer Zwei-Mann-Dusche und die größte Küche, die wir in das winzige Haus mit Spitzdach hineingebracht hatten, mit einem Frühstückstresen und einer schicken Kaffeemaschine. Die Kaffeemaschine war meine Idee gewesen und mit einer Portion Koffein, die durch meinen Körper zirkulierte, schnappte ich mir eine Wasserflasche und absolvierte dann eine ganze Serie an Dehnübungen, um meine Muskeln aufzuwärmen, bevor ich in das kleine Fitnessstudio ging, das wir in dem kleinen zusätzlichen Schlafzimmer eingerichtet hatten.

„Hey, Rex." Ich hielt an, um unseren Welpen zu

streicheln, musste aber zusehen, wie mir der kleine Scheißer auswich und direkt in unser Schlafzimmer ging, bereit, auf das Bett zu klettern. „Solange dir klar ist, dass ich dich bald wieder hinauswerfe!", rief ich ihm leise hinterher und kicherte dann bei dem Gedanken daran, Rex aus seinem gemütlichen Deckennest neben Jacob zu ziehen, damit ich hineinklettern konnte.

Ich hätte eigentlich einmal um das Gelände laufen sollen, aber nachdem ich einmal einer Gila-Krustenechse furchteinflößend nahegekommen war und mich fast zu Tode erschreckt hatte, hatte ich beschlossen, dass es im Haus vorerst sicherer war. Vegas hatte vielleicht eine niedliche, knuddelige Version als ihr Maskottchen, aber ich mochte es nicht, wenn ihre gruseligen Augen mich im Halbdunkel anleuchteten. Jacob kannte den wirklichen Grund dafür, dass ich ihm Haus lief, nicht, aber wahrscheinlich musste ich es ihm irgendwann sagen und dann würde ich es mir ewig anhören dürfen. Fürs Erste konnte meine krankhafte Furcht vor Gila-Krustenechsen ein Geheimnis bleiben. Das Netz war hier draußen lückenhaft, aber es reichte aus, um ein paar wenige Highlights vom Spiel gestern Abend herunterzuladen und ich hörte aufmerksam zu, als die Kommentatoren zusammenfassten, wie wir gespielt hatten. Der Coach hatte gesagt, dass wir nichts darauf geben sollten, was sie sagten, aber Dad und Ten meinten immer, dass wenn ein Mann gründlich genug suchte, es Weisheit in den Worten jedes Kritikers gab.

Ich stellte einen leicht ansteigenden Lauf ein, um mich aufzuwärmen, dann schaltete ich den Bildschirm an und zum Spiel der Raptors. Die Kritiker beklagten den Verlust von Jens und hatten verdammt viel über Bastien zu sagen.

Das haben wir alle, Jungs.

Sie waren voll des Lobes, wie gut Baz sich anscheinend einfügte. Sie sprachen über den Torwart und dass der gestrige Sieg keine ausgemachte Sache gewesen wäre. Dann zeigten sie das Highlight Reel, welches aus einem außergewöhnlichen Tor von Tate bestand, das aus einem schwierigen Winkel heraus geschossen worden war.

„Ich werde niemals müde, Tates Fähigkeiten zu sehen", verkündete Mickey Boone, ein ehemaliger Verteidiger in der NHL. Sein Mitmoderator Terry McGowan stimmte zu und fügte ein paar wahllose Statistiken hinzu. Ich würde wetten, dass Terry das von einem Bildschirm ablas – nicht so wie Ten, der sich anscheinend an *alles* erinnerte.

Eines Tages wollte ich so sein wie Ten und Tate, dann würde es einen Riesenhaufen Highlight Reels von mir geben.

Eines Tages.

Als ich mit Laufen fertig war, stemmte ich ein paar Gewichte, nahm mir ein paar Früchte, einen frischen Kaffee und einen Eishockeyschläger und schaffte es, all das in den umzäunten Bereich hinter dem Haus zu bugsieren. Es war kaum mehr als eine ebene Fläche mit einem Eishockeynetz an einem Ende und einer Kiste voller Pucks, aber es war wie ein Käfig aufgebaut, sodass ich den Puck so hart schlagen konnte wie ich wollte und ich musste mich nie in das Territorium der Gila-Krustenechsen wagen, um sie wiederzufinden.

Außerdem gab es keine Kriechtiere in meinem Käfig –
zumindest keine großen. Das war mein Zen-Bereich. Ich
würde die Pucks aus hundert verschiedenen Winkeln
auf das Netz schlagen, immer und immer wieder die
Wucht jedes Schlages beobachten, die Spannung in
meinen Armen, die Geschwindigkeit. Nichts davon war
echt – ich trug keine Polster, keine Montur, Schlittschuhe
oder einen Helm und ich bewegte mich auf dem Eis
anders – aber sein Muskelgedächtnis konnte man immer
gebrauchen, darum endete ich immer wieder hier.

Nach dreißig Minuten hiervon würde ich wieder
hineingehen, duschen, dann Kaffee ans Bett bringen,
Rex hinauswerfen, ihm die Tür vor der Nase zuschlagen
und vielleicht Jacob zu etwas frühmorgendlichem Sex
überreden, sowie einer zusätzlichen Stunde voller
Küssen und Reden. Wir waren letzte Nacht ziemlich
spät ins Bett gegangen, da ich erst nach Hause
gekommen war, nachdem die Familie eingetroffen war
und wir dann miteinander geschlafen hatten, was ihn
beruhigt, meinen Kopf von der ganzen JAR-Sache
befreit und uns beiden dabei geholfen hatte,
einzuschlafen.

Ich machte mir eine Playlist mit Songs von Hozier
an und legte die erste Reihe der Pucks zurecht. Gestern
Abend hatte ich einen einfachen Schuss versaut, bei
dem der Puck über das Eis geholpert war und der
Torhüter viel zu viel Zeit gehabt hatte, ihn in seinem
Handschuh zu fangen. Das würde nicht noch einmal
passieren. Ich stand im selben Winkel, schlug behutsam
zu und arbeitete mich dann weiter vor, einen nach dem
anderen, und schmetterte sie dann in das Tor. Jeder

einzelne traf die Rückseite des Netzes – natürlich taten sie das, es gab keinen Goalie, der mich wie eine Mauer aufhielt – aber meine Muskeln waren warm und ich räumte hier ab. Ein Lied war zu Ende, aber gerade bevor das nächste begann, hörte ich ein Geräusch, das wie ein Schrei klang.

Da war eine verdammte Gila-Krustenechse in meinem Käfig!

Ich näherte mich der Arschloch-Eidechse mit erhobenem Schläger und ließ ihn dann, genauso wie mich selbst, in den Dreck fallen, genau vor einem kleinen Mädchen mit kugelrunden Augen, die auf der Stelle eingefroren war. Sie weinte nicht. Ich schrie nicht auf, aber mein Herz raste, als ich meine Kopfhörer herauszog und die Musik ausmachte.

„Hey Rose", murmelte ich und griff wie beiläufig in meine Hosentasche, um mein Telefon herauszuholen, bereit, eine Notfallnachricht an Jacob zu senden, falls ich das hier verbockte.

Sie schniefte dramatisch und das kannte ich bereits von Lottie. Das Schniefen deutete auf Tränen hin, und ich hasste es, Kinder weinen zu sehen, vor allem, wenn ich Schuld daran hatte. Das war der Moment, in dem ich einen Raptors-Teddy brauchte, den ich tanzen lassen konnte – das brachte Lottie immer zum Lächeln. Ich kickte meinen Schläger weiter weg und sie starrte ihn an, dann mich, und schniefte wieder. Ich musste etwas unternehmen, sofort.

„Geht es dir gut?"

„Wo ist das Hündchen?", fragte sie.

Ich blinzelte sie an. Ich hatte vielleicht keinen Raptors-Teddy, aber ich hatte einen Welpen.

„Warte hier", meinte ich und joggte zu unserer Hintertür, während ich nach Rex pfiff, der schließlich um die Ecke herum erschien, wobei er etwas im Maul trug, das verdächtig nach einem meiner signierten Trikots aussah. Er sprang die Hintertreppe hinunter und starrte mich mit einem Ausdruck an, der von jemandem erzählte, der grob bei einer Kuscheleinheit mit Jacob gestört worden war. „Ich brauche dich", sagte ich zu ihm und ich bekam sogar ein Schwanzwedeln. „Hier entlang."

„Hündchen!", rief Rose und klatschte in die Hände.

Rex war sofort voll mit dabei, er tanzte um Rose herum, so aufgeregt darüber, eine neue Spielgefährtin zu haben, dass er das Trikot fallen ließ, das, tatsächlich, mein heiß geliebtes Trikot war, das alle Railers unterschrieben hatten. Ich setzte mich ihr zugewandt auf den Boden und band meine Haare in einem Pferdeschwanz zusammen. Jacob liebte es, wenn meine Haare lang wurden, aber ich musste sie wirklich schneiden lassen, zumindest ein bisschen.

„Das ist Rex", verkündete ich, während sich der Hund vor Rose auf den Rücken fallen ließ, Bauchkraulen verlangte und sich dabei wand wie ein Wurm. Rose fröstelte und mir fiel zum ersten Mal auf, wie wenig sie anhatte, nur ein dünnes T-Shirt und Schlafanzughosen. Ich zog das Railers-Trikot auseinander und zog es ihr über den Kopf, wobei ich ihr mit den Armen half. Sie versank darin, aber wenigstens hörte sie auf zu zittern.

„Hi Rex." Sie kicherte und schob riesige Ärmel zurück, um den Welpen zu streicheln und zu kraulen, und ich fühlte einen ungeheuerlichen Frieden dabei, sie so glücklich zu sehen.

„Was zur Hölle!" Ich schaute auf und ihr Bruder David war da. *Genau hier.* Am Eingang der Anlage, er rannte herein und hob Rose hoch in seine Arme. Er hatte Panik. „Lass sie in Ruhe!", schrie er mich an und ich hob meine Hände hoch, um meine Unschuld zu zeigen.

„Sie hat nur Rex gestreichelt –"

„Wohin bist du verschwunden, Rose! Ich habe gedacht, du bist weggelaufen, hier ist es nicht sicher!"

„Hündchen!", fing Rose an und dann begann sie, richtig zu weinen.

„Schau, was du gemacht hast!", schnappte David und drehte mir dann denn Rücken zu und verließ die Anlage.

Tja, Scheiße.

SECHS

Jacob

Meistens genoss ich es, morgens von meinem Ehemann aufgeweckt zu werden. Andererseits war er morgens meistens um einiges romantischer – Ryker liebte es, wenn wir uns sanft liebten, während der Sonnenaufgang die Wüste färbte – und um einiges weniger penetrant. Beim dritten Ruck an meiner Schulter rollte ich mich mit einem Knurren auf den Rücken. Ich war gerade dabei, ihn zu fragen, was sein Problem war, als ich bemerkte, wie angespannt sein Gesichtsausdruck war.

„Wir haben da so etwas wie eine Situation", meinte Ryker.

„Erkläre ‚Situation'", murmelte ich, während ich mich aufsetzte, um meine verschlafenen Augen zu reiben.

„Nun ja, es begann damit, dass ich laufen gehen wollte, aber da war dieses –"

Mein Kopf ruckte nach oben. „Ist Rex von einer Klapperschlange gebissen worden?"

„Was? Himmel, nein. Keine Klapperschlangen."

Meine Lungen leerten sich mit einem *Wuusch*. „Ich will ja nicht kleinlich sein, aber vielen Dank, dass du gefragt hast, ob der Hund von einer Schlange gebissen wurde, bevor du dich nach deinem Ehemann erkundigt hast."

„Bitte entschuldige. Ich schlafe noch halb. Bist du von einer Klapperschlange gebissen worden?"

„Nein."

„Gut. Also, was ist los?"

Er rasselte einen Strom an Informationen herunter. Ich schnappte irgendetwas über Gila-Krustenechsen, Rose, ein Trikot, den Welpen und David auf. Mein benebeltes Hirn fügte die ganzen chaotischen Informationen langsam zusammen.

„In Ordnung, alles ist gut. Ich kümmere mich darum." Ich schlug die Decke zurück. Rykers Blick fiel auf meinen Schwanz, der in der Brise baumelte. „Nachdem ich mich angezogen habe." Ich fühlte, wie meine Wangen warm wurden. „Bring die Kinder nach drinnen und gib ihnen etwas zu Essen. Ich rufe ihre Mutter an."

„Das habe ich bereits. Oder es versucht. David will nicht hereinkommen, darum habe ich Essen nach draußen gebracht. Ich glaube, er ist jetzt, da er hier ist, etwas desorientiert. Die zwei Kinder sind zu Fuß hierhergekommen! Ich bin mehr als entsetzt. Was, wenn sie einer deiner Klapperschlangen begegnet wären?"

„Das sind nicht *meine* Klapperschlangen", bemerkte ich, während ich meine Beine in saubere Jeans schob.

„Oder einem Skorpion, oder einer Gila-Krustenechse. Verdammte Gila-Krustenechsen."

„Was ist dein Problem mit Gila-Krustenechsen?" Ich zog mir ein altes Railers-Tanktop über den Kopf.

„Nichts. Ich habe kein Problem mit ihnen. Sie sind nur gruselig. Ich traue ihnen nicht. Sie sind giftig und haben einen verschlagenen Ausdruck in den Augen."

Ich blinzelte. „In … Ordnung. Naja, zumindest hast du zur Hälfte recht." Ich joggte mit abstehenden Haaren nach draußen, mein Telefon hatte ich schon am Ohr. Die Kinder saßen mit vollen Milchgläsern und Sandwiches mit Erdnussbutter an unserem kleinen Picknicktisch. Rose war neben Rex platziert und Rex vertilgte eine Hälfte ihres Sandwiches, wobei seine Zunge Lichtgeschwindigkeit erreichte, als er die Erdnussbutter von seinem Gaumen ableckte. Rose fand das unfassbar lustig. David eher weniger.

„Guten Morgen", sagte ich mit einem Lächeln. Maggie hob nicht ab. Verdammt. Wenn sie aufwachte und beide Kinder verschwunden waren, würde sie durchdrehen. „Ihr Kinder seid ziemliche Frühaufsteher."

„Ich wollte das Hündchen sehen", informierte uns Rose, dann schlürfte sie an der Milch.

„Tja, ihr beide seid hier jederzeit willkommen, aber ihr müsst eurer Mutter Bescheid geben, bevor ihr geht. Und ihr solltet nicht allein durch die Wüste spazieren."

David beäugte mich. „Das habe ich ihr auch gesagt. Es gibt gefährliche Tiere in der Wüste. Wir brauchen deine Belehrungen nicht."

Wow. In Ordnung. „Ich bin froh, dass du dich so gut um deine Schwester kümmerst. Während ihr beide euren Imbiss aufesst, läuft Ryker zur Ranch und holt eure Mom. Ich wette, sie ist besorgt, wenn sie aufwacht und ihr beide weg seid."

„Ich habe ihr eine Nachricht hinterlassen", sagte David in eindeutigen *Mann-Ey*-Tonfall.

„In Ordnung. Aber mein Ehemann sammelt eure Mutter gern ein und bringt sie hierher. Vielleicht möchte sie auch ein Sandwich und Milch."

„Mama liebt Milch! Sie sagt, davon bekommt man starke Knochen!" Rose grinste mich um einen Klumpen halb gekauten Brotes herum an. Ich lächelte zurück. David schenkte mir ein Nicken, dann schaute er wieder finster drein.

„Gut, dann hole ich jetzt mal eure Mom", warf Ryker ein. Ich warf ihm die Schlüssel von meinem Transporter zu und er ging. David beobachtete mich, als wäre ich eine Klapperschlange, als ich mich an die gegenüberliegende Seite des Tisches setzte.

„Rex Hündchen!", quietschte Rose, als der Hund herunterhüpfte, um an der Ecke des Ziegengeheges herumzuschnüffeln. Tonks und Remus waren draußen, um die Sonnenstrahlen aufzusaugen. Rose kletterte von der Bank herunter und lief Rex hinterher, was zu einem fantastischen Fangen-Spiel zwischen dem kleinen Mädchen und dem Welpen führte. Die beiden Ziegen waren davon nicht sehr beeindruckt und beeilten sich, zurück in ihren Unterstand zu kommen, in den Schatten, zum Wasser, und, so wie ich Ryker kannte, zu viel zu viel Getreide.

Die Sonne wärmte den Horizont mit hellen roten und orangefarbenen Tönen. „Also *seid* ihr tatsächlich schwul?", fragte David aus heiterem Himmel. Ich wandte meine Aufmerksamkeit von dem Sonnenaufgang ab. Sein Auge war eine schreckliche Schweinerei und seine Kehle …

„Ich, ja. Mein Ehemann ist bi."

„Oh, in Ordnung."

„Weißt du, was bisexuell bedeutet?"

Er runzelte die Stirn. „Natürlich. Ich bin vierzehn, nicht vier."

„Stört es dich, dass wir queer sind?"

„Nein."

„In Ordnung, das ist gut."

„Ihr seid beide groß für schwule Kerle. Dad sagt, dass Schwuchteln normalerweise schwache, verweichlichte, weibische Männer sind."

Ich zuckte bei dem hasserfüllten Ausdruck zusammen. „Ich will nicht unhöflich sein, aber dein Vater liegt falsch. Schaue ich für dich schwach aus?" Er schüttelte den Kopf. „Sieht mein Ehemann schwach aus?" Wieder ein Kopfschütteln. „Da hast du es. Klischees sind dumm. Ryker ist professioneller Eishockeyspieler. Es gibt nichts Stärkeres als einen Eishockeyspieler."

„Stimmt", flüsterte er. Ich überlegte, ihn über einiges auszufragen, aber ich entschied mich dafür, ihn einfach selbst, auf seine eigene Art und Weise, verarbeiten zu lassen, was er gerade gehört hatte. Ein paar meiner Vermutungen darüber, was ihm und seiner Familie zugestoßen war, waren scheinbar richtig, aber es stand mir nicht zu, nachzuhaken.

Wir saßen in freundlicher Stille da und beobachteten Rose und Rex dabei, wie sie sich müde tobten. Etwas von dem Misstrauen war von seinem zerschrammten Gesicht verschwunden. Rex jaulte auf und ich drehte mich gerade rechtzeitig herum, um zu sehen, wie Maggie, immer noch in ihrer Schlafhose und einem zerknitterten T-Shirt, wie der Blitz um das Haus herumkam, ihr Gesicht aufgequollen und zerschlagen, mit Tränen, die ihr die Wangen hinunterliefen.

Sie warf sich auf David, als wäre er monatelang weg gewesen. Rose spielte immer noch mit Rex und bekam von dem Schrecken, den sie gerade verursacht hatte, nichts mit. Ich machte mir eine geistige Notiz, mehr Schlösser an den Türen der Familienhütten anzubringen.

Ryker und ich gingen hinein, um Kaffee zu machen. Mutter und Sohn saßen am Picknicktisch, wo sie sich umarmten und einander zuflüsterten.

„Sie hat tief und fest geschlafen", erzählte mir Ryker, als wir eine Kanne Kaffee aufbrühten. Ich warf einen Blick aus dem kleinen Fenster über der Spüle. Maggie und David unterhielten sich jetzt, die Tränen waren zum Glück weniger geworden. „Ich meine wirklich wie ausgeknipst. Ich musste gewaltsam gegen die Tür hämmern, bis sie aufgewacht ist."

„Nun ja, sie hatten gestern eine schreckliche Nacht." Ich kramte im Küchenschrank nach Kaffeetassen. „Kein Wunder, dass sie geschlafen hat wie eine Tote. Vielleicht hat sie sich endlich sicher genug gefühlt, um zu schlafen."

„Ja, wahrscheinlich." Er atmete traurig aus. „Ich wünschte, ich wüsste mehr darüber, was ihnen zugestoßen ist."

„Ich auch, aber es ist nicht unsere Aufgabe, sie zu betreuen."

„Ich weiß, aber trotzdem ..." Er gab mir die Zuckerdose, damit ich sie auf das Tablett stellen konnte, das ich vorbereitete. „Das hier wird schwer werden, oder?" Ich warf ihm einen Blick zu, nachdem ich ein paar Löffel auf das knallrote, mit lauter Hähnen bemalte Tablett gelegt hatte, das uns Apollo als Einweihungsgeschenk für unser neues Zuhause gegeben hatte. Er hatte gesagt, dass wir wie zwei Hähne im Korb seien und er es uns darum hatte kaufen müssen. Henry hatte nur genickt und dabei gelächelt. „Diese Menschen kennen zu lernen, die Familien und Teenager, die hierherkommen, und nicht mit hineinzugeraten."

„Das wird wirklich hart werden."

„Aber du bewirkst hier etwas wirklich Gutes, Jacob. Du gibst ihnen einen sicheren Hafen, einen Ort, an dem sie schlafen und herausfinden können, was sie als nächstes machen sollen."

„*Wir* bewirken etwas Gutes. Du bist genauso daran beteiligt wie ich es bin."

Er stellte sich auf seine Zehenspitzen, um sich einen Kuss zu stehlen.

Jemand räusperte sich. Wir gingen auseinander. David stand in der Tür, sein Blick war auf Ryker und mich geheftet.

„Uups", meinte Ryker mit einem Kichern. „In Flagranti erwischt."

„Brauchst du etwas, David?", fragte ich, etwas peinlich berührt.

„Mom mag lieber Tee mit Honig. Aber ich mag

Kaffee", sagte der Junge, dann flitzte er zurück in den Hof.

„Ich mache ein bisschen Wasser in der Mikrowelle heiß", ergriff Ryker das Wort, und bald darauf waren wir wieder draußen, verteilten den Tee und den Kaffee und redeten über die Ziegen, das Wetter und darüber, was David und Maggie anscheinend sehr beeindruckt hatte.

„Du bist also ein Eishockeyspieler", brachte Maggie das Thema zur Sprache, als Rose und Rex versuchten, zwei faule Ziegen durch einen Zaun hindurch zu hüten. Es klappte nicht sehr gut. Vielleicht sollten wir erwägen, uns Schafe zuzulegen …

„Das bin ich, ja. Für die Raptors", erklärte Ryker stolz. „Jacob hat im College Hockey gespielt. Tatsächlich haben wir uns so kennengelernt."

„Wie lange seid ihr beide schon verheiratet?", erkundigte sich Maggie über ihre Teetasse hinweg.

„Eineinhalb Jahre", antwortete ich und warf Ryker einen warmen Blick zu.

„Das ist fantastisch. Zwei schwule Männer, die glücklich verheiratet sind und ihren großartigen Lebensunterhalt selbst bestreiten. Schau, ich habe dir gesagt, dass es etwas Wunderbares ist, dass du schwul bist, David."

Sein Blick flog zu mir, dann zu seiner Mutter. „Dad denkt das nicht."

Maggies Blick senkte sich. „Dein Vater hat unrecht."

Ryker und ich saßen vollkommen unbeweglich da, Seite an Seite, auf der harten Holzbank. Ich wünschte, ich wüsste, was ich machen oder sagen sollte, um ihnen durch diese Zeit zu helfen. Aber ich wusste es nicht. David erwiderte nichts. Die Stille war erdrückend.

„Wenn ihr Hockey mögt, kann ich euch wahrscheinlich Tickets für eines der nächsten Spiele besorgen. Wir haben bis jetzt eine ziemlich gute Saison", warf Ryker ein, um die Spannung zu lösen.

David und seine Mutter tauschten bedeutungsvolle Blicke.

Dann lächelte Maggie Ryker an, mit einem echten Lächeln. „Das wäre wundervoll, danke."

Der Teenager nickte nur.

„Sehr gern." Ryker strahlte.

Maggies Telefon piepste.

„Oh, das ist die Erinnerung an unseren Termin mit einer Doktor Morgan um neun Uhr. Wir sollten los und uns duschen. Dürfen wir euch um eine Mitfahrgelegenheit zurück zur Hütte bitten?"

„Ich bringe sie zurück", bot Ryker an, dann beeilte er sich, seinen Kaffee hinunterzustürzen.

Ich tätschelte den Oberschenkel meines Ehemannes. Was hätte ich ohne diesen Mann in meinem Leben gemacht?

SIEBEN

Ryker

Ich lud eine Kiste mit Trikots, einen alten Schläger sowie Jacobs Teddybär von den Raptors in den Truck, um alles für unsere neue Familie hinunter in die Hütte zu bringen, als ein Auto kam. Ich vermutete, dass es Doktor Morgan war, aber das hier war mit Sicherheit nicht die Doktor Morgan, die Jacob und ich kannten. Nicht nur war das hier ein Mann, er war auch das exakte Gegenteil von dem, was ich erwartet hatte – er war nicht im Geringsten wie die Therapeutin, die ich bereits getroffen hatte. Tatsächlich sah der Neuankömmling wie ein Eishockeytrainer aus – protzig in Anzug, glatt gepresster Hose, einer ordentlich gebundenen Krawatte und einer dunklen Brille. Er war der Inbegriff von Höflichkeit und ich hatte dieses schreckliche Gefühl, dass er nicht hier neben seinem Auto stehen sollte und so aussehen, als hätte er sich auf hundert verschiedene Arten verlaufen.

„Hallo?", fragte ich, während ich die Tür des Trucks zuschlug und ihn halb zu Tode erschreckte.

„Ich bin Jamie McAllister und suche nach der Mountain Vista Ranch?", rief er zu mir herüber, dann schritt er entschlossen in meine Richtung. Ich versteifte mich, als wäre er ein Verteidiger, der kurz davor war, mich gegen das Glas zu schleudern.

„Ich muss einen Personalausweis sehen." Ich blieb eisern stehen.

Ich wusste nicht, wo das hergekommen war, aber wir mussten über Sicherheitsvorkehrungen nachdenken, denn jeder Hinz und Kunz konnte diese Straße herunterkommen und einfach an unserem Haus vorbei und hinunter zu den Hütten fahren. Was, wenn das hier Maggies Ehemann war? Wussten wir überhaupt, wie er aussah? Ich musste Jacob fragen.

Oder vielleicht war er ein Journalist, der hier war, um eine Story zu schreiben? Eine Million verdächtige Möglichkeiten fluteten mein Gehirn, aber ich kam nicht dazu, irgendeine davon in Worte zu fassen, da er zur gleichen Zeit seine Geldbörse herausholte, als Rex, verfolgt von einer Ziege, um die Ecke des Hauses herumgeflogen kam und sich mit einem Kläffen auf den Besucher stürzte. Man musste dem Mann zugutehalten, dass er Rex auffing, sogar, als die Ziege direkt in seine Beine hineinschlitterte und dort zum Halten kam und ihn dabei umwarf wie einen Kegel. Als der Typ im Dreck ausgebreitet dalag, während eine Ziege an seiner Krawatte kaute und Rex sein Gesicht abschleckte, hob ich seine Geldbörse auf, die er fallengelassen hatte, und sah, dass er tatsächlich Jamie McAllister war und beim Schwester Maria Frauenhaus arbeitete. Ich scheuchte Tonks von Jamie weg, obwohl meine Babyziege *wirklich* niedlich aussah, wie sie auf dem gefallenen Mann stand, als Jacob aus dem Haus kam, um sich Rex zu schnappen. Jamie setzte sich vorsichtig auf, schaute kläglich auf sein Jackett, dann rappelte er sich auf, streifte seine Anzugjacke ab und entfernte die Krawatte, warf beides in sein Auto, dann rollte er die Ärmel seines weißen Hemds auf.

„Jamie, Mist, das tut mir leid", entschuldigte sich Jacob.

„Mach dir keinen Kopf", meinte er mit einem Lächeln und streckte dann seine Hand aus, die wir beide schüttelten. „Ich habe diese Krawatte sowieso nie gemocht."

„Ich habe dich nicht vor heute Nachmittag erwartet." Jacob versuchte, professionell zu sein, während er Rex hielt, der sich wand, weil er herunterwollte.

„Du kennst ihn?", fragte ich sofort.

„Das ist Jamie. Er ist unser Kontakt zu dem Frauenhaus, das uns mit Maggie zusammengebracht hat."

Jamie kam näher, um Rex zwischen den Ohren zu kraulen. „Ich musste herkommen. Sie haben jemanden verhaftet."

„Oh Scheiße, Maggies Ehemann? Das ist doch gut, nach dem, was er ihr und David angetan hat?"

Er neigte seinen Kopf, wahrscheinlich nicht in der Lage, mehr dazu zu sagen, dann wechselte er das Thema. „Ich liebe Hunde, Ziegen eher weniger", fügte er hinzu und dann war das Grinsen wieder da. Bildete

ich es mir nur ein, oder flirtete er mit dem Lächeln?
Flirtete er mit Jacob?

„Mein *Ehemann* meinte, ich könnte die Ziegen
anschaffen", stieß ich hervor, wobei ich das Wort Ehemann
besonders betonte und dann auf Jamies Reaktion wartete.

„Ist alles in Ordnung, Ry?", Jacob stieß mich in
den Arm.

Jamie lächelte immer noch Rex an. „Ich vermute,
mein Ehemann würde einen Anfall bekommen, wenn ich
nach Ziegen fragen würde", sagte er. „Er war schon
nicht allzu scharf auf die Katzen, obwohl er es war, der
unser neuestes Kätzchen zu uns gebracht hat. Wie auch
immer, wo muss ich mich eintragen?"

Ich warf einen Blick auf Jacob, der einen Notizblock
unter seinem Arm hatte, der sich als offizielles Protokoll
herausstellte. Er ließ Jamie unterschreiben, schoss ein
Foto von seinem Ausweis, verglich es mit irgendetwas
und dann beobachteten sie beide, wie ein weiteres
Fahrzeug ankam. Nun, *diese* Fahrerin erkannte ich und
Doktor Morgan grinste breit, als sie heranfuhr und
herauskletterte, ihren knallgelben Kaftan glattstrich und
sich mit irgendeinem Prospekt Luft ins Gesicht fächelte.
Sie und Jamie umarmten sich, ich schüttelte ihre Hand
und dann übergab mir Jacob Rex, bevor er auf seinen
Polaris stieg und sowohl Jamie als auch Doktor Morgan
in Richtung der Hütten führte.

Ich wartete, bis sich der Staub von den
davonfahrenden Fahrzeugen gelegt hatte, was eine Weile
dauerte, dann brachte ich Tonks zurück in ihren Stall
und packte Rex in seine Hundebox, um einen Moment

zu haben, in dem ich alles durchdachte. Ich war so stolz auf Jacob; er hatte nicht nur diesen Ort erschaffen, er hatte auch Sicherheitsmaßnahmen ergriffen, an die ich niemals gedacht hätte, bis ich damit konfrontiert worden wäre. Trotzdem brauchten wir ein Tor oder so etwas Ähnliches, das sich bis in das Unterholz erstreckte, um Fremde davon abzuhalten, hierherzufahren.

Wir brauchten Sicherheitsvorkehrungen. Wir brauchten Lichter, Zäune und weiß Gott was noch alles. Wir hatten kein Geld im Hauptbudget, aber alles, was nötig war, war ein Übertrag von unseren Ersparnissen, und alles wäre in Butter. Jacob würde es vielleicht nicht gut finden, dass wir Geld nutzten, das er als meines betrachtete, aber es gab kein *mein*. Das hier war *unser* Projekt und ich musste alles nutzen, was ich hatte, um mich um alle zu kümmern. Eine Stunde in ihrer Gesellschaft, während der ich Maggie beobachtet, David zugehört und mich in die kleine Rose verliebt hatte und ich wusste, dass es mich umbringen würde, wenn ihnen etwas zustoßen würde.

Statt mir noch mehr Sorgen darüber zu machen, dass Jacob zusammen mit einer verletzlichen Frau und ihren Kindern allein hier draußen war, schrieb ich der ersten Person, die mir einfiel, dem Mann, von dem ich wusste, dass er Leute kannte, die sich mit Sicherheitssystemen auskannten. Ich bekam keine sofortige Antwort, aber ich wusste, dass die Railers gerade unterwegs waren, was bedeutete, dass es etwas dauern könnte, bis Stan antwortete. Zumindest hatte ich die Initiative ergriffen.

Jacobs Polaris rumpelte zurück, um neben meinem

Truck einzuparken und ich war mit meinen Sorgen und Bedenken sofort in seinem persönlichen Raum.

„Wir brauchen bessere Innenschlösser an den Türen. Außerdem, was ist, wenn irgendein Fremder sich dazu entschließt, durch die Wüste zu schleichen und zu denjenigen geht, die in den Hütten wohnen? Wir brauchen bessere Sicherheitsvorkehrungen und ich habe Stan geschrieben."

Jacob starrte mich an und als er nicht sofort antwortete, fragte ich mich, ob ich zu weit gegangen war, dann zog er sein Telefon heraus und drehte es, damit ich den Bildschirm erkennen konnte.

„Ich habe ihm gestern Abend geschrieben. Er kümmert sich darum. Zumindest glaube ich, dass er das gemeint hat mit ‚Super-duper Lied des Rebellen, Stan wird kaufen. Erik auch.‘" Er konnte nicht anders als zu lachen. „Stan hat anscheinend damit angefangen, von sich selbst in der dritten Person zu reden."

„Das sagt zumindest Ten."

„Ich weiß allerdings nicht, was er damit meint."

„Lass mich versuchen, es zu übersetzen." Ich räusperte mich. „Also, *Lied des Rebellen* ist ein Film von Elvis."

„Ich weiß, das habe ich nachgelesen. Moment, woher weißt du das, ohne das Internet zu befragen?"

„Weil ich mit den Railers herumgehangen habe, bevor ich in der Arena gedraftet worden bin und Stan hat das ganze Team dazu gebracht, ihn im Videoraum anzuschauen, das war irgendetwas darüber, zu uns selbst zu finden."

„Also geht es darin nicht um die Sicherheit einer Ranch mitten im Nirgendwo?"

„Nein, alles, an das ich mich von dem Film erinnern kann, ist der Teil, als Adler auf seinem Bauch kriechend versucht hat, aus der Tür zu kommen und Stan sich auf ihn gesetzt hat. Ich bin nach einer halben Stunde eingeschlafen, also wer weiß."

Mein Telefon vibrierte und ich warf einen Blick auf die Nachricht von Stan.

„Bin dran wie eine Schweizer Käserakete", las ich vor und wir schüttelten beide den Kopf. Das musste für Stan Sinn ergeben, für uns eher weniger.

Wir gingen hinein und direkt in die kühle Küche, holten uns Kaffee und setzten uns nebeneinander an den Frühstückstresen.

„Das war nicht der Morgen, den ich geplant hatte", murmelte ich, als wir uns zwischen Schlucken vom Kaffee Küsse stahlen. „Ich hatte gehofft, zumindest etwas Küssen hinzubekommen, vielleicht sogar einen oder zwei kuschelige Blowjobs."

Jacob kicherte, während die Küsse zu mehr wurden und ich verlor mich in ihm, gleichzeitig fragte ich mich, wie lange wir hatten, bis entweder Doktor Morgan oder der hundeliebende Jamie wieder an unserer Tür erschienen.

„Verdammt, ich will dich." Ich wollte unbedingt mehr.

„Das hier muss schnell gehen."

„Du hast Glück, wenn ich eine Minute durchhalte."

Jacob zerrte an meinem T-Shirt und schubste mich

zurück in den dunklen Flur zwischen der Küche und dem Schlafzimmer.

Und recht viel weiter kamen wir auch nicht.

ACHT

Jacob

In den dunkelsten Nächten, wenn ich wach lag, während Ängste und Sorgen an mir nagten, fragte ich mich manchmal, ob ich mich jemals *nicht* zu Ryker hingezogen fühlen könnte. Also … wenn wir alt und faltig wären und viel zu mürrisch, um einen hochzubekommen, würde sich unsere Liebe verändern? Wären wir einfach beste Freunde, die einander auf einer kosmischen Stufe liebten, die jüngere, notgeile Menschen anstreben könnten? Würde eine vierzigjährige Ehe die atemberaubende Leidenschaft abstumpfen? Ich könnte meine Mutter fragen, aber … ja, nein. Obwohl meine Leute von Zeit zu Zeit immer noch dieses Leuchten in den Augen hatten, waren sie nicht dafür bekannt, nur bis zum verdammten Flur zu kommen, bevor sie damit anfingen, sich gegenseitig die Klamotten vom Leib zu reißen. Vielleicht passierte das jetzt, da ich aus dem Haus war, ständig. Mitten auf dem Küchentisch, wo ich normalerweise meine Cocoa Puff Balls gegessen habe. Igitt.

„Hey, bist du noch bei mir?", fragte Ryker, während er an meinem Hosenschlitz herumfummelte.

„Entschuldige, ja. Meine Gedanken haben sich verselbstständigt."

Er schob seine Unterlippe vor. „Tja, Scheiße, ich muss wohl nachlassen, wenn du an Schafe denkst statt an den Mann, der kurz davorsteht, dir dein Gehirn durch deinen Schwanz herauszusaugen."

Mein Schwanz zuckte. „Ich bin wieder da. Komplett da. Genau hier. Sauge los."

Ryker kicherte, befreite meinen Schwanz und ging auf die Knie. Meine Schulterblätter trafen mit einem dumpfen Schlag die Wand. Ich schob meine Finger in all diese üppigen Locken, als er über meinen Schlitz leckte, seine Lider schwer, seine Lippen teilten sich, dann glitten sie über die Spitze meines Schwanzes. Ich seufzte, dann zuckte ich, als er damit begann, schneller zu saugen, härter, mich damit in Rekordzeit an den Abgrund brachte. Ich schob ihn von mir, dann lotste ich seinen Mund sanft zu meinem. Ich drückte meinen Mund auf seinen, begierig darauf, die weiche Berührung seiner geschwollenen Lippen zu spüren, das Gleiten seiner Zunge über meine und die subtile, salzige Würze meiner Liebestropfen.

„Bett, Gleitgel", keuchte er, als der Kuss abbrach.

Ich nickte. Wir flitzten ins Schlafzimmer, T-Shirts, Jeans, Unterwäsche und Socken wurden in alle vier Winde zerstreut. Er warf mir das Gleitgel zu und kletterte auf unser Bett, er streckte sich mit nach oben gerecktem Arsch darauf aus. Liebestropfen quollen von meinem Schwanz.

„Verdammt, Baby, das ist ein Anblick, dessen ich niemals müde werde", sagte ich, dann nahm ich meine schmerzenden Hoden in die Hand und rollte sie ein bisschen, während ich die Entfernung überwand. Mit dem Daumen schnippte ich den Deckel des Gleitgels auf, mein Blick heftete sich auf sein enges Loch und seine schweren, baumelnden Hoden.

„Weniger reden, mehr ficken. Tick Tack, Großer", warf Ryker über seine Schulter, dann schwang er seinen Arsch. Ich stöhnte bei dem Anblick, dann gab ich Gas. Ich verteilte Gleitgel über meinen gesamten Schwanz, während ich erst ein Knie, dann das andere auf dem Bett platzierte. Er gurrte in das Kissen hinein. Es war ein sanfter, sehnender Laut, den er immer von sich gab, wenn er unbedingt gefickt werden wollte. Er ging direkt in meine Eier. Trotz seines Protestes öffnete ich ihn mit zwei Fingern. Als er stöhnte und mich verfluchte, ersetzte ich meine Finger durch meinen Schwanz. Ich schob nur die fette Eichel hinein, dann hielt ich inne, eine Hand auf seinem unteren Rücken und eine an seiner Hüfte.

„Nimm dir, was du willst", sagte ich atemlos und kniete dann bewegungslos da. Er sank nach hinten, nahm mehr und mehr meines Glieds in sich auf, bis ich komplett umschlossen war. „Oh Scheiße, Baby …"

„Verdammt, Ja … beweg dich … jetzt." Er biss in sein Kissen, während sich sein Hintern um mich zusammenzog.

Das war alles an Aufforderung, was ich brauchte. Ich zog mich zurück, stöhnte beim Anblick meines glitschigen Schwanzes, der herausglitt. Er zischte etwas unverständliches. Ich stieß wieder hinein. Sein Jaulen war vom Kissen gedämpft, aber sein Körper summte. Wir begannen langsam zu ficken – Ryker und ich – er begegnete meinen Stößen mit Hingabe. Es existierte nichts auf der Welt außer der Hitze und Enge seines Körpers, das Knurren und Grunzen, während ich seine Prostata mit jedem harten Stoß rammte, und dem Geräusch von Haut, die auf Haut klatschte.

Ich kam nicht einmal dazu, eine Warnung herauszubringen. Mein Orgasmus kam über mich wie eine unerwartete Flutwelle. Ich stieß tiefer hinein, während ich ewig pulsierte und ihn bis zum Überlaufen füllte. Er schrie einen Moment später auf, seine Hand bewegte sich wie verrückt unter seinem sich krümmenden Körper. Ich rollte meine Hüften. Er knurrte tief in seiner Brust, das Streichen meines Schwanzes über dieses Nervenbündel fügte seiner Erlösung so viel mehr hinzu. Dann klappten seine starken Beine zusammen. Ich brach mit ihm zusammen, meine klebrige Brust an seinem verschwitzten Rücken. Ein ruppiges Grollen entfuhr ihm, als sich mein Gewicht auf ihn senkte.

„Elch … auf meinem Rücken", keuchte er scherzhaft, wobei er seinen Kopf drehte, sodass ich ihm einen Kuss auf den Mund geben konnte. Während er dramatisch keuchte, nahm ich mir einen Moment Zeit, um an seiner Ohrmuschel zu knabbern und dann mit meinen Lippen über seinen Nacken zu streichen.

„Ich liebe dich mehr als alles auf der Welt", flüsterte ich an seine klebrige Haut. Ein Summen voller Behagen erfüllte den Raum. Es wurde erwidert von dem

Scharren von Krallen auf dem Holzboden. „Achtung, er kommt!", rief ich, dann rollte ich von Ryker herunter, um mir die Bettdecke zu schnappen. Ich schaffte es nur, unsere Eier zu bedecken, als Rex in einem wilden Gewirr aus Beinen, rotem Fell und nasser Zunge auf das Bett sprang.

„Ich vermute, wir haben vergessen, seine Box zu verriegeln", japste ich, als die wahnwitzige Gesichtswäsche vorüber war. Der Welpe rollte sich zwischen uns zusammen, seine Nase unter dem Schwanz, mit offenen Augen und zuckenden Schnurrhaaren. Ich fuhr mit einer Hand über seinen weichen, pelzigen Rücken. Sein Schwanz wedelte.

„Er hat über meinen Augapfel geleckt", nörgelte Ryker, dann gluckste er. „Ich habe buchstäblich Hundesabber im Auge."

„Und Wichse in deinem Arsch", neckte ich ihn und bekam ein kurzes Zucken eines Mittelfingers, bevor er das Bett verließ, um sich zu waschen. Ich warf die Decke über Rex, der das als Zeichen dafür ansah, dass wir irgendein Wir-graben-uns-ins-Bettzeug-Spiel spielten. Während ich meinen Schwanz an einem schmutzigen T-Shirt abwischte, rollte und trat und knurrte Rex in Richtung der Bedrohung, die eine Decke darstellte. „Du bist ein Idiot", teilte ich dem Hund mit, als ich meine Unterhose anzog. Ryker erschien mit nassem Brustkorb und zufriedenem Blick.

„Er ermordet wieder die böse Bettdecke, oder?", fragte Ryker, als wir nach seinen Klamotten suchten.

„Jemand muss es machen." Ich warf Ryker seine Unterwäsche zu, dann entwirrte ich das Hündchen und das Bettzeug, damit wir es abnehmen und frisch beziehen konnten. Das führte zu einer Balgerei, die erst endete, als ich den Hund in die Küche trug, damit Ryker das Bett machen konnte. Niemand, der jemals einen Australian Cattle Dog gehabt hatte, hat jemals behauptet, dass sie keine Energie besaßen. Ich gab dem Hund für ein gut gemachtes Sitz-und-Bleib einen Keks, als sich mein Ehemann uns in der Küche anschloss. Seine Brust war nackt und ich musste starren. Verdammt, er war wunderschön. Hübsche pinke Nippel, weiche Haare, die sich zu einem vollen Pfad verdichteten, der verführerisch im Bund seiner Jeans verschwand. „Du siehst köstlich aus."

Er klatschte auf seine Bauchmuskeln. „Ja, ich weiß. Du bist auch nicht gerade zu verachten." Sein haselnussbrauner Blick wanderte über meine Brust. Ich spannte sie an. Er täuschte vor, ohnmächtig zu werden und wir lachten. Ich streckte meine Hand nach ihm aus und er kam in meine Arme, sein Gesicht immer noch rot davon, dass wir miteinander geschlafen hatten.

„Ich bin unfassbar glücklich darüber, mit dir verheiratet zu sein." Ich stupste sein Kinn mit meiner Nase an und sein Kopf neigte sich nach hinten. Meine Lippen wanderten über seine Kehle, seine Bartstoppeln rau und sinnlich. „Du bist der beste Ehemann aller Zeiten."

„Mm, das sagst du nur, weil ich dir einen Hund geschenkt habe", seufzte er, während er in das Knabbern und die Bisse hineinschmolz, die ich ihm schenkte.

„Vielleicht gibt es noch andere Gründe", murmelte

ich, als ich ihn gegen den Kühlschrank presste. Rex winselte zu unseren Füßen. Ich warf einen Blick nach unten auf den beunruhigten Welpen. „Ich tue ihm nicht weh", versicherte ich dem Hund, bevor das Geräusch einer zufallenden Autotür in den zärtlichen Moment eindrang.

„Verdammt", grummelte Ryker, küsste mich auf den Mund und wand sich dann aus meinen gierigen Händen. Als die Türglocke ging, schenkte er mir ein schelmisches Grinsen. „Ich vermute, wir können froh sein, dass wir zumindest etwas Zuwendung bekommen haben."

Ich nickte. Er tapste davon, um die Tür zu öffnen, barfüßig und ohne Shirt, Rex auf seinen Fersen, damit er seinen offiziellen Pflichten als Hundebegrüßer nachkommen konnte. Ich blieb noch für einen Moment mit einem Lächeln im Gesicht in der Küche. Wir hatten Glück. Ja, wir hatten unglaubliches Glück. Und waren so herrlich verliebt. Unser Leben war ein Traum hier draußen in der Wüste.

NEUN

Ryker

Je näher ich der Ranch kam, desto stärker spürte ich den Stress der Auswärtsserie. Ich wollte den Frieden dieses Ortes, mich hinsetzen und Jacob umarmen, einfach nur entspannen und verstehen, was passiert war, aber ich war nahe daran, ihn zu sehen und er würde jedem Wort zuhören, das ich sagte – jeder Sorge – und es war nicht fair von mir, all das mit nach Hause zu nehmen.

Zwei Spiele der Raptors, zwei Niederlagen in der Verlängerung, was bedeutete, dass wir mit zwei mickrigen Punkten davongekommen waren und wir in der Tabelle innerhalb einer Woche drei Plätze nach unten gerutscht waren. Es lag nicht nur am BAR-Block, es lag nicht nur an mir, aber ich spürte natürlich Bedauern über die Fehler, die ich gemacht hatte, nicht zuletzt über den Puckverlust in den letzten Minuten des Spiels gegen Boston, der dazu geführt hatte, dass sie zu uns aufgeschlossen und die Verlängerung erzwungen hatten, die wir dann vermasselt hatten. Wir waren gerade einmal vier Wochen in der neuen Saison und wir bewiesen bereits jetzt, dass die Kritiker recht damit hatten, wenn sie sagten, sie würden daran zweifeln, dass die Raptors den letztjährigen fünften Platz der Division überbieten könnten. Wir hatten es im letzten Jahr nicht in den Stanley Cup geschafft und ich bezweifelte, dass wir es dieses Jahr schaffen würden.

Und da war er wieder, der pure Stress, als würde ich die komplette beruhigende Wirkung der Gewissheit, dass ich bald wieder bei Jacob auf unserer idyllischen Ranch sein würde, verlieren. Ich drehte das Radio auf, irgendein Hits-der-Achtziger-Sender, der Glam Rock spielte, und das erinnerte mich so sehr an Dad, dass mein Herz schmerzte. Ich hätte seinen Rat gerade gut gebrauchen können, wie er mir sagte, dass alles gut werden würde, dass ich das machte, was ich liebte und dass ich meinen Kopf aus dem Arsch ziehen sollte. Ich drehte Def Leppard auf und sang mit, dabei zwang ich all die lächerlichen, kreisenden Gedanken aus meinem Kopf hinaus, und dann bog ich von der Hauptstraße ab, fuhr an dem Schild der Mountain Vista Ranch vorbei und schlagartig verschwand jeder dunkle Gedanke.

Wir hatten ein Stück weit von der Hauptstraße entfernt gebaut und man musste gute fünf Minuten bis zum Haus fahren, aber wo ich offene Parkplätze erwartet hatte, gab es jetzt ein Tor und Zäune und ich hielt den Truck an, während ich mich fragte, was ich machen sollte. Ich konnte nichts sehen, wo ich hineinsprechen konnte, um anzukündigen, dass ich zu Hause war, aber Jacob hatte nicht geschrieben, um mir zu sagen, dass es einen magischen Weg gab, um durch das Tor zu kommen. Ich schaltete das Auto aus und stieg aus, um auf das Tor zu starren, wobei ich mich fragte, wie leicht es sein würde, darüber zu klettern.

„Nenn deinen Namen, Eindringling", hallte ein eindeutig russisch klingender Befehl von Gott weiß woher.

Dann hörte ich Jacobs Stimme. „Nein, Maksim, darüber haben wir gesprochen. Ryker, bist du das?" Gott sei Dank war Jacob da.

„Ja, ich bin es."

„Das ist mein Ehemann! Maksim, lass die verdammte Steuerung los!" Der Klang eines Handgemenges war zu hören. „Komm rauf", sagte Jacob schließlich, als das Tor lautlos zurückglitt.

Ich schaffte es gerade so hindurch, bevor das Tor offensichtlich versuchte, den hinteren Teil meines Trucks abzusäbeln. Als ich es zum Haus geschafft hatte, wurde ich in Licht getaucht, das so hell war, dass es wahrscheinlich vom Weltall aus zu sehen war, aber da stand Jacob und wartete auf mich und bei Gott, das war ein Anblick, den ich brauchte. Nur, dass er einen Freund neben sich aufragen hatte – einen großen, massigen Kerl mit dunklen Haaren und kräftigen Armen, die vor seinem gewaltigen Brustkorb verschränkt waren. Jacob ging auf mich zu und der Typ stellte sich zwischen uns. Ich hätte fast gelacht, aber ein wütender Jacob schob den großen Kerl auf die Seite und stolzierte dann für eine Umarmung und einen Begrüßungskuss zu mir.

„Rette mich vor Stans Russen", flüsterte er mir ins Ohr.

„Was ist passiert?"

„Ein ganzes Team von denen kam hier an dem Tag

an, als du gefahren bist, wir sind satellitenmäßig voll ausgestattet, Sicherheitstechnik kommt uns zu den Ohren raus und ich bringe sie einfach nicht dazu, etwas runterzufahren. Dieser Scheiß wird jeden abschrecken, der diesen Ort braucht. Er meinte, Stan hätte gesagt, dass ... komm, bring es einfach in Ordnung, Ryker." Er klang, als täte er sich selbst sehr leid.

Ich umarmte ihn ein letztes Mal, dann zog ich mein Telefon heraus und rief die NHL-App auf – die Railers hatten gerade kein Spiel und dort war es früher Abend, darum rief ich Stan sofort an.

„Großer Kerl Ryker, Hallo", dröhnte Stan.

„Stan, du weißt, dass wir dich lieben, aber du musst mit dem Kerl reden, den du geschickt hast, er übertreibt völlig, wir brauchen keine Sicherheitskontrollen auf NASA-Niveau,   wir   brauchen   sanfte Sicherheitsvorkehrungen, die die Leute nicht verjagen. Hier, ich gebe ihn dir." Ich streckte das Telefon dem Russen hin, der mich finster anstarrte und trat dann einen Schritt zurück, wobei ich Jacobs Hand hielt, während Maksim und Stan eine hitzige Debatte führten. Es wäre lustig gewesen, wenn die Lichter nicht immer noch so hell wie ein UFO in meine Augen geleuchtet hätten. Als ich Sicherheitsvorkehrungen vorgeschlagen hatte, hatte ich an ein paar Kameras gedacht, nicht an etwas direkt aus *Mission Impossible*.

Schließlich entspannte sich Maksim und er beendete verdrießlich das Gespräch mit Stan, dann gab er mir das Telefon zurück.

„Ist kein Problem", schnaubte er und stolzierte dann zurück ins Haus.

„Ich schwöre, es war alles in Ordnung, bis er all das angeschaltet hat", murmelte Jacob in das helle Licht hinein und seufzte dann erleichtert, als sich die Helligkeit um etwa neunzig Prozent verringerte. „Es gibt einen Zaun, der von hier bis zu den Hütten reicht, bis ins Unterholz hinein, sodass er nicht sichtbar ist, aber dieses Tor und die Beleuchtung …"

Maksim stolzierte wieder heraus und stellte sich uns gegenüber hin, dann schaute ich schockiert zu, wie fünf weitere Männer aus den Schatten herauskamen, alle so groß wie Maksim und alle mit ähnlich gefährlichem Gesichtsausdruck. Dann trat der kleinste von ihnen vor, der immer noch um einiges größer war als der effektivste Verteidiger in der Liga.

„Uns wurde von unserem Klienten Stanislav mitgeteilt, dass wir die Anforderungen, was Ihre Sicherheitsvorkehrungen betrifft, zu hoch eingeschätzt haben", sagte er in perfektem, akzentlosem Englisch. „Er hat uns darüber in Kenntnis gesetzt, dass unsere Arbeit erledigt ist. Ich habe alle Anleitungen, Codes und Regler in Ihrer Küche hinterlegt." Er händigte uns eine komplett schwarze Visitenkarte aus, auf der unten nur eine kleine Nummer stand, kein Firmenname, kein Name des Mannes, der darauf wartete, dass Jacob sie nahm. „Wir lassen eine Person, Maksim, hier, um etwas weniger aufdringlich nach Ihren Sicherheitsbedürfnissen zu sehen."

„Andere gehen", meinte Maksim. „Ich bin Kaktus."

„Danke." Jacob steckte die Karte ein. „Ich … Moment … Was?"

„Viel gern", fügte Maksim hinzu. „Andere gehen. Ich bleibe. Bin Kaktus."

„In Ordnung, sicher … sei Kaktus. Toll", log Jacob, der sich, wahrscheinlich ähnlich wie ich, keine Situation vorstellen konnte, in der ein Topteam harter Männer auf der Ranch gebraucht werden würde. Dann, als hätte es sie nie gegeben, glitten die Übrigen des Teams, inklusive Maksim, in die Dunkelheit, und ich schwöre, ich hörte nicht, wie sie gingen.

„Also gut, das war seltsam."

„Was du nicht sagst."

Ich umarmte ihn nochmal, atmete seinen Duft tief ein, sicher und geborgen in seinen Armen. „Also, habe ich abgesehen von dem russischen Äquivalent der SEALS in unserem Vorgarten irgendetwas verpasst?"

„Es war viel los. Maggie, David und Rose sind immer noch hier, ihr Ehemann ist auf Kaution rausgekommen, was Maggie nervös gemacht hat, was daraufhin David ängstlich werden ließ, was ich vollkommen verstehe, aber ich muss dazu in der Lage sein, Dinge in Ordnung zu bringen. Und bei dir?"

„Wir haben verloren." Ich zuckte mit den Schultern, als ob das auch nur irgendwie wichtig wäre, nach dem, was Jacob mir erzählt hatte.

Er hielt mich auf Armeslänge von sich und studierte meinen Gesichtsausdruck. „Niederlagen in der Verlängerung sind nicht dasselbe, wie im normalen Spiel zu verlieren."

Ich zwang ein Lachen heraus. „Hast du meinen Puckverlust überhaupt gesehen?"

„Ich habe ihn gesehen, Scheiße passiert nun mal,

Ry." Er nahm meine Hand und zog mich zum Haus. „Lass uns hineingehen."

„Kann ich erst etwas machen, nein, können *wir* erst etwas machen, zusammen."

Er grinste mich im Scherz anzüglich an, aber ich schubste ihn. „Ich meine es ernst."

Jetzt war ich dran, ihn mit mir mitzuziehen, hinüber zu den Ställen, durch den nach und nach schwächer werdenden Schein, der von der Sicherheitsbeleuchtung kam, und dann waren wir im Inneren, wo das Licht gerade so hinreichte und ich ging sofort hinüber zu Tops. Irgendetwas hatte mich die ganze Zeit, als ich weg war, gestört, an den Niederlagen und der allgemeinen Situation, dass das Team nichts auf die Reihe bekam. Ich wollte wissen, ob, wenn ich Tops streichelte, wenn ich ihr nahe war, sie mich vielleicht erden und davon abhalten konnte, in Sorgen unterzugehen, die ich nicht kontrollieren konnte. Ich wollte zurück in eine Ein-Spiel-nach-dem-anderen-Denkweise und diesen Schwung hatte ich in dieser Saison wirklich noch nicht gefunden.

Sie schnaubte ein bisschen als ich näherkam und schüttelte dann ihren Kopf und ich war in ihren wunderschönen Augen gefangen.

„Hallo, du", murmelte ich und streckte meine Hand aus, um sie zu streicheln, ich kraulte ihre Nase und lächelte, als sie mich auch anstieß und dann an meinen Fingern knabberte. „Sie ist so weich", sagte ich und warf Jacob einen Blick zu, der breit lächelte.

„Ja, das ist sie."

„Vielleicht muss ich nur …" Ich drückte ihr einen Kuss auf die Nase.

Jacob tätschelte meine Schulter. „Ich mache etwas zu Essen und lasse dich weiter Zwiesprache mit den Pferden halten. Komm einfach rein, wenn du soweit bist."

„Ja, das werde ich."

Ich streichelte und tätschelte und fand reine Freude darin, sie dabei zu beobachten, wie sie mir Liebe gab und langsam verschwanden die Sorgen und erst dann war ich bereit, ins Haus zu gehen und Jacob noch einmal zu umarmen. Er verdiente es nicht, dass ich total fertig und vom Eishockey gestresst nach Hause kam, wenn wir versuchten, hier auf der Mountain Vista Ranch so viel Gutes zu tun.

„Ist Pizza in Ordnung?" Er lehnte mit einem Prospekt in der Hand am Tresen, der wohlriechende Duft von Käse und Tomaten erfüllte die Küche.

„Immer." Ich erschlich mir einen Kuss und nahm dann eine der Fernbedienungen auf dem Tresen und drehte sie in meinen Händen herum, wobei ich nach irgendetwas anderem als dem großen roten Knopf in der Mitte suchte. „Also, ich vermute, das ist die Taste für die Selbstzerstörung?"

Er lachte schnaubend, ich lachte, er küsste mich, ich schmolz in seine Umarmung hinein.

Es war gut, zu Hause zu sein.

ZEHN

Jacob

Bei Gott, es war schön, dass Ryker wieder zu Hause war.

Es gab nichts, das so schön war, wie aufzuwachen und die Farben eines Sonnenaufgangs in der Wüste auf seiner glatten Haut aufgemalt zu sehen. Der Mann war ein Kunstwerk, ein Wasserfarbenbild überflutet mit flieder-, rosa- und himbeerroten Schattierungen, die kein Künstler jemals auf einer Leinwand einfangen könnte. Sein Rücken hob und senkte sich mit sanften, ruhigen Atemzügen. Während ich mich näher zu ihm rollte und dabei den Hund ein bisschen anstupste, berührte ich das Meisterwerk, das ein neuer Tag auf seiner Haut erschuf. Er seufzte schläfrig. Ich drückte einen Kuss auf sein Rückgrat, meine Hand glitt über seinen Rücken hinunter, um auf einer festen, aufragenden Arschbacke zum Ruhen zu kommen.

„Ich liebe dich", flüsterte ich an seine Haut.

„Liebe dich mehr", antwortete er auf eine schläfrige Art, die mein Herz zum Schmelzen brachte. Meine

Gedanken wurden langsamer, wurden sinnlicher, als meine Hand von einer festen Kugel zur anderen wanderte, während meine Lippen seinem Rücken nach unten folgten. „Wie spät?"

„Wir haben genug Zeit, dass ich dich lieben kann", murmelte ich, dann schlängelte ich mich nach unten, um ihn in seine Arschbacke zu beißen. Er schnaubte und zuckte, ein Kichern brach aus ihm heraus, das mich zum Lächeln brachte. Ich kostete und neckte, glitt über seine Beine, dann zwischen sie.

„Oh mein Gott!" Er keuchte, als ich einen nassen Streifen an seiner Arschritze entlang leckte.

Mein Schwanz pochte und mir lief das Wasser im Mund zusammen, als ich seinen heißen, moschusartigen Geruch einatmete. Ich wollte ihn. Wollte seine süßen Arschbacken weit auseinanderspreizen und ihn mit meiner Zunge ficken. Wollte einen Finger in ihm versenken, ihn nach Luft schnappen hören und nach meinem Schwanz betteln. Wollte meinen Schwanz in ihn rammen. Wollte ihn in die Matratze hämmern während er meinen Namen rief und –

„Was zur *Hölle*!", rief Ryker, als Rex hochsprang und mit aufgestellten Nackenhaaren über seinen nackten Hintern lief und wie verrückt bellte. „Aua, aua, aua."

In dem Moment, als die Türklingel läutete, prallte der Hund gegen die Haustür.

„Blute ich?"

„Nein, nur ein paar Kratzer", meinte ich, nachdem ich einen kurzen Blick auf seinen unteren Rücken geworfen hatte. Die Striemen würden schnell verschwinden. Mein Blick wanderte zur Uhr. Es war kurz vor sechs Uhr. Und zwar wirklich *kurz* vor.

Die Türklingel läutete und läutete. Der Hund bellte und bellte.

„Verdammt", knurrte ich, warf die Decke zurück und schlüpfte in Laufhosen der Owatonna Universität. „Bleib genau hier", sagte ich zu Ryker, wobei ich auf das Bett zeigte. „Ich werde denjenigen, wer auch immer das ist, los und dann machen wir damit weiter, dass ich dich in die Matratze ficke."

„In Ordnung, passt. Das wird dabei helfen, die Höllenqualen der blutigen Schnittwunden auf meinem Rücken zu lindern."

Ich schüttelte den Kopf. Der Mann konnte zuweilen recht dramatisch sein. „Da ist kein Blut. Nur ein paar Striemen. Du warst schon viel schlimmer verletzt."

Die Türglocke klingelte weiter. Rex hatte sich in einen Rausch gebellt. Vor Frust schnaubend, mit einem steinharten Steifen, stakste ich zur Haustür. Rex jaulte und tänzelte. Ich spähte durch den Türspion. Mein Mund klappte auf. Wieder ertönte die Klingel. Ich riss die Schlösser auf und zog die Haustür zu mir, nur um einen kompletten Blick zu bekommen. Vielleicht konnte ich feststellen, ob ich träumte, wenn ich es im Ganzen sah. Vielleicht waren die sexy Augenblicke mit meinem Ehemann nur ein Traum gewesen.

„Hallo und guten Morgen. Ich mache erste Runden der Wüste. Bin wie Kaktus. Ungesehen von vielen Schurken", informierte mich Maksim.

Ich rieb mir die Augen. Dann blinzelte ich mehrere Male. Nein. Der Mann, der angezogen war wie Clint

Eastwood in *Ein Fremder ohne Namen*, stand immer noch auf meiner Veranda. Rex beschnüffelte seine Cowboyhose und Sporen, dann lief er davon, um zu pinkeln. Gut, ich *war* also wach.

„Ähm …" Ich fuhr mir mit den Fingern durch die Haare, während meine Erektion dankenswerterweise nachließ. „Ich bin mir nicht sicher, was dir Stan gesagt hat, aber –"

Der große Mann hakte seine Daumen in dem breiten Ledergürtel ein, der um seine schmale Hüfte lag. War das ein Patronengürtel unter seinem Poncho? In dem Holster steckte eine Banane. Mein Gehirn hatte Probleme mit den Bildern, das es empfing.

„Stanislav sagt, ungesehen sein wie Kaktus. Machen, um einzufügen in Wild-West-Hintergrund. Ich mache viel Recherche darin und finde einen harten und geerdeten Cowboy, der über hohe Ebenen streift. Er ist Inbegriff von rauer Männlichkeit, Mr Clint Eastwood. Ich mache jetzt Runden. Werde später Pferd brauchen. Und Spucknapf. Gutes hasta la vista, Baby."

Damit ging er die Treppen hinunter, hielt an, um Rex zu streicheln, der eine kleine Eidechse hütete und schlenderte mit klimpernden Sporen von dannen. Ich stand völlig verblüfft da.

„Höre ich da Sporen?", fragte Ryker, der sich mir an der Haustür anschloss.

„Ja, du hörst richtig. Maksim dreht Runden, um Schurken abzuwehren."

„Schurken?"

„Frag nicht. Ich muss Maggie anrufen und sie wissen lassen, dass hier ein Mann herumstreift und ab jetzt

Wachrunden dreht, der aussieht wie jemand aus einem Spaghettiwestern."

„Wirklich?" Ryker gähnte, dann tappte er zurück ins Schlafzimmer, unsere Bettdecke zog er hinter sich her.

„Und diese Falte in unserem Leben regt dich überhaupt nicht auf?", fragte ich, dann schloss ich hinter Rex die Tür, der auf das Bettlaken fixiert war, das hinter meinem Ehemann her wallte.

„Nö. Ich habe Jahre mit Stan verbracht, der die ganze Zeit in der Nähe war. Ruf Maggie an und komm zurück ins Bett. Mein Arsch braucht eine Abreibung."

Richtig. Sicher. Als würde jetzt eine Abreibung stattfinden. Ich warf einen Blick nach unten auf meinen Schwanz. Nope. Da war kein bisschen Interesse. Leicht resigniert machte ich mich auf die Suche nach meinem Telefon. Es war das Beste, die Panik zu verhindern, die der Anblick von Maksim, der herumbummelte, bei unseren Gästen auslösen konnte.

„Hat er gesagt, er braucht einen Spucknapf?", fragte ich das leere Wohnzimmer. Dieser Tag schien einen ausgesprochen seltsamen Anfang zu nehmen.

———

Zum Glück nahmen die Dinge nach dem sexlosen Start wieder ihren gewohnten Lauf. Ryker war eingeschlafen, während ich versucht hatte, Maggie zu erklären, dass der über zwei Meter große Cowboy ein angeheuerter Sicherheitsexperte war. Ryker sich ausruhen zu lassen schien wichtiger als ein heißer, schmutziger Fick zu sein, darum nahm ich meinen Hund und ging zu den

Pferdeställen, um die Arbeit dort zu erledigen. David war mit seiner Schwester in den Ställen. Rose und Rex fielen übereinander her.

„Morgen", rief ich dem jungen Mann zu, der Tops ein paar Apfelschnitze fütterte. „Ich hoffe, du hast genug für sie alle mitgebracht."

„Habe ich", antwortete er mit seiner Aufmerksamkeit vollständig bei dem Pferd, das seine Leckerei kaute. Ich trat neben ihn. Er bewegte sich zur Seite, um mir Platz zu machen. „Tja, also, dieser russische Typ mit der Banane in seinem Holster. Was geht mit ihm ab?"

„Das ist eine lange und verworrene Geschichte, da bin ich mir sicher. Sein Name ist Maksim. Er ist ein Freund … oder vielleicht Familie … ich weiß es ehrlich gesagt nicht."

„Ist er *wirklich* ein Sicherheitsmann?"

„Ist er wirklich. Bringt er dich durcheinander?" Der Junge zuckte mit einer dünnen Schulter, seine Finger hielten die Apfelschnitze nach vorn. „Leg den Apfel auf deine Handfläche. Das Pferd könnte dich versehentlich beißen, wenn du es mit deinen Fingern fütterst."

Neugierige Augen schauten mich an. Er korrigierte seine Methode, wie er die Äpfel hielt, dann bot er sie Tops nochmal an. Das Pferd strich mit den Lippen über seine Hand. Der Junge lächelte, dann wischte er sich an seinen staubigen Jeans ab.

„Ich finde, der russische Typ ist klasse. Er ist massiv. Wenn irgendjemand versucht, hier an meine Mom heranzukommen, könnte er ihn mit einem Schlag außer Gefecht setzen."

Ich nickte. Rose und Rex kamen zurück, darum machten wir uns auf den Weg an den langen Reihen der Boxen entlang und fütterten jedes der fünf Pferde mit Apfelspalten, bis Maggie in gebügelten Hosen und einer hellgelben Bluse auftauchte.

„Ich habe um neun Uhr ein Bewerbungsgespräch in Tucson", informierte sie mich, während sie ihre Tochter hochhob. „Die Kinder werden ein bisschen Zeit mit Shonda im Büro der Sozialfürsorge verbringen, während ich mich bewerbe."

„Kann ich hierbleiben?", fragte David. „Ich wollte mit den Pferden helfen."

„Ich bin mir nicht sicher, ob es Jacob und Ryker recht ist, wenn du ihnen im Weg bist", antwortete sie, dann warf sie mir einen Blick zu.

„Das passt. Wir werden die Pferde auf einen kurzen Ausritt mitnehmen. Naja, es ist eher eine Einführung zum Reiten für meinen Ehemann, aber David kann gern zuschauen. Danach werde ich den Stall fertigmachen für den neuen Widder und die Mutterschafe, die nächste Woche kommen."

Ja, ich hatte Schafe gekauft. Nein, Ryker wusste bis jetzt noch nichts davon und ich hatte es so eingerichtet, dass sie kommen würden, nachdem er weg war, bei einer Wohltätigkeitsveranstaltung in der Stadt. Ich würde diese Brücke überqueren, wenn ich sie erreichte. Wahrscheinlich wenn der Widder und die Mutterschafe ankamen. Es war eine verdeckte Schaf-Operation, da Ryker einmal einen bösen Zusammenstoß mit einem Lamm auf einem Jahrmarkt gehabt hatte, als er vier war. Der Mann hatte ein erschreckend gutes

Gedächtnis. Entweder das, oder er erfand irgendwelche Sachen, damit ich nicht noch mehr Tiere kaufte. Wenn dem so war, funktionierte es nicht. Was war eine Ranch ohne Tiere?

„Ich bin mir nicht sicher ...", druckste Maggie herum.

„Ich würde mich über die zusätzliche Hilfe freuen", bot ich an und das gab ihr anscheinend einen kleinen Stoß.

„In Ordnung, aber du machst alles, was Jacob dir sagt und du verschwindest *nicht* aus seinem Sichtfeld", erklärte sie ihrem Sohn.

David, der in diesem Alter war, verdrehte seine Augen und murmelte vor sich hin, aber letzten Endes gab er seiner Schwester und seiner Mom einen Kuss. Shonda kam kurz darauf an und mit einem Winken waren die Damen unterwegs in die große Stadt.

Ich schaute auf David hinunter. „Hast du schon einmal ein Pferd gesattelt?"

Er schüttelte den Kopf. Die Prellungen waren jetzt blasser, aber immer noch sichtbar. „Bevor ich hierhergekommen bin, habe ich noch nie ein Pferd gefüttert."

„Tja, dann werden wir damit beginnen, dir die Grundlagen des Umgangs mit Pferden beizubringen." Ich nahm meinen Cowboyhut ab und platzierte ihn auf seinem Kopf. „Alle Cowboys brauchen einen Hut. Das ist Regel Nummer eins."

Er war ihm ein bisschen zu groß, aber der hellbraune Stetson stand dem Jungen verdammt gut. Er schenkte mir ein schüchternes Lächeln. „In Ordnung,

Regel Nummer zwei. Wenn du dich einem Pferd näherst, sprich immer mit ihm. Das hilft dabei, zu verhindern, das Tier zu erschrecken. Ist es nicht so, Tops?"

Das Pferd wieherte und schlug mit dem Kopf. Davids Augen wurden groß. „Sie antwortet dir."

„Das tut sie. Ich glaube, sie fragt nach mehr Apfelstücken. Tops ist eine gierige Stute. Du hast dir Regel zwei gemerkt?"

„Rede immer mit dem Pferd, wenn du dich ihm oder ihr näherst."

Ich lächelte und klopfte ihm auf die Schulter. „Ausgezeichnet. Regel Nummer drei ist, nähere dich immer von der Seite, um ihre toten Winkel zu vermeiden, die sich vorne und hinten befinden. Willst du mit mir in ihre Box gehen?"

Während ich meine Hand auf den Riegel von Tops Box legte, wartete ich darauf, dass er entweder nickte oder den Kopf schüttelte. Er starrte das Pferd lange an, befeuchtete seine Lippen und nickte dann. Ich war lächerlich stolz auf ihn.

„Du bist meinem Ehemann um Lichtjahre voraus", meinte ich zu ihm, dann schob ich den Riegel zur Seite.

Wir betraten langsam die Box, dabei redeten wir die ganze Zeit ruhig vor uns hin. Tops war ein nettes, älteres Mädchen, das anscheinend nur an Leckerlies interessiert war. Innerhalb von zehn Minuten führte David eine Bürste ihren langen Hals entlang, während ich den Stall ausmistete. Er warf mir immer wieder Blicke zu und ich hatte den Eindruck, dass er etwas fragen wollte. Ich blieb einfach still und wartete.

„Wurdest du als Kind dafür geärgert, dass du schwul warst?", fragte er schließlich, während ich Mist in einen Schubkarren schaufelte.

„Sicher. Ich habe in einer ländlichen Gegend gelebt und die Leute da waren stark an konservative Ideale gebunden. Als sie herausfanden, dass ich schwul war, hatte ich es schwer. Dann begann ich zu wachsen, Muskeln aufzubauen, weißt du, und die, die mich geschlagen haben, ließen mich in Ruhe, aber Beschimpfungen kamen andauernd." Ich lehnte mich auf den Griff meiner Mistgabel und begegnete seinem traurigen Blick. „Manchmal habe ich das Gefühl, die Beschimpfungen waren schlimmer als die Schläge."

„Ja." Er seufzte, dann fuhr er fort, Tops zu striegeln.

Wir arbeiteten für ein paar Minuten in Stille, beide tief in unsere eigenen Gedanken versunken. Dann kam Ryker mit seinem üblichen Schwung und seinem Gefühl für das Leben. Rex lief in die Box, schaute auf zu Tops und rannte, so schnell er konnte, wieder hinaus.

„Der hier hat das Herz eines Löwen", erklärte ich David. Das brachte ihn zum Lachen und die Stimmung lockerte sich.

„Hey David. Netter Hut!", sagte Ryker, während er gerade außerhalb der Box blieb. „Hey, Babe."

„Kommst du rein?", fragte ich, lehnte die Mistgabel neben die Tür und stahl mir einen schnellen Kuss. David beobachtete uns aufmerksam. Das machte er immer. Ich kam zu dem Schluss, dass er noch nie ein schwules Paar gesehen hatte, das miteinander offen liebevoll war. Wir übertrieben es nie, aber ein kurzer Kuss, eine Umarmung oder Berührung waren vollkommen akzeptabel und, laut den Therapeuten, vielleicht sogar hilfreich.

„Äh, naja, kann das Pferd zu mir herauskommen?", erkundigte sich Ryker, wobei seine hübschen haselnussbraunen Augen von Tops zu mir schnellten. „Da drin sieht es eng aus."

„Sicher, wir zäumen sie auf und führen sie hier heraus und satteln sie in der Stallgasse."

„Kann ich das machen?", fragte David. Der Junge würde einen guten Ranchgehilfen abgeben.

Und mein Ehemann? Das würde sich noch herausstellen.

ELF

Ryker

_____

Jacob war in seinem Element und ihn im Lehrer-Modus zu sehen, war so ziemlich das Heißeste, was ich je gesehen hatte. Es war nur zu schade, dass er neben einem Pferd stand.

„Also, du muss kurz warten, bis sich das Pferd entspannt, weil sie manchmal die Luft anhalten und wenn sie dann ausatmen, wird der Sattelgurt lose."

David sah so ernst aus. „Wie lange wartet man?"

„Nur ein paar Augenblicke, man sieht es immer. Willst du auch zuschauen, Ry?"

Moment. Fragte mich Jacob, ob ich zu ihnen hineinkam? „Ich bin hier ganz zufrieden." In dem Versuch, lässig zu wirken, lehnte ich mich nach hinten an die Wand, so als ob das hier genau der Ort war, an dem ich sein sollte. Jacob hob eine Augenbraue in meine Richtung und wartete, bis ich schließlich unter dem Druck der Braue des Verderbens einknickte. „Schon gut, schon gut", murmelte ich und kam näher. „Aber ich kann nicht hineingehen. Wenn mir Tops auf den Fuß steigt, kannst du das Team anrufen."

„In Ordnung, hast du sie?" Gott sei Dank redete Jacob mit David, aber dann packte er mich am Arm und zog mich in die danebenliegende Box. Ich hätte mich behaupten können, ich war stark, aber Jacob wusste, wie er mich in Bewegung brachte. „Und das ist?" Er fragte mich nach dem Namen des Pferdes. Groß, sehr groß, hell gefärbt, dunkle Augen und Schweif, starrte mich das sanfte Tier abfällig an.

„Berry, Barry, Bertie, B-irgendwas", versuchte ich.

„Carrie", korrigierte mich Jacob und nahm meine Hand, wobei er mich ermutigte, die samtige Schnauze zu streicheln. „Schau, sie steht nicht auf deinem Fuß."

„Gib ihr ein bisschen Zeit", sagte ich düster und beäugte meine für viel Geld versicherten Füße und ihre Hufe.

„Pferde legen es nicht darauf an, Menschen zu verletzen", meinte Jacob mit sanfter Geduld.

„Schafe auch nicht, aber denk daran, was mir passiert ist, als ich vier war."

„Du hast gesagt, das war ein Lamm."

„Ist dasselbe."

„Ein winziges Lamm, ein Babyschaf, ist dir nicht auf den Fuß getreten."

„Nein, es war schlimmer." Ich schauderte und sah Jacobs Gesichtsausdruck. Ich konnte sehen, dass er Sekunden davon entfernt war, zu lachen, und als ich mich David zudrehte, biss er sich auf die Lippe. Damit konnte ich arbeiten.

„Das verdammte Lamm hat mich mit einem Stock verfolgt!", verkündete ich dramatisch und wir standen uns zu dritt wie in einem Duell gegenüber. Jacob verlor als Erster die Kontrolle, schob mich aus der Box und schloss die Tür und beugte sich dann nach vorn und schnappte vor Lachen nach Luft. David grinste breit und dann kam es mir, dass es vielleicht ziemlich lustig war, von einem Baby-Lamm traumatisiert worden zu sein.

„Einem Stock", prustete Jacob und dann tat es David Jacob gleich, schloss die Boxentür von Tops und musste sein Lachen so sehr zurückhalten, dass sein Gesicht ganz rot wurde. Dann brach Gelächter aus ihm heraus und die beiden lagen auf dem Boden, unfähig zu sprechen. Ich verschränkte die Arme vor der Brust.

„Ihr könnt lachen, aber es war ein großer Stock", schnaubte ich.

Jacob schaute zu mir hoch. „Ein Stock! Das Lamm hatte einen Stock!" Er griff nach David, während sie lachten, bis ihnen die Tränen kamen und nach ein paar Sekunden konnte ich mich nicht mehr zurückhalten und stimmte mit ein.

„Das verdammte Lamm hat ihn wie ein Laserschwert geschwungen", fügte ich hinzu, wodurch sein Gekicher noch lautloser wurde, weil er keine Luft mehr bekam. „Es hat die Geräusche dazu gemacht mit allem Drumherum", log ich, dann hob ich die Mistgabel auf und gab Lichtschwert-Geräusche von mir. Ich konnte nicht aufhören zu lachen und als Jacob aufstand, kam ich ihm mit der Mistgabel viel zu nahe und erwischte sein Schienbein.

Bevor ich auch nur blinzeln konnte, stand David vor

mir, schnappte sich die Mistgabel und hob sie hoch, weg von Jacob. Sein Gesichtsausdruck war wie versteinert und ich wollte einen Scherz machen, wollte das hier weglachen, als wäre es nichts, aber irgendetwas hatte ihn getriggert und ich bezweifelte, dass es dumme Scherze über Lämmer und Lichtschwerter gewesen waren.

„Nimm sie herunter", sagte David ruhig. Er war stark, aber ich hätte ihn trotzdem niederringen können, wenn ich gewollt hätte. Ich war doppelt so breit, hatte massive Muskeln und war mehrere Jahre älter als er. Ich konzentrierte mich, dann folgte ich meinem Bauchgefühl und ließ los, woraufhin David die Mistgabel vorsichtig an ihren Platz stellte. „Du hast Jacob verletzt." Er stand zwischen Jacob und mir und ich wusste, dass er Antworten haben wollte, weil sich etwas in seinem Auftreten verändert hatte.

„Ich habe nicht –"

„Er hat nicht –"

Jacob und ich redeten gleichzeitig, aber Jacob war derjenige, der sich neben David stellte und beruhigend eine Hand auf seine Schulter legte. „Es ist in Ordnung."

David warf einen Blick nach rechts, erhaschte Jacobs Gesichtsausdruck und die Anspannung floss aus ihm heraus. Was hatte dieses Kind mitangesehen, um so stark getriggert zu sein? Was für ein Monster war sein Dad gewesen? Ich schwor in diesem Moment, dass falls sein Dad auch nur in die Nähe dieser kleinen Familie kommen würde, ich ihn mit meinen eigenen Händen niederstrecken würde.

Ja, weiter so, Ryker, bekämpfe Aggression mit mehr Gewalt. Das wird funktionieren.

„Entschuldige bitte." Ich nahm Jacobs Hand, um sie bestätigend zu drücken. So vereint, meine Hand in Jacobs, Jacobs Hand auf Davids Schulter, entstand eine Verbindung aus Gefühlen und mir entging nicht der Schimmer von Tränen in Davids Augen.

„Es tut mir leid", murmelte David und dann beugte er sich vornüber und er atmete schwer.

Ich hatte einen plötzlichen Geistesblitz, ging hinüber zu Tops und öffnete die Tür, wobei ich den Regeln folgte, indem ich mich ihr von der Seite näherte, sie streichelte, sie kräftig tätschelte und dann die Zügel nahm. Ich führte sie aus der Box, näher zu David. Vielleicht würde Tops ihre Pferdemagie an dem armen Jungen wirken, der von allem überwältigt war.

Das große Pferd schnaubte, um Aufmerksamkeit zu bekommen, und stupste dann Davids Rücken an, bevor sie ihre Nase nach unten führte, um nach Davids Gesicht zu suchen. Nach einem Moment zog sich Jacob zurück, dann nahm er mir die Zügel ab und legte sie sanft in Davids Hände, bevor er mich vorsichtig anstieß, dass wir den Stall verlassen sollten.

Erst als wir draußen waren, außer Sichtweite von David, der in Tops Mähne weinte, kam der Schwall an Gewalt wieder zurück.

„Wenn ich dieses Arschloch von Vater jemals finde _"

Jacob legte einen Finger auf meine Lippen und nickte dann, bevor er seine Augen schloss und seine Stirn an meiner ruhen ließ. Das erinnerte mich daran, warum wir das hier machten, einen Ort bereitstellten, an dem queere Jugendliche zur Ruhe kommen konnten, die zu viel gesehen hatten. David war nur der Erste und er würde nicht der Letzte bleiben.

„Wir sind einfach für ihn da, in Ordnung?"

Mein Herz zog sich bei dem Gedanken an David zusammen, an Kinder wie ihn, an Partner, die Gewalt gesehen hatten, an Kinder wie Rose, die nichts anderes kannten, und Tränen schossen mir in die Augen.

Wir warteten still etwa zehn Minuten lang, während wir die Berge anstarrten, jeder in Gedanken verloren. Ich schmiedete die größten Pläne, mehr Hütten, mehr Angestellte, zur Hölle, ich würde sogar eine ganze Herde Lämmer kaufen, oder eine Rotte Lämmer, oder was auch immer.

Wir schlenderten zurück nach drinnen, erwähnten nicht, was passiert war und ich verwandelte mich in den Klassenclown, indem ich vorgab, absolut nichts über Pferde zu wissen.

Das war nicht schwierig. Ich wusste nichts, deshalb schauspielerte ich nicht.

„Moment, also mit dem Sattel scheint etwas nicht zu stimmen." Ich trat zurück, um meine Arbeit zu begutachten und es war David, der ein sanftes Schnauben hören ließ und darauf hinwies, dass ich ihn verkehrt herum aufgelegt hatte. Ich schüttelte den Kopf, als wäre ich unfähig – was ich war – und er korrigierte es. Während er arbeitete, stießen unsere Ellbogen zusammen und er warf mir ein Lächeln zu.

Wie sagte ich ihm, dass David, Maggie und Rose für immer Teil meines Teams sein würden und dass ich alles versuchen würde, damit sie sicher waren? Ich konnte keine Worte dafür finden, darum erwiderte ich das

Lächeln, fügte ein Zwinkern hinzu und pustete die Haarlocke an, die in mein Auge gefallen war.

„Wie geht es euch?", fragte Jacob, als wir die Pferde hinausführten, David mit Tops, Jacob mit einem Pferd namens Boho und ich mit Brady, Brody, Codie, Carry, irgendwas.

„Gut."

„Erst einmal führen wir nur", ermutigte uns Jacob und wir entfernten uns mit Rex, der neben uns her trabte, vom Stall.

„Für mich ist führen vollkommen in Ordnung", sagte ich sofort.

„Wir gehen nur bis zum Zaun und daran entlang, wir können nachschauen, ob wir einen oder zwei russische Cowboys finden."

„Ganz bis zum Rand?" Ich kniff meine Augen zusammen und schaute über die ausgedehnte Fläche voller Salbei und Holz, die gesprenkelt war mit Kakteen, und ich konnte den Zaun nicht erkennen, darum musste er weit weg sein. „Du weißt, dass hier draußen Kriechtiere leben, oder?"

„Kriechtiere." Jacob versuchte sehr offensichtlich, ein ernstes Gesicht zu wahren.

Meine Augen wurden schmal. „Ja, Schlangen und Gila-Krustenechsen", fasste ich zusammen. „Wahrscheinlich auch unfassbar viele Spinnen."

Jacob biss sich auf die Lippe und neben ihm stand David und warf mir einen Blick zu, der besagte, dass ich ein großer, starker Eishockeyspieler war, der wirklich keine Angst vor eidechsenähnlichen, schlängelnden Dingen mit herausstehenden Augen haben sollte.

„Ich habe gestern eine von diesen Gila-Krustenechsen gesehen. Sie war riesig." David tauschte einen Blick mit Jacob, der mich vermuten ließ, dass sie unter einer Decke steckten. Trotzdem, was, wenn er eine gesehen hatte und was, wenn sie da draußen war, während sie darauf wartete, mich anzuspringen und –

„Sie hat mich angeknurrt und sie hatte einen Stock", fuhr David fort und das wars, wir alle lachten und als mir mein Pferd fest gegen den Kopf stieß, war alles, an das ich denken konnte, dass ich froh war, dass Pferde keine Stöcke tragen konnten.

Wir ritten nicht, aber das lag auch daran, dass Pferdetherapie nicht nur darin bestand zu reiten, sondern darin, sich um Pferde zu kümmern. Ich brauchte keine Pferdetherapie und darum musste ich nicht reiten, aber das sollte mal jemand Jacob erklären.

„Ich wünschte, niemand sonst könnte dich sehen, wenn du so heiß aussiehst." Jacob richtete meine Krawatte gerade und runzelte die Stirn, als sie nicht haargenau so lag, wie er es wollte. Heute Abend war die Nacht der Krebs-Wohltätigkeitsveranstaltung und ich würde zurück nach Tucson fahren, den Feierlichkeiten beiwohnen und dann bei Alex und Seb übernachten. Morgen Training und dann eine weitere Reihe Auswärtsspiele, dieses Mal oben an der Ostküste. Das bedeutete, dass wir gegen die Railers spielten, dann würde ich mich mit Dad und Ten treffen und meine Dosis Zeit mit Lottie bekommen, aber ich würde Jacob wie eine Gliedmaße vermissen.

„Ich verspreche, weniger gut auszusehen, wenn ich dort ankomme", witzelte ich und dann erhaschten wir beide eine Bewegung vor dem Fenster und sahen Maksim, in seiner Clint-Eastwood-Kluft, der mit einem der überschüssigen Schläger und einem Puck im Hockeykäfig war. Während wir zuschauten, bewegte er den Puck im Sand, was nicht einfach war, dann nahm er den Puck auf dem Blatt seines Schlägers auf und warf ihn hoch, nahm ihn schnell auf und warf ihn wieder, um ihn auf seinem Weg nach unten zu schlagen, woraufhin der Puck astrein im Netz landete.

„Wer zur Hölle *ist* der Kerl?", fragte ich einen ratlosen Jacob.

Wir gingen hinaus in den Garten, wo wir zuschauten, wie Maksim sich auf einem Bein um dreihundertsechzig Grad drehte und einen weiteren Puck reindonnerte, ohne die Richtung zu überprüfen. Er sah, wie wir auf ihn zukamen und legte den Schläger und den Puck sofort weg.

„Viele Talente", verkündete er. Wir nickten beide. „Ich spiele seit Baby in Windeln. Ich kann Hockey-Dinge in Ruhe lassen. Um amerikanischen Stolz zu wahren."

„Tu dir keinen Zwang an, mach einfach.", meinte ich mit einem Winken. „Du bist gut."

Er grinste, dann klopfte er mit dem Daumen auf seine Brust. „Luchshiy russkiy – best – Stanislav pfft."

Wir ließen Maksim sein Ding durchziehen und Jacob begleitete mich zu meinem Auto und er schnappte sich meine Reisetasche, als wir durch das Haus zurückgingen.

„Ist er eine dauerhafte Ergänzung für hier?" Ich ließ die Tasche in den Kofferraum fallen.

„Ich weiß es nicht." Jacob zuckte mit den Schultern. „Ich will nicht fragen. Willst du?"

Ich schüttelte den Kopf. „Von Stan habe ich gelernt, dass man nicht fragt. Wie auch immer, der Gedanke, einen Sicherheitsdienst zu haben, ist gut. Falls er bleiben will, sollten wir ihm eine Hütte oder so anbieten, vorläufig, weil wir den Platz vielleicht brauchen werden. Ich vermute, wir brauchen eine Hütte für die Sicherheitstechnik, oder ein Gebäude, oder ich –"

Jacob küsste mich, um mich am Weiterreden zu hindern und trat dann zurück. „Lass uns diese Brücken überqueren, wenn wir sie erreichen."

Dann kam mir ein Gedanke. „Er wohnt nicht in unserem Haus, oder?" Ich neigte mein Kinn, bereit, über diesen Knackpunkt in den Krieg zu ziehen. Jacob seufzte übertrieben.

„Verdammt, keine sexy Russen in unserem Haus, wenn du nicht da bist. Verstanden."

„Moment, du findest ihn sexy?"

Jacob schob mich zur Fahrertür. „Geh Eishockey spielen und lass mich mit dem sexy Russen allein."

Dann gab er mir einen Abschiedskuss und als ich den Spieß umdrehte und ihn gründlich küsste, ließ ich keinen Zweifel daran, dass ich besser war als jeder russische Clint Eastwood mit einer Banane.

Viel besser.

ZWÖLF

Jacob

———————

Es dauerte eine Woche, bis wir Maksims Hütte fertig hatten. Währenddessen hatten Ryker und die Raptors ihre Auswärtsspiele mit zwei Siegen und einer Niederlage beendet und er hatte mir gerade geschrieben, um mir zu sagen, dass ihr Flugzeug gelandet war und er in ein paar Stunden nach Hause kommen würde. Ich freute mich mehr darüber, ihn zu sehen als über die große Eröffnung von Maksims Hütte, aber ich liebte es, wie glücklich Maksim darüber war, sein eigenes Reich zu haben. Es schien, dass er als unser Sicherheitsmann angestellt worden war, aber was er unternehmen würde, wenn irgendjemand zur Ranch kommen würde, wusste ich nicht. Vielleicht würde er sie in seine Decke wickeln und sich auf sie draufstellen. Oder sie in ein Loch werfen. Wer wusste das bei ihm schon?

Die Hütte, in der er wohnen würde, wenn er vor Ort war, war ein kleines Gebäude mit nur dem

Allernötigsten und es roch immer noch nach Farbe, aber er schien zufrieden zu sein.

„Ich mag. Ist besser als Hütte im Dschungel mit fünf buddhistischen Mönchen." Er schlenderte mit klirrenden Sporen im Innenraum herum und inspizierte die Fenster.

Es lag mir auf der Zunge, nach den Mönchen im Dschungel zu fragen, aber Rykers Warnung, nicht nachzuhaken, begrub die Frage.

„Das ist deine Wohnung, solange du hier arbeiten willst."

Er nickte, nahm seinen Hut ab und legte ihn auf das ordentlich bezogene Einzelbett.

„Ist gut. Werde meine Sachen aus der Höhle holen und einziehen."

Meine Augen weiteten sich. „Höhle? Welche Höhle?"

Ich bekam ein kräftiges Schnalzen von dem großen Mann. „Das ist schlechte Sicherheit. Erkennst du jetzt, warum ihr mich braucht? Die Höhle ist Geheimnis. Viele Kreaturen wohnen dort, aber ich vertreibe sie. Wilde Tiere haben Angst vor Russen. Sie riechen die Einschüchterung in unseren Hosen."

„Richtig. Sicher. Es ist eine bekannte Tatsache, dass Russen furchterregende Hosen haben."

„Nicht furchterregende Hosen. Große Schwänze. Viel größer als amerikanische Schwänze. Tiere nehmen riesigen Penis wahr und fliehen." Er öffnete den kleinen Schrank und inspizierte ihn, während ich versuchte, den Kommentar über Penisse zu verarbeiten. „Ist guter

Schrank für mich." Er drehte sich zu mir, um mich mit dunklen Augen konzentriert anzustarren. „Gibt es Regeln für die Anzahl der Hüte, die der Sicherheitstrupp besitzen darf?"

„Hüte?"

„Dinge, die man für Schutz vor dem Wetter auf Kopf trägt."

Ich rollte mit den Augen. „Ich weiß, was Hüte sind."

„Bist du sicher?"

„Ja, ich bin mir sicher. Ich meinte nur … nein, es gibt keine Regeln dafür, wie viele Hüte man besitzen oder tragen kann."

„Gut. Ich bestelle einige und elf von Hutgeschäft online. Cowboy Fred's Hattery und Trained Scorpion Emporium. Sie bieten zehn Prozent Rabatt, wenn Käufer einen Hut und dazu passenden Skorpion kauft."

„Einen abgerichteten Skorpion?"

Er nickte. „Sie liefern bald. Muss Lieferadresse von Höhle hierher ändern."

„Moment, der Postbote weiß, wo die Höhle ist?"

„Alberner Chef Jacob. Nein, wenn er das wüsste, wäre sie nicht geheim. Er lässt es bei doppeltem Kaktus neben rotem Vogelfelsen."

Doppelter Kaktus? Roter Vogelfelsen? Hatte dieser Mann die komplette Ranch kartografiert? Nicht einmal *ich* wusste, wo diese verdammte Höhle war, ganz abgesehen von einem doppelten Kaktus oder einem Vogelfelsen. Ich fühlte mich wie ein hundsmiserabler Ranchbesitzer. Gerade, als ich die Regel brechen und nachfragen wollte, klopfte jemand an die Tür. Maksim kniff die Augen zusammen, schnüffelte, dann nickte er.

„Es ist in Ordnung zu antworten. Nur der Junge David.“

Ich blinzelte. „Woher weißt du, dass er es ist?“

Das brachte mir ein listiges Lächeln ein. „Scharfe russische Sinne.“

„Iiin Ordnung.“ Ich ging in Richtung der Tür, als Maksim damit begann, an die Wände zu klopfen, während er in seiner Muttersprache vor sich hinmurmelte. „Willkommen bei *The Twilight Zone*“, flüsterte ich David zu, der auf der Veranda wartete. Er war verwirrt. „Das war eine alte Fernsehserie, deren Wiederholungen mein Vater immer angeschaut hat.“ Mehr Verwirrung. „Wir hatten im Winter in Minnesota nicht viel zu tun, außer Wiederholungen alter Serien anzuschauen. Ich kann dir die komplette Besetzung von *Wir vom 12. Revier* aufsagen.“

„Ich habe keine Ahnung, wovon du redest. Kann ich hierbleiben, solange meine Mom heute Abend arbeitet? Sie muss bei ihrer neuen Arbeit auf dem Weingut zwei Monate lang im Schichtdienst arbeiten. Ich vermute, es gibt abends Weinverkostungen?“

„Ja klar, sicher. Was ist mit Rose?“ Ich schaute zu den anderen Hütten. Abgesehen von Rex, der unter dem Vordach auf der faulen Haut lag, war alles ruhig.

„Sie geht in die Tagesbetreuung des Weinguts, aber ich bin zu alt.“

„Sind das die Regeln des Weinguts?“

„Nicht wirklich. Aber ich muss nicht in irgendeine dämliche Tagesbetreuung.“

Da hatte er recht. „Ja sicher, du kannst bei mir bleiben. Ich wollte vielleicht ein bisschen die Gegend mit den Pferden erkunden. Es soll eine Höhle auf dem Gelände geben."

Davids Augen leuchteten auf. „Kann ich mitreiten?"

„Sicher. Du kannst mit Penelope mitreiten. Ich reite Carrie."

„Cool. Ich schreibe Mom, um ihr Bescheid zu geben." Mit fliegenden Daumen schickte er seine Nachricht an Maggie, dann zeigte er mir ihre Antwort. Sie war so aufgeregt darüber, auf dem Red Sky Weingut als Verkäuferin zu arbeiten. Der Schichtdienst war nervig, aber sie würde zusätzlich zu ihrem Stundenlohn Trinkgeld bekommen, das sie dringend brauchte. Das Sozialamt suchte nach einer dauerhaften Unterkunft für sie und die Kinder und sie würde eine Wohnung einrichten müssen. Sie weigerte sich, irgendetwas aus dem Haus mitzunehmen, das sie mit ihrem Ehemann geteilt hatte. Ich konnte diese Einstellung irgendwie verstehen. Ein glatter Bruch für ein neues Leben. Hier auf der Ranch hielten wir viel von neuen Leben.

„Ich nehme Tops Pferd und reite mit als guter Truppenmann", verkündete Maksim, dann stiefelte er an uns vorbei, sein Hut lag zurückgeschoben auf seinen schwarzen, lockigen Haaren, sein Ziel war unbekannt. David und ich beobachteten ihn für einen Moment.

„Er ist witzig."

„Ja, er ist zweifelsohne witzig."

Ich klopfte dem Jungen auf den Rücken und führte ihn dann zu den Ställen. Da wir alle zusammen unsere Pferde sattelten, waren wir in kürzester Zeit startbereit und auf dem Pfad. Nicht, dass es einen Pfad an sich gab, aber es klang mehr nach Western, das zu behaupten. Der Ritt war gemütlich, einfach und endete auf einem Weg, der um die Ranch herumführte, hinauf zu einem Anstieg, der die Wüste überblickte. Die Sonne ging unter und der Himmel hinter den Bergen war scharlachrot. Hier draußen herrschte eine Gelassenheit, die ich nicht mehr gefühlt hatte, seit ich die Farm verlassen hatte.

Damals in Minnesota konnte ich auf ein Quad springen und zu einem Teich in der Nähe der Jagdhütte fahren. Im Winter konnte man dort nichts hören außer dem sanften Streichen des Windes über das gefrorene Wasser. Manchmal habe ich einfach neben dem Teich gesessen und die Natur zu mir sprechen lassen. Genauso war es hier in der Wüste, ohne den bitterkalten Wind und den Schnee. Die Stimme von Mutter Erde war immer noch stark. Sie sprach nur in warmen Tönen, statt in kalten.

Maksim füllte den Ritt mit Gesprächen. Manche ergaben einen Sinn und manche waren sonst etwas. David war ein richtiger Reitanfänger, so ziemlich wie Ryker, aber die Pferde, die wir von Jack Campbell-Hayes gekauft hatten, waren alte Hasen. David musste sich einfach nur am Sattelhorn festhalten. Penelope folgte Carrie wie die gut trainierte Prinzessin, die sie war. Wir blieben im Schritt, um David nicht zu sehr zu stressen. Maksim saß gut auf seinem Pferd, was darauf hinwies, dass er schon geritten war und zwar ziemlich viel und er stellte das Schlusslicht dar.

Nach einer kurzen Pause, in der wir die Sonne bewunderten, die sich tief am Himmel senkte, drehte ich mich um, um Maksim zu fragen, wo die Höhle war.

„Wir sind vorbei." Er schob sich ein kleines Stück Kautabak zwischen Wange und Zahnfleisch. Ich verzog das Gesicht. „Ist Kaugummi."

Oh. Nun, in Ordnung. Wir wollten nicht, dass David scheußliche Gewohnheiten annahm, während er hier war. Der Junge beobachtete Rex dabei, wie er an einem alten Präriehund-Bau herumgrub, sein Gesicht war entspannt, seine Augen fröhlich. Endlich. Es hatte Wochen gedauert, aber hin und wieder lächelte er.

„Also, was ist mit der Höhle?", soufflierte ich unserem Ein-Mann-Trupp.

„Ist weit zurück. Immer noch geheim." Er zwinkerte mir zu. „Kommt, Sonne geht unter. Wir bringen Jungen vor Dunkelheit nach Hause."

„Ich will, dass du mir eines Tages diese Höhle zeigst", meinte ich, dann schlenderte ich davon, um David zurück in den Sattel zu helfen. Wahrscheinlich hatte ein Goldsucher aus alten Zeiten seine Goldnuggets in dieser Höhle versteckt und mein Sicherheitschef wälzte sich des Nachts darin.

Rex trottete an unserer Seite dahin, ab und zu umkreiste er uns in einer Art instinktiver Bestrebung, die Pferde zu hüten. Die wollten davon nichts wissen und ignorierten die Spielereien des Welpen einfach. Vögel sangen laut, als sie anfingen, sich für die Nacht niederzulassen. Sobald wir die Grundstücksgrenze der Ranch überquerten, begann mein Handy in meiner hinteren Hosentasche zu vibrieren. Da ich davon ausging, dass es Neuigkeiten über das Spiel von meiner NHL-App waren, beachtete ich es nicht weiter. Maksim führte David in den Stall; ich glitt aus dem Sattel und hob meinen komplett erschöpften Welpen hoch, um ihn zu umarmen.

Ich beäugte die fetten, orangefarbenen Kürbisse auf den Verandas all der Hütten, während ich Rex knuddelte. Da wir momentan nur eine Familie beherbergten, konnten wir vielleicht ein paar von denen, die vor den leeren Hütten lagen, stehlen und morgen Abend einen Schnitzwettbewerb veranstalten. Ich wollte das gerade David vorschlagen, als ich ein Auto hörte und mein Herz aufging. Ryker war zu Hause und ich lächelte, als sich das Tor öffnete und Rykers Auto hindurchfuhr, hinter dem sich das Tor wieder schloss. Er winkte und machte dann das allgemein gültige Zeichen dafür, dass er gerade telefonierte und fuhr um das Haus herum, um zu parken. *Ich hoffe sehr, dass das Telefonat schnell vorbei ist, weil ich jetzt sofort wirklich einen Kuss brauche.*

Das Tor öffnete sich noch einmal und ich runzelte die Stirn. Dieses Mal war es ein dunkelblauer Kombi von etwa 1980, der die Auffahrt heraufschoss, wobei er Steine fliegen ließ und eine Staubwolke in die untergehende Sonne aufwirbelte. Ich hustete in der Wolke, die sich über mich legte. Rex wand sich, weil er heruntergelassen werden wollte, sein Schwanz schlug dabei gegen meine Brust.

Die vordere Beifahrertür öffnete sich. Ein Paar wohlgeformter Beine erschien, dann stieg Maggie mit panisch geweiteten Augen aus dem alten, mit Holz verzierten Auto. Ich öffnete den Mund, um zu fragen, was sie hier machte, statt in der Arbeit zu sein, als ein Mann mit beginnender Glatze und einer Schrotflinte hinter ihr herauskroch. Ich erkannte ihn, sogar als ich die Waffe registrierte.

Neil, Maggies Ehemann, derjenige, der David weh getan hatte.

Neil richtete sich auf, legte den Lauf der Waffe an Maggies Kopf und schaute mich mit Augen an, die gefüllt waren mit Wut und Wahnsinn. Rose saß weinend im Auto. Meine Innereien verkrampften sich.

„Es tut mir leid!", schrie Maggie. „Er hat mich gezwungen, den Code einzugeben. Es tut mir so leid!" Tränen liefen ihre Wangen hinunter.

„Sei still", knurrte Neil, schob den Lauf der Kaliber 12 etwas fester gegen Maggies Schläfe und starrte mich dann direkt an. „Hol mir dieses verdammte queere Kind. Jetzt! Bring mir den kleinen Mistkerl, oder ihr Gehirn wird auf die Seite dieser schicken Scheune verteilt!"

Ich straffte meine Schultern. Auf keinen Fall würde ich ein Kind diesem rasenden, hasserfüllten Irren übergeben. Was ich machen würde, wusste ich nicht, aber einen misshandelten Teenager dem Mann zurückgeben, der ihn geschlagen hatte? Nein. Nicht in einer Million Jahren. Warum hatte ich Maggie den Code gegeben? Warum hatte ich nicht nachgedacht? Aber andererseits, wo endete es? Ich musste das hier auf die einzige Art beenden, die ich kannte – indem ich ihm die Stirn bot mit Selbstbewusstsein, das ich nicht hatte.

„Warum hörst du nicht auf, dich hinter Frauen und Kindern zu verstecken? Richte diese Waffe auf mich!", rief ich, während Rex sich breitbeinig hinstellte und zu knurren begann, sein Fell war von seinen Schultern bis zur Spitze seines roten Schwanzes aufgestellt.

Die Waffe schwenkte langsam von Maggies Kopf zu meiner Brust. Ich flüsterte ein Gebet zu irgendjemandem, wer auch immer gerade zuhörte, dass Ryker dort blieb, wo er war und dass ich überleben würde, um ihn wiederzusehen.

DREIZEHN

Ryker

„Und darum habe ich Nein gesagt, weil ich noch darüber nachdenken muss."

„Klingt gut", murmelte Dad.

Ich hörte, wie er Lottie angurrte und fragte mich, ob sie den neuesten Raptors-Onesie trug, den ich ihr besorgt hatte. Es war so schön gewesen, sie zu besuchen, und obwohl ich die Stunden gezählt hatte, wann ich wieder nach Hause kommen würde, war was Spiel gegen die Railers episch gewesen, wir hatten sogar gewonnen, und danach Zeit mit ihm und Ten zu verbringen, wo ich sie wegen ihrer Niederlage aufgezogen hatte, war das Sahnehäubchen gewesen. Nicht zu vergessen die Stunden, die ich mit der wunderbar perfekten Lottie verbracht hatte.

„Also denkst du, ich habe das Richtige getan?"

Dad seufzte. „Du wirst eine Menge Sponsoringanfragen bekommen. Ich weiß, dass wenn Ten wach wäre, er dir dasselbe sagen würde. Erst letzte Woche hat er zwei Millionen geboten bekommen, um

Donuts zu essen, ich meine, das klingt nach einfach verdientem Geld, aber welchen Eindruck macht es, wenn ein Athlet Zucker gutheißt? Du musst lange und gründlich darüber nachdenken, ob es zu deinem Profil passt und die Unternehmen recherchieren."

„Es geht um eine Menge Geld." Nicht zwei Millionen, aber lässige Hunderttausend dafür, ein blaues Sportgetränk zu trinken, erschien wie leicht verdientes Geld.

Ich konnte mir bildlich vorstellen, wie Dad mit den Schultern zuckte. Er hatte mir immer gesagt, dass Eishockey meine Karriere war, Sponsorings meine Rente, aber das Mitgefühl und Herz, das ich den Menschen zeigte, das war, was ihnen sagte, was für eine Art Mann ich wirklich war. Mein Dad war mehr als weise, aber das würde ich ihm niemals sagen. „Rede mit Jacob, er hat einen vernünftigen Kopf auf seinen Schultern."

„Das werde ich und ich werde jetzt Schluss machen, aber gib Lottie einen Kuss von mir."

Ich hörte einen lauten Kuss und dann ein Kichern. „Lottie sagt Hallo", meinte er. „Bis später."

„Liebe dich, Dad."

„Liebe dich auch, mein Sohn."

Als ich das Telefonat beendete, lächelte ich mein Spiegelbild an und strich ein paar fehlgeleitete Locken glatt, um mich präsentabler zu machen. Ich hatte erwartet, dass Jacob mit privaten Willkommensküssen zu mir kommen würde, aber ich würde hier kein bisschen länger auf ihn warten, wenn ich ihn einfach zuerst finden konnte. Ich sperrte das Auto ab, schob die

Schlüssel ein und stolperte geradewegs über Rex, der um die Ecke geschossen kam und direkt in mich hineinlief. Ich versuchte, ihn hochzuheben, damit ich einen Kuss auf seinen pelzigen Kopf drücken konnte, aber er knurrte und zog an mir. Seltsam, aber er wurde oft davon mitgerissen, wenn er meine Klamotten anknabberte, normalerweise das teure Zeug, und ich dachte mir nichts dabei, als ich um die Ecke schlenderte.

Und erstarrte.

Direkt mitten in einem Alptraum landete.

Zuerst konnte ich mir keinen Reim daraus machen, was ich sah, ich zuckte zusammen, als Rex gegen meine Beine drängelte, und ich lief zu Jacob. Da war eine Waffe und Geschrei und mein Herz schlug gegen meinen Brustkorb.

Maggie wurde von irgendeinem Fremden festgehalten, Rose saß hysterisch im Auto und auf Jacob, der seine Hände über dem Kopf erhoben hatte, war eine Waffe gerichtet.

„Komm gern zur Party, Schönling", spottete der Fremde, während er direkt auf Jacob zielte.

Ich ging auf Jacob zu und in meinem Kopf entwaffnete ich den Mann und zwang ihn zu Boden. In einer Woge der Entschlossenheit berechnete ich sogar jeden Schritt, aber nicht einmal ich war schneller, als eine Kugel Jacob treffen konnte.

„Neil, er hat damit nichts zu tun", sagte Jacob. „Ryker, geh einfach. Bitte. Geh."

Neil? Maggies Ex? Wie zur Hölle ist er auf das Grundstück gekommen? Wo ist Maksim? Wo ist David?

„Er geht nirgendwohin, verdammtes Arschloch mit

seinem Geld, das er dafür bekommt, ein verdammtes Spiel zu spielen." Neil gestikulierte mit der Flinte und ich zuckte zusammen, als ich mir vorstellte, dass sie losging und ich Jacob niemals wieder sagen konnte, dass ich ihn liebte. „Beweg deinen verdammten Arsch her, ihr beide, auf eure Knie, die Hände da, wo ich sie sehen kann."

Als ich neben Jacob stand, bewegte ich meine Schulter ein wenig, um die von Jacob beruhigend zu berühren, aber ich ging nicht auf die Knie. Wie konnte ich Jacob helfen, wenn ich im Dreck herumwühlte?

„Wo zur Hölle ist der Junge?", rief Neil. „Schafft ihn hier raus. Auf eure Knie! Kniet euch verdammt nochmal hin, oder ich bringe sie um!" Er schrie die Worte jetzt, spuckte die Vokale aus, aber in seinen Augen stand der Wahnsinn und ich war mir sicher, er hatte keine Ahnung, was er machte. Wollte er uns am Boden haben, oder dass wir den Jungen fanden – ich ging davon aus, dass er David meinte. Ich konnte weder ihn noch Maksim sehen und ich betete zu Gott, dass unser russischer Sicherheitsmann ihn in Sicherheit und von hier weggebracht hatte.

„Komm schon, wir können das regeln", sagte ich und trat ein wenig von Jacob fort, womit ich mich fast unmerklich so positionierte, dass seine Aufmerksamkeit geteilt war. Ich kanalisierte meine Zwei-gegen-Einen-Spiele, denn obwohl das hier kein bisschen wie Eishockey war, wenn ich nur seinen Blick ablenken konnte, konnte ich … irgendetwas machen.

„Ryker!", warnte Jacob, aber ich ignorierte ihn, während roter Nebel in meinen Gedanken aufstieg. Wer zu Hölle dachte Neil, dass er war? Eine Waffe auf meinen Ehemann zu richten, Maggie mit einer Hand in ihren Haaren festzuhalten und alle zu bedrohen. Ich trat einen weiteren Schritt zur Seite, aber er zielte nach unten und schoss zwischen mich und Jacob, sodass Steinsplitter und Staubwolken aufwallten, die uns erstickten, das Geräusch so laut, dass ich meine Ohren bedeckte. Hatte er Jacob angeschossen? Ich schaute verzweifelt nach, ob Jacob verletzt war, aber es war ein Warnschuss gewesen.

„Der nächste geht zwischen seine Augen", warnte Neil.

Ich erstarrte.

„Was willst du?", fragte ich.

„Hol. Dieses. Verdammte. Kind. Hier. Her", sagte er verächtlich. „Ich will mit meiner Familie einen kleinen Ausflug machen, aber erst will ich, dass er verschwunden ist."

Maggie verlagerte ihr Gewicht und wand sich in seinem Griff. „Nein!" Was auch immer sie versucht hatte zu tun, funktionierte nicht, als er sie mit der Flinte fest schlug und sie auf den Boden schubste. Rose weinte im Auto sogar noch mehr, sie rief nach ihrer Momma und ich konnte absolut nichts unternehmen. Warum hatte ich keinen Eishockeyschläger hier? Ich könnte ihm in Sekunden die Scheiße aus dem Leib prügeln, wenn ich eine Waffe hätte.

„Hey! Ich habe ihn!", rief Maksim zu unserer Linken.

Ich warf starr vor Schreck einen Blick in seine Richtung. Er zog David hinter sich her. Genau hierher.

David versuchte, seine Fersen in den Boden zu rammen, aber er hatte keine Chance gegen den Russen.

„Maksim! Nein!", schrie Jacob.

„Ich bin hier um euch zu beschützen, nicht dumme Kinder", verkündete Maksim und fuhr damit fort, David hinter sich herzuziehen, obwohl David schlagartig aufhörte, sich zu wehren, als er seine Mom zu Gesicht bekam, fast so, als würde er sich nicht um sich selbst kümmern.

„Tu meiner Mom nicht weh", flehte David, als Maksim ihn näher zog.

„Du nimmst Kind", meinte Maksim und grinste breit.

Was zur Hölle?

„Bring David wieder hinein, Maksim", befahl Jacob, aber Maksim schüttelte den Kopf.

„Nicht meine Aufgabe für idiotische Kinder", sagte er und dann war er ganz nahe, sein Körper zwischen uns und Neil, David dicht hinter ihm, sein Kopf gesenkt.

„Komm her, David", singsangte Neil voller Triumph. „Ich habe eine Kugel nur für dich."

Maggie versuchte, aufzustehen, aber Neil trat auf ihr Bein und sie schrie auf und rollte sich voller Schmerz auf die Seite.

„Komm, hol ihn dir." Maksim zog David grob nach vorne.

Ich hatte einen guten Blick auf Neils Gesicht, das in einer Parodie eines Grinsens verzogen war, als er von Jacob weg und auf David zielte, oder zumindest auf Maksim, der im Weg stand.

Maksim war jetzt nahe bei Neil.

„Maksim, um Gottes Willen, gib ihm David nicht", sagte Jacob verzweifelt. „Nicht für uns!"

Neil entspannte sich ein wenig, David trat zurück und Maksim bewegte sich so schnell, dass er verschwamm. In null Komma nichts hatte er Neil entwaffnet und im Dreck liegend, seine Hände hinter dem Rücken.

„911", sagte Maksim ruhig. „911 anrufen", wiederholte er, als Jacob, Maggie und ich ihn anstarrten. Der große Russe saß auf Neil und starrte dann zu uns hoch. „Mit Geschwindigkeit", meinte er.

„Nein!", schrie David, und dann, als hätten wir heute nicht schon genug gesehen, erkannte ich, dass er die Waffe hatte, die er mit einem toten Gesichtsausdruck auf den Kopf seines Vaters richtete, sein Blick auf das Ziel fixiert. Jacob reagierte genauso schnell und ich griff nach ihm, um ihn aufzuhalten, als er zwischen die Flinte und den auf dem Boden ausgestreckten Mann trat.

„Tu das nicht, David", murmelte Jacob.

„Ich werde nicht zulassen, dass er sie nochmal verletzt."

„Maksim hat ihn, David –"

„Geh aus dem Weg", befahl David, mit solch einer Heftigkeit in den Augen, dass es angsteinflößend war. Ich hatte keinen Zweifel daran, dass er seinen Dad gleich hier und jetzt umbringen würde, als er die Waffe fest umklammerte.

„Bitte tu das nicht", flehte Jacob.

Ich wollte ihn aus dem Weg ziehen, aber stattdessen ging ich die paar Schritte, um an seiner

Seite zu stehen. Wenn David das durchzog, dann würde er jede Chance darauf aufgeben, aus dem Kreislauf des Hasses herauszukommen, den sein Vater begonnen hatte. Wir mussten ihn irgendwie aufhalten, die Angst durchdringen und sein Herz erreichen. Was konnte ich sagen? Was würde helfen? Würde er uns erschießen, um zu seinem Dad zu gelangen? Wie gut kannten wir ihn? War er ein potentieller Mörder, so wie sein Dad?

Nein. Wir kennen ihn; er ist ein guter Junge; ich mag ihn. Er würde niemanden verletzen.

„David, das bist nicht du –"

David begann zu weinen, das Gefühl brach aus ihm heraus, aber sein Griff um die Waffe wankte nicht.

„Er hatte seine Hände um meinen Hals, meine Mom blutete, Rose weinte. Er hat gesagt, er würde …" Er schluchzte. „Er würde …" Er warf einen Blick in Richtung Auto, wo Rose jetzt in den Armen ihrer Mom weinte. Den Rest sagte er in einem Flüstern. „Er hat gesagt, er würde Rose wehtun; er hätte meine Schwester getötet."

„Er lügt!" Hinter uns fluchte Neil und dann war seine Stimme gedämpft und ich schickte ein Dankgebet für Maksim in den Himmel. Davids Gesichtsausdruck, der voller Zuneigung zu Rose gewesen war, verhärtete sich schlagartig wieder.

„Geht bitte aus dem Weg", bat er, sein Tonfall ohne Gefühl.

Jacob stand still. „Nein."

„Ich muss das machen, dann werden Mom und Rose in Sicherheit sein."

Ich glitt näher an Jacob heran. „Wir werden uns nicht bewegen."

„Wir werden das nicht zulassen", fügte Jacob hinzu und hielt ihm dann eine Hand hin. „Gib mir die Waffe, David."

„Nein, er muss sterben, verstehst du nicht? Ich werde nicht zulassen, dass er irgendjemand anderen verletzt."

„Niemand stirbt auf dieser Ranch." Jacob drehte seine Hand um, die Innenfläche nach oben. „Gib mir die Waffe." Er war unnachgiebig und klar.

David zauderte einen Moment. „Jacob", flüsterte er, gebrochen, als die Gefühle wieder in ihn flossen.

„Es ist in Ordnung, David", murmelte Jacob. „Es wird alles gut werden."

Rex kroch zwischen uns, setzte sich auf Davids Füße, drückte sich gegen Davids Bein und schaute zu ihm hoch, als könnte er verstehen, was vorging.

„Du warst sehr tapfer", fuhr Jacob in seinem sanften Tonfall fort. „Haben du und Maksim diese Ablenkung ausgeheckt?"

Wieder begannen Tränen zu fließen. „Ich wollte hinauslaufen. Maksim hat gesagt, wir sollten so tun, als würde er mich zu ihm bringen. Ich will meinen Dad umbringen."

„Nein, das willst du nicht. Komm schon, David, gib mir die Waffe."

„Er wird uns wehtun."

„Das werden wir nicht zulassen."

„Er ist auf die Ranch gekommen, ihr habt ihn hereingelassen."

„Ich verspreche dir, das haben wir nicht", sagte Jacob, aber ich konnte das Stolpern in seiner Stimme hören. Er würde diesen Einbruch persönlich nehmen und ausgerechnet beim ersten Mal, als wir Gäste auf der Ranch hatten.

„Was, wenn er wieder herauskommt?"

„Das wird er dieses Mal nicht, es gibt Zeugen, wir werden ihnen alles erzählen, niemand wird zu euch kommen können."

Maggie humpelte mit Rose auf dem Arm näher. „Tu das nicht, David. Es tut mir leid, es tut mir so leid."

„Es ist nicht deine Schuld, Mom. Bitte bring Rose nach drinnen. Ich will nicht, dass sie das sieht."

Verdammt, das klang nicht so, als würde es gut ausgehen. Ich spannte mich an, bereit, mich auf David zu stürzen, jeder Muskel schrie mich an, direkt zu ihm zu laufen. Jacob musste das bemerkt haben, denn er legte seine freie Hand über meinen Bauch, in einer Warnung, stehen zu bleiben.

„Gib mir die Waffe, David, und wir gehen hinein, holen uns ein kaltes Getränk und reden."

In der Ferne konnte ich Sirenen hören, nur schwach, und David musste sie auch gehört haben, seine Augen weiteten sich und zum ersten Mal schwankte die Waffe. Ich hatte Visionen davon, wie sie losging und fragte mich, wie schnell ich Jacob auf die Seite stoßen konnte, als David die Waffe unvermittelt Jacob übergab, der die Kammer leerte und sie wegwarf. Einen Moment lang war David am Boden zerstört, er brach fast zusammen, aber Jacob fing ihn auf und glitt mit ihm zu Boden.

Und Jacob hielt ihn fest und versicherte ihm, dass er dafür sorgen würde, dass alles gut werden würde.

VIERZEHN

Jacob

Der Rest des Abends verging wie im Flug – Polizisten,
Fragen, Aussagen, mehr Fragen und dann endlich Stille.

Shonda kam, kurz nachdem die Polizei aufgetaucht
war, um Neil abzuführen. Sie hatte Maggie und die
Kinder in die Notaufnahme gebracht, um sie
untersuchen zu lassen und sich um sie zu kümmern.
Wodurch ich, Ryker und Maksim übrig waren, um die
Sterne hoch über der Wüste anzustarren. Rex
schnüffelte in dem Versuch herum, jeden Geruch
aufzunehmen, den er finden konnte. Er würde die ganze
Nacht hier sein. Es waren so viele Leute hier gewesen.
So viele Fragen. Mein Kopf war voller Erinnerungen.
Dunkle, unangenehme, in denen ich den Polizisten
erzählte, an was ich mich von der Nacht, in der ich
unter Drogen gesetzt und sexuell belästigt worden war,
erinnerte.

„… wird zustimmen. Stimmts, Jacob?"

Meinen Namen zu hören, zog mich aus der
Vergangenheit. Gott sei Dank.

Ich starrte Ryker dümmlich an. „Bitte entschuldige. Ich war ... woanders."

Maksim und er wechselten besorgte Blicke. „Alles gut. Ich habe nur gerade gesagt, dass ich glaube, Maksim hat hier eine Arbeit, solange er sie will und dass du dem zustimmen wirst."

„Ja, eindeutig. Deine rasche Auffassungsgabe hat den Tag gerettet." Ich bot dem großen Mann in der Cowboyhose und Sporen meine Hand an. „Vielleicht sollten wir die Codes neu vergeben und ..." Er ließ mich nicht weiterreden.

„Alles wird gut", meinte Maksim, dann schlug er seine Handfläche auf meine und drückte zu. „Bin glücklich hier. Nette Leute, gute Pferde, kluger Hund. Ich werde bleiben. Jetzt gehe ich in mein Bett. Happy trails." Mit diesem alten Gruß von Roy Rogers, klimperte Maksim sich seinen Weg in sein Häuschen.

Ryker drehte sich zu mir um, sein Gesicht eine sorgenvolle Maske. „Du siehst kribbelig aus. Und nicht auf die lustige, sexy Art. Geht es dir gut?" Er rieb seine Finger an meinem Unterarm hoch und runter und das Gefühl erdete mich.

„Es geht mir gut. Ich hätte Gewaltandrohung bei dem Code berücksichtigen sollen, aber andererseits errichten wir nicht Fort Knox, wir wollen, dass Leute in Sicherheit sind und ... Scheiße, Ry."

„Jacob. Es geht dir nicht gut."

Ich schloss meine Augen, nickte und nahm einen reinigenden Atemzug. „Doch. Tut es." Als ich meine Augen öffnete, war sein besorgter Gesichtsausdruck nicht weicher geworden. „Zumindest wird es das. Es ist nur … ich hatte Flashbacks, ich vermute, so nennt man es."

Er nickte und ließ seine Finger in meine baumelnde Hand gleiten, seine Haut kühl und trocken an meiner feuchten Handfläche.

„Ich habe angenommen, dass du welche hattest." Er drückte meine Hand. „Lass uns ein Stückchen gehen."

Er machte einen Schritt, dann wartete er und zog sanft an meiner Hand. „Komm schon. Nur ein kurzer Spaziergang bis zum Anstieg."

„In Ordnung, ja." Ich ließ ihn vorgehen.

Rex zockelte mit uns mit, die Nase am Boden, sein Schwanz wedelte. Könnte ich nur ein Hund sein. Er hatte die Gewalt, die vorgefallen war, bereits hinter sich gelassen, ohne jegliche anhaltende mentale Folgen, mit denen er sich auseinandersetzen musste. Ich schauderte bei dem Gedanken an die Rückschläge, die David, Rose und Maggie erleben würden. Gerade, wenn eine Person dachte, sie hätte die Schrecken der Vergangenheit hinter sich gelassen, tauchten sie auf, um sie zurück in die Dunkelheit zu ziehen.

„Deine Hand zittert", bemerkte Ryker, als wir von der Ranch hinauf auf eine niedrige Kuppe gingen, die den Stall und die Hütten überblickte.

„Ich höre immer wieder seine Stimme", brachte ich heraus. Der Mond war eine silberne Sichel am Himmel, die Sterne waren Punkte, wie zarte Nadelstiche aus Licht. Die Luft war süß, die Erde sandig und die Wüste unbewegt. „Warum bin ich auf meine eigene Scheiße fixiert? Wir sollten den Familien und Teenagern helfen, die hierherkommen. Warum bin ich so verdammt gierig? Als ginge es nur um mich."

„Hey, wow." Ryker blieb abrupt stehen, seine Hand packte die meine und er drehte sich um, damit er mir in die Augen schauen konnte. Rex ließ sich neben uns fallen, seine Nase ruhte auf seinen Vorderpfoten. „Komm schon, mach dich nicht selbst schlecht. Du bist einer der großzügigsten Männer, die ich kenne. Nein, mach nicht dieses Gesicht. Schau, was du erschaffen hast."

Er zog mich ungefähr drei Meter nach vorn. Ich warf einen Blick hinunter auf die Ställe und die Hütten. Nur in einer brannte Licht, in der von Maksim. Die der Familie war dunkel. Weil ich die Leute enttäuscht hatte, die sicher unter meiner Aufsicht hätten schlafen sollen.

„Ich habe es verbockt. Alles", murmelte ich, eine weitere Welle von diesem wie auch immer gearteten Schrecken wusch über mich. „Ich habe es verbockt. Ich hätte für bessere Sicherheitsvorkehrungen sorgen sollen. Ich hätte nicht so selbstgefällig sein sollen. Ich hätte für dieses Ereignis besser vorbereitet sein sollen. Ich hätte es besser wissen müssen, als allein mit … Scheiße." Ich beeilte mich, mein Handy aus der Tasche zu ziehen, um mir die entgangenen Anrufe anzusehen. „Scheiße, die Weinkellerei hat mich angerufen. Ich hätte mein Telefon checken sollen."

Er ließ meine Hand fallen und schlang seine Arme um mich. Ich drückte mich gegen ihn, zog ihn fest an mich und vergrub mein Gesicht in all diesen wilden Locken.

„Nichts davon ist dein Fehler", flüsterte er, während er mir über den Rücken rieb. Ich zog ihn näher zu mir. „Böse Menschen machen böse Dinge. Wir haben getan, was wir konnten. Wir haben für extra Sicherheit gesorgt. Zur Hölle, wir beschäftigen den russischen Roy Rogers."

Ich schnaubte amüsiert. „Wenn Maksim nicht gewesen wäre …"

„Er ist ein Wunder. Aber *du* warst derjenige, der ihn hierhergebracht hat."

„Nein, Stan hat ihn hierhergebracht."

Er vergrub seine Nase an meiner Kehle, dort küsste er die Kuhle unter meinem Adamsapfel. Ich ließ meine Nase in seine Haare gleiten und atmete den Geruch seines Shampoos ein.

„Niemand hätte voraussehen können, dass Neil in der Weinkellerei auftauchen und sich Maggie schnappen würde. Nein, darüber streitest du *nicht*." Er schielte nach oben, um mir einen festen Blick zuzuwerfen. Ich rollte meine Lippen über meine Zähne. „Du kannst ja keine Gedanken lesen, oder?" Ich schüttelte den Kopf. „Ich auch nicht. Niemand kann das. Wir haben alle getan, was wir konnten."

„Es fühlt sich an, als wäre das nicht genug."

Er kuschelte sich eng an mich. Rex begann zu winseln und scharrte an meinem Oberschenkel. Gab es irgendetwas, das die Laune eines Menschen mehr anhob als ein Hund?

„Jemand will Aufmerksamkeit", flüsterte Ryker. Ich nahm sein geliebtes Gesicht zwischen meine Hände und drückte einen zittrigen Kuss auf seine Lippen. „Ich habe nicht mich gemeint."

„Ich wollte erst dich küssen. So bekommst du kein Fell aus zweiter Hand an deine Lippen."

Ryker lächelte und plötzlich fühlte sich alles etwas weniger erdrückend an. „Das weiß ich zu schätzen."

„Verlass mich niemals. Ich bin mir nicht sicher, ob ich diese Art Scheiße ohne dich in meinen Armen durchstehen könnte."

„Ich gehe nirgendwohin, Cowboy." Er küsste mich wieder, dann entzog er sich, um den Hund aufzuheben, der an seinem Bein kratzte.

Rex wackelte und wedelte, er versuchte sein Bestes, unsere beiden Gesichter gleichzeitig abzulecken. Als das nicht funktionierte, leckte er erst den einen, dann den anderen ab. Ryker und ich schmusten mit ihm und machten großes Aufheben um ihn, bis dem Hund die Energie ausging und er in den Armen meines Ehemanns einschlief. Was nach einer großartigen Idee klang.

„Lass uns nach Hause gehen. Ich fühle mich auf einmal völlig erschöpft", meinte ich und nahm Ryker bei der Hand. Seine Finger passten perfekt in meine. Genau wie sein Herz und sein Leben mit meinem zusammenpassten. Jetzt und immer.

DER NÄCHSTE TAG WAR HEFTIG.

Ich traf mich früh am Morgen mit Doktor Morgan. Es war schön, eine Therapeutin auf der Ranch zu haben. Diese Sitzung hatte nur eine Stunde gedauert, aber es hatte sich angefühlt wie ein ganzes Leben. Jedes Mal, wenn Adam Isaksson in meinen wachen

Momenten wieder auftauchte, war es erschütternd. In manchen Nächten lauerte er in meinen Träumen, er tauchte plötzlich auf, um mich mit vergifteten Cocktails zu terrorisieren, die er mir aufzwang. Letzte Nacht war der Mann, der mich missbraucht hatte, wie Freddy Kruger durch meine Träume stolziert. Ich hatte überhaupt nicht gut geschlafen, was bedeutete, dass Ryker auch gestört worden war. Er hatte verhärmt ausgesehen, als er zum Morgentraining aufgebrochen war, was dazu führte, dass ich mich schuldig fühlte, was zu diesem Gefühl der Enttäuschung in mich selbst beitrug, das ich ständig hatte.

Gott sei Dank führte mich Doktor Morgan bei einer Tasse starken Kaffees in unserer Küche durch das schlimmste davon hindurch. Als ich mich ein bisschen stabiler fühlte, informierte sie mich darüber, dass sie zur der Familienhütte gehen würde, um Maggie und David einen Besuch abzustatten. Ich war mir sicher, dass die Sozialarbeiter sie herauszerren und uns niedermachen würden. Als ich Doc Morgan davon erzählte, schüttelte sie den Kopf.

„Du schulterst immer die Bürde aller Fehler, die auf der Welt passieren. Das ist Teil deines Charmes, aber es ist auch der Grund dafür, warum du dich so sehr quälst. Dieser Vorfall war nicht deine Schuld. Ich weiß, die Schuld hat eine laute Stimme, aber du musst sie loslassen. Du und Ryker, ihr habt alles getan, was in eurer Macht stand. Ich würde sagen, ihr habt mehr als genug damit getan, dass Maksim zur Stelle war."

„Richtig, ja, ich weiß." Ich rieb mir den Nacken.

„Du sagst, dass du es weißt, aber ich vermute, das

sagst du nur, um mich zu beschwichtigen." Ich schüttelte den Kopf, dann seufzte ich und nickte. Sie lächelte. „Du wirst dorthin kommen."

An manchen Tagen hatte ich da so meine Zweifel, aber ich machte all die richtigen Geräusche, dann winkte ich zum Abschied, als die Therapeutin loszog, um die Psyche der wirklich Traumatisierten zu heilen. Ich schlich mich wenig später auf die Ranch, wo ich Halt machte, um darüber zu reden, wie wir die Sicherheit noch einmal aufmotzen konnten. Maksim hatte ein paar Ideen, aber solange wir das gesamte Gelände nicht einzäunten, gab es keine Möglichkeit, böse Menschen davon abzuhalten, sich dann und wann einzuschleichen. Ich ließ den Mann in der Cowboyhose mit Kuhmuster und dem weißen Cowboyhut damit beginnen, Orte aufzustöbern, die etwas mehr … Irgendetwas vertragen würden. Gott allein wusste, was. Mit einem Yippie-ya-yay ritt der bullige Sicherheitschef dahin auf seinem treuen Metallross, auch bekannt als ein altes Quad von Honda.

Meine abgewetzten Cowboystiefel trugen mich zu den Ställen. Eine der Hofkatzen sah Rex kommen und sprang ihn an. Der junge Kater und der Welpe fingen damit an, Schlag-den-Hund-auf-die-Nase-und-lauf-dann-weg zu spielen, was mich zum Lächeln brachte – ein richtiges Lächeln. Wieder war die Magie des Stalls offensichtlich. Meine Sorgen fühlten sich weniger erdrückend an, wenn der Geruch von Heu und Tieren in der Luft lag.

Ich ging zur ersten Box und fand David vor, wie er

Tops striegelte, seine Berührungen waren leicht und sanft. Das Pferd wackelte mit den Ohren.

Der junge Mann hörte auf zu striegeln und sein Blick begegnete meinem. „Ich weiß, dass ich hier nicht ohne Aufsicht sein sollte", sagte er, während er seinen schmalen Körper anspannte.

„Das ist eine Regel, um dich nicht in Gefahr zu bringen." Er nickte, dann bot er mir die Bürste an. Ich winkte ab. „Du machst das gut. Warte beim nächsten Mal einfach, bis Ryker oder ich da sind."

„In Ordnung." Er machte damit weiter, die Borsten über die Flanke des Pferds gleiten zu lassen.

„Es tut mir so unglaublich leid, dass wir dich und deine Familie nicht besser beschützt haben."

Ich war mir nicht sicher, ob das die richtige Art war, dieses Gespräch zu eröffnen oder nicht, aber mein Vater sagte immer, dass es keinen besseren Weg gab als einen wahrheitsgetreuen.

„Mom war diejenige, die ihm gesagt hat, wo wir sind", betonte er.

Tops Schweif schlug hin und her, während die Geräusche eines Pferdestalls die Morgenluft erfüllten – summende Fliegen, scharrende Pferde und Gewieher.

„Es ist nicht die Schuld deiner Mutter", entgegnete ich schnell.

„Das weiß ich. Es ist auch nicht deine Schuld. Es ist die Schuld meines Vaters, dass er mich so sehr hasst, nur weil ich schwul bin. Er ist so krank, dass er mich vom Angesicht des Planeten wischen wollte. Ich meine … was für eine Art Elternteil empfindet auf diese Weise?"

Ich bemerkte das Schaudern, das ihn durchfuhr. Ich

betrat die Box, berührte ihn aber nicht. Manchmal waren Menschen, die mich begrapschten, das Letzte, was ich wollte, wenn ich mich von einem traumatischen Erlebnis erholte. Das war eine Überreizung der Sinne. *Das hatte ich auch schon hinter mir.*

„Dein Vater hat eine Menge veralteter Wertvorstellungen, die er aussortieren muss. Ich denke, das wird er im Gefängnis machen." Ich ließ eine Hand an Tops starkem Rücken entlanggleiten.

„Ja, das hoffe ich." Er konzentrierte sich auf die Bürste, die über Tops Schulter hin und her strich. „Jetzt bin ich froh, dass du mich ihn nicht erschießen hast lassen. Was würden Mom und Rose machen ohne mich, der sie beschützt?"

„Ja, genau."

Gefühle machten es zu schwer, noch recht viel mehr zu sagen. Also arbeiteten wir für eine weitere Stunde in stiller Kameradschaft, misteten Boxen aus und fütterten den Pferden frisches Heu, dann ließen wir sie hinaus, damit sie auf der Weide entspannen konnten, bevor es in der Sonne zu warm wurde. Als unsere Arbeit erledigt war, blieben wir im Stall, genossen den kühlen Schatten und die Albernheiten von Rex, als er versuchte, Hofkatzen zusammenzutreiben. Es lief nicht gut. Alberner Welpe.

„Meinst du, wir können diese Höhle erforschen, bevor wir in unsere eigene Wohnung in der Stadt ziehen?", fragte David aus dem Nichts heraus.

„Sicher. Sobald wir ihren Standort aus Maksim herausbekommen. Wir müssen ihn vielleicht sogar bestechen. Was meinst du, würde klappen? Süßigkeiten?

Selbstgebackene Kekse? Eine neue Cowboyhose?" Die mit dem Kuhfleckenmuster war *wirklich* geschmacklos.

„*Die komplette John Wayne Collection* auf DVD", platzte er heraus, so schlau, wie er war. Das brachte mich zum Lachen. David fiel mit ein. Nur für einen Moment, aber fürs Erste reichte es.

Epilog

RYKER

An Halloween von Haus zu Haus zu gehen war etwas schwierig, wenn man mitten im verdammten Nirgendwo war, aber ich wollte, dass es für Rose etwas Besonderes wurde. Wir hatten das Haus dekoriert, Kürbisse geschnitzt, aber wie konnte sie so viele Süßigkeiten bekommen, dass es ihr schließlich schlecht werden würde, wenn wir nicht von Tür zu Tür gingen? Meine Idee war, dass wir uns alle in einen geliehenen Kleinbus stapelten und zu den Häusern meiner Teammitglieder fuhren. Natürlich würde das einen langen Abend bedeuten und wir fuhren los in Richtung Tucson bevor es dunkel wurde, wurden vom Verkehr aufgehalten und hörten den ganzen Weg über den Film *Tiggers großes Abenteuer*, der auf dem Rücksitz lief. Wir hatten einen geräumigen Kleinbus gemietet und er bot uns allen genug Platz, Jacob und ich vorn, Maggie, David und Rose in der zweiten Reihe und, am Spitzenplatz, wie er es nannte, saß ganz hinten Maksim.

Der erste Halt war der Häuserblock, in dem alle

Rookies der Raptors wohnten und ich hatte eine Liste von Wohnungsnummern, an deren Türen wir klopfen konnten. Das ganze Team hatte versprochen, sich für Rose extra anzustrengen, und dafür liebte ich sie.

Rose trug das Elsa-Kostüm, das sie sich online ausgesucht hatte und es war komplett mit einer Tiara und einer Schleppe aus Glitter angekommen, die hübsch zu einem Paar glitzernder Sandalen passte, und ihr Gesicht war von einer sehr künstlerisch begabten Maggie geschminkt worden. David weigerte sich, soweit zu gehen, aber für seine Schwester hatte er ein kariertes Hemd mit zerrissenen Jeans kombiniert und sich seinen Stetson aufgesetzt – er und Maksim waren ein Paar sehr ungleicher Fernsehcowboys. Maggie trug eine Erwachsenenversion von Elsas Kleid und hatte ihre langen Haare sorgfältig gelegt, um sicherzustellen, dass sie über eine Seite ihres Gesichts fielen. Sie war nervös, aber schien durch die Tatsache beruhigt zu sein, dass Maksim bei uns war und er hielt alle drei nahe bei sich.

Jacob war Mario; ich war Luigi. Wir waren wie füreinander gemacht und wir versammelten uns alle mit guter Laune vor der ersten Tür.

Der erste Abstecher war ein Nest voller Rookies – Baz schielte über die Schultern von Tyler und Craig. Baz war als Vampir verkleidet, passend zu Tylers und Craigs Sam und Dean aus *Supernatural*. Sogar mit Make-up sahen sie viel jünger aus als ich und Jacob.

Seit wann fühlte ich mich alt?

„Wie alt?", flüsterte Jacob mit einem Lächeln und ich drückte seine Hand, als die drei Rookies mit

Schüsseln   voller   Süßigkeiten   und
Überraschungsumschlägen auf ihre Knie sanken.

„Jeder von euch muss einen nehmen", verlangten sie
von Maggie und David, nachdem sie viel Aufhebens um
Rose gemacht und sie wunderschön genannt hatten.
„Und öffnet sie nicht, bis ihr alle wieder daheim seid."
Die kleinen zitronengelben Umschläge sahen unschuldig
aus und sie und David steckten sie ein. Ich wusste nicht,
was in ihnen war, vielleicht Eintrittskarten für ein Spiel
oder so etwas und ich war berührt, dass diese drei, die
nur ein wenig von der Situation dieser kleinen Familie
wussten, so richtig auf den Putz hauten.

Bei den nächsten Wohnungen war es dasselbe, dann
gingen wir hinaus zum Bus, um Henry und Apollo auf
dem riesigen Anwesen der Lockharts zu besuchen, dann
gleich nebenan, wo Tate und Vlad ein Grundstück
gekauft hatten. Vlad war Captain America und er war
im richtigen Leben ein sehr guter Kapitän, also warum
nicht auch als Superheld. Tate war Iron Man, obwohl er
keinen Helm hatte, um sein Gesicht zu bedecken, und
ihr Hund Sobaka trug einen Reif mit Fühlern auf dem
Kopf, die im Dunkeln leuchteten.

In diesem privaten Wohngebiet befanden sich die
Häuser von sechs Teammitgliedern, die über Meilen
verteilt waren, auf denen es sich in die Wüste erstreckte.
Unser letzter Halt war Colorados Haus. Er und Joseph
hatten sich mit ihrem Weltraum-Halloween-Motto selbst
übertroffen; Planeten aus Papier drehten sich an
Drähten und gruselige Aliens schienen um ihre Haustür
herum zu schweben.

Rose verlangte, dass ich bei diesem Haus ihre Hand

hielt und ich war direkt neben ihr, als eines der Aliens an meinem Gesicht entlangstrich. Joseph war als Raumfahrer perfekt, aber Colorado als Barbarella, voll ausgestattet mit Stiefeln, die bis zu seinen Oberschenkeln gingen, war etwas, das ich niemals vergessen würde. Rose sammelte Süßigkeiten und ein paar eingepackte Geschenke ein; David und Maggie kassierten weitere Umschläge – jeder musste mindestens sechs davon haben.

Das waren verdammt viele Tickets.

Schließlich waren wir fertig – die schläfrige Rose wurde von David auf den Arm genommen und festgehalten – und wir fuhren zurück zur Mountain Vista Ranch.

„Das hat so viel Spaß gemacht", sagte Rose gähnend und dann schlief sie zusammengesackt neben ihrem Bruder ein, der immer noch ihre Hand hielt.

„Wusstest du davon, Jacob?", fragte Maggie in das stille Auto hinein.

„Wovon?" Jacob und ich tauschten Blicke und warteten dann auf mehr.

„Ein Wellnesstag. Gutscheine für Kinderbetreuung. Ein Besuch in einem Kosmetikstudio. Wertkarten für Lebensmittelgeschäfte. Alles in diesen Umschlägen."

„Wir wussten von nichts", meinte ich, als Jacob blinkte, um in die lange, kurvenreiche Straße zur Ranch einzubiegen.

„Ich kann das nicht annehmen", murmelte sie und sie klang, als würde sie weinen.

Jacob hielt am Tor an und diktierte den Code in ein neues System, an dem Maksim gearbeitet hatte. Erst, als sich das Tor hinter uns schloss und wir bei den Hütten parkten, drehte sich Jacob um, damit er Maggie ansehen konnte, was ich ihm gleichtat.

„Doch, das kannst du, Maggie."

„Ich wüsste gar nicht, was ich mit … Wellness anfangen sollte." Sie war wie benommen und mein Herz brach ein kleines bisschen angesichts der Tatsache, dass ein wenig Freundlichkeit ihre Welt bewegte. „Eure Freunde, sie haben Rose Sachen geschenkt, eine Puppe, ein Spiel, ich will nicht, dass sie denken, wir wären auf die Wohltätigkeit anderer angewiesen."

„Das ist keine Wohltätigkeit", murmelte Jacob. „Das ist Freundschaft."

David war still, aber ich sah, dass er seine Umschläge geöffnet hatte und sie in einem ordentlichen Stapel auf seinem Bein lagen, seine Hand halb darauf.

„David?"

„Ein Job über Weihnachten in der Eishockeyarena, falls ich das möchte, das kam von dem Typ, der Captain America war."

„Vlad."

„Saisontickets für uns drei von dem Vampir …" Er schluckte. „In den anderen sind Versprechen, mich zu unterstützen." Er hob die Karten hoch und las sie. „Hilfe dabei, einen Platz an einem guten College zu finden, Hilfe bei einem Aufsatz fürs College, ein Agent, der mir einen Sommerjob anbietet, Hilfe bei der Suche nach einer Unterkunft fürs College und Verbindungen, um Unterstützung von der Vista Stiftung und ihrem dazugehörigen Fonds zu beantragen. Was ist das überhaupt?"

Jacob schüttelte den Kopf. „Ich habe keine Ahnung. Kann ich es sehen?"

David gab ihm den größten Umschlag und Jacob zog den Brief heraus, dann überflog er ihn kurz, bevor er ihn an mich weiterreichte. Er war von allen unterschrieben, aber der oberste Name war Mark Westman-Reid, einer der Besitzer der Raptors.

„Das Team hat einen College-Fonds für Stipendien gegründet, nicht nur einen, sondern auch welche, um die Arbeit auf der Ranch zu unterstützen", fasste ich zusammen. „Anonym, ohne Verbindung zum Team, nur die Jungs, die Geld vorschießen."

„Meine Güte, hast du gewusst, was sie vorhatten?", fragte Jacob.

„Ich hatte keinen Schimmer."

„Ich dachte nicht, dass ich die Möglichkeit haben würde … Ich meine, ich habe noch nicht einmal meinen Abschluss, was passiert auf dem College, was, wenn Dad …"

„Dein Dad hat nichts mehr mit uns zu tun", sagte Maggie und neigte den Kopf. „Du verdienst jede Chance, die du bekommen kannst", fügte sie hinzu und dann lächelte sie, bevor sie sich die Umschläge an die Brust drückte. „Vielleicht sollte ich mir das auch selbst sagen."

Die kleine Familie ging in ihr winziges Zuhause, Maksim folgte ihnen, um sicherzugehen, dass bei ihnen alles in Ordnung war, und erst als er winkte, fuhren wir zurück zu unserem Haus, wo wir aus dem Bus stiegen.

„Ich wusste nichts davon", wiederholte ich Jacob

gegenüber, für den Fall, dass er glaubte, ich hätte hinter seinem Rücken irgendeine große *Geldsache* organisiert.

„Sie hätten einfach Geld überreichen können." Er hielt an und verflocht unsere Finger. „Das haben sie nicht. Sie haben zusammengearbeitet, um denjenigen zu helfen, die hier durchreisen, wer auch immer das sein mag, sie bieten Chancen an, verstehen den Stolz, der damit einhergeht, was Kinder wie Rose und David erlebt haben. Ich denke, das ist toll."

„Du bist nicht wütend?"

Er umfasste sanft mein Gesicht und kippte meine grüne Mütze nach hinten. „Es hat mich berührt." Wir küssten uns vor unserem neuen Haus und es schien, als wäre in diesem Moment alles auf der Welt in Ordnung.

Die Raptors würden uns auf jede Art unterstützen, die ihnen möglich war. Jacob würde sich den Hintern abarbeiten, um das hier zu einem Ort zu machen, der Leben verändern konnte. Und ich würde direkt an seiner Seite sein.

Immer.

ENDE

Arizona Raptors

Von Küste zu Küste (Arizona Raptors, Buch 1)

- *Gegensätze ziehen sich an*
- *Ein bissiger Team-Eigentümer, der von seiner Familie enterbt wurde*
- *Gefangen in einer Klausel in einem Testament*
- *Ein Coach, der sich nicht fürchtet, Dinge zu ändern*
- *Geheimer Motel-Sex*
- *Leidenschaftliche Diskussionen und sture Hitzköpfe*

Als Gegensätze sich anziehen, wird dieses Team von ganz unten in der Liga nie wieder so sein wie zuvor.

Eine Bedingung im Testament seines Vaters zwingt Mark zurück in die Arme einer Familie, die ihn verstoßen hat und macht ihn zu einem Drittel zum Eigentümer eines Hockeyteams, das kurz vor dem finanziellen Ruin steht. Er schaut sich Hockey nicht einmal an, mag es auch nicht und will nichts mehr, als wieder zurück nach New York zu gehen. Dann ist da noch der neue Coach, ein sturer, eigensinniger, irritierender Mann mit einem Überlegenheitskomplex und fragwürdigem Musikgeschmack. Sich mit Rowen anzulegen, wird zur neuen Normalität, aber dazu kommen auch leidenschaftliche Diskussionen und eine alles verschlingende Lust.

Als ihm angeboten wird, eines der schlechtesten Teams der Liga zu einem zukünftigen Mitbewerber um den Cup umzubauen, kann Rowen sich diese Gelegenheit nicht entgehen lassen. Noch nie in seinen zwanzig Jahren Hockey hat er ein Team gesehen, das so schlecht geführt wurde oder Spieler, die so voller Feindseligkeit und Engstirnigkeit sind. Aber etwas an diesem Team und dieser Stadt überzeugt ihn, seine Ärmel hochzukrempeln und anzufangen, alles auseinanderzunehmen. Wenn nur Mark, einer der drei Geschwister, denen die Raptors jetzt gehören, nicht so verdammt stur und doch so verdammt reizvoll wäre, könnte sein Job leichter sein. Es sieht nicht so aus, als ob einer von beiden nachgeben möchte, aber eine Nacht in einem dunklen, abseits gelegenen Hotel verändert alles.

Blockwechsel (Harrisburg Railers Buch 1)

Kann Tennant Jared zeigen, dass Alter nur eine Zahl ist und dass nur die Liebe zählt?

Die Rowe Brüder sind berühmte Hockey Teufelskerle, aber als jüngster des Trios musste Tennant immer gegen den Ruf seiner Brüder anspielen. Um aus ihrem Schatten zu treten, und gegen ihren Rat, nimmt er einen Wechsel zu den Harrisburg Railers an, wo er Jared Madsen trifft. Mads ist ein alter Freund der Familie und der ehemalige Teamkollege seines Bruders. Mads ist Tennants neuer Coach. Und Mads ist der attraktivste Mann, den er je gesehen hat.

Jared Madsens Hockey-Karriere wurde von einem Herzfehler

frühzeitig beendet, aber durch die Arbeit als Coach bleibt er nahe am Spiel. Als Ten ins Team wechselt, wird seine akribisch geordnete Welt ins Chaos geworfen. Weil er neun Jahre jünger und der Bruder seines besten Freundes ist, weiß Mads, dass er unbedingt die Finger von Ten lassen muss, aber sobald er Tens Bewegungen sieht, auf dem Eis und im richtigen Leben, weiß er, dass sein Herz ihn wieder in Schwierigkeiten bringen könnte.

Harrisburg Railers Hockey

1. Blockwechsel
2. Erste Saison
3. Am tiefen Ende
4. Poke Check (Deutsche Ausgabe)
5. Letzte Verteidigung
6. Torlinie
7. Neutrale Zone
8. Hat Trick (Deutsche Ausgabe)
9. Save the Date (Deutsche Ausgabe)
10. Mit Baby sind es drei
11. Rivalen
12. Perfekte Geschenke
13. *Family First (Deutsche Ausgabe)*

Abseits des Eises (Chesterford Coyotes Buch 1)

Eine Coming of Age Liebesgeschichte mit High School, Hockey-Rivalitäten, Freundschaft, Familie und Coming out.

Sorens Welt verändert sich auf einen Schlag, als er und sein jüngerer Bruder von Hockey-Adel adoptiert werden. Sein neues Leben zu begreifen, ist schwer genug, doch als er in einer Privatschule angemeldet wird, bedeutet das, dass er sich einer ganzen Reihe neuer Probleme stellen muss. Durch Freundschaften, Familie und Hockey zu navigieren ist eine Sache, aber sich zu dem Jungen hingezogen zu fühlen, der ihm auf die Nerven geht, ist eine ganz andere.

Felix muss einen Ruf schützen. Er ist der Junge, der alles zu haben scheint, aber Äußerlichkeiten können täuschen. Mit seinen Lügen über sein perfektes Leben hat er eine Fantasiewelt geschaffen, an die er mittlerweile sogar selbst glaubt. Nur, dass es nicht lange dauert, bis alles in sich zusammenfällt, all seine hübschen Lügen kommen ans Licht und nur sein größter Rivale sieht durch seinen Schmerz hindurch und steht zu ihm.

Kämpfen ist einfach, Freundschaft ist schwierig, aber Liebe ist alles.

Weitere Bücher von RJ Scott

Für eine vollständige Liste der Ebooks und Links scanne bitte den Code oben oder besuche rjscott.co.uk/buchliste

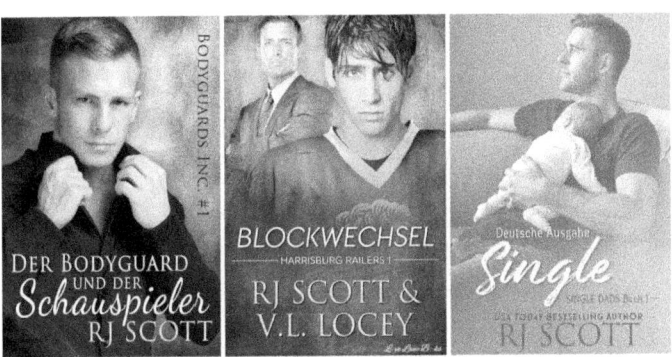

Weitere Bücher von V.L. Locey

Für eine vollständige Liste der Ebooks und Links scanne bitte den Code oben oder besuche vllocey.com/deutsche

Lernt RJ Scott kennen

RJ Scott ist die Bestsellerautorin von über hundert Gay Romance Büchern. Sie schreibt emotionale Geschichten mit komplizierten Charakteren, Cowboys, alleinerziehenden Vätern, Hockeyspielern, Millionären, Prinzen und den Männern, die sie lieben.

Sie lebt etwas außerhalb von London und verbringt jede wache Minute, die sie nicht mit ihrer Familie zusammen ist, damit, zu lesen oder zu schreiben. Das letzte Mal, als sie eine Woche Pause vom Schreiben hatte, hat es ihr gar nicht gefallen. Und sie ist bis heute auf der Suche nach der Tafel Schokolade, der sie nicht gewachsen ist.

www.rjscott.co.uk / rj@rjscott.co.uk

Newsletter - rjscott.co.uk/de

instagram.com/rjscott_author

amazon.com/author/rj-scott

bookbub.com/authors/rj-scott

patreon.com/RJScott

Lernt V.L. Locey kennen

V.L. Locey liebt abgetragene Jeans, Yoga, aus vollem Herzen zu lachen, spazieren zu gehen, lesen und Geschichten voller Lust zu schreiben, griechische Mythologie, die New York Rangers, Comicbücher und Kaffee. (Nicht unbedingt in dieser Reihenfolge.) Sie lebt mit ihrem Ehemann, ihrer Tochter, einem Hund, zwei Katzen, einer Gruppe Hühner und zwei Jersey-Rindern zusammen.

Wenn sie keine peppigen Geschichten schreibt, genießt sie es, den Tag mit ihren Tieren in den sanft abfallenden Hügeln von Pennsylvania zu verbringen, mit einer frischen Tasse Kaffee in der Hand. Sie kann auch online auf Facebook, Twitter, Pinterest und Goodreads gefunden werden.

Webseite: vlloceyauthor.com

facebook.com/124405447678452

x.com/vllocey

instagram.com/vl_locey

bookbub.com/authors/v-l-locey

goodreads.com/vllocey

pinterest.com/vllocey

amazon.com/author/vllocey

www.ingramcontent.com/pod-product-compliance
Lightning Source LLC
Chambersburg PA
CBHW072018020726
47501CB00006B/1864